DOFT AV GLÖMDA KVINNOR

S. MORAMÉ

DOFT AV GLÖMDA KVINNOR

Första delen

© 03—2003—121513341700—01 Mexiko S. MORAMÉ©

MIN HYLLNING

Till klar stjärna
För den där gnistan som fortfarande tänds
Mitt utmattade hjärta.

Till dem som lämnade ett hål

i mina känslor,

Svår att fylla.

(Lugnet som havet ger mig är en förvirring av känslor som leder till att jag inte kan förena glömskan, slitaget och entusiasmen i mina minnen, jag kanske inte borde ha låtit mig ryckas med av min galna ungdom av besvikelser, av en kyss som ryckts av min längtan efter att älska, att känna, att överlämna mig till mina skenande begär...

Morgonens stjärna, starkt vittne om de där utbrotten, om sökandet efter den förlorade blicken som ser bortom de gamla mögliga dörrarna, fastnat av nostalgi... Jag minns fortfarande...
Varm våreftermiddag som förebådar en fräsande sommar i staden Puebla of the Angels... Jag kan fortfarande snusa på Meché—kakorna, hon mognar, jag går med boken på armen en vacker dag, Benevento, det var där jag träffade Bright Star …

Det var regniga dagar i början av maj, konstigt, jag letade efter en promenad och ett möte...Carlos, min bästa vän, som alltid sitter på royalcaféet med sin Elvis – höjda pompadourer, höjda ögonbryn, baggy byxor och en bomullströja romb, du måste leva i fred)

– Hej Betty! – Jag hette Carlos.
(När jag såg honom saknade jag modet att acceptera hans kallelse, naturligtvis, jag ville inte sitta med honom, klädd som han var, min närvaro och mina kläder stod i kontrast, men jag hade inget annat val än att svara honom eftersom han höll tittar på mig)
– Väntar du på Hope? —Jag berättade.

Det var också Anitas namn. Sitt galet! insisterade han.

(Det verkade som om han inte visste hur man skulle säga det på något annat sätt, jag stirrade på honom som om jag försökte gissa hur hans föräldrar, halvt — Gachupin espadrillor, som vissa säger, har uppfostrat honom, även om jag inte gillar dem så mycket, förutom när jag äter i deras hus och jag måste stå ut med hennes feta böngryta, det som är värt med de rika människorna är just hon)

– Jag måste gå till biblioteket! —Jag svarade honom utan att tappa den nya ringen han hade ur sikte, guld och fjorton karat, visst köpte han den på biljetten.
– Gillar du plantor? Han berättade när han såg sin ring. Gör det inte och sätt dig ner! Och Ana Pelancho finns inte med i mina planer idag, åtminstone medan jag kan ha en detalj där ute.
(Det gör mig arg att tänka att en sådan skönhet av en brud var kär i denna långsamma, jag satte mig ner och berättade för honom)
—Jag gick in på ett hotell, eller vad? Stoppa skvallret och spekulationerna Male.
—Vi följer dig inte, Bob, det är ingen stor sak, men vad mina vänner såg snart fick hela Puebla och särskilt Bright Star reda på.
— Varför pratar du med mig om Bright Star som om hon var intresserad av mig?
—Hon såg inte att du klev in i hennes bil.
— Än sen då? Även om de säger det till henne är Bright Star inte min flickvän.

— Vem förstår dig, Robert? Du sladdar för Zenteno—tjejen, och du gör allt för att få henne ifrån dig eller försiktigt placera henne i famnen på hennes bästa friare.

(Robert hällde upp en kopp kaffe till, tog plats bredvid Magdalena och planterade sin käke på kanten av matsalsbordet och lyfte den med en antydan av oro, sa han till henne)

— Tror du att jag har en chans med Bright Star?
—Om du fortsätter som den här brodern kommer du att få inbjudan till hans bröllop.
— Manuel ska till Technologic de Monterrey efter att ha studerat på Iberic, eller så är han redan där, jag vet inte! Men han kommer inte att gifta sig förrän han är klar med sin examen.
— Än sen då? Det finns ett familjeengagemang och ett socialt engagemang, och Bright Star måste göra som hennes föräldrar säger åt henne att göra.
—S han är inte kär i honom!
—Men han har mycket pengar, och hans pappa är bunden med sin pappa.
– Hur vet du så mycket?
— Var inte naiv, Bob! Bright Star är arg på det, det är därför han nästan inte slår Manuel, alla vet det, det är bra, förutom dig, det är för att du bor på månen, bror, och i dina böcker, den vägen du går att lämna efter sig många förhoppningar eller erövringar.
– Vad vet du mer om Mireya?
— Varför frågar du mig om henne, kan det vara så att du är mer intresserad än du borde?

— Slipa inte! Vet du vad jag menar, om jag inte har fel så har dina vänners skvallerunderrättelsecenter redan fått reda på allt det här röret.
— Tro inte! Om skvallret ökar är vi beväpnade med Ana, och du vet, jag älskar henne väldigt mycket för att lägga bränsle på elden.

—Magdalena reste sig från stolen för att hälla upp sig en kopp kaffe till — Drick inte kaffelus längre! Jag vet verkligen inte hur min moster låter dig skada din kropp.
— Så, gör det mig ont och gör det dig gott?
—Är annorlunda.
— Åh! Det är att du är en man och jag är en kvinna. Ja självklart!
—Du vet inte vad du förlorar genom att försumma det, Carlos, de kommer att spränga det.
– För många Bobs, för många!

(Hon knäppte med fingrarna utan att tappa blicken när tjejerna från centralen passerade framför oss, som brukade gå en promenad efter att ha lämnat skolan, fast det är lördag idag, de måste ha haft någon speciell ceremoni eftersom de har på sig sin uniform , ja, idag är det den femte maj, det stämmer, även om det är bättre att vänta när lektionerna går vid två...
Tre av dem sitter bredvid oss, de är inte dåliga... Efter att ha blivit slagen för tio minuter sedan av en smygande servitörs smygande blick fick jag väckarklockan)

– Ska jag servera kaffe till dig, unge man? – frågar jag.

—Kommer du med en tamarindtunna till mig.
Carlos gav mig en ny unik blick och utbrast. Du är inte i din ranchpojke! Hur är den där Barrulet? Var inte en payao, hur aktuell du är! Han vände sig till servitören.
— Ta med en dubbel svans till bebisen!
(Nu skrattade jag verkligen för från fatet till Double Cola, det finns bara färgen och flaskan... Jag är yngre än honom och jag går andra året på gymnasiet, jag slösade bort två år på att studera på musik— och deklamationskonservatoriet...
Det hjälpte mig inte mycket, men jag ville lära mig komposition, jag åkte också ett år med en familj från San Diego i Kalifornien på ett av dessa utbyten för att studera engelska tack vare min farbror Salvador, jag lärde mig lite, jag såg lite, även om jag spelade in mig själv utantill The hot dog and burger thing, i alla fall och två som tre...
Jag lät Carlos sprida ögonen med flickorna som gick förbi medan han hälsade på sina vänner som en kejsare, han var inte riktigt sådan, men eftersom han är en halv ledare och dessa var från Gabriel pastorn, lite på, och tjejerna från en sida lurar som dåraktig en galant som inte skalar dem och som njuter av sitt ego. Jag höll ut tillräckligt länge för att fråga honom)

— Återvände Bright Star Carlos från Mexiko?
Han tappade sin kyckling – ett dödande leende och tittade föraktfullt på mig. Bob, min syster är mycket pengar för dig, spara dem, min kung! det är Zenteno Alonso, inte Hernández Martínez eller Pérez García, och det är inte på

grund av min bror, cheferna är väldigt blodiga, hitta dig själv en Bo Jalil, en förlorad Chedraui se om det är så du gör ull, men inte ens en enda ögonglob för den bortskämda i huset, och även om jag inte gillar det, är hon reserverad för Marisols sossekille.

—Jag avbröt honom inte förrän färgen bleknat från hans kinder, och han är min bästa vän, så jag frågade honom — Betyder det att du inte gick på centralceremonin?
– Nej! Han bad om lov och följde med Ana Maria och Carmen.
– Det är de också?
—De gick till några museer för att undersöka något av en uppgift och passade på att göra inköp i Liverpool.
—Jag accepterar att jag inte är rik Carlos, och jag har inte heller långvariga efternamn, jag är inte från Madrid, jag är inte född i Sevilla, och jag har inte heller någon strumpfabrik, men jag har liksom rätt att drömma om en sagoprinsessa, eller hur?
— Han tog mig i armen, sa han till mig. Det är inte Snövit, inte Törnrosa, inte heller är du Prince Charming, så håll dig stilla som den lilla grodan, du är min bästa vän, nästan som min bror Bob, men jag vill inte ha dig som en svåger för att Jag skulle kunna förlora den där vännen som är mitt skydd och en dag gå och festa med mig.
—Hans hand hade redan vidrört min i hans insisterande på att övertyga mig och sedan sa han när han närmade sig honom—. Du vet Carlos, du vet att jag uppskattar dig väldigt mycket, du säger

det, som bröder, men vi kommer att skilja våra händer åt för de där grannetjejerna viskar redan.

Han tog genast bort handen och vände sig om för att se dem som för att berätta för dem att de bryr sig, sa den dömde mannen till dem med ett pedantiskt litet leende. När kärleken är ren spelar sex ingen roll!

(Jag hade inget annat val än att skratta hjärtligt inombords för om vi hade något gemensamt så var det att vi älskade kvinnor, men den här fascinerades av att prata runt vem han ville...

Jag såg katedralen på långt håll sammanflätad med grenarna på trädlunden i källaren, och med den där örnblicken som jag har såg jag ett uppenbarelse komma ut ur trappan i hörnet den 3 och 16 september...

En uppenbarelse som vände mitt huvud, med hans klassiska röda tröja och hans omisskännliga frisyr, även om de manliga och sulorna som beundrade hans bortgång i perspektiv var blandade, i det perspektivet av dofterna så många...

Utan att tappa henne ur sikte beundrade jag hennes promenad mot portalen till de arabiska tacosna, av den permanenta smaken, av samma grill, av golvet, av toaletten, av Orange Crush, av det bruna pappret, av det olivgröna av hennes ständiga församlingsdesign där hon stoppar tid och gamla smaker, stannade min dulcinea där som om hon försökte fånga smaken av dessa attraktiva dofter.

2:45 på eftermiddagen, eftermiddagen och dags att smälta, medan Carlos inte slutade göra

sin grej eftersom han redan höll på att förena sitt ego och sitt romanliv med den tröga närvaron av dem som längtar efter att få en pojkvän, femton år— gamla, begynnande hormoner som blandar sina önskningar med naivitet.
Och så, jag flyttade mina sensoriska fibrer som hade överlämnats till drömmar, Carlos tappade hela tiden mina rörelser och tittade på mig)

– Hur mycket letar du efter, Bob? Här är maten, lämna mig bara den med de gröna ögonen — han insisterade när han vände sig till servitören för att beställa. De andra såklart! De är i tretton och ser ut som sexton.

(Men när jag lyssnade på honom hade jag för avsikt att varna honom för hans närhet, att komma hit, han i den röda tröjan)

—Se Carlos, vad som än händer, klaga inte på mig eller gör björnar, jag sitter här i fred utan att du piskar dig själv med raserianfall.
— Vad? Du vet Bob att det som händer här, stannar här, sitter här är allt ditt, det är vårt territorium, du täcker mig, jag täcker dig, du räddar mig, jag räddar dig.
— Är det överenskommet utan att knäcka Carlos?
– Jag är av ordet! Har jag någonsin svikit dig bror? insisterade han.
– Nej, absolut inte, jag hoppas att det här inte är något undantag.

(Jag drack snabbt Double Cola och lämnade honom på erövring som hans enda prioritet när jag var på hörnet av Reform. I början av dörröppningen där vi var, stannade den där flytande angoratröjan för att hämta en tidning i tidningskiosken, den kom med två vänner.

Ser man väl på det, med Ana María, som förstås är Carlos flickvän, och med Susana Rivero Álvarez, Ramón Bolajis flickvän, om de kommer så långt kommer det att bli komplicerat, och inte om jag måste täcka för min vän eftersom han är redan parkerad i stolen bredvid bordet och slukar nästan med andan den vackra blondin med gröna ögon, som är den äldsta av dem, det är bättre att vänta eftersom den i den röda tröjan, även om man tittar på det väl, är det inte den angora som han gillar så mycket, det är ullen som man har två, hon den med harmonisk gång, elegant, stilig, av singulära ömhet, är Bright Star...

Moln dök upp som hotade regn, det regnade igår, idag kommer vädret inte att upprepa sig... Blommorna i parken mumlade sin ankomst som mina pupiller tårarna blöder på grund av närheten till orsaken till mina hjärtklappningar, närheten som får oss att se portalens pelare, framför mig, som stöd för den gamle mannen i det gamla Parthenon, vågade jag inte springa ögonen för att veta om hon skulle komma närmare eller inte, eller om det bara var avlägset. vision som gick till Kaliforniens popsicles för att sitta ner efter att ha smakat en milkshake på Woolworth's...

Maj är varm och det har regnat periodvis, vilket inte är brukligt nuförtiden; i paritet med de återkommande besvikelserna för att jag inte visste när eller hur jag skulle berätta för henne att jag är galen i henne.

Varken Kalifornien eller milkshake, jag kikade till höger om mig, och han gick med sin röda tröja, Han älskar rött! Och vad jag ser är det verkligen inte ull, till slut är det alpacka, ja, jag gillar dem alla, en bokstav förändrar allt, eller allt, varför, om det är varmt? Hans ankomst, hans tillfälliga passage eller hans okunnighet om vem som är eller inte är borta från hans uppfattning är oåterkallelig...

Jag försöker täcka mig med servitören som går till Central—tjejernas bord eftersom Carlos har bjudit in dem på lite förfriskning, eller hans vågade aromatiska kaffe, faktiskt, han bjöd dem redan att röka, vilken fräckhet!...

I ett så konservativt samhälle, även om bara den med lockigt hår accepterade synden, kommer hon inte att bli mer än fjorton år gammal, hon är hälften arab även om hon ser äldre ut, tittar väl på det är hon kort men hon måste vara ungefär tjugo, med djupa ögon och tjocka läppar, helt klart i motsats till den lilla flickans i den röda tröjan, för min lilla flicka, hon var sjutton år gammal, tunna men rundade läppar, mjuk, alltid något som visade sin vita, pärlemorfärgade, välordnade, till och med tänder som fängslar. Obotlig!...

Hon är sju steg bort, hon stannar, hon känner igen en av sina klasskamrater, det verkar som att det är Paola Rivero, Susanas syster, systrarna hälsar på varandra, Paola, fjorton och Susana, sjutton, det är svårt att se dem utanför deras hus, för att göra det, som de flesta av de vackra flickorna från Puebla, måste man stå vid

utgången av skolorna, i kyrkorna eller framför deras hus, de tar för mycket hand om dem.
Men det sorgligaste för mig är att Manuel har nått det MalMs.do, deras låtsades svåger till Carlos. Misslyckad strävan, min vän! Efter detta har förlorat en bra kamp.
åh! Jag har varit mållös i mitt interna samtal, han har vänt sig till mig med den där ömma och söta blicken, hans bruna ögon vända i sträck, den kombinationen mellan det asiatiska och det europeiska som producerar de vackraste och mest avgränsade ögon som jag kan känna, så perfekt som vad en atensk skulptör designade i kärlekens och skönhetens Venus, som grekernas Afrodite, en blick som går förlorad i min dröm, en blick värd att svimma för. Det är fortfarande fantastiskt!
Hon lämnade sin blick framför min i fyra sekunder, tillräckligt för att bedöva mig, och spred sig sedan försiktigt mot djupet av jordens mitt där min brännande känsla av att inte förlora sina bon...
Om mina pupiller inte föll unisont beror det på att min känslighet överväldigar mig i ovissheten att veta om jag är värd en sådan dygd... Jag slutar inte observera, sekunderna fortsätter att passera och verkar eviga när min dåraktiga vän är vilse i egomanin att veta att han är beundrad, när redan Ana María, hans formella flickvän, har rätt! Han har förlamat honom med en blick som förvandlar honom till en elfenbensstaty, inget annat än sångerna kommer att göras anspråk på...
Kommentarer ses med Susana, som är mer försiktig, åtminstone mer än hon, och stoppar henne med handen som kontrollerar hennes förhastade raseri, i raseriet hos hennes karaktär

som är våldsam när hon tappar kontrollen, är bråkig, ibland kanske

Varför varnar jag dig inte? För att jag inte är dum, eller för att jag är väldigt feg, låt oss säga, blyg, Bright Star vet att jag är här, och jag vill inte vara medbrottsling i andra människors konflikter...

Till toppen! I motsatt riktning närmar sig Socorro Acevedo, kusin till Miguel och hans team av busiga vänner från Humboldt, och sa: Vad ska jag göra? Men det händer att Soco gillar mig, och jag är på väg, i erövringen och i uppvaktningen, ingressen till det förföljda äktenskapet, när jag är nitton år gammal...

Jag tänker inte på det! Men det får mina händer att svettas eftersom de nära mötena mellan två motsägelser, Socorro och Bright Star är inga saker att blanda, om jag går på toaletten löser jag mitt möte, inte obehagligt förstås, även det eftersom Socorro är väldigt vacker, brun— hårig person, attraktiv, intelligent, ändå.

Nej! Jag får inte kontakt med henne, inte för livet, jag skulle undvika att bli inblandad i en scen av svartsjuka, men jag skulle sakna att veta att jag var nära henne, henne förstås, henne... Hennes närhet överväldigar mig, men den fyller mig, att ha henne en bit från spetsen av hans raka näsa, halvt uppåtvänd mellan kort och lång, harmonisk, det är som att dela dofterna av existerande.

Förvirringen plågar mig, men jag föredrar att riskera omständigheten att förlora möjligheten till hans närmande...Ana Maria vill gå, och Susana stoppar henne, tar henne i armen och talar till henne med säkra och bestämda miner medan

Bright Star har insett saken när hon ser sin bror flirta, idioten har inte ens märkt det...

    Det jobbiga för mig är att tanken på de där blickarna som plötsligt lämnar in, Min beklagarens inkräktare M. M., bortskämd, tapper, rik och från en bra familj, eftertraktad av de femton år gamla i Puebla—samhället, tjugoett år gammal, nästan utexaminerad, idealisk kandidat att fångas och föras till kyrkan som redan arbetar i sin fars fabrik, den han har i Mexico City. Hård konkurrens, kompis, för en medelklass som mig, jag har inte ens en gammal bil!

    Att studera med Maristerna räcker inte och även om det går över kommer jag att sluta studera filosofi och bokstäver på UAP; hon eftertraktar tröst och ett gediget äktenskap, hon, tror jag, är inte ambitiös, men hon lever bra, hon är van vid att ha det trevligt. Det avgörande ögonblicket har kommit, Socorro har stannat till i passagen för att träffa en av tanterna.

    Välsignad vare! Medan Ana Maria redan har nått platsen där Carlos är och klagomålen har börjat, reser han sig genast upp från bordet, han vinner henne, hon varnar honom för hans cynism och gråt, mellan gråt och krav på förklaring gör den lilla scenen en undrar de som var i närheten och lyssnade.

    För nu lämnade min vän, när han reste sig upp som en fjäder när han såg henne, tjejerna som glatt chattade med Carlos med en tum av näsan, och mellan den heta diskussionen ordnade hans smygande vänner från centralskolan deras graciösa fly inför Anitas krävande situation. Susana försöker lugna ner henne...

Carlos med sin skicklighet och kända erfarenhet försöker lugna sin flickvän medan drottningen av mina suckar känner min närhet och min iakttagelse utan att våga återvända blickarna som var fixerade i hennes ansikte och beundrade henne, hon försöker gå till dem i ett försiktigt tvivel tittar och att inte vilja se över hennes ansikte, bara grimasera med ett självbelåtet leende vid min uppenbara observation och trött på att finna mig själv bunden för att berätta för henne så många saker jag känner för henne, händelsen var irriterande och obehaget var synligt i hennes ansikte.

Carlos tar Ana Maria i armen och tar henne in i kungahuset, sittande vid ett bord nära fönstret, han kommer att övertyga henne om att det bara var ett oskyldigt möte, och han kommer att berätta för henne hur mycket han älskar henne och att ingen kan jämföra sig med honom, för ett ögonblick. Susana och Bright Star pratar om vad de ska göra, de är överens, de tvekar och de sitter vid ett bord, allt detta händer när jag fortsätter iaktta henne som om jag inte vill observera , som om jag bara vill beundra henne.

Jag känner mig elak, jag borde bjuda henne på lite förfriskning medan hon väntar, men jag vågar inte ta emot ett avslag från henne, så som en gentleman stannade jag i blöjor och täckte över det lilla modet jag måste berätta för henne hur mycket jag beundrar henne , hur mycket jag tycker om henne, hur mycket jag tycker om att se henne.

Redan Susana, som drog sig tillbaka till där Carlos var, gav mig möjligheten att njuta av den nära doften av denna gudinna av mina kärlekar, när Ana Maria redan återvände med henne, slutade hon med att säga till honom i en konform ton att det skulle vara bättre om de gick.

Jag kände mig svag när Socorro täckte mina ögon bakifrån, som hon ibland gjorde, men den här gången framför henne. Svälj min jord! Detta var inte i mina planer...

I det ögonblicket knep Bright Star ihop sina läppar när hon vände ansiktet för att bevittna ögonblicket för gruppens ankomst, och när hon bara lät mig se hennes långa, solbrända hår fullt av flirtiga vågor tappade jag andan, hon gick därifrån med Susana mot riktningen för Var kom den. Och varför fortsatte han inte sin väg till fronten, vad var hans öde? Vad sa du till Manuel så att han gick när han kom, skulle han komma och hämta mig?...

Jag måste tänka och hoppas att han kommer att stänga av sina förbittringar, sin förvirring, sitt tysta uttryck mot mig med en isglass grädde med choklad som han tycker om det... Okej, de vände höger mot Kalifornien, det ljusa kölvattnet av den röda tröjan försvann, och min misstros tystnader sänkte mig i ilska, i raserianfall och i en snabb flykt till en lugnare plats, jag lämnade bara en liten spets och gick mot katedralen...

Jag passerade Reform, allén, och lämnade efter mig så många saker, så många ögonblick, så många ögonblick, så många oavslutade anspråk, röken av mina önskningar och min oförmåga att veta vad jag ska göra.

Jag vet att inför Socorros envishet att ha mig, att erövra mig, skulle hon inte stanna vid en sådan händelse, speciellt eftersom jag inte förlorade min artighet, som alltid, det var så jag var utbildad, men han var en svart pojke i riset som förstörde en del av min illusion för att hon visste att jag inte har någon som inspirerar mig vad hennes existens gör med mig...

När jag gick genom zocalo—parken dit jag ville gå, satte jag mig ett ögonblick på en av gjutjärnsbänkarna, täckte min figur med grenarna som flätar samman träd och buskar, gömde mig från medelmåttighet, från enkelhet, som kanske en del hörde till att läggas till min rädsla, bara ett visst lugn kom till mig när jag till vänster såg vattenfallet från fontänen som tårar som i fossar vill komma ur mina misslyckade oro.

Jag går vilse och koncentrerar mina ögon på de vissnade blommorna som avslutade sin cykel, blommor som slutat prata, som har tappat sin hetta, sin färg, sina aromer, som förfaller.

Molnen som passerar över trädtopparna följer honom till hans sista viloplats, de är ledsna, de har inte slutat gråta...Kanske för juni eller augusti, eller kanske i den kraftiga september, men det finns liv med ljusa och färgade petunior som blommar på min rygg, de ackompanjeras också av fjärilars och bins dans som inte slutar försäkra dem att de lever.

Det finns inget sätt att luta sig mot hårdheten hos de laminerade remsorna på mitt bröststöd, ryggen stöder mindre när jag sitter, så jag böjer mig ner för att se svarta myror gå förbi, väldigt små, små som inte ger efter för att de har en förutbestämd riktning, de närmar sig inte förhoppningar gör inte anspråk på, inte heller stannar de vid strävanden, de kommer helt enkelt och går, åtminstone har de styrkan att inte tappa modet för att hitta sina mål...

Jag vaknar upp i mig själv när en fågel stannar på den låga grenen av en närliggande björk, jag fryser och njuter av dess rörelser av försiktighet och häpnad, av att känna fara och lita på nyfikenhet för att se bedrövad ut i hopp om att kanske fånga en brödsmula ...Flocken närmar sig och förtrollningen tar slut, kontakten öppnas med en vindpust en del av figuren av en av änglarna som garnisonerar den gigantiska katedralen...

Jag reser mig tungt som om jag tråkar mina förväntningar, jag vet vad jag går för, jag vet om mina möten och mina sökningar... Jag tar genvägen som slingrar sig genom parken genom bekräftelsen av de nyplanterade tallarna, jag vandrar över det hårda stenplattor som gör molkajeter och metater ...

I min lugna promenad smeker jag barerna som skyddar det mjuka gräset, som leder mig, nästan släpande med fötterna, till mitt möte med de spridda aromerna, med sökandet efter dessa förbittringar så enträgna, av skuggorna som lämnats i deras kölvatten. .

Jag kommer till det där hörnet där hon plötsligt dök upp i fjärran, jag är så nära henne som hon flydde från mig... Detta är första steget, här landade hon, hon stannade ett ögonblick, jag vill andas in hennes parfym, leta efter spåret av hennes närvaro andas ut de korta partiklarna av hans andetag som har suspenderats för att stjäla dem från vinden och göra dem till mina.

Jag måste luta mig mot den här kolumnen vid ingången, jag går upp nästa steg, jag lämnar hennes skenbara gestalt framför mig och jag ler, jag njuter av min fantasi, hennes breda rygg, hennes lockiga hår, hennes vackra kropp av en tonåring kvinna, avklädning av hennes blygsamhet, från hennes reservationer, från hennes intima kläder och jag lämnar henne täckt med slöjan av hennes röda tröja.

Jag rör mig inte, jag blundar och dess bördiga doft når mina näsborrar, jag förenar mig i skam och raseri vid utbrottet av mina instinkter, av mina skenande köttsliga begär att känna förnimmelserna av en efterlängtad kyss.

Mina drömmars obefläckade och oberörbara figur!

Jag fortsätter in i kyrkan, och jag känner att de tunga stenarna som de byggde katedralen med när som helst skulle kunna falla över mig och inte längre tillåta mig att vandra med ohälsosamma tankar.

Vid mittdörren stannar jag överraskad av en spricka, en gammal spik har stoppat tid och ära, några nysilversträngar fångades i skymningen av förflutna skallror, en spik som återupplivas före reflektionerna av skönheten som finns i dess väsen, i parfym kvar på dess små väggar.

Jag är extatisk utan att kunna förstå hur man stjäl en sådan skatt från slumpen, så nära. Jag lutar mig med mjuk, behaglig förtjusning in i min nya gyllene fleece, delvis röd tröja, delvis henne, delvis hennes doft.

Jag vilar pannan på det gamla träet och för näsan närmare den där magin som parfymerar mitt liv, det är Chanel nummer fem, det är hennes och det är här framför mig, centimeter från min näsa och njuter av dess elixir som fortfarande lossnar, avdunstar, gläder mig.

Jag berövar försiktigt nageln från dess djärvhet, det där låset av ömtåliga trådar, tjugo eller trettio, fyrtio, jag lägger dem i min näsduk, och de kommer att förvaras i vänstra fickan på min skjorta, nära hjärtat...

Omen om den kommande lyckan, eller svaga omständigheter av mina dårskap, men jag bestämmer mig för att tacka förmögenheten och går respektfullt mot en av de långa träbänkarna på sista raden inne i Guds hus, jag knäböjer, jag vilar hellre min extas , jag hämtar andan och mina luktminnen förväxlas med rökelse och mahogny, med stämningen från det förflutna, av ackumulerande år av väntan och meditation, av att se den förflutna bönen från dem som har frågat eller tackat vid tillfälle.

Jag undrar, var satte hon sina knän? Var placerade han sina armar och händer? Var satt du din vackra och varma gestalt för att tänka på Gud? Hur grym av mig att tortera mig! att fortsätta nedsänkt i min desperata dagdröm om att hitta det perfekta—

Efter att ha tagit ett djupt andetag måste jag fortsätta min väg mot världsliga plikter, jag måste gå till min klass på vinterträdgården, det som återstår av mina tidigare år där jag ägnat min fullhet åt allt detta, jag glömde att äta och i mitt hus det, hände vid lunchtid, jag hinner inte med det där familjeåtagandet jag måste vänta till middagen...

Mellan det praktiska och drömmar finns det bara misstroens avgrund, så det är bättre att jag köper en tårta och flyger mot det som inte är så obehagligt för mig, solfege, räddar mina läror från andra tider och hittar förlorade tystnader i ljud ...

Lördagen den 5 maj 12.00 har jag inte kunnat återhämta mig från gårdagens skakningar, jag kom från Carlos hus, jag var tvungen att lämna tillbaka en bok till honom och såklart passade jag på att se henne, Negativ! Hon åkte till Tehuacán för att besöka din kusin Otur! Eller sparad som jag gav mig själv, jag kan fortfarande inte komma över skräcken.

När jag reser i fredens blå lastbil observerar jag mitt avstånd från hans familj, det är inte det smutsiga eller utslitna, inte heller lukten av fattigdom, det är enkelheten som man bara lär sig genom att uppleva den, genom att känna den åt sidan, att vi ska inte ignorera det, de är fortfarande långt ifrån att känna det...

Det har varit bekvämt för mig fram till idag att bäras och inte bära...

Jag kliver av vid Paseo Bravo, jag föredrar att gå, jag känner mig tom inombords och jag måste fylla mig med omständigheter, med livfulla omgivningar, se ballonger eller halvhungriga djur i tredjeklassens burar; fotografen med det fasta objektivet som inte slutar läsa för familjen Burren medan en söndagsklient kommer; törstig fontän bland dess vätskor nedsänkta i glömska, de är torra, slemmiga på grund av den stillastående tiden för dess stilla vatten...

Solen slår hårt och avtar genom spetsarna på två tallar som når mig som en blixt, bänken är bra, den skyddar mig och låter mig se på avstånd den uppfinningsrikedom som är monterad på trehjulingar, det nyckfulla svängandet av de röda gungorna ...

Knappt någon drar vagnar längre som den lilla mörkhåriga mannen i shorts som trots sitt skrapade vänstra knä inte tappar sitt pigga leende och sin antydan till förvåning över att upptäcka meningen med livet, lägger märke till mig i ögonvrån. .. Mitt minne skramlar och tar mig tillbaka till aromer och minnen, och eftersom Chanel är stark, nosar jag henne nära mig, bjuder in mig till nostalgi, att upprepa dosen av envishet, att hoppas att jag kan fånga avstånden...

Jag reser mig ovilligt och med en gatumuégano i min högra hand går jag till själva platsen för det slumpmässiga mötet och letar efter spåren som lämnats efter...

Jag går genom de tre västerna tvärt emot bilarna som jag lät närma mig dem och räknar dem en efter en, från karavanen av vackra kvinnor som visar sin charm sittande på huven av rytande motorer som varnar för skönhetens passage,

Skolornas kampparad har redan avslutats och ger vika för skönheten som under ett helt år har förblivit i konservatismens reserv, i den extrema låsningen av den jungfruliga hållningen hos traditionella familjer som skyddar kyskhetsriten...

Blommor av leverans och mottagande, av strid med kronblad i blickar som plötsligt stänger illusionerna när de accepterar erövringen av en manlig suck som kunde få ett leende från en kunglig berättelse...

Buickarna, Fordarna, Chevroletarna, de blonda tjejerna med vassa näsor och en katalansk närvaro med smaken av Manila—sjalar, Maja, flamencosång...

Klockan är halv fyra på eftermiddagen och jag befinner mig den sextonde september i hörnet av Armenta—varuhuset, jag tappar ryggen på en av ändarna på skänken för att föreställa mig den där röda Chanel —doftande tröjan...

Jag föreställer mig att hon sakta klättrar uppför trappan för att gå in på katedraltorget, jag föreställer mig att hon ser mig, att hon känner luften av mina suckar och det ljuva stinget i mitt uttryck som saknar henne...

Drömmar kommer och går, och de illusionerna plågar mig, jag glömmer nästan att det idag väntar mig en möjlighet att glömma det fantasifulla och ouppnåeliga, att hitta den verkliga ersättaren för mina ravings...

Kvinnan som hittar dig så långt borta och så nära mig, sökandet efter dig ska inte sluta kretsen av mina strävanden efter att ha dig... Kvinna, vem som än är inom mitt räckhåll, en men kvinna trots allt...

I en kermes kan du upptäcka lindring av rädslor genom att försöka känna mjukheten i en blick eller beröringen av en hand som smygande passerade vid din sida, det är kärlekens ångest! ...

Av kärlek som en fantastisk sak, det spelar ingen roll om jag dör i en kamp av blommor om jag kunde uttrycka för dig hur mycket jag strävar efter dig, du som fyller min oro och mina önskningar att älska...

Även om det kallade mig mer för att stjäla aromerna från vinden på den trappan, hade jag bestämt att träffa mina vänner från grannskapet, Carmen, för att gå till erövringen, för att flirta eller till nyfikenheten hos ungdomarna i Centralen...

Jag är uttråkad av lotteriet, varmkorven, sockervadd och naturligtvis fängelset, lögnernas bröllop eftersom lögner fyller i sanningens luckor...

Jag skulle verkligen inte försöka falla in i skämtet, i den barnsliga pratlådan av hotet mot min uppfinningsrikedom och min sensualitet som en längtande ung man, jag är redan blyg för att möta förnekelse eller göra mig narr...

Ja, jag visste det, jag förstod risken med att söka det omöjliga, att fresta de vågade, att kunna se henne i hennes skola, att våga vara så vågad...

Jag träffade henne för första gången på en buss från La Paz, de blå som jag sa, den med fåtöljerna med plagg skadade av okunnighet, slitna, mellan värmen och enkelheten i det påtvingade och olyckliga behovet av att ta en lastbil , inte att jag är van vid det, jag lever med bristerna, jag studerade länge i statliga skolor, utmärkelser till flaggan...

Hon gav mig lyckan att inse att det fanns, det var inte hennes väg eller hennes sed, hon följde med en vän, det var resultatet av en nödsituation, av slumpen, av en lätt blick och ett försiktigt leende som sa till mig att jag som du!. När jag hade ett vänskapligt möte med Carlos, hans bror, var det långt innan jag visste att ödet skulle spela mig ett spratt, att vara min bästa vän i ett år utan att känna hans familj och i det första mötet, av en slump, när han bjöd in mig att äta efter det spelade vi en fotbollsmatch i vår liga på Benavente, jag gick andra året på gymnasiet och han slutade gymnasiet...

När han sitter i den främre matsalen ogillar han den överdrivna formaliteten med sitt lyxiga huvudbord att äta, den där tjejen som en dag log mot mig på den där stadsbussen, som, som en sagovagn, fick mig att känna mig som en prins, gick nästan obemärkt av mitt samvete. förtjust...

En blick av njutning, av subtil koketteri; hon var fjorton år gammal, ett långsamt fall av hennes ögonlock som smekte mina önskningar för att inse att denna stackars imbecil som fyller mina ben inte förtjänar en sådan utmärkelse...

Det var då den idylliska, helleniska kärleken föddes, känslan av hemlig, intim kärlek, av att äga det outsägliga, det oklanderliga, det avlägsna, men det är så jag har drömt sedan dess, fyra år sedan det mötet...

Förresten, att hon känner till vår ömsesidiga attraktion, hon reserverad, blygsam, skolpojke, och jag, försjunken i blyghet med sken av feghet eller att våga acceptera den kärlek som jag inte känner, som flyr mig, som gömmer sig i den avlägsna tiden av min barndomsnostalgi när jag bodde hos min syster i mina fastrar Catalinas och Auroras vård, ett obehagligt minne av hennes hjärtesorg och hennes singelhet framtvingad av avvisandet av hennes sätt att vara...

Min syster Magdalena, tre år yngre än jag; min far dog nästan i en bar, en kula gick igenom honom på vägen, från pistolen från en grälsjuk fyllare som frågade honom varför han tittade på honom som om han måste betala för att titta, spela livets poker bredvid alkohol som tar liv för att ha följt dem i deras flykt från smärta och känslomässiga plågor...

Min pappa rymde ofta från mammas skrik och påståenden, jag minns fortfarande, pengar räcker inte! Du knullar mig inte som förut! Så, är din gamla jävel? Om jag fångar dig kommer jag att döda dig! Vi hörde dem alltid bakom sovrumsdörren...

Min far var bra, men han skakade inte av de dåliga minnena av att vara föräldralös och växa upp på internatskolor och hamna i reformskolan vid femton års ålder för ett fel han aldrig haft...

Hans vänner från det övre, de från det nedre kvarteret våldtog kapten Velasco Osorios dotter, enligt min far såg han bara, han var också blyg, det är vad jag ärvt av honom; men jag levde inte hans tid eller hans tillkortakommanden, inte heller hans effekter...

Han arbetade länge i kalkugnen efter att ha lämnat reformatoriet, när han blev myndig slog han lungorna i tornet, dock ville kaptenen mer revansch och skickade honom till kriminalvården i sex år, tillräckligt för att bryta hans vilja att le, att känna livet med uppmuntran...

Kalken skakade hans hälsa och även om han blev kär i min mamma där instinkten råder kunde han inte älska med kärleken han inte förstod eftersom han saknade den, hans feghet ledde till att han cementerade sig i Calera som någon som anammar olyckan av frekventerar det glömda.

Först i Hermilos snöklädda toppar som för att täcka hanens öga; sedan pilgrimsfärden till matsalarna medan man fastnar av en och annan neutleskruv i —Bella Elena—; förlorat fall min far som kastade oss in i ovisshet, små, svaga, i en osammanhängande känslovärld där passioner blandas med rom och fumaroler av det Delicate utan filter som min mamma brukade, hon var beroende av tobak...

Många gånger bevittnar vi mina föräldrars samlag, utan kärlek, utan ömhet, utan leverans, primitivt och kränkande för oss, till vår förvåning...

Det var vanan med det ovanliga och det okända, såväl som det obegripliga; Från stönet som verkade som en kamp för oss och från en hård kamp som vi aldrig förstod...

Jag var sju år , och Malena var fyra, min mamma fick tre missfall med några örter som hon fick... Vi visste inte och visste inte heller, vi var bara märkta, men inte störda tack vare kärleken och omsorgen från min farbror Salvador som vi fick tillbaka innebörden av att ge och veta hur vi ska ta emot, lära oss att få en öm kram och goda råd...

Min far hade ett lungtillstånd som komplicerades av att dricka och han blev sjuk, så min mamma lämnade honom, hon gick, hon var frånvarande, hon flydde från tristess och tog sin tillflykt till flykten från misstag...

Efter några år fick jag reda på att han arbetade på en bordell i Mexico City, han dog i syfilis och min far lämnade också äntligen denna värld på ett hälsohem för psykiskt sjuka, han kunde inte sluta älska min mamma, han stannade i Castañeda Jag har aldrig träffat henne, jag har aldrig besökt honom, jag får inte känna henne...

Många gånger har min faster Aurora, min fars syster, berättat för mig att det var vad som hände henne eftersom hon var långt ifrån Gud! Hon betalar för sina synder och att min mammas prostituerade kommer att förtäras i helvetet...

De orden sårade mig, men jag måste acceptera att jag inte led när min moster dog för två år sedan eftersom jag verkligen inte älskade henne, det verkar som att hon var avkalkad, min moster Aurora var singel och kände aldrig en mans kärlek, det sades att hon var homosexuell, hon såg manlig ut, hon var redan fyrtio – tre, hon hade till och med mustascher, dåligt ansikte, med kort hår, hon gick inte till mässan eller bar slöja men många gånger, när jag kikade in i en paus i mitt sovrum såg jag hur hon slog ryggen med ett bälte framför ett krucifix... Skulle det vara för att tjäna himlen? Alla får vad de förtjänar...

Fram till dess var min moster Catalina, som vi bodde och bodde hos, inte så grym, även om hon var väldigt självisk och övertygande, föredrog hon alltid Pedro som var son till en annan bror till henne som dog ung...

Jag glömmer inte att vi är nära, föräldralösa och ensamma, lyckligtvis, som sagt, på grund av vår farbror Salvador...

De hade en liten pojke, Martincito, han var tio år och en tjänare som de hade lämnat honom som ansvarig och hon gick med pojkvännen, den unge mannen dog i tyfoidfeber med salmonellan som invaderade honom, för när vi gick ut till gatan han Jag gillade verkligen att dricka vattnet som rann under trottoaren, speciellt när någon kastade ut en hink med vatten för att skölja bort dammet från vindarna och fotspåren från barn som kommer tillbaka från skolan och drar med sig olyckor från sitt dagliga liv...

Det var så Martincito dog, det var hans tur, han var mager som ett sugrör, han gillade inte att äta det lilla de gav honom, som vanligtvis var rester, eller det vi lämnade på tallrikarna, han ville alltid att jag skulle köpa honom en cola och en klubba, han hatade mjölken, det lilla de gav oss och med vatten för att reducera det, eller den ibland härskna degen...

Andra gånger gav de oss en tamale, ja, det var i tuffa tider när min farbror Salvador hade ekonomiska problem...

Moster Catalina lämnades utan Pedro, vår kusin, för fem år sedan, hon var tjugo, hon blev trött på så mycket bortskämd och så mycket besittning av att inte låta honom göra det, hon åkte till kusten med några bums, hon är runt Honduras med några Garifuna—svarta nära Puerto Castilla...

Sedan dess har en påtvingad tillgivenhet tagit tag i Male och mig, speciellt för att Malena efter att ha pratat med min farbror fick betalt för en klosterskola, hon tog den dotter hon aldrig fick och till slut gick det inte så illa för henne p.g.a. de kunde förklara för henne det där med mens och allt om kvinnor som jag inte visste...

Jag kände mig nedflyttad och jag brydde mig inte, min syster räddades från att vara mer hjälplös än jag...

Jag tror att det inte påverkade mig så mycket eftersom jag inte tog emot mina föräldrars kärlek och jag höll mig alltid borta från smärtan, från att spela in de dåliga stunderna tack vare min förmåga att drömma, jag drömde alltid, alltid att jag förberedde mig mitt rymdskepp för att leta efter andra fridfullare planeter, och log så här för att se min start och mitt flyg...

Skriken och förolämpningarna lämnades kvar, och de grova synerna som skadade mitt barnsliga samvete raderades ut i hastigheten på min flykt...

Nu låter min moster och min syster dem lekstuga, lyckligtvis låter de mig plugga också, de ger mig söndag, jag klagar inte såklart! tack vare min farbrors vänlighet...

Det är dags att komma till Miguels hus... Det är lördag den 4 maj... Julio Cesar kommer säkert dit, de är båda mina klasskamrater, fast de går till ett annat rum...

Miguel bor i El Carmen, bredvid kyrkan, möjligen har han gjort korstecknet, även om han aldrig tar nattvarden, som det faktum att de tvingade honom till katekes när han var yngre, han greps av antipati, hans mamma, och hans syster om de plötsligt är det, tjejen gillade mig, hon heter Rebeca...

Men, även om hon gör de bästa kakorna i Puebla, som är gjorda på grädde och hon spelar piano med himmelsk sötma, så vågar jag inte gå en promenad åt de hållen, och det är inte så att hon är ful, men hon verkar väldigt matt för mig, hennes händer svettas alltid, hans akne, med en blick som försvinner i tomrummet, i en främmande värld där han lever inuti sitt huvud.

Inte heller hennes små glasögon och hennes versbok som hon alltid bär på, jag accepterar att hennes känslighet för konst smittar mig och upphetsar mig varje dag jag ser henne, men jag föredrar att fördjupa mig i ironierna i en defekt kärlek, för att vara prostrerat i en gungstol fet och skallig...

Några gamla Chopin—poloneser i mitt öra, det är därför jag brukar komma vid den tidpunkt då det inte finns någon frukost eller lunch, än mindre middag, för alltid är det kroken som hon och hennes mamma kastar på mig, den här fisken äter helst alger och bubblor av illusion Dessutom är jag nitton år gammal, jag är inte giftbar...

Jag vet inte varför jag gillar att gå, är det för att avstånden är så korta när man har ett mål?

Eller när hoppet tar våra ögon, och vi ser avståndet som blinkar kallar oss att le att jag föredrar mina två ben...

Jag sitter i alla fall på den här gamla bänken i Parque del Carmen framför huvuddörren till det katolska templet. Kan det vara så att jag väntar på en kvinna? För hon kommer inte att gå därifrån, hon är inte från dessa håll...

Eller kommer mitt anspråk på ett mirakel? Ibland blir jag irriterad på mig själv för en värld av envishet som jag fördjupar mig i, i alla fall är livet som de svarta stenplattorna som har tagits bort av trädens starka rötter, slingrande, missformade, inkonsekventa...

Det ger mig en enorm lättja att fråga diplomaten i ett hus där en god vän bor omständigt, ja, jag tittar på klockan, det är dags att äta, visst har de redan lämnat bordet enligt bestämmelserna i enlighet med kraven från den som är ansvarig på den platsen, mamma...

För ett ögonblick stannar jag upp med lusten att gå in i det heliga området, Guds hus, och jag känner ett behov av att bädda in mig i ursprunget till min existens, det luktar gammalt, du känner doften som vinden för in i ett inre ström, det luktar av århundraden, av uppoffringar, av undervisning, allt har sin tid och plats...

Redan framför Miguels hus, vid bomdörren, ringer jag på klockan som om jag inte ville knacka, som om jag visar min rädsla och försiktighetsåtgärder, det råder ingen tvekan om att jag behöver mogna)

—Rebeca berättade för mig, förvånad över min närvaro, att hon till och med tog av sig glasögonen för att rengöra dem upphetsat, det är inte så att hon är blind, lite närsynt, om jag ska vara ärlig, hon har en av de vackraste och rakaste näsorna jag vet.

Hej Becky! —Jag hälsade henne också, medan hon tittade på mig som en fånig tjej trots sin sjutton års ålder, som någon som tar emot Santa Noe av överraskning med den gåva han längtat efter så mycket, jag kände mig också omtumlad, speciellt när jag såg hans arm som klämde en bok av Amado Nervo, fick mig att vilja springa.

– Vill du komma in? — sa hon längtansfullt, artigt och säker på sig själv med ett leende. Du faller redan lille pojke!... Vad kunde hon ha sett i mitt ansikte? Den primitiva instinkten hos mina köttsliga begär upptäckte mig efter att jag inte kunde motstå att använda blicken och observera hennes uttalade bröst...

Dessa lättsinne och syndiga tendenser till samlag! Jag kunde inte låta bli att fortsätta som en statysk figur framför henne som avslöjar för mig känslan av begär genom att kika genom en liten öppning i hennes blus, hennes vita behå och en del av hennes synliga vänstra bröst.

Jag vet inte vad det är för fel på mig, jag hade aldrig lagt märke till hennes figur, jag kom ihåg kaninen som provocerade trumman, den från Bambi... Jag skymtade hennes höfter, hennes gömda och läckra ungdomliga figur inuti hennes flödande klänning, medans hon gick framför mig och presenterade mig för sitt hus, hennes klänning såg varm ut, spenderade ring, och hennes friska och bördiga doft fick mig att förbli mållös och försjunken i motsägelsen och djurligheten hos någon erotisk, jag känner dig inte Bob!

Jag sa till mig själv, det som händer mig är farligt, så många stimulanser som jag har designat och nu svämmar de över i verkligheten innan en kvinna som provocerar dig, det är bättre att du bryter förtrollningen för det du minst vill kan hända dig. ...

Av någon mystisk anledning förblev Rebeca densamma när vi hittade den underliggande orsaken till trappan, utan att säga något till oss, vi tog bara ett snabbt andetag, jag andades lika djupt som hon, så flämtande, nervös tills hon gick uppför trappan till toppen Var är sovrummen...

Jag visste inte vad jag skulle tro för han sa inte till mig om Miguel var i hans, också på övervåningen och bredvid sin syster...

Jag väntade fortfarande ett par minuter för att veta vad jag skulle göra eftersom mina ben var förlamade och jag upplevde något i min kropp som aldrig hade hänt mig tidigare, okända förnimmelser rann genom min kropp, konstiga vibrationer, skulle vi säga, ropet från djungel, av testosteron Fram till idag hade jag funnit sensuell avslappning i onani, men detta var starkare än mig och jag höll på att tappa kontrollen...

Jag tog mod till mig och gick sakta upp för trappan för att möta Miguel, som tog en tupplur efter att ha ätit. När jag vände mig om stötte jag på hans mammas krukväxt och bröt den av ett handtag. Jag vet inte hur han gillar bröst? en hallingång...

Jag vände mig om och gick på mosaikgolvet som ledde mig till sovrummet, jag passerade nära Beckys och försökte göra minsta ljud...

Allt var tyst, jag hade blivit ensam, inte ens ljudet av katten hördes, den som alltid ligger ner på den där stolen, och jag hade fortfarande den där känslan som manar mig och trycker ner mitt bröst...

Innan jag gick framåt gick jag tillbaka och gick ner för trappan, jag ville inte gå igenom Rebecas sovrum som hade öppnat sig lite mer, jag gick till köket, de litade på mig och jag gick i utrymmena som om de vore mina, här de uppskattade mig, det var en saftig rätt för dottern i familjen...

Ingenting, ingen, inget oväsen, plötsligt kände jag en darrning i kroppen som uppmanade mig att rusa ut och fly inför tvivel och osäkerhet...

För ett ögonblick visste jag inte vad jag skulle göra, men till slut bestämde jag mig för att leta efter Miguel, jag var tvungen att ta en risk, det var därför jag kom, jag stod igen framför den krökta och uppåtgående trappan som ledde till den där störande sekunden golvet, mina hormoner bråkade, jag kunde inte tro vad som hände mig, jag kom efter Miguel och hans syster tog emot mig, det skulle vara bättre om jag gick till honom innan han vaknade och jag skulle försöka glömma den här lilla frågan om de uppenbara önskningarna...

Jag nådde den övre korridoren igen, jag öppnade dörren till Miguels sovrum och när jag tyst kikade ut insåg jag att han inte var inne, nu föll rädslan över mig som hett vatten som kokade i snabbare takt, återigen total förlamning och Destiny I lekte ett komplicerat öde...

Jag lämnade Miguels sovrum och gick mot trappan och försökte inte titta på Rebeca, han såg ut som en rädd dagispojke som skrämmer honom till och med tunna skuggor av ett träd, men instinkt och nyfikenhet förrådde mig, e och dessa smutsiga begär var okontrollerbara...

Jag skingrade mina ögon och som en idiot såg jag henne ligga på mage och täcka ansiktet som om hon väntade på mig som om hon visste i förväg vad jag skulle göra...

Hennes lår var blottade, och jag vet inte varför i helvete det slutade med att jag tappade den lilla kontrollen som jag hade kvar, jag närmade mig in i det inre av hennes sovrum för att bättre observera henne, jag förlorade mig själv i medvetslöshet och lät min vilja drivas utan återhållsamhet av dessa primitiva impulser av begäret gick jag in utan att förmedla konsekvenser, det var något oundvikligt,

Jag var tvungen att vara vid hennes sida, känna hennes närhet, andas in hennes säregna dofter av en fertil och ung kvinna...

Jag gick mjukt mellan mattornas mjukhet och som för att vila mina utbrott tog jag plats i den lilla rosa stolen, typ femtonde århundradet nära hennes byrå utan att ta blicken från hennes välformade vader...

Rebeca slutade inte hålla ögonen på sig och visste att han tittade på henne som om han kände vad som måste hända...

Jag höll min panna med min vänstra hand och försökte undvika att se den, men den var redan där, spikad, inbäddad, pressad av mina svagaste instinkter, jag slöt ögonen och försökte lugna mig för att försöka ta mig ur detta hål där Jag hade dränkt mig...

Rebeca sänkte sina händer mot kroppen utan att öppna ögonen och liggandes på magen höjde hon sin klänning. Pausade för att upptäcka vad jag aldrig hade sett, ungdomens Nevers— värld var något jag inte visste hur jag skulle hantera...

Vilka vackra och konturerade lår, och hennes skinkor så fasta, så upphöjda, så stora, hennes höfter så uttalade... Yaa!... Den där nya och djupa doften som kallar mig, som inbjuder mig till njutning, som får mig att känna en ödets marionett! Jag känner mig försvagad, och trots min feghet inför det ovanliga, närmade jag mig utan att känna det till kanten av hennes säng för att iaktta henne mer intimt, mer detaljerat, den där okända, attraktiva, önskade saken, som hon hade återvänt till hennes ansikte utan att innan hon sänkte sina känsliga vita trosor lite...

Jag var nedsänkt i darrningen medan jag noggrant observerade hennes skinkor, fast och hoppfull, hennes arom trängde starkt in i mina näsborrar, jag darrade redan till botten av mina ben, och även om jag inte visste säkert vad jag skulle göra, rörde jag vid en av hennes fötter på impuls. , hon ryste och sänkte händerna igen för att helt ta av sig underkläderna...vacker, hårlös, rodnad av sin snabba andning...

Aromerna kombinerades med hennes svett och min, omgivningens hetta kvävde mig och min uttalade erektion gjorde ont, mina testiklar gjorde ont... Jag var mellan det osäkra och våra aptit, det skulle räcka för mig att klä av mig för att penetrera henne , även om jag inte visste hur jag skulle göra det tror jag att det skulle vara naturligt vad som skulle hända, enligt vad jag har läst...

Det råder ingen tvekan om att de närliggande avgrunderna inbjuder dig att falla ner i dem... Plötsligt vände hon sig om mot sitt könshår utan att öppna benen, hennes aromer blev starkare och mitt huvud vände sig, som ett djur i Som svar på värmen, Jag närmade mig rädd och kysste hennes mage, öppnade hennes ben lite och lärde känna en del av hennes intimitet, rysande, jag begravde mitt ansikte på sängkanten, reste mig upp och sprang till badrummet i Miguels sovrum där jag onanerade...

Jag hämtade snabbt andan och visste att jag var på väg att göra något dumt, jag tog plats på locket till toaletten och tog ett djupt andetag, det var när jag hörde Miguels skrik komma nerifrån, ropa Rebeca, som om jag vaknade från en mardröm om ett älskareprojekt, jag snubblade ut till ett litet skrivbord han hade inne i sitt rum, jag satte mig ner och tog en bok från hans bord och fick honom att läsa)

Miguel kom in och blev rädd. Hej oxe! Och hur kom du in? —han berättade för mig.
— Din syster öppnade den åt mig, och nu måste vi gå! Vart var du? Jag frågade och försökte dölja mitt humör, min nervositet och spänningen som fanns kvar.
– Vad är det för fel man? Det låter som att du har diarré.
— Har jag diarré i ansiktet? Det som händer är att jag kom springande för att det redan är sent, kermessen har redan börjat — då förblir jag fundersam, han var i min ålder, men mer mogen.
—Julius Caesar borde inte dröja länge. — Han gjorde en paus. Vill du ha citronvatten? – Jag undrar.

— Självklart! Fenomen, — sa jag till henne, med akut behov av att lugna dessa stillastående hettor, dessa frustrerade ångest, dessa förträngda begär... När vi gick ner för trappan kände jag Rebecas blick bakom mig, gömd, pinsam men till sist trevlig, speciellt om hon också han onanerade som jag, vilket inte är särskilt säkert, det var en ny och stressad upplevelse, oavslutad.
— Vilken är den bästa tiden för kermessen? frågade Miguel mig, lite uttråkad.
—Efter fyra på eftermiddagen kommer det bästa, efter att ha ätit — sa jag till honom när vi satt i trädgården på baksidan av hans hus med vårt glas och citronvattnet, kallt, tröstande, svalkande), stirrade han på mig och kommenterade konstigt.
– Vad tar du med dig? Säg inte att du fortfarande sladdar längs sträckan av Zenteno?

(Inuti mig fanns det en stor förvirring eftersom jag precis hade upplevt något som Bright Star inte hade fått mig att känna... Vad var skillnaden? Vad skulle vara bättre, fysisk kontakt med en kvinna som vill ge sig själv, eller med någon som ger mig bara illusionen av att göra henne till min?
Det är kroppen eller känslorna av en hänförd kärlek, smaken av en fertil, brådskande kvinna eller den mjuka doften av en Chanel—parfym som går förlorad i mjukheten hos någon oberörbar, avlägsen, som provocerar med dofter av het svett, eller som får mig att uppfatta de tunna, omärkliga daggdropparna, som förblindar mig bara av att se henne...

Jag känner mig elak, jag har svikit min vördnad för Bright Star med en olämplig glidning som har väckt mina instinkter, jag kommer inte att kunna se henne klart i ögonen, jag tror det, jag kommer inte att kunna närma mig hennes kyskhet, jag förmoda)

— Vad tycker du, Bert? —Miguel ringde mig angående min slöhet och mentala frånvaro.
— Du har rätt! Jag blir stum av en kvinna som inte kommer att lägga märke till mig.
— Var inte uppmärksam på Carlos Bob, Manuels grej är hans föräldrars planer på att förena förmögenheter, eller något liknande, även om han är snygg är Bright Star inte särskilt entusiastisk trots att han är med honom.
— Är du säker? Jag frågade med hopp som studsade av mina ambitioner.
—Titta Bob, du är den fattiga medelklassen, nästan tvingad, du klarar dig bra i dina studier, du är en av de bästa i klassen, du spelar ganska tekniskt i fotboll, du är inte rörig, du suger inte, du röker inte, ingenting Du är välkommen kompis, jag tror att vår väns spanjor inte vill ha ett helgon, hon kommer inte ens kasta sig in, inte heller kommer hon att kunna uppfylla sina smaker, kom igen! Hans sätt att leva, hans lyx, hans smink, hans parfymer, hans resor till Europa, köp av kläder i Houston. Inte min kung! Chiggers.
—Ja, Chanel #5, — avbröt jag, nöjd med min verklighet.
—Så, ta en av de som är sprängda av dig som min syster som bara behöver sätta ett ljus på dig, även det, jag accepterar dig som svåger Bob,

men glöm sagoprinsessor, dröm inte av det omöjliga är Bright Star för vacker för dig
—Så, jag har inte tillräckligt med fysisk skönhet för att sträva efter din kärlek? —
— Inget av det, Betty! — Du är verkligen en halv hjärtekrossare som Manuel, men, stackarn, och fattigdom gör människor fula och mindre så för den där rika flickan, akta dig, du klär dig slarvigt, du har ingen bil, kanske du kommer att ha tillräckligt med en lemonad eller en cappuccino, ja, se, jag säger till dig, när du bestämmer dig för att knulla de nittio kommer du att ha tillräckligt med pengar för att betala en hora, om du inte tar en från entrén som är viktad, eller två, men de kommer att fånga dig från vilken sjukdom som helst, det är dags att du har premiär... Eller ja?...

(Jag lämnades med moral ner till marken med verkligheten som min vän målade upp för mig, den hårda sanningen om mitt tillstånd som en inbiten drömmare... Vilken nytta hade moraliska värderingar, mina romantiska illusioner, min kyskhet, mitt avstånd från primitivt och medelmåttighet, att vara annorlunda är att vara utanför de möjligheter som ger den sociala lycka som man längtar efter?)

— Det finns så många gamla kvinnor, du märkte Carlos syster, vakna man!
— Låt oss gå till centrum! Julius Caesar kommer säkert att komma ikapp oss där — jag sa till honom att han var lite uppgiven men accepterade mina ogynnsamma förhållanden.
—Du har rätt, jag låter bara Becky veta om hon vill följa med oss.

– Ska din syster åka?
– Ja, men det är bättre att vänta på min mamma för hon vill hjälpa henne i utlottningen.

(Rebeca, för en förändring, studerade också på Centralen, det fick mig att vilja springa till forten och förlora mig själv bland träden för att få det lugn jag behövde... Vi reste oss upp och gick till utgångsdörren till hennes hus gör vårt bästa för att inte titta upp för trappan, men nej, jag kunde inte låta bli och jag kunde inte motstå min nyfikenhet att veta hur det hade gått med Rebeca, vad hon tyckte, vad hon kände...

Det var en flyktig blick men där stod hon med blicken fäst på mig och försökte höra vad vi sa, med en penetrerande, besittande, hotfull blick gjorde hon ett tecken med fingrarna att jag inte förstod att det betydde något att henne... Jag gick därifrån och berättade för mig om min misstro och mina dolda önskningar, försökte utrota hennes kropp, hennes aromer, från mitt minne, jag var tvungen att göra det, jag var tvungen att försöka, det orsakade mig ångest och rädsla...

Eftersom Miguel var den bortskämda i hans familj, äldre än Rebeca, men den ende mannen med en macho far och en mamma med en sjuk kärlek till honom, gav de honom vad han ville ha...

Han hade en röd Mustang som många avundade honom, och även om hans far var en bra läkare, var de inte rika... Den här bilen skulle dock ta oss till Centralen med en etikett på hälften – rik till förgäves, särskilt eftersom det finns många rika människor som kommer att vara där...

Vi tog den tjugofemte och jag såg fortfarande möjligheten att återse henne långt borta, nu mer bekymrad över mitt erotiska uppvaknande och förvirrad i mina känslor; Jag bekände en sjuk tillbedjan för henne, utan gränser, på gränsen till galenskap, en fantasipsykos som överväldigade mig...

Hennes ungdomliga, fräscha blick dödade mig sedan jag såg henne på den bussen, vilket fick mig att vilja leva, för henne, oavsett om hon är vid min sida eller inte, hon dör eller fortsätter att leva, jag har henne eller hon tillhör inte mig , det är för mycket för mig, för mitt motstånd. , Jag är inte nöjd med lite, med nästan ingenting, men det ger mening till mitt korta liv, om jag gillar att leva med en uppskjuten illusion är det för att jag förlorat allt som är värdefullt att bilda, några föräldrar som jag inte hade, en riktig familj, värme, kärlek och stöd,...om det inte vore för min farbror Salvador!...

Jag har henne och det kanske räcker för mig...När vi svängde av hörnet av Parque España kände jag att jag inte längre skulle motstå trycket av att veta att jag skulle kunna se henne igen och jag bad Gud att ge mig frid och lämna mitt möte med henne en stund till...

Julio Cesar, som var ganska en erövrare, missade inte en, även om han hade en flickvän och slogs med tre tjejer, kan jag redan föreställa mig hans avsikter! Han är en annan som bryr sig om min ensamhet och alltid hjälper mig att leta efter en partner, ibland tvivlar jag på hans uppriktighet eftersom jag vet att han också gillar Bright Star, även om det som intresserar hans flickvän Silvia är hans pengar och hans position...

Så hon låter honom flirta, han är inte den typen som Bright Star skulle vilja, men min tjejs skönhet räcker för att smälta vem som helst, de kallar henne —La Doll— bland mina vänner, fast hemma kallar de henne —The Baby— That är hur vi kan föreställa oss hennes skönhet, men det är inte en enkel skönhet utan ett skämt, det är den mest perfekta personifieringen, avgränsad och med känsliga, ömma drag, vad mer kan jag säga om henne!...

Vi anlände på trottoaren och många människor närmade sig entrédörren, damer med sina barn, se till att ta hand om dem, Bright Star skulle inte vara undantaget eftersom hennes mamma är ganska konservativ och tillhör gruppen av damer i Sacred Heart of Jesus...

De går till ytterligheter! De är mer krävande än Bibeln, men jag gillar deras mamma, hon har aldrig behandlat mig oförskämt, tvärtom, som att jag tycker synd om mitt föräldraskap eller min övergivenhet, hon ser mig bara som en din son, jag gillar inte idé om du tycker att din dotter ska gifta sig med en kille på din sociala nivå som Manuel, dessutom vet du att min mamma dog på en bordell, ja, mellan skvaller och skvaller är det hedervärda samhället av vuxna kvinnor från Puebla kända för nyfikna och hycklande)

— Slå vad! — Julio Cesar ringde mig medan Miguel pratade med några bekanta eftersom jag var distraherad i karusellen av mina dispersioner, de säger att jag alltid är på månen, det är därför jag är galen, de har rätt, men de förstår inte att min galenskap har en etikett av kärlek, galen.

— Slå vad! — ropade Julius Caesar till mitt öra igen, — sa han. Sluta se molnen och kom, jag vill presentera dig för Betty.

—Hej hur är det? — sa han till en brunhårig person, eller något liknande, stora ögon, femton år gammal och säkert ett arabiskt efternamn, han valde mig fel, men Julio rättade sig direkt när han såg mitt missnöje och antydde en annan feminin väg.

— Se! Här är Maria del Rosario, jag har redan berättat mycket för henne om dig och hur galen du är, men du är på topp – försäkrade mig.

(Jag log vänligt mot honom och märkte hans vilja till romantik, han förberedde den här åt mig, Betty var för Miguel som inte spelade ful för det är så han gillar dem, och jag vet inte hur mina vänner ska bli av med dem när de kommer fram till sina formella flickvänner, lär de sig inte! Rosario är bra, ganska vacker, färgen steg till hennes kinder när hon tog min hand, jag vet inte varför de följer samma handlingsschema för alla de som vill flirta ?

Hon har en stark personlighet och djup blick, lite knubbig kanske, 14 år, ganska stora höfter, men smal midja, ganska naiv, händerna är svettiga av nerver, gyllene hår, rak näsa, väldigt uttrycksfulla ögon, jag släpper taget om hennes hand låtsas ta fram en näsduk för att torka min näsa, det här är en grupp halvknubbiga eller knubbiga tjejer.

Jag vet inte vad som ger dem att äta så mycket, en för de arabiska tacosna och andra säkert för konditoriet eller godiset från Santa Clara, för att redan förlora den feta spanska maten eller korvarna...

Julio Cesar hänvisade oss till det inre av skolan, Miguel tog Betty i armen och jag gav bara vika för den lilla vita flickan, jag håller med om att jag bara har varit sämre i fem år då han ser yngre ut, eftersom Carlos säger att de fortfarande luktar blöjan...

Jag visste verkligen inte hur jag skulle ta mig ur det här utan att skada henne, jag är inte för den här typen av programmerad romantik, det stör mig att behöva tänka ut min flykt igen, jag gör det alltid mot Julio Cesar, jag hoppas att han inte planerar något lås)

— Slå vad! – Julio ringde mig igen. — Jag träffar dig pojke, först, vi ska gå till domaren så att de kan gifta sig med oss och ge oss föreningsbandet — insisterade Julio Cesar inför flickornas tumult.

— Hur är det med obligationen? – frågade jag oroligt.

— Ja! Nu knyter de en båge till din hand och den andra änden till din partners så att du inte tappar den, om du tar av den böter de dig, eller så kan hon anklaga dig med domaren så att de låser in dig, om de ser dig utan henne arresterar de dig och du kan sitta i fängelse ett tag, naturligtvis med henne bunden till dig — kommenterade Miguel.

(Sluk mig smuts! Nu började det verkligen kompliceras och jag tyckte synd om tonåringen, men jag var inte villig att riskera någonting efter att jag kom hit... Eureka! På trappan på andra våningen i skolan, där klassrummen är Carlos var från gymnasiet med Mireya, en annan av hans små vänner... Jag förstår inte, min vän? bli av med det här, och så jag agerade)

— Hej Julius! – ringde hon honom.

– Vad är det för fel? sa han eftertänksamt. Du kommer inte att undgå detta svårfångade!
—Nej! Jag vill inte fly, de som måste göra det är du och Carlos eftersom Ana Maria och Silvia går in i skolan.
— Mammor! skrek han nervöst. Var är Carlos? frågade Julio och vände sig om för att leta efter honom.
– Gå dit! Han pekade på platsen där lotteriet låg.
– Vad ska jag se jäveln?
—Det är där dina formella flickvänner är! Du är halvt gömd här, och där uppe, med allas fulla syn, romanser vår vän Carlos, — svarade jag och log busigt.
— Ta mig! Och skratta inte oxe! Han släppte sin kamrats hand och sa till mig. Och att Casanova inte ens vet, och titta! Han tog tag i ansiktet och var redan tagen av tåget.

— Då föll mig något, jag föreslog det till Julio Cesar — Julio, gå och underhålla dina flickvänner medan jag berättar för Carlos.
– Vad är det för fel på min bebis? han svarade. Vad ska jag göra med min galena? De ska spränga henne i luften, annars tror hon att jag slänger henne för Silvia.
— Låtsas inte vara Julio, det är dags för dig att välja, antingen Silvia eller din uppenbarelse!
– Du har rätt, fan! Jag har redan tappat lite hud. Aldrig! Okej, vad gör vi då?
—Jag säger åt Miguel att ta dem till en annan plats och du kommer ur det här engagemanget medan vi agerar och springer ifrån

honom innan de börjar gå och närmar sig rummen, försvinner härifrån.

—Jag återvände till gruppen tjejer som var med Miguel— Gå upp dit! Han pekade Carlos till andra våningen där Carlos var, och sa omedelbart till honom att titta på lotteriet också.
– Brud! De kommer att äta dig levande.
—Låt oss dölja det, Miguel, ta tjejerna någon annanstans och ta hand om dig själv också, för Carmen kan dyka upp och du måste överge dina romantiska planer som dina medbrottslingar.
—
— Därför att? Carmen kan inte dyka upp,
— insisterade Miguel.
— För om Bright Star och Carmen är tillsammans, kommer din älskare snart att komma, kom ihåg att de är oskiljaktiga.
—Silvia tänkte inte på att komma. – Hon tar mig! Han sa till mig att han skulle shoppa, gå och förhindra det! Jag går med dessa för att dela ut dem och jag faller för de olämpliga.

(Jag sprang så gott jag kunde bland vandrare, som redan var många på centralens innergård, i den där sökande promenaden, tjejerna för att få en pojkvän och att de skulle tro att de erövrar den de tycker om, utan att veta att kvinnorna välj oss och vi är dårar vi tror motsatsen... Jag skyndade upp för trappan så fort mina krafter nådde mig, och när jag kom framför Carlos sa jag till honom)

– Hej, flytta!

– Vad är det för fel Bob? Du är galen, avbryt mig inte nu.
– Kalla mig inte galen och lyssna.
– Vänta lite min älskade! sa han till Mireya och gick fram till mig.
—Om du inte skär till din detalj nu, kommer Ana Maria att hänga dig från flaggstången.
—La Baby sa till mig att hon skulle gå och shoppa med Silvia och Carmen.
—Du kom norrut med Julio och Miguel, de tre dyker upp och jag tror att du måste ta upp dem.
— Och vad gör jag nu med Mireya? — Carlos funderade hela tiden på hur han skulle lösa sitt kjolproblem. Stanna med henne! Och berätta för honom att min mormor blev allvarlig.
— Hör! Och vad gör jag med den?
—Ge mig tid att ta Ana Maria, köp henne en läsk, en varmkorv, här! Han gav mig tio pesos.
—Jag lade ner planen, misshandla henne bara inte och utnyttja henne inte för att jag lämnade henne varm, hon är löjligt söt, men jag vill ha henne för mig själv, vän! Jag tror på dig, — avslutade han med att säga till mig bestämt.
– Ska du tillbaka? Vad ska jag säga till honom om du inte kommer tillbaka?
—Du säger till henne att jag pratar med henne hemma på natten, att hon inte ska bli arg på mig för att hon blir ett odjur, roa henne och spendera pengar på henne, här! Ytterligare tjugo pesos, spendera lite pengar på henne, Bob — hon sa till mig när hon signalerade för mig att gå mot henne.

(Jag ringde Mireya, försökte förklara för henne att det fanns morer vid kusten och att hon förtjänar att följa med mig, för nu hade Carlos lämnat mig denna utmaning i min ålder som inte alls var dålig. Vilka komplikationer!...

Jag visste inte hur jag skulle berätta för den här tjejen vad som hände, jag försökte förklara för henne den dubbla nödsituationen vi hade, Ana Maria och mormor, för att förlåta honom och att jag skulle unna henne en varmkorv, det var vad jag sa till henne när vi gick ner för trappan i loungedelen höll hon med i enastående lugn...

Det slutade med att vi kom ner från andra våningen, förresten, hon skyndade sig inte att göra det, och jag kände att jag lämnade Guatemala och gick in i ännu värre Mireya var ganska attraktiv, sprudlande skulle jag säga, väldigt elegant, väldigt mycket i stil som en sofistikerad gringa, med mycket pengar i familjen och väldigt kär i min lättsamma bästa vän Carlos...

Långa, bruna ögon, honungsbrun, klänning i ett stycke, blont hår, mellan brunt löst, fladdrande, det ser så naturligt ut på henne! Casual, den där flödande klänningen, blommig mellan rött och blått, målad med små blommor, tjocka läppar vackert skisserade på en sensuell, flirtig och provocerande, fridfull mun, och en kropp av frestelser som det är bättre att inte föreställa sig, även om det är välformad ...

Hans klocka på vänster arm med blå, violetta remmar och det där lilla lockiga bältet på hans tunna midja, vilket paket jag tar med mig herrn! Han berättade för mig...

De stirrar alla på mig, speciellt eftersom hon är väldigt säker på sig själv och inte tappar sitt leende...

Vi gick långsamt mot varmkorvvagnen och undvek passage av människor och plötsligt täckte en vattenkänsla av 20 minusgrader mig när jag insåg att mitt livs kärlek skickade ut korvarna, vilket var allt jag behövde! Lyckligtvis stannade Mireya för att hälsa på några vänner, jag gick iväg lite, och som alltid hände mig, hon var fjorton steg framför mig...

Jag var extatisk, jag visste inte om jag skulle sluta se henne för hon hypnotiserade mig, det var något så konstigt, det förlamade mig, jag kunde inte röra mig, plötsligt tittade hon upp och fäste sina söta ögon på mig i djupet av mitt hjärta , för att göra saken värre log hon och hon visade mig sina pärlande tänder igen, full av attraktion, hon sänkte ögonen och log, som hon aldrig hade gjort förut, hon kommenterade några saker med sina följeslagare, hon lämnade vagnen och de ringde en annan kamrat att ta över efter henne... det var vad jag tänkte...

Han började gå, att vandra i ritualen av möte, av flirt, av erövring, Ge vänta, av maskulina utbrott, det var tydligt att Manuel inte var riktigt intresserad. Var det jag eller någon i min närhet?...

Jag kunde inte tro att min Bright Star bjöd in mig till romantik, fördjupade mig i antaganden, jag var tvungen att kolla upp det... Tills idag var hon ett hopp, en illusion, en ouppnåelig stjärna, jag kunde inte föreställa mig vad jag skulle göra, Jag kände mig så ensam, så hjälplös, så feg, så långt ifrån minsta styrka... Plötsligt tog Mireya min arm som fick mig att hoppa med stor förvåning)

— Jag skrämde dig? —hon frågade mig.

– Nej! Det är bara det att han blev distraherad.

—Förlåt att jag lämnade dig för ett ögonblick, men de är vänner från Monterrey som studerade här på Central med mig, jag blev otroligt glad över att se dem. Du Knox! Och du vet, jag skulle hellre ta en läsk om det är okej för dig, i alla fall, jag skulle vilja gå tidigt så att jag kan prata med Charly senare.

— Ja, — sa han till henne. Om du vill ska jag ta dig till din bil på en gång.

– Nej! —Han log — Låt oss gå för läsken, även om jag inte vill blanda mig mellan dig och din flickvän, vill jag inte kompromissa med dig.

— Nej inte direkt! Saken är den att jag inte har en flickvän.

(Jag berättade för henne när vi återupptog vår marsch mot förfriskningsstället och min värld kollapsade då, hon kom mot oss, jag med Mireya vid min sida och den här som inte släpper min arm! Det var värre än banden av fackförening, och eftersom hennes gång är som modellernas, finns det ingen som undviker att observera henne...

När vi var tre meter från Bright Star såg hon mig, ändrade uttryck när hon observerade Mireya, vände abrupt blicken, knep ihop läpparna och undvek min vädjan för hon förstod att det inte var min, det var hennes brors...

Jag kände den värsta av min nostalgi, färgerna i mitt ansikte förändrades och om jag inte grät är det för att jag tål det, men gråten som inte kom ut fick mina känslor att kantra i ett desperat skrik som delade mitt inre i två , översvämmar allt, sliter sönder mina ådror, försonar min intima död tills den förvandlas till damm...

Ett ögonblick förstod jag inte att Mireya stirrade på mig, hon hade en läsk i vänster hand, hon är vänsterhänt och jag visste inte ens hur jag kom hit, så hon tog mig i axeln och berättade för mig)
– Är du kär i henne?
— Vems? frågade han förvånat.
– Charlies syster
— Jag? — Tja, — han visste inte vad han skulle säga. Faktiskt — han gick mig på nerverna och efter en paus insisterade han.
— Om du är kär i henne, men ganska kär! Du kan ses för mil.
– Märkbart?
– Han trodde säkert att du och jag gick.
– Nej! —Jag avbröt henne — Nej, hon är inte min flickvän, jag gillar henne såklart! Hon är väldigt vacker, — förklarade han upprymd och orolig på samma gång.
— Tja, från hur hon såg dig från korvvagnen, som säger att hon gillar dig på ett otroligt distinkt sätt, så vet kvinnor om de sakerna.

(Jag vet inte varför jag delade min mest värdefulla känsla med någon annan än mig själv och med en annan kvinna som jag bara kände till utseendet, ganska uppmärksam, pigg och som inte missar någonting... Jag kastades in i olycka och rastlöshet , och så jag frågade honom)

– Hur kan du veta att han gillar mig? — Och om du fick reda på det, varför tog du mig då i armen?

—Jag ville kolla om han var svartsjuk, det var han och det betyder att han är intresserad av dig, du förstår Bob, heter du inte Bob?
– Ja, jag är Bert.

(Jag var med en intelligent kvinna som vet vad hon gör, jag gillar henne upp till det, och eftersom hon är mer av en kvinna än Ana Maria, för nu överträffar hon henne i mognad, är det mycket utrymme för Carlos , som om han inte förtjänar det för jag tror att han är en riktig fuskare, så sa Mireya sakta till mig)

– Kan du följa mig till min bil?
— Självklart! Jag följer med dig.

(Jag ville inte längre springa ögonen för att leta efter henne, även om jag såg henne i ögonvrån när jag var med Ana Maria på lotteriet och vid hennes sida vände sig Carlos om för att se mig, och jag var arm i arm med Mireya! Det måste vara Carmen som jag varnade honom, hans oskiljaktiga tillsammans med Ana såg mig och ändrade snabbt kursen för hans observation...

Jag förlorade henne! Han släppte taget, jag ska inte skylla på Mireya, hon ville bara vara nyfiken och kolla något, hon tog mig till avgrunden och jag förlorade en fantastisk möjlighet att vara med Bright Star...

Vi gick mot den centrala utgången och Mireya stannade igen för att säga hej till Moder Julieta, överlägsen... Hon tar mig! Han kommer hit med Carmen och hennes mamma; de går också...

Jag vill dö!... Och jag kan inte flytta härifrån, artighet tar inte ifrån att vara modig... Bland förvirringen av människor som kom in och ut, märkte Ms Concha min närvaro och tilltalade mig, och naturligtvis, med sin dotter och den skvallriga Carmen...

Jag hade ett behov av att vara uppmärksam på hennes leende och hennes uppriktiga beslut att komma till mig medan Mireya fortsatte sitt samtal med moderöverordnaren och två andra nunnor som anslöt sig till henne. Mireya studerade på Centralen och var mycket älskad och respekterad eftersom hon var mycket flitig. och halvledare)

— Hur mår du, Bert? Fröken Concha frågade mig.
— Bra, frun, — svarade jag bestört.
— Vet du inte om min son har ett åtagande ikväll för att jag behöver det? Jag behöver snarast att du tar mig till en uppvaknande, Mirta, Lulus gudmor, dog och vi kan inte missa att framföra våra kondoleanser.
—Jag vet inte, fru, han lämnade efter dig med Ana Maria, och de ska till Fernández—mötet.
— Med Pilarica?
—Ja frun, det är ditt företags årliga fest.
—Nej! Nåväl, nu är det omöjligt för min lille prins att komma bort från den festen, speciellt för att jag tittar på honom halvdistanserat från Anita, det är bättre att inte störa honom, men...

(Hon fortsatte att tänka som om hon ville hitta en lösning på sitt problem, Bright Star var på vänster sida av sin mamma och hon kände sig upprörd, distraherad och med liten lust att se mig försökte hon hålla min balans, särskilt i ansikte av

Carmens lömska blick som jag fulminerade, som ångrade mig för att jag inte kunde kyssa fötterna på min drottning av himlavalvet, men det gjorde mig glad att förstå att hon, med sin uppenbara svartsjuka, kände något för mig, vid det I det ögonblick jag inte kunde komma på något att säga, att för att gå med på min artighet, vände jag mig sedan till Ms. Concha)

—Titta frun, om du vill kan jag ta dig, låt mig bara ta en vän till din bil så följer jag med dig.

—Om du är med damen du säger, skulle jag inte vilja störa dig, Bob.
—Nej frun, — Jag försökte förälska mig med Bright Star. Sanningen är att Carlos gav mig i uppdrag.
– Hur beställde han det från dig?
—Vad som händer är att han kom från Monterrey —uppfann honom för att han kom från USA—. Och herr Julián frågade honom: — Jag sa till honom när han avbröt mig.
— Prefekten? Julián Barbola?
– Visst, frun, och eftersom han var tvungen att följa med Ana María, alltså.
— Åh! Jag förstår, den här sonen till mig kommer att få mycket problem om Anita ser honom med en annan tjej. Vem är han, jag minns honom inte? Hon letade efter honom och letade överallt.
—Den med den blommiga klänningen, frun, — medan Carmen bara skakade på huvudet när hon förstod att hon täckte min vän.
—Tjejen ser attraktiv ut, ni är ett bra par med henne, det är på tiden att ni skaffar en flickvän, Bob.

(Hon sa till mig leende medan Bright Star rynkade pannan och återigen förvandlade hennes vackra ansikte till en uppenbar irritation som smekte mitt ego, jag kände klockor i mitt hjärta, så jag svarade genast Ms Concha)

— Jag ska vara ärlig, frun, — Jag gick fram till henne, fyllde mitt luktutrymme med Bright Stars Chanel, jag ville försvinna, hon var några centimeter ifrån mig eftersom jag ville framhäva mina tankar för hennes mamma och för henne att bevittna min desperation för att inte vara något mer. henne. – han är inte min typ! — han sa till henne så att Bright Star skulle lyssna — Och dessutom är jag kär i något omöjligt.

(Sedan gick Bright Star till där Carmen befann sig, som hade flyttat för att kommentera något medan Ms Concha bultade upp konversationen)

—Det finns ingen omöjlig Bob, och ännu mindre för sann kärlek, om det är den rätta, ja, då väntar vi på dig hemma vid niotiden, — det slutade med att han berättade för mig.
– Självklart, frun! Räkna med mig, jag kommer att vara där i tid med dig.
—Det är därför jag gillar dig så mycket Bob, du är en fantastisk kille.

(Hon drog sig tillbaka, och liv och andedräkt återgick till min puls, lyckligtvis fortsatte Mireya sitt samtal och jag hade möjlighet att träffa henne och gå därifrån med den där naturliga kvinnans uppförande, med de rörelserna så rytmiska, så harmoniska...

När han kom fram till dörren vände han sig om för att se mig, som om han inte ville, och skisserade ett busigt, sensuellt och diskret leende som lyste upp mitt liv, i det ögonblicket hade han återhämtat det, i de tystnaderna av hemlig kärlek, av dessa dolda begär som fyller varje existens, som ger mening till livet, i dess helhet, i dess tillräcklighet)

— Vi går? – berättade Mireya och väckte mig från min bortgångsdröm.
—Ja, visst var det mycket trevligt att du hälsade på dina forna följeslagare, nunnorna.
– Det här har varit en intressant dag som jag måste avsluta bra.

(Hon berättade väldigt livligt när vi lämnade skolan på väg mot hennes bil... Överraskande nog tog hon mig i handen och en rysning fyllde min kropp, inte så mycket på grund av hennes hand på min, utan för att om Bright Star dök upp här Jag skulle gå vilse, seder säkert från gringas som hon hade lärt sig bra av, det var något väldigt naturligt för hennes sätt att leva, men för mig var det något nytt och oroande och när vi fortsatte vår vandring förblev jag tyst eftersom jag upplevde en ny känsla och väldigt lik den jag hade hemma hos Miguel med Becky...
Vad var det för fel på mig? Förrådde jag inte min moral, min rättfärdighet, min trohet? Jag ogillade dock inte vad som hände, han släppte mig omedelbart och kom till platsen där hans bil var, berättade han)

— Kör du? Han tittade bedjande på mig med den nödvändiga ömheten för att inte motstå att vara en del av ett sensuellt uppvaktning som han inte kunde smälta... Jag öppnade den högra dörren på hans Chevrolet för honom, som en god gentleman som jag anser mig själv, och jag njöt av sättet han gick in och satte sig ner, inte ens en kejserlig vagn skulle ha fått en sådan feminin manifestation, av en sådan aristokratisk gestalt...

Jag stängde dörren långsamt, tog ett djupt andetag och som en idiot som inte visste vad jag skulle göra gick jag upp på övervåningen och började gå... För att inte känna mig mer förvirrad gjorde jag ett samtal med honom och frågade honom var han bodde.

— Hos Gabriel Pastor, mellan trettio—nio och sju! Han sa mjukt till mig.
— Den med stenmuren? – frågade jag aningslöst.
– Visst!

(Trots händelserna efter att Carlos dumpade henne med mig, behöll Mireya det där lilla leendet, inte som Bright Stars, inte blyg, säker på sig själv, vad hon vill, vad hon planerar, ett leende som också är lätt men flirtigt i hög klass , beräknande, allvarlig, reserverad, en situation som inbjuder till varaktighet, de är olika och så lika, eller snarare så lika, båda inbjuder till synd, gör dem till mina, den ena för korthet och den andra för evigheten, av vad busigt till det allvarliga, från det erotiska till det sensuella, från det ljusa till det blygsamma, båda med långt hår, både feminina, det är min överflödande instinkt mot min hängivenhet till renhet...

Vi kom till en rik familjs bostad, vana vid att leva bra trots hyckleri, lögn eller lögner, de åt tillräckligt, sov sina timmar och hade lyxen att spela otrohet graciöst, pappan med sin sekreterare och mamman med frustrationen av en missförstådd och uppskattad klimakteriet, och hennes äldsta dotter otukt i USA med vem hon vill...

Vilket mode är etablerat! För att ingen ska få reda på något så att de kan ta nattvarden i katedralen utan territoriell ånger, förblev synden i turisttropikernas salta vatten, när menstruationen kommer, säger vissa, kommer inte en enda partikel sperma att ha kvar, och med värden i munnen kommer ångesten att känna sig själv som en syndare eller syndare, och något annat för följande sommar... Vi parkerade bilen i höjd med entrédörren och då berättade Mireya för mig)

—Jag öppnar dörren åt dig och vi lägger den i garaget.

(Jag nickade och gjorde mig bekväm på trottoaren för att komma in i huset, medan den vackra damen, som jag hade följt med, förberedde sig för att öppna de breda dörrarna, allt sakta, ömtåligt, och flyttade sitt blonda hår åt ena sidan och den andra. , utan rufsig, ångig, hackig med hårstrån som i sin färg verkade som majshår, när hon såg mig log hon utan att visa sina tänder och skickade sina fylliga läppar härifrån till dit, och gjorde ett ansikte som förebådar naivitet och en blandning av provokation till kyssen...

Jag satte mig i bilen, jag klev ur den och Mireya var redan inne i huset, det var dags att gå, klockan är sju på natten, jag måste byta om och komma i tid till min förlovning med Ms Concha, utöver vad som innebär, min personliga glädje över idealiseringar.

Jag väntade ett ögonblick i springan på den snidade trädörren som smälte ihop med det polerade marmorgolvet, samt trappan som direkt syns, jag tittar lite längre och ett elegant rum iakttas, allt luktar rent, nytt, mahogny eller ceder, jag blir förvirrad, jag kan fortfarande inte se skillnad...

Skyhöga tak och glasiga diamantlampor, ett fönster på baksidan av matsalen med ett stort bord och åtta stolar, en vit sidodörr som säkert leder till köket...

Korridoren fortsätter till framsidan som enligt sedvänja leder oss till en rymlig och ljus trädgård, jag ser krukor härifrån på ett bord... Sen kom hon ner från andra våningen med samma klänning bara att den var lösare som om hon inte hade några kläder inuti, speciellt bh, förvisso, hennes byst är inte fixerad och rör sig med lätthet, den är stor, den uppfattas som stor och vacker)

— Vill du ha en drink Bob? — hon erbjöd mig med en viss flörtighet, men — Kom igen, Bob! Var inte blyg, jag tänker inte bita dig, min familj tog hunden till Valsequillo och de kommer inte förrän imorgon.

—Jag såg till när jag kom in i huset och gick — Stäng dörren! Vill du?

(Jag var orimligt upprörd över att inte veta vad jag skulle göra under dessa omständigheter, jag borde ha gått, men något konstigt hindrade mig, och så jag följde henne till köket och undrade henne)

— Vad tror du att makar kan älska på den plats där köket finns?

(Jag var mållös, jag visste inte om jag skulle springa eller börja gråta, vad var det för fråga en nittonårig kvinna frågade mig i sitt hus, i sin avskildhet, ensam och så provocerande?)

—Jag vet inte så mycket om detta, Mireya, men enligt de böcker jag har läst, även om det är obehagligt, bör det ske när som helst när behovet uppstår, antar jag.

—Hon lutade sig tungt och förvånad mot kylskåpet — Du överraskar mig Bob! Jag föreställde mig inte ett sådant svar, du är ett riktigt fall.

(Hon gick till kannan med vatten på en byrå, hällde upp det i två glas och erbjöd mig ett av dem)

—Charly pratar ständigt om dig, din intelligens, din känslighet, din galenskap, även din kyskhet, han bad mig till och med övertyga min syster Rocío att leka cupid med dig, men nej, hon är för liten för din hjärna och din omfattning —hon närmade sig mig, nära, ganska nära, provocerande och sensuell. — Du behöver en kvinna, mer kvinna, som har mer saker att erbjuda dig, som kan värdera vad du tycker, vilket inte är lätt vad jag ser! Hallå! Vad jag ser är du inte heller lätt att förstå — han fortsatte framför mig och lämnade köket mot vardagsrummet och ropade på mig — Stanna inte där pojke! Komma!

(Jag hade redan lagt märke till alkoholen i hennes mun med min näsa, som berättade att hon gick upp till sitt sovrum, eller upp för att ta en drink... Jag följde efter henne för att träffas jag vet inte vad, hon verkade motiverad och gav mig en känsla konstigt av utomordentligt stark attraktion till mina instinkter, vi sitter i några bekväma fåtöljer, hon flirtar med mig kort och döljer sin tydliga nakenhet, kikar, provocerar)

– Hur många flickvänner har du haft Bob?
— Egentligen har jag bara haft partners innan jag gick in i Benavente.
– Var studerade du tidigare?
—På en statlig grundskola, gymnasieskola och nu Peppa på den här skolan.
– Det är väl bra? frågade Mireya mig när hon visade mig en del av sina runda lår när vi satt bekvämt
—Ja, jag gillar din disciplin, din moraliska och korrekta miljö.
– Varför anser du dig vara moralisk?
—För att jag försöker bete mig så bra som möjligt, utan att kränka någon, utan att skada dem.
— Men har du åtminstone haft en kärleksfull liten flickvän?

—Sanningen, jag hade en flickvän när jag var tretton år, jag kysste henne förstås aldrig och höll inte heller hennes hand.
– Du är nitton år, eller hur?
—Tjugo, — svarade jag.
— Nåväl, gammal nog att veta vad man ska göra med dina förnimmelser, med dina önskningar.
— Vad pratar du om?
—Att, om du inte har haft en flickvän eller kysst någon, så undrar jag om du är sjuk, onanerar du eller är du homosexuell? hon försäkrade mig bestämt, irriterad och nyfiken.
— Vänta! Du har fel, att jag inte har kysst en kvinna betyder inte att jag gillar män, kom ihåg att jag är kär i en kvinna.
—Ja! Från Bright Stars tajta lilla blonda uppfattar jag det redan.

(Jag var tyst ett ögonblick; jag gjorde en grimas och avvisade hans åsikter och han utbrast genast)

— Bry dig inte om Bob! Jag har redan sagt att du inte är vilken sorts man som helst, men din attityd får mig att tvivla, du fäster dina ögon och dina tankar på en kvinna du inte har kysst, som du fruktar att närma dig och som du har idealiserat med en otyglad besatthet.
Hur kommer du till sådana slutsatser? Du känner mig inte så väl.
—Som jag sa till er, jag är väldigt observant och Charly har berättat resten.

(Jag gjorde mig mer bekväm i hennes långa stol, hon hade suttit på singeln och då sa jag till henne)

—Det är märkligt, men jag skulle vilja veta om Carlos förberedde allt detta åt mig, det skulle vara ett mästerverk av bedrägeri.
—Ingen har förberett något, du kom till oss för att varna Charly, vi ringde dig inte! Eller om?
—Vänta! Vad föreställer du dig?
—Jag kan inte föreställa mig någonting, jag vet att Charly har en flickvän, att hon heter Ana Maria, att hon har sitt fotografi i väskan och att hon var i nedre delen av skolan, där de gör utlottningar, har jag fel ?

(Jag var så förvirrad och orolig att tiden gick och jag kunde inte hitta ett sätt att ta mig därifrån, min instinkt fick mig förankrad för utan att vara särskilt uppmärksam på detaljerna hade en del av hennes bröst upptäckts före mig och jag var säker att jag inte hade trosor, bara inbillar mig att jag redan hade en erektion, vad synd! Jag visste inte hur jag skulle dölja denna stimulans och täcka min uppenbara utbuktning i mina byxor, så jag sa till honom)

—Jag förstår inte, Mireya, varför gör du det här? — Jag håller med om att du är observant och att du inte missar något, men vad har jag med det här att göra?
—Jag sa till dig att jag vet mycket om dig, varje gång jag kommer på sommaren får jag veta mer om ditt liv, och för protokollet, det är första gången jag ser dig personligen.

– Kände du mig redan på något sätt?
— Bara på ett foto, har Chary en liten flicka när de åkte på camping.
—Jag vet vilken det är, vi är löjliga, är det inte den med de randiga shortsen?
—Nej, den med de blå trosorna.
– Hur mår Carlos! Att ta med ett foto av dem som rullar runt, det slipar inte ens det längre.
– Bli inte upphetsad, Bob! Du ser flirtig ut, och du har även ett fint ben och en fin rumpa.
— Hur? Ha ja! Jag är i profil – jag förblev tyst inför en sådan kränkning.

(För ett ögonblick sa vi inte ett ord, hon slutade inte titta på mig utan att förlora det där leendet som jag aldrig kunde glömma och som överväldigar mina känslor, jag visste inte vad jag skulle säga när hon oväntat frågade mig)

—Bob, vill du att vi ska älska?

(Om jag blev stimulerad, kollapsade jag av rädsla i en konsert av rädsla och konstiga skakningar, detta hade aldrig hänt mig, till en sådan grad, det var något annat än vad som hände mig med Becky, det var mer verkligt, mer känslomässigt , det var väldigt brant, jag kände mig som en stor nybörjare, till och med mina testiklar gjorde ont... Jag sänkte huvudet, jag vet inte om, av skam, rädsla eller undertryckt ångest, och det var så jag svarade)

— Allt detta förvånar mig, Mireya, jag kan inte förstå hur en kvinna som är så vacker som du, och från en bra familj, vill älska med mig och kunna välja den bästa älskaren.

(Hon var tyst ett ögonblick medan hon gav ett lätt och flirtigt leende av misstro)

—Det här är något normalt Bob, jag vill ha dig, jag gillar dig, jag vill njuta av dig och jag hoppas att du också gör det, hoppas att du inte avvisar mig, det är bara att ha sex.
—Jag håller med om att de i USA är väldigt liberala eftersom jag vet att du studerar där, men sex för mig ska ske med kärlek, och det är inte för att jag vill avvisa dig, inget sånt, du är en väldigt vacker kvinna .
– Jag älskar dig, Betty!

(Förvirringen i min omogna mentalitet nådde gränsen och osäkerheten blockerade mina sinnen, jag visste inte vad jag skulle svara... Jag fortsatte titta på henne, speciellt på halvan av hennes bröst som redan dök upp mellan hennes lösa kläder) .. .
Hon reste sig antog min blyghet och brist på erfarenhet, hon tog mig i handen, jag följde henne utan att säga ett ord och hon ledde mig till marmortrappan, också med en röd matta i mitten...
Vi fortsatte i en skrämmande tystnad som brände min brinnande kropp, jag kände mig vilsen och samtidigt driven av en naturlig källa av begär... Han släppte inte min hand, utan att säga något, och tog mig till det som var tänkt. att vara hans sovrum, så vackert inrett. lika lyxig, värdig en kejsarinna... hon stängde gardinen och dörren med

en bult som om hon försökte hindra mig från att fly...

Mitt hjärtslag accelererade och jag sa till mig själv inom mig Gör vad du vill med mig, jag är i dina händer! Men jag kände mig dum med en rädd penis för att svara på en sådan utmaning...

Hon lade sig på sängen utan att ta av sig klänningen, hon fortsatte att titta på mig som om hon förstod min rädsla, hon blötte sina läppar och fortsatte att le för sig själv)

—Varför tar du inte av dig dina kläder och låter mig ta reda på vilka du bar idag, de randiga eller de blå?

(Jag undrade om han bara syftade på mina byxor eller skulle jag ta av mig allt, min skjorta, mina strumpor... Impulsvis tog jag av mig jackan jag hade på mig, tog av mig tröjan, sparkade av mig skorna underifrån med mina fötter och började kvävas mellan den där rädslan och begäret som spirade i mig mellan svett och okontrollerbara skakningar, redan lite nervös och halvt desperat när jag såg hur hon tog av sig en del av sitt plagg, som för att motivera mig ännu mer, det gör jag vet inte om jag ville fortsätta eller sluta där...

Jag tog av mig byxorna med lite brådska för att förhindra att mina önskningar upptäcks, min upphetsning som jag försökte täcka med händerna, det verkade som att hon blev stimulerad att se mig naken och med min erektion redo, sedan tog hon av sig all klänning och jag befann mig framför en kropp som gudinnan Venus skulle avundas, den var perfekt...

Hon beundrade mig, för hon kände att hon tyckte om att se mig, och jag stod där med min ständiga ställning som den stora idiot jag är, jag visste fortfarande inte vad jag skulle göra, jag väntade bara på nästa instruktion och sedan talade jag)

—Jag vet att detta är vanligt i norra Mireya, men...

— Nej, min älskling, — sa hon mjukt när färgen steg till mina kinder och minskade min erektion, — Jag säger inte att jag är oskuld, men jag är inte en prostituerad, och jag sover inte heller som en nationalsport, det du delar med mig har jag inte tränat med Charly, med honom har det varit något annat, du vet, det här är speciellt för mig, jag vill veta om det som finns i min hjärna och i mina känslor för dig är verkligt, det hade aldrig hänt mig, jag har känt dig i två år utan att känna dig och jag vill kolla saker och känna dig, inget mer än det, jag vill inte förolämpa dig, och jag förväntar mig inte heller att du ska förolämpa mig, detta, för din information och sinnesfrid, jag gör det för kärlek, en sällsynt kärlek om du vill, en speciell kärlek, en hemlighet som jag har drömt om någon gång väder.

– Nej, nej, nej, vänta Mireya! Just nu tänker jag inte på Bright Star, hon är helt frånvarande, det är bara det, ja, vad som händer är att jag inte vet hur jag ska gå vidare, eller klä på mig och springa härifrån, låt dig fortsätta titta på mig, springa till badrummet för att onanera och lugna min ångest. För otukt ignorerar jag det.

— Kom! —Han sträckte ut sin hand till mig— Inget kommer att hända som kompromissar dig eller får dig att må dåligt — det var hans högra arm som kallade mig— Prata inte mer! Låt oss inte prata om mer, låt saker hända, lita på mig.

    (De förde mig närmare henne och hon fick mig att lägga mig på hennes utvilade kropp och hud till ytan som höll hennes blommiga klänning blandad som låg under hennes rygg...
    Hon kramade min kropp med sina mjuka händer och ledde mig att möta våra kinder, jag kände volymen av hennes uttalade bröstkorg och mötet mellan hennes pubis och mitt, jag försökte komma ihåg vad jag hade lärt mig i medicinska böcker av en vän som studerade i UNAM...
    Hon särade på benen och jag rätlinjigt, nästan orörlig, tog henne ömt från hennes packade axlar som redan var helt exponerade...
    Den övre delen av hennes blommiga klänning hade halkat ner och hon hade tappat sina korta ärmar... Redan nedsänkt mellan hennes högra kind, värmen, lukten och mjukheten från hennes nära — passande hår tog långsamt bort blygsamheten att känna att min hud fastnade till min hud. Hans, han smekte min rygg med sina händer, uppifrån och ner, som om han ville att jag skulle ägna tid åt att upptäcka kartan över mina porer...
    Jag längtade efter att känna min hud som mig inuti hennes kropp, men jag skyndade mig inte, även om min natur försökte äga henne och letade efter att öppna hennes ben, hon skulle inte tillåta det, inte än, efter att ha känt mina impulser gjorde hon inte längre motstånd och hennes kroppen dök upp utan att bli helt upptäckt. att ge sig själv till mig, något hindrade henne och med

heroisk ansträngning höll jag mig tillbaka från att tvinga henne, hon lät mig komma närmare henne och jag kände sanningen i kontakten, en prövning, jag kände hennes bröstvårtor, vackra, solbrända, nästan rosa ...

Figurer som jag skymtar mellan min nyfikenhet som lämnar min smekande kind för ett ögonblick och omöjligheten att tränga in i henne eftersom hon inte skulle tillåta det... Jag somnade i hennes famn, varm och öm, hennes högra hand rörde vid mitt hår som tröstade henne eller tröstade henne. min brådska, jag respekterade hennes beslut att förvänta sig...

Min erektion var komplett och jag fick nästan utlösning av stimuleringen när han började smeka min rygg... Han hade redan blekt sin klänning helt och lossat sitt lilla bälte och lämnat våra kroppar totalt sammansmälta...

Min kropp krävde henne ångestladdad, något så naturligt, men rädd, fastän villig, jag var tvungen att uttrycka hur jag känner, hon fick bestämma sig, sedan öppnade hon sina välformade ben helt, jag kände hennes hår och hennes fukt, men hon ville ändå inte låt mig fylla henne... De konstgjorda eldarna var på väg att komma, min kontroll tappade och när jag djuriskt försökte presentera mig för den där längtansvärmen stoppade det mig! Och jag sa)

—Nej, min älskade, tränga inte in, känn mig och njut av mina dofter, känn min omgivning, men gå inte hela vägen, avsluta utanför, jag ska hjälpa dig, njut av mitt sällskap, så jag njuter intensivt av dig.

(Han viskade i mitt öra inför elden som förtärde mig)

—Njut av vår beröring — fortsatte han att berätta — Vår kropps svett, förälskelsen jag känner för dig, även om du inte är inom mig.

(Och så, mellan erotiska lekar onanerade vi ömsesidigt tills det slutade med att vi svimmade kropp mot kropp... Hon kramade mig hårt och öppnade benen helt som för att utvärdera min integritet efter att ha kopplat av...
Jag var vid ingången till total njutning och jag försökte penetrera en del, jag vet inte hur den innehöll mig, jag vet inte var jag fick viljestyrkan ifrån och där stannade jag i lätt hjärtklappning av orgasmen jag upplevde....
Det här sättet att älska sensuellt upphetsade henne mycket, men hon satte tester för mig som jag aldrig trodde i hela mitt liv... Jag var tvungen att respektera hennes önskemål, och så fortsatte hon att berätta för mig med sin förändrade andning)

—Jag har verifierat att du är mannen jag föreställt mig, som jag träffade utan att känna dig, din intelligens kunde med din instinkt, det är värt mycket för att det här ska börja dåligt, jag älskar dig för framtiden nu är jag med i symfonin i avstannat nöje som jag aldrig upplevt det, du är överlägsen alla de få jag har träffat, du gläder mig djupt, vi måste lämna ömsesidiga nöjen tills jag löst mitt förhållande med Carlos, lämna dem för bästa möjliga tid, för när det borde vara , du är inte vem som helst, du är väldigt speciell.

(Jag lossade min kropp från hennes, hon slöt sina ögon efter att ha tittat på mig ett ögonblick och jag förberedde mig för att täcka min nakenhet fortfarande svettig från stimulans, jag lyckades fortfarande visuellt njuta av hennes kontur, och med stor respekt fångade jag den för alltid i mitt minne... Hennes långa rundade armar, hennes långa fingrar, hennes vita lack, hennes ungdom och enorma fertilitet som fyllde mina näsborrar, med normala höfter, och såg dem väl...

Hon öppnade inte ögonen medan hon klädde på mig ... hennes stora, rundade bröst, rosa färgen i kronbladen, hennes diskreta, små, dämpande, matande bröstvårtor, hennes glänsande lock som vilar graciöst på hennes hals, och, den där pubisen så vacker och elegant!! Utan överdrivet hår, solbränt, knappt, tillräckligt för att täcka hennes intima form... Hon hade redan stängt sina ben som om hon stängde av mina bekymmer och hennes passioner...

Den där öppna klänningen, löpande i sidled till höger i segment som redan gömt hennes skinkor, och till vänster täcker en del av hennes mage, mellan blå och vita blommor, små vita knoppar och små kronblad som verkar falla över hennes diskreta sensualitet. ren och spridd arom organiskt frånvarande... Doften av hennes hud dominerar, av röda blommor med smaken av frisk vår... Den röda bakgrunden täcker henne, hon är helt och hållet en blomma som inte skurits, inte heller tillåts att röras, kännas, uppfattas...

Redan klädd och redo att gå efter min visuella njutning som en följd av detta äventyr, vilade hon, med sin högra arm på magen och sin vänstra som om hon stoppade tid och erfarenhet, mot sängkanten och lät sig själv dö med henne inte fristående klocka med en rund blå ram, inga örhängen, inga ringar, det får mig att vilja gråta och stanna här för alltid... när hon var i ett sömnigt uttryck kände hon min avgång och berättade för mig mellan sorlen)

– Det är det bästa som någonsin hänt mig, sluta inte! För att uppfylla ditt åtagande, låt tiden anpassa skälen.

(Hon öppnade inte ögonen, hon visste vilken typ av ord jag tyckte om att höra och hon sa dem, hon talade till mig om djupet i sina tankar och sin intima känsla...)

— Bara, — sa han hela tiden, — dela inte detta med någon, det här är vårt.

(Hon höll tyst och vände sig om, täckte hela sin kropp och lämnade bara den högra kinden synlig, vilket var min första kontakt med den nya upplevelsen, med den nära intimiteten av en önskan, mer än sexuell, aromatiskt kroppslig... Jag gick därifrån utan att vilja för att gå sänkte jag trappan mellan grumliga hjärtklappningar, och jag blev avstängd i misstro...
Så gott jag kunde nådde jag i mitt domnade samvete utgången och stannade en stund, som om jag inte ville lämna en midsommarnattsdröm bakom mig...
Klockan var halv nio på natten och jag hade lite tid att uppfylla mitt erbjudande... Plötsligt gömdes figuren och betydelsen den hade för Bright Star Zenteno Alonso i djupet; Det fanns

bortom det outsägliga, jag fylldes av konstiga vibrationer som sov min önskan att se henne, som om besvärjelsen försvann eller var täckt av dimma för att inte särskilja henne...

Förvirringen var total, och jag gick till busshållplatsen på väg till stadsdelen Carmen där min moster hade ett hus mitt emot familjen Díaz Acevedo, en familj som var nära och frånvarande på samma gång; nära eftersom Miguel var en av mina bästa vänner, och avlägsen, eftersom mitt förhållande till hans syster var motsägelsefullt och konstigt...

Jag kom till huset till förvåning att ingen var där... Det här huset köpte min farbror Salvador till mina fastrar Catalina och Aurora, de hade en godisaffär på sextonde gatan och ett värdshus på Parian, där de sålde mullvad, ris och bagateller, i alla fall, de skötte sig knappt om sina affärer, de var tvungna att sälja värdshuset när min moster Aurora dog eftersom hon var den som var mest orolig för dess drift, och vi gick också mot huvudentrén efter att ha korsat de stora trädgårdarna som pryder min drottnings palats)

—Det är därför jag tycker så mycket om dig, unge Bob för att du alltid skämtar med mig.

—Inte alltid Vicente, det som händer är att idag har allt hänt mig, allt.

– Jag kan tänka mig att det är bra.

– Vad ska jag säga dig? Jag pausade medan jag suckade. — Konstiga, njutningsfulla, vågade stunder. —

— Säg inte att du redan har glömt den unga damen? — frågade han nyfiket, när han nästan nådde dörren och skulle gå in.

— Lyssna, Vincentian, det finns saker som händer i livet, du vet det, som du accepterar och som kanske inte är korrekt, som testar din säkerhet, din integritet och som ställer dig inför stora utmaningar — Jag pausade — Du vet också , bara du, inte ens Carlos som knappt gissar det, att Bright Star är en perfekt varelse som jag inte skulle förolämpa ens med en blick, så — han avbröt mig.
— Min Bob lät den unge Manuel vinna ärendet!
—Det är inte så, Vicente, Bright Star är en nästan ouppnåelig illusion, jag vet inte om jag en dag verkligen kan erövra henne, hon vet att jag gillar henne.
– Varför säger du inte det till honom, unge man?
—Det här är inte rätt tillfälle, Vicente, speciellt om en av hans föräldrars planer är MalMs.do i åtanke.

(Han öppnade ytterdörren och sedan berättade han för mig)

— Ja, vad kan jag säga dig, att den unge Manuel kom och letade efter henne för att ta henne till begravningen av flickan Cecilias mamma, men hon ville inte, fastän Ms Concha bad henne följa med honom eftersom den unge mannens mamma kommer också att vara på plats.
– Varför ville hon inte gå då? – Och du, hur fick du reda på det?
—Jag var i köket med Dolores och drack lite kaffe och vi hörde att hon sa till Josefa att hon inte kunde följa med honom.

— Och vad sa Ms Concha?
– Jag var arg på henne! Men du vet att hon är den bortskämda, och eftersom det lilla ljuset är fast i hennes beslut, backade hon inte, unge Manuel sa att han var förvånad eftersom de hade kommit överens.
– Så, ska du vänta på henne på begravningen?
—Ja, Don Bob, men han föredrog dig som sin följeslagare, vad har du inte lagt märke till, unge man?
—Fröken. Concha bad mig om en tjänst, Vicente, hon sa ingenting till mig.

(Medan vi gick in i rummet för att meddela mig själv berättade han för mig)

— Så ung den här ranchägaren är! Bli inte förvirrad! För då om duvan flyger iväg och boet är tomt, jag vet inte om Bob ger upp, hon föredrar honom ung, jag vet vad jag säger till honom.

(Vicente gick och berättade för Josefa, familjens hushållerska, om min närvaro, jag stannade och väntade och glädde mig med en av tavlorna som hängde i korridoren... De rikas hus doftar alltid av mahogny eller cederträ, organdy, siden, vax med golv, jag kände mig som ett får i någon annans inhägnad, i fina stallar med aromer av korn och hirs, jag provar alfalfan med ansträngning)

Hej Bet! —Fröken. Concha sa förvånat till mig – Det är bra att du kom i tid, jag har alltid sagt till Carlito's att lära av dig i din punktlighet och på

ditt korrekta sätt att vara, du borde insistera på det
– Han var täckt av en elegant svart rock.
—Din son är svår att övertyga, frun, det enda han uppmärksammar är när vi pluggar, han säger alltid att jag är bra på att vägleda honom. Tänka!
– Något är något, Bob.

(Ms Concha avslutade sina arrangemang framför en stor spegel i korridoren medan Bright Star och Carmen gick ner för den stora marmortrappan, klädda i svart, formalitet, etikett...
Jag satte mig i damens bil, jag kände mig som en förare för en dag eftersom Dorothea, officeren vid ratten, träffade chefen för huset, det var en tjänst som jag inte kunde neka min bästa väns mamma, och ännu mindre. ägaren till mina lidanden...
Josefa följde med damen, och hon satte sig på höger sida av baksidan, hon läste sin bibel, hon var en stor troende hon älskade Jesus Kristus, var försiktig om någon lånade den! Något måste ha den här boken och det väsen som berusar känslorna hos dem som är vid hans sida, jag förstår det fortfarande inte...
Kommer det att vara min ålder? Bright Star och Carmen gick ner i hallen som leder till garaget och när jag såg henne i backspegeln märkte jag att hon även klädd i svart var den där ungdomliga och graciösa tjejen som jag beundrar så mycket...
Det är en läderkostym med guldknappar, två delar och en skjorta, blus eller tröja, jag kan inte säga i mörkret, även svart, lågskuren... Varför måste hon kamma håret på det sättet?...

Hennes hår så naturligt, brännande, en rörig toppknut full av flirtande, lite hår som faller på pannan, samlat från sidorna avslöjar hennes trånga ansikte, örhängen också gyllene, utan smink, lite puder, rosa läppar, konturerade och alltid, alltid visa hans riktade och pärlande tänder, kan det bero på hans uppåtvända, raka, korta näsa? Att hans överläpp vill nå min att han vill ha det?...

Men Bright Star, titta inte på mig så! Ja, när hon gick förstod hon att jag satt bakom ratten och att jag såg henne, att jag observerade henne noggrant i spegeln, och hennes blick fäst på mig, hon hypnotiserade mig och levererade mig i sina perfekta lådor upphöjda med en bärande av en oberörbar, oklanderlig drottning...

Efter att ha slut på suckar undrade jag om han bara berättade något för mig med sin röst? Alltid hans uttryck, hans hot om att vilja berätta något för mig, hans försök...

Jag är villig att dö för dig! Men förläng till mig dolken av din medkänsla, ljusa stjärna i mitt liv... De satte sig i bilen och så stannade de till slut, de tre kvinnorna som skulle ha suttit bak...

Jag trodde att de hade gått upp... Jag tittade i backspegeln och såg Carmen bredvid damen och genast öppnades den högra ytterdörren och hon kom in, hon slog sig ner, jag frös, hon vände sig för att se mig, hon gjorde en ansikte som berättade allt eller ingenting, åtminstone så mycket som jag kunde föreställa mig, och han tittade rakt fram... Jag fortsatte att titta på hans profil och hans lugna uttryck tills min slöhet väcktes av en röst som sa till mig)

– Ska vi gå, Betty?

(Det här är hur Ms. Concha föreslog att jag skulle glömma mina illusioner för ett ögonblick...Jag började marschen utan att undvika att känna mig så nära evigheten, till fullheten, till det konstiga sättet livet beter sig med mig... En dag av sinnlighet och överraskningar, av njutningar och suckar, plötsliga blickar och jungfruligt babbel...

På väg till begravningskapellet kunde jag inte sluta titta på henne i ögonvrån och så fick jag ett nykter minne när jag upptäckte att färgen på hennes lack också var vit med längre naglar som förlängning av hennes avlånga figur... hennes knän visar mig, men sedan respekterar jag henne så mycket att jag ogillar att föreställa mig henne...

Jag slår mig internt, jag skär mig, jag straffar mig själv för att jag misstänker hans integritet, ja, ja! Han har välformade knän, fet, sitt spanska ursprung, men vad spelar det för roll? Med den där periskopvyn som jag har oroade det mig att han hela tiden tittade ner på bilens pedaler...

Är det så att jag är nervös och inte trampar rätt?... Eller är det så att han vill att jag ska sakta ner?...

Jag sänkte också ögonen och vad var min förvåning att jag svettades från topp till tå när jag insåg att jag tog på mig strumpor i olika färger, den ena brun och den andra svart, fast de inte märks i mörkret märkte hon det och jag kunde inte göra något för att rätta till denna sorgliga händelse full av misstag och brådska...

Jag vände mig om för att se henne nervöst för att observera hennes reaktioner... Ingenting... Hon är totalt lugn, även om hon regelbundet släpper ut ett lätt leende och blöter sin underläpp... Jag tittade inte på henne längre förrän vi kom, sorgen över denna katastrof överväldigade mig)

– Vi är här, Betty! —Fröken. Concha väckte mig ur förvirringen...
—Ja frun. Vill du att jag ska parkera den?
— Varför parkerar du inte den framför och går in med oss?
– Självklart, frun! Jag följer dig om en minut

(Jag svarade henne medan Bright Star inte kom ner, fastän hennes mamma och Carmen hade gjort det... Och sedan, som om hon kom fram ur djupet av ånger som tillfredsställer mina mest intima önskningar, vände hon ansiktet mot mig och sa)

– Kan du öppna dörren åt mig?
– Självklart! —Jag verkade nervös och överkörd, sedan gick jag genast ner och slog hennes knä med försvaret när jag vände mig om, vilket förstås observerades av henne att jag i min klumpiga löpning genom att inte sluta se henne var som en dåre, men som ett pris för den klumpigheten, jag såg hur hans leende växte. Inte håna! På inget sätt delade hon med mig en salig stund av glädje i en efterfrågad ridderlighet, bra för mig, utmärkt för mina önskningar och förvirrande för mina förväntningar, där väntade hon på en detalj, en av de många sublimer som hon förtjänar ... Jag öppnade porten för henne.

— Förlåt mig, Bright Star!
—Varför?
—På grund av löjligheten och min klumpighet.

(Hon log eftersom jag sällan hade sett henne och hon var ungefär fyrtio centimeter från mig med den där intensiva Chanel—aromen, så nära och det uttryckte mig)

—En dag gjorde jag också fel par strumpor.
—Självklart! Det händer ibland.

(Jag sa till henne leende, synligt rädd för vad som hände mig... Jag sa inget annat till henne, hon dirigerade mig in på begravningen, men jag var tvungen att stanna för att jag behövde parkera bilen. finns det ingen förare i den här bilen?) avgörande ögonblick? Han skulle inte vara här bredvid henne...
Och naturligtvis, vad som saknades, en stor och lyxig bil anlände, Manuel MalMs.do, hans syster och hans mamma tar sig ur det här... Jag kunde inte uttrycka min irritation och min smärta över att inte ha henne, eller för att förlora henne, för att veta att jag fortfarande är en del av en explosion av drömmar från denna sommarnatt)

—Kan du flytta din bil, unge man? — En av begravningsbyråerna frågade mig...
Motvilligt intog jag min position som Jaime och tog bilen lite längre in i den och lyssnade på musik som för att glömma att det kunde vara vad den inte är längre... Nyfiken... De spelar en sorglig

och ensam pojke, och sedan Lolly Pop by the Cornets... De borde sätta en av Elvis för att muntra upp mig, men hallå, ska jag stanna eller ska jag gå? Nej! Jag kan inte gå. Och lämna dem här? Men MalMs.do kan bära dem. Hur dum och dum är du, Robert! Vill du ge bort även körsbäret på kakan utan att veta hur det smakar, hur bitumen smakar?...

Ingenting... Du går ner Robert! Du kommer till mötet och slutar spela den fega dåren... Wow! Carlos anlände med Ana María överraskande i sin fars bil... Jag är på väg att gå långsamt som för att tänka på vad som kommer att hända, Carlos har redan sett mig)

— Hej galen!, kom hit! —Han skrek på mig oansvarigt för att vi var där de döda hålls, men han respekterar ingenting, jag signalerade honom att hålla käften och avsluta med en sådan respektlös attityd... Jag gick till där Ana María var och hälsade henne.

– Hur mår du Annie?

Tja — han svarade mig allvarligt — Även om jag vill prata med dig senare — insisterade han.

— Det stämmer, när du vill, Anita, — redan när han kom in i rummet, frågade Carlos mig tyst.

– Vad vill Anne?

— Jag vet inte! Skulle han lägga märke till Mireya?

(Carlos slöt ögonen och med sitt oroliga ansikte visste han att en storm var på väg, sanningen var att jag inte kunde ta reda på vad som hände på Centralen med all den spänning som jag bar på...Bright Star, å ena sidan , tjejerna som är förälskade i den andra, Mireya, mina nerver och mina sexuella begär i ett virrvarr, pensionär, halvt exalterad och allt annat...

Hur kunde jag få reda på att Ana María lyckades se oss, eller se scenen för avtalet, jag uppfattar det inte, även om jag redan vet att hon inte kommer att kalla mig hallick, det kommer inte att vara första gången som jag täcker denna Don Juan...

Det var för mycket för en dag, det var för många effekter, upplevelserna, överraskningarna, jag kände mig sliten, jag kunde inte komma

på hur jag skulle ta mig ur denna långa förväntan att inte veta om jag skulle hålla sina sista ord eller dra mig ur en obehaglig syn av att se dem tillsammans, för, de kommer säkert att vara tillsammans, Ms. Concha älskar idén om en MalMs.do— Zenteno—familj, för mina tarmar vridna i fårköttsbuljong ...

Inget mer!... Atmosfären var full av smärta och tystnader som tycktes mumla, av dem som lider förlusten, separationen från den älskade, av lidandets trupper för att dämpa tomrummen, av de okända aggregaten som utgör huvuddelen, av den dystra utsmyckningen, av en svart som täcker livets briljans, mörkar leenden, kontrollerar blinkningar, mjukar upp porerna, klagan täcker sprickorna, kistan är försvarslös, förnimmelserna är flyktiga, och alla är överens, de måste lugna ner sig)

23.30 5 maj 1957

(En dag som alla andra för alla som inte engagerat sig i händelser, i tumultartade möten, bullriga eller tysta rörelser, vardag... Man kunde inte gå utan att snubbla, inte heller ändra känslor utan att lida eller njuta...

Natten förlänger dagen för en gryning som inte dör... Efter en timme där jag har kunnat blanda mina minnen och bekymmer i skydd i hörnet av rum fyra på Ramírez begravningar, knappt täckt av en krona av blommor som det står på pannband — MalMs.do Bastarrechea Family— För en omväxling denna varma natt!...

Det förefaller mig som en blommig inkräktare som inte väntade på begravningen och vill känna lidandet på nära håll, eller parfymera avfärdens dofter... För nu hindrar den mig från att titta fritt, den täcker mig, döljer mig, isolerar mig...

I den vita fåtöljen, på vänster sida, satt Ms Concha tillsammans med den avlidnes syster och hennes dotter, vänner från olika händer... Till höger om henne stod Bright Star, sedan Carmen och sedan pretendenten MalMs. .do...

Carlos och Ana María förvirrade med sin grupp i bakgrunden på högersidan som samtalar i tysthet, med tillförsikt kommenterar smärthändelserna eller fastställer de steg de måste ta när de känner att de andas... Två begravningsanställda, klassiska, i bakgrunden för den uppmärksamhet som krävs, de väljer dem med dessa ansikten...

Redan någon som verkade bekant för mig sitter i en av de individuella fåtöljerna där väggarna möts till slutet av rummet, svarta glasögon, vit näsduk, fast i tårar... Är hon tjugo år? Det verkar bekant för mig, jag kan inte säga)

01.00 den 5 maj.

(Lourdes har precis anlänt, säkerligen från en fest där rock dansades och smärtorna för att leva mildrades, kom igen! På grund av pappas skäll, på grund av kärleksbesvikelsen, på grund av periodens glöd, på grund av en sexa i matematik , eller för att hennes mascara rann...

Bright Star reser sig när han får reda på hennes ankomst och närmar sig henne, passerar till ena sidan av kistan... Manuel MalMs.do utnyttjar tillfället för att stänga utrymmena som skilde honom från henne och jag ville starta blomman kämpa denna dag om natten, som ingressen, och piska min väns huvud kronan av blommor som hindrar mina ögon, några blommor nästan härdade och åldrade med tiden sedan de förlorade sina rötter och mat från landet som såg dem födda, liksom att bryta väntan och skingra den korsade dimman av suckar, dränka de utspillda tårarna... Det var inte riktigt...

Han är vid hans sida, men som en prydnad väntar, det stämmer, det otroliga är att den känsliga drottningen i mitt hjärta, som kände honom nära, höjde hakan för ett ögonblick, tittade i taket med bestörtning eller förargelse, och gav mig en av hennes blickar med en lätt kläm på läpparna som berättade allt, allt som räcker utan förmedlande ord...

Jag sänkte blicken med respekt och lämnade rummet eftersom hans blick hade genomborrat blomkronan mellan ett litet utrymme för att stirra in i mina ögon, så hemligt och subtilt...

Jag var försiktig, jag ville få frisk luft från denna månskensnatt för att föreställa mig att ur dess blixtar stjärnor uppstod för min personliga njutning)

—Vart ska du? —Carlos stoppade mig på vägen.
—För att andas lite mindre tung luft — lämnade han sin flickvän ett ögonblick och kom ikapp mig när jag redan gick ut från begravningsbyrån.
Vad är det vännen? —Carlos höll tyst utan att sluta se mig eller tycka synd om mig, jag uppfattar redan vad som lurar i hans huvud, han tog mig i axeln och fortsatte berätta.
– Förstå kompis! Det är inte så att jag inte ville att du skulle vara min bror – svåger – vi gick mot utgången och nådde slutet av trottoaren – jag vet att för hennes Bob är du inte likgiltig och det är det som oroar mig, inte för mig , men för mina föräldrar, deras åtaganden, hans härkomst, hans relationer och jag vet inte hur många mammor, var då inte dumma! Du kan få vad du vill, men min syster kommer att bli nekad, jag vet vad jag säger till dig bror, ditt problem är inte att du är ful, jävla och inte mycket av en mamma, förutom att vara full och bråkig...
Dina brister finns i dina misskrediterade efternamn, även om de är bombastiska, förlåt mig vännen, men vilka chefer hade du!...
Lägg därtill din galopperande fattigdom, en jävla tant som få kan stå ut med, så jävla dåligt är Bob—samhället! Du är stämplad för att lukta illa, du passerar inte, inte ens för att du är min bästa vän, och jag älskar dig som en bror, du vet det,

men tacka nej till din underjordiska erövring! Manuels föräldrars jävla rövhål har redan köpt Bright Star, vilket är så det verkar för mig.

(Jag avbröt honom generad och förvirrad, som alltid)

— Kom igen Charles! Var ärlig mot mig. Vad ligger bakom allt detta? Snälla berätta för mig, jag känner inte att Bright Star älskar Manuel.

—Sätt dig ner — sa han till mig när han bjöd in mig att sitta tillsammans på kanten av trottoaren badade i ljuset av den klara natten — Bli inte upphetsad, vän, och stör mig inte med att bli lerig i saken, jag håller inte med och det ger mig fan att någon vill hantera känslorna och framtiden för en bra och disciplinerad kvinna som min syster, speciellt för att hon är min syster, den andra killen är Manuel, men det kan vara någon annan som skulle hålla med.
Jag vet inte varför det passar honom! Attans! Men det är så det är Bob, Manuels pappa lånar ut lite pengar till tvålfabriken till mig, förser honom med lite kapital, min pappa är stickare och vet hur man gör t—shirts och byxor, men han behövde inte bråka med den där mamman som inte visste på grund av det dumma förslaget från min farbror Enrique, som är en playboy, förresten...
Den kom med espadrillor och fortsätter med samma. Okej mammor! Han brottade min chef med den där jävla idén om tvål med en formel som bara tjänar till att rengöra röven, det var värdelöst vän! Jag vet inte vad som hände, för mycket intetsägande, taskiga tillbehör, men det var ett

misslyckande där han förlorade investeringen och var tvungen att belåna glassfabriken för att ge honom hälften av skulden — jag avbröt honom.

—Men fanns det inga återkrav för försäljning av lös eller fast egendom?

—Det största problemet är att en råttrevisor kom ut, vilket min jävla farbror för övrigt rekommenderade, och sedan kom böter från finansministeriet, och värst av allt, de lämnade in en stämningsansökan från en distributör för den dåliga kvaliteten på produkten och skada på huden på många som skaffat dem, försäljningen eller auktionen räckte knappt för att komma ur den där mamman — han slutade som om han inte ville fortsätta, han såg besviken och generad ut — Manuels pappa, naturligtvis, jäveln visste hur man skulle göra dra fördel av omständigheterna, under en lång tid som Ms Paloma — då avbröt jag honom.

— Manuels mamma?

– Visst! Hon har alltid gillat min syster från det ögonblick hon träffade henne, och när tillfället dök upp sa hon att hon drömde om att hitta en kvinna som en tjej att ge henne Manuels barnbarn. Självklart! En modellfru till sin lille son, så hon kom mellan mammas ögonbryn utan att bli mycket, de kom bra överens men min chef gick inte därifrån med finten, ja, hon gick, för nu med våld...

Så den lilla don Hernán, Manuels far, var villig att glömma den där tunga skulden, vilket räcker! Om jag hjälpte honom att förlova sig, hans lille son med min syster, det jag säger har pågått i mer än ett år, och det är inte så att de ska gifta sig imorgon, han har det planerat när Manuel slutar studerar på tec.

— Vad pluggar du?
—Jag tror Engineering eller något liknande.
— Gick du inte till Iberian?
—De sparkade honom för att han var en soss och för att han kastade ett suddgummi på läraren.
Men han är väl 22 år gammal?
— han går andra terminen, jag är tre år äldre än han och jag hamnade i en bättre ålder än han ska sluta, det vill säga om han slutar.
– Han har problem.
– han är halt! Saker och ting kommer inte för honom så lätt som du gör, ingen tur, vän! Skratta inte din jävel!
—Jag skrattar inte, tänk inte dåligt!
– Åh jävel! Du lär dig redan Bob, ja, som jag sa, den fjärde terminen alltså
—Han räknade på fingrarna— Han blir 26 år, det vill säga om han inte tappar poäng kommer han att bli sen eftersom pappa, på det universitetet, inte kommer att kunna köpa en examen till honom.
— Men vill du gifta dig tidigare?
– Nej! För som jag förstår är en del av avtalet att man presenterar sin titel och sedan blir det bröllop
—Han blev kvar för att meditera — Vad tänker du, Bob?
—Jag trodde att de som medeltidens överenskommelser redan hade upphört, ingenting motiverar att kompromissa med känslorna hos en människa som inte håller med om att älska den hon inte älskar, eller, om hon älskar honom.
—De träffades på en kermesses, min syster var 13 år och hon var skyddad av sin bil, av

hennes kläder och av utseende, hennes karamelliserade små ord, bara för män i flickans ålder, hon sov henne en stund, hon till och med skrev på ett dagligt rent slarv.
— Hur vet du?
— Berätta inte för honom för att han har en hjärtattack, en dag av en slump lämnade han den på sitt nattduksbord, ett rosa, väldigt blek och av nyfikenhet.
— Med nyfiken kommer du att säga! Tycker du inte?
—Inte så mycket, sanningen är att jag respekterar flickan mycket, men jag var nyfiken på att veta om det nonsens som skolbarn skriver, de hittar på allt som bara de tror på!
– Inte ens morföräldrarna, Carlos, de identifierar sig med en hemlig vän som finns i den där anteckningsboken, till vilken de berättar om sina intimiteter, sina önskningar, sina oro, sitt mod, sina önskemål, sina förhoppningar, det är inte en lek, det är en speciell och naiv gemenskap full av uppriktighet.
– Vilken galant! Om du nu kom ut som poet, känner du inte till de intima dagböckerna?
– Sanningen, Charlie.
– Vadå, Charlie?
– Jag menar, Carlos, bra.
— Haber, det har du aldrig kallat mig, hur utom kontroll vi än är — tänkte jag noga — jag förstår, Mireya! Jag slog dig man! —En stråle av total frysning slog mig och jag bröt ut i kallsvett när jag mindes det avsnittet, jag förblev tyst och med min blick i ett annat universum — Döljer du något för mig, Bob? Jag känner dig!

—Nej Carlos, det som händer är att Charly fastnade i mitt sinne, är det så han kallar dig? Han sa till mig så många gånger att det dök upp i min mun.

— Spela inte Bob! Du vet inte hur du ska ljuga, minst av allt för din vän — han sa till mig irriterat och bekymrat, det kunde du säga när han frågade mig — Vad fan gjorde slampan mot dig? Vad Bert?

—Jag höll tyst, tänkte jag och jag fortsatte att titta på honom— Du har många fantasier Carlos, föreställ dig inte vad som inte är sant — Jag reste mig upp och lutade mig mot en bil som stod parkerad bredvid trottoaren. Jag fortsatte att tänka i tysthet och visa mig förnuft , jag såg månen, sedan närmade han mig och laddade också upp som de goda bröderna vi var och sa lugnt till mig—

— OBS Betty! —Han höjde tonen i rösten — Om den där tiken försöker våldta dig, kommer jag att döda henne!

– Vad hände med dig Carlos? Hon är din vän, jag gjorde dig en tjänst, jag tog henne till hennes hus och det är det, ta bort spindelväven från ditt huvud och glöm det, lilleman!

(Jag kände i det ögonblicket den stora hycklaren att jag inte var, den falska vännen som var på väg att slå sin, ja, inte precis flickvän, detalj, vad vet jag? Men om jag berättar för honom vart han tog mig så blir han arg, så låt oss lämna det så här...

Jag sjönk ner i tystnad mellan förlägenhet och förnuft, Carlos halv svalde lögnen och berättade för mig, men inte innan han sänkte huvudet, slöt ögonen, tryckte käken mot bröstet och tog ett djupt andetag vände han sig för att se mig, han var på min vänstra sida, tog mig i axeln)

—Jag litar på dig, Bob, som ingen annan, och sanningen är, jag bryr mig inte, Mireya, den där lilla skinkan intresserar mig inte längre, men du är ganska naiv även om du är redo att bli otukt, men det går att ta ett tag för dem att otukta. du kastar dig över en kvinna, och inte för att du är en bög, din mamma skulle redan ha knäckt dig! – log skämtsamt.
—Tänk att vi vaknade mellan benen.
– Gå av din jävel, jag skär av det!
—Snälla, Carlos, var inte så mager längre, du ska slå mig, uppför dig.
– Sug inte vännen! Det är så jag gillar att prata, det är så vi alla pratar med utom dig; dessutom pratar jag inte så här hela tiden, men var inte min andra pappa som skäller på mig, förstå, Bob, ett träd som växer snett, ingen stoppar det längre.
—Jag säger inte Chi...! – han var tyst.
– Du ser dig också.
– Tja, berätta vem du är med.
– Ja, fan redan! Låt oss gå in, kylan smyger sig på — Jag tog hans arm för att stoppa honom — Och nu, lilla helgon?
— Sätt dig på bänken igen.
– Sitt här i kylan? Du är så slarvig! Ser du? Ser du Carlos Street?
— främmande frågade han mig — Vad ska jag se på den där smutsiga gatan?

—Försök att se bortom din näsa, Carlos, det är inte gatan eller golvet, utan det som går på den.
—han rörde vid min panna — Antingen är du sjuk, eller så har dödslukten som hemsöker dessa platser redan gjort dig sjuk.
— Var uppmärksam och rikta blicken mot den röda delen — Jag pekade på trottoaren cirka två meter från oss i en rak linje.
– Och vad ser du? Sug inte, den här galna mannen!
Jag vände mig om för att se honom och sa: "Lyssna på mig och försök hitta den stora kackerlackan som letar efter utgången eller vägen tillbaka till sitt bo. —
—Carlos försökte se henne och han upptäckte att hon leende — Tja, jag har redan sett henne! Och vad ska jag se speciellt med den där jävla kackerlackan?
— Var uppmärksam! Med sina långa antenner mäter den cirka fyra centimeter, den är stor med tanke på de plågade vingarna.
– Och vad fan?
— Släpp henne inte ur din syn! Släpp henne inte ur sikte för ett ögonblick.

(Carlos grimaserade instämmande och fäste sin blick på henne)

– Hon är levande och listig, hon dör inte ut med århundradenas gång, inte av olyckor, inte av bekämpningsmedel, inte heller av kallt väder, inte av kloaker eller avlopp, inte skrämmer eller hot, hon är skicklig och försiktig instinktiv och slutar inte uppfatta oss, ser med sina runda ögon allt som rör sig, den upptäcker alla rörelser som hotar den...

Hon vill äta, livnära sig, para sig och göra narr av oss människor, ingenting stoppar henne, hon vet att hon kommer att föreviga sin art, precis som sköldpaddorna, men inte så långsamt...

— Och vad, med det, vilken betydelse har en pantheonkackerlacka smuts?

—Om du tittar noga så har han av någon anledning lösgjort sig från sitt bo där hans stam, hans barn eller hans släktingar finns, om du tittar noga så vill han återvända till honom och till dem, han är inte från detta sida, han kommer och går Den vänder sig om, den letar inte efter mat, den är desorienterad, den letar efter vägen tillbaka, den går och stannar, den flyttar sina antenner från en sida till en annan, den vänder blicken för att leta efter fara och även om det är mörkt tappar inte miljön detaljer.

— Om den där illaluktande kackerlackan kommer nära och tror att det här är dess bo, så krossar jag den!

—S han är inte så aningslös som hon är nu, vänta Carlos! — Titta på henne, hon vill gå över gatan. Gå! Stoppar, vänder sig om, då och då röker, misslyckas med att tyda hot.

– Det är klart! Skitstöveln vill korsa en livlig gata, och om hon är så livlig som du säger kommer hon att byta territorium och slå sig ner på begravningar.

– Nej Carlos! De överger inte sitt ursprung, de föredrar att dö än att ändra sina vanor som gjort att de har stannat kvar på jorden i flera årtusenden, här blir det viktiga hur kapabla de är att ta sig igenom gatan utan att bli krossade.

– Hej Bob! Inte för att han var smart.

– Det är intuitivt! Han tror inte, om han tänker, kommer han att klättra i dina byxor så att du kan föra honom till andra sidan utan att märka det... Nej, hans stora utmaning är att inte ta fel på stegen han måste ta, tiderna för att ta dem, avstånd som gör att han inte kan stöta på ett däck då och då.

—Om det där galna med din kackerlacka händer, tror jag att jag skaffar min syster, åtminstone Lourdes.

— Hör! Vad hände? Respektera Lulu.

—Vi är överens, det är en bebis för dig, så jag dödar Manuel och du stannar med flickan.

– Hitta inte på saker, Carlos, och ännu mindre prata om död eller dödande. Vem skulle se att du inte vet hur man bryter en enda tallrik?

— Ett annat mer rationellt förslag, som du säger, om det händer, säger jag till Bright Star att du är vilsen för henne.

— Spela inte Carlos! Allvarligt talat, tänk inte ens på att säga eller föreslå saker för henne, jag har mer respekt för henne än mig själv, låt oss inte leka med det som är heligt för mig.

— Den sista! Du frågar mig vad du vill att jag ska säga till henne om du inte vill gifta dig med henne.

—Låt oss gå tillbaka till vår vän... Titta på henne! — Vi skulle säga att hon inte är dum, för nu stannade hon vid den plats som begränsar passagen för bilarna som går till höger, som om hon nosar på dem, eller uppfattar vibrationerna med sina fina antenner, observerar hur hon flyttar dem .

– Där blir galen!

– Hur levande hon är! Han stannade precis mitt i passagen av fordon.
— Hur barbariskt, det är imponerande!
— Ha jävel, det kan inte vara!

(Carlos blev imponerad när flera bilar passerade av en slump, visst kom de ut från bilturen – på teater som ligger i närheten... Han rörde sig inte, han vände sig om på ett kort håll som om han förstod situationen, men han gjorde det inte gå vidare.
Jag föreställer mig att hon fick orienteringen, fast om något konstigt inte händer, kommer hon med största säkerhet att nå sin destination, hon är envis, kontrollerad och tålmodig i sin disciplinerade intuition... Vi var där utan att röra på sig i upp till tio minuter)

—Du vet Bob, vi åker! De kommer att krossa den här tiken, och du vet, jag kommer inte att tillåta dem att börja tvivla på vår vänskap och tro att två lovebirds har kommit för att sitta romantiskt på kanten av trottoaren för att berätta om våra intimiteter, eller hur mycket vi älska varandra, eller redan Fan att Ana María skickar mig att flyga för hon måste vara förbannad vid det här laget.
—Gå om du vill, Carlos, hon kommer att stanna där tills hon är säker. Det är ingen fara, hon har redan mätt avstånden och hon vet att det är så det ska vara eftersom hon redan har registrerat bilarnas kontinuerliga rörelse, upprepade gånger, om hon inte rör sig. det är det enda de kommer att göra är att halvfärda den med luften som drar den.

(Plötsligt var det inga bilar som passerade och kackerlackan rörde sig inte, den startade den stora bilen till vänster, som jag hade lutat mig in i, vi reste oss, den kom ut snett och... den krossade den)

Det finns barn! De sparkade ut den... Din kackerlacka är över, och nu inbjuder jag dig att säga adjö till den döde.

– Respektera henne, vila nu.
– Kackerlacka?
— Var inte fräck vän! Den avlidne.

(Mellan mörkret i den dolda natten, bakom buskarna, som om hon skyddade sig från månens ljusstyrka, gömde hon ansiktet för mig för mig av denna flyktiga vän, av en liten uråldrig varelse, av de varelser som dyker upp i detta liv som strålar som släcks när de förlorar sitt ljus eller sin ljusstyrka, av dess frekventa vandringar med dess cykler som slutar, som inte tillåter reflektion av innehållet...

Att avsluta en tillvaro eller en händelse, inom eller utanför, oavsett plats, om ett ädelt minne uppstår från ett trött hjärta eller en olycklig händelse, var det värt ansträngningen att fånga det, eftersom det ändrar förloppet för alla prognoser...

Inte ens en uppmärksam hjärna eller smarta antenner skulle kunna stoppa ödet, varför sanningen måste döljas inför osäkerheten så att ljusstrålen som avslöjar närvaron av kyla inte når den, den är till för att stoppa sinnena. Bakom buskarna skyddas rädsla och osäkerhet... Tre på morgonen....

Med Carlos vid Ana Marías sida hade jag tittat nära ett annat vak, i rum två, säger han, María från Angeles Rivadeneira, sju år gammal... De som inte har känt till snubblar eller smicker kallas också...

Jag förmodar en familj som lider av en sådan dödlig förlust, för den sorgliga olyckan att se frånvaron av en liten ofödd blomknopp, av en spirande bukett, av klänningar som inte passar, av en jungfrulig mun som inte lärde sig att kyssa, av den ömtåliga huden, obefläckade hy, förtjänar att bli berömd och ledsagad till himmelriket.

—Låt barnen komma till mig...— Vilket avstånd blir det där, att känna sig som ett barn, synder, till den som syndar genom att inte vara ett barn, mäta avstånd? Nyfiken på mig närmar jag mig oavsiktligt ingången till kölvattnet, en av de mest lyxiga vad jag ser, jag hade aldrig varit på dessa platser, och det förvånar mig, en av de mest ödsliga, öde, övergivna...

Har de redan tagit det? Utmattade du dig av tröttheten av att se så mycket renhet? Platsens dofter förutsätter inte färdiga närvaror, glömska känns, jag uppfattar inte spår av nuvarande energier, allt är snyggt, rent, med en bukett calla liljor framför kistan...

För snyggt och sammetslent för att gå in i invigningen av klagosången, av tårarna som undviker att falla... Jag ska titta på dess aromer! Jag borde inte våga, men mina impulser att komma bort från ogynnsamma kärleksförhållanden tvingar mig att ta några steg framåt mot ensamhet för att hitta en familjemedlem eller älskad som gråter i tysthet...

Ingenting, inte en kort klagan, inte en tystnad dämpad av det oåterkalleliga. Kan det vara så att vi skulle låta de döda begrava sina döda? Jag går andra steg framåt mot kistan som färgar golvet med mitt påträngande fotsteg, dammat av mitt vågade...

Jag behövde fly för att inte störa denna stillhet, jag måste ta reda på om öronen är närvarande eller har gått för att inte höra sanningar, jag måste fånga blickarna som återstod för att veta om de bara observerade eller var impregnerade med aromerna av denna bortglömda lilla kvinna...

Svaren är inte för dem som inte vågade, utan för dem som vill våga... Locket på kistan var öppet och gav ifrån sig andetag...

De glänsande fåtöljerna kontrasterade mot de fyra svarta band—formade rosetter som hade placerats på de fyra ljusen som skyddade henne, i slutet eller i början av dem...

Att de skyddade essenserna efter det visuella uppvaktningen, det som inte hade uppvaktats...

Jag stannade några minuter till medan jag stannade av den tid som inte längre utvecklades för denna försvarslösa varelse, fyllde mig med de där förnimmelserna som har aromer av mänsklig parfym, mycket behaglig lukt, balsam av behaglig doft, av den doftande essens som räddar glömskan. .

Jag såg inte vindar som skulle skrämma bort mig, inte heller barriärer som skulle hindra mig från att avancera inför detta öppna lock som inbjöd min nyfikenhet och rastlöshet att veta hur den som lämnade är, den som kunde vara, den som säkert inte gjorde det. ta reda på att det kan vara....

Jag kom långsamt fram och så småningom iakttog jag den graciösa gestalten av en vacker flicka som hade ryckts från livet... Jag såg hennes hår stå här, orörligt, vansinnigt slappt...

Lockigt, blont hår med ett rött band som krymper det till en frisyr som passar henne, som pryder henne, som får små, små luggar att spira i pannan, hennes fina panna som blir blek av tunna, graciösa och stiliserade ögonbryn. som följer med dig, fortfarande fräsch...

Början av hennes ögon får mig att få ett stormigt uppvaknande eftersom jag inte kunde förstå hennes frånvaro vid hennes tidiga ålder... Du ser en röd ros, den fulländade blomman med begynnande kronblad och en knapp stjälk som sträcker sig in i den vita satinkudden ...

Jag går framåt igen och jag ser hela hans ansikte Gudomlig barnslig nåd full av glömska! Av klar skönhet, även när du farväl är du närvarande, med de där guldiga droppörhängena, din uppåtvända näsa och dina slingrande saftiga tangerinläppar som aldrig lärt sig att kyssas...

Låt mig se hur grumlig din arom är!... Dina broderade lockar faller ner och täcker en del av dina öron som döljer deras harmoni, som barn, ivriga att höra att du fortsätter att vara älskad...

Prydlighet glömd av de otacksamma som inte vet hur de ska se ut och förstå din närvaro, dina nödvändiga påståenden eftersom de inte skingra dina aromer...

Jag avancerade igen tills jag lade mig ner för dig, och den eleganta vita klänningen, som smälter in i din sista viloplats, får dig att försvinna, inte in i glömskan utan in i evigheten, för nu lär jag mig att se på dina aromer...

Dina små händer i kors, tiggande tortyr inbjuder dig att älska dig och söka efter din fullhet...

För varje år av din existens måste jag älska dig under de kommande sju minuterna, överväga tiden och du kommer att förstå att du måste växa i snabbare takt så att du kan njuta av mina leveranser...

Tillåt mig att röra vid ditt stilla silkeslena hår, titta på den fortfarande fräscha doften av din kropp som bevarar det nya livet som håller på att blekna... Du är i tid att upptäcka dina förnimmelser och kasta bort glömskan i den sista timmen!...

Jag lekte ett ögonblick med tapphjulen i hårslingan på hennes panna, på vänster sida som graciöst faller mot hennes tinning...

Berätta för mig! Jag berättade för honom...Berätta om dina första timmar, om kyssarna de gav dig, om din mammas kärleksfulla kramar, om bröstmjölken du smakade, om dina första lärda bokstäver, om din stolthet över att känna dig skyddad av din far, om din små spelvänner, av de irriterande tanterna, av den enträgna vaggvisan, av ditt infantila uppvaktning, av upptäckten av dina förnimmelser som flicka – kvinna, som en liten dam som ignorerade sensualitet...

Tillåt mig att röra dina händer med den kylan som döljer din värme, med rustningen som skyddar dina dygder...

Jag gjorde en paus som tog mig till slutet av sekunderna...

Jag måste gå... Jag sa till honom förskräckt och bedrövad över hans oåterkalleliga farväl och för utmattningen av mina sju minuter...
Men innan du går, låt mig titta på dina aromer igen och väcka dem till liv, bevara dem för alltid om jag lever, leva i mig om du vänsterhänt måste kyssa dig på läpparna, inte där du vaknar utan så att du finns i mig...
Låt älska dig i fyra sekunder medan den öma kyss jag ger dig varar, för de som inte förstod att vi aldrig kommer att dö om inte blindhet kommer in i våra liv...
Jag kysste henne i fyra sekunder, rörde hennes händer igen och gick till parallellstolen för att vänta på ögonblicket för min pensionering...
Väntar tillräckligt länge på att María de of Angels ska ta dem som kommer att följa med dem för hennes räkning, dit hon redan hör hemma... Här stannar jag i ensamhet åtföljd av dina förnimmelser kvar trots att de har glömt dig...
Nu är de med dig... Jag kände mig irriterad när någon tog plats bredvid mig, en äldre kvinna, mörk, skyddad med sitt uttryck av lång sorg och svår övergivenhet)

— Ursäkta mig unge man! – Hon sa till mig – jag kommer inte ihåg. Är du en avlägsen släkting?
—Nej frun, — svarade jag leende, —Jag kom in för att jag blev förvånad över att se begravningen så ensam och utan att följa med någon som förtjänar att få sällskap i sina sista stunder på jorden.

(Han sänkte blicken, förlorade sig i minnen eller nostalgi, som om han ville dölja orättvisorna)

—Du är en bra pojke som inte behöver vara vid din sida, vid min dotters sida, du har tyckt synd om henne och jag tackar dig så mycket för din vänlighet.

(Vad hennes nana inte visste är att hon hade medverkan i vårt möte med María of the Angeles, bara hon och jag har haft en mycket djup kontakt, där vi har delat Ener välformad tillät mig att beundra hennes skönhet, hennes friskhet)

— Men säg mig, frun! Var är släktingarna, dina nära och kära, förutom dig förstås?
— Det är jag som tagit hand om henne sedan hon var bebis.
— Hans mamma, skulle vi säga!
—Din nana, ditt sällskap, din förtrogne, precis som du ser henne så liten, hon hade hemligheter och förtroende, min lilla ängel var en drömmare — hon fällde några tårar som rann nerför hennes smärtsamma ansikte
—Jag insisterar, jag kan inte tro att medan hon fortfarande är här, är ingen med henne förutom du. —
— Min lilla föräldralösa! Han uttryckte sig med glädje och smärta.
— Nåja! Förlåt, jag föreställde mig inte.
— Oroa dig inte unge man! Så kände hon trots att hennes föräldrar lever.
—Jag kan inte acceptera att de övergav henne, att de glömde hennes dofter, och var är

hennes farbröder, hennes familj? Du måste ha morföräldrar! Eller var hon adopterad?
— Inget av det! Hon var en legitim dotter, till mycket rika föräldrar, det som hände är att de inte ville ha henne, det var ett ögonblick av passion och de, så unga, kunde inte ta ansvar.
— Det motiverar inte att du överges, frun, du ska inte överge ett barn, det är som att döda det medan han lever.
— Så gick det till!
— Dödade de henne?
— Som om de hade gjort det ung, från det att han föddes anförtrodde de det åt mig, jag arbetade i hans mormors hus, hans mors mor... Den unge fadern skickades till Monterrey, säger de, för att studera, och två familjer bråkade. överenskommelse om att bestämma sina liv, att, eftersom det var bekvämt, var de tvungna att dölja sin synd, de är djupt religiösa familjer, troende!
Troende?... Vad tror ni när de överger en sådan öm liten kokong till dess känslomässiga öde när de kommer överens om ödet för två varelser som föll i passion utan att verkligen älska varandra, de tog bort möjligheten att ta emot kärleken hon förtjänade? ögat övergav henne inte! Hon saknade nästan ingenting, hon åt gott, klädde sig bra, och gick i de bästa skolorna och jag älskade henne väldigt mycket, jag gav henne det bästa av min kärlek.
—Jag förstår din kärlek och jag känner igen den förlåt mig om jag inte håller med dig. Och María från Angeles är ett vittne till mina ord!
Om det inte finns någon kärlek är resten värdelöst, grymheten har varit större genom att lämna henne i hennes sista stunder innan hon

återvände till jorden. Varför designade de inte att följa med henne, jag förstår inte? De accepterade inte dess nya bårhusdofter eftersom de inte lärde sig att beundra dofterna den hade när den levde.

— De glömde hennes unga, de glömde henne helt enkelt!

(Omedelbart blev jag mållös och njöt fortfarande av kyssen som stulits från hennes läppar, som vår hemlighet, och jag kände mig så ledsen att jag inte kunde förhindra att ett par tårar kom ur mina ögon. Till din ära, vackra flicka! Må du vila i fred)

—Ung man, att se dig här fyller mig med glädje, för innan hon dog berättade min tjej för mig sin sista hemlighet, hon var redan sjuk och doktorn gav henne inte mycket tid, hennes lilla hjärta kunde inte motstå längre, berättade min lilla ängel mig att när hon gick med Gud, innan hon nådde henne, skulle en prins besöka henne för att älska henne, ge henne all den kärlek hon saknade och kyssa henne som ingen någonsin hade kysst henne. Min tjej var en sån drömmare!

(Jag böjde ryggen och täckte mitt ansikte för att inte låta de fångade förnimmelserna av en omständighetsupplevelse försvinna... Jag kände då att barnvakten gick, jag öppnade inte ögonen eller avtäckte mitt ansikte för att hindra någon från att observera min gråter för borta kärleken ... När jag blev medveten igen om närvaron av en kropp på min högra sida, öppnade jag mina ögon och tittade på den)

Vad gör du här Betty? Carlos berättade mumlande att han hade kommit och letat efter mig.

Jag avslöjade mitt fortfarande våta ansikte och tittade på honom från sidan. Jag kom för att se vad vissa glömmer.

(Han var mållös, han tog mig i armen och ledde mig till utgången, då hade alla bekanta åkt, nerför trappan insisterade Carlos)

– Jag förstår dig inte, Bob! Jag accepterar att du är en social eskapist och du förlorar oss då och då i dina galna reaktioner, men Manito, du lämnar mig orolig att inte veta om en bil krossade dig som din vän kackerlackan, inte ens fan längre vän, vi är lämnar!
– Och Anna Maria? — frågade.
– Hon åkte med Bright Star och min mamma.
— Och MalMs.do?
— Han ville slå den dumma! Men när min syster inte såg dig, och det betyder inte att hon friade till dig, bad hon mig klippa av det och berättade för henne att du hade tagit med henne och att hon ändå ville åka tillbaka.
– Ville de?
— Det är logiskt att han gillar dig, det är säkert! Men få inte dina förhoppningar upp! Fortsätt!

Jag satte mig i hans bil och vi började köra. Var ska vi gå? frågade jag igen.
—Låt oss gå runt nittio, jag har en liten plan på gång.

– Hej nej! Carlos, klockan är fyra på morgonen. Gör honom inte till en bror! Jag är trött.

— Ge inte upp, Beti till! Om du inte vill ha något så stannar du i bilen och så är det, inget händer.

—När jag vet att du ska bli nittio tror jag att du en dag inte kommer tillbaka.

– Sug inte Bob! Inget händer, det finns horor och suger Inget annat! Tro inte att jag ska fisa och stanna där, hon är en särskilt bra gammal kvinna som jag träffade, jag har velat ha henne länge, men hon var med i en kabaré i Mexiko och nu är hon här, hon uppträder i nopal, jag vet inte! Jag kan gå live Bob! Förstår du kompis?

– Det är så det kommer att kosta dig!

—Jag har mina små besparingar till de här äventyren.

— Hör! Är det sant att det vid ingången till platsen finns tjejer med vikt?

Lite strömmar och snusk, ja, men det kostar tre eller fem pesos... Han sa till mig när han stirrade på mig...

Säg inte att du ville ha de billiga, vän? Okej, du har inga pengar över, men, ja, om du vill har jag tjugo pesos över, med det får du en vanlig av modulerna, och med erfarenhet.

– Nej! Det är inte det, det var bara en fråga, jag är inte lika behövande som du.

—Bob, om du väntar på att någon som min syster ska börja jävlas, måste du gifta dig, lilleman! Och om inte, kommer du att ta tid att ta bort din kyskhet, annars kommer den att torka ut, och det värsta är att du blir en bög, tävla inte! Du vet redan att jag alltid kommer att vara din bästa vän, oavsett vad som händer, men den dagen jag får reda på att du är en dolk eller de sätter på dig, slutar du se mig, Bob... Skratta inte, din jävel! Jag menar allvar, kompis.

— Hur tänker du, Carlos, du gnuggar inte ens det längre! Som om du inte känner mig.

—Ibland känner jag dig inte, förrän nu vet jag inte om någon som du har knäckt Bob.

—Det handlar inte om att kasta dem, utan att kasta oss samman.

— Återigen, med dina djupa och konservativa idéer vän? Glöm inte vad som ser till att de gummor som inte knullar är döda, det är ett otroligt gammalt talesätt.

— På tal om de döda, vem gick Manuel med?... Vad vet jag! Glöm inte att juniorer har en förare.

– Jag tycker synd om din mamma. Vad sa hon?

– Sanningen är att hon blev förbannad.

— Vadå, var han fruktansvärt upprörd?

– Inte så mycket, om hon var orolig för att vi inte kunde hitta dig, i alla fall, jag var där för att ta dem, du räddade mig från att bli förd, det var något, glöm inte att jag kom med Fernandez.

Med Rocío?

– Nej! Inte med Rocío Häng inte runt mig vännen!

—Jag är orolig för vad Bright Star tycker om min glömska.

— Oroa dig inte för det, för du ska träffa henne i morgon, eller snarare efter ett tag.

— Hur? —Jag kom inte ur min väns överraskande svar när jag hörde sådana uppmuntrande ord.

—Jag berättar senare.

— Hej, vänta, inget senare! Säg mig nu, — utbrast jag.
- Vi kommer, skrubba inte.
- Carlos! Detta är viktigare för mig än att beundra din toleranszon... Beundra den inte, titta inte på den! Bara att vi i detta ögonblick går in i syndens zon, så antingen börjar du be eller så njuter du av atmosfären, härifrån kan du se öppna ben och provocerande gamla kvinnor — berättade han för mig när han parkerade bilen nära —El Nopal— kabare.
—Så, vad är affären, Bob, vill du ha de tjugo pesos?

(Jag log bara skakade på huvudet på grund av min misstro, vägrade göra det och förstod inte fullt ut hans lätta attityder... Jag kastade huvudet bakåt från ryggstödet och kommenterade)

- Inte Charles! Det här är inte min dag, för mycket spänning, vacker spänning till smutsig här.
— Vad pratar du om? Om du tappade en skruv, vad du vill, så kommer jag nu.

(Carlos steg ur bilen och gick till kabarén, det var säkert många kvinnor som satt på en stol med utspridda ben och bjöd in betald otukt, när min vän kom tillbaka)

—Drick den här ölen och lägg dig efteråt! — Slå på pantern, lyssna på rock och rök inte, Ha nej! Du röker inte sanktiga heller, förlåt, stirra inte på mig, vän! Och det är bäst att du inte ser dig omkring för några kommer att visa dig apan och du är inte ens här för att komma på ponnyerna, det kommer inte att dröja länge — innan han helt och hållet gick i pension kunde han inte lämna utan att lämna mig som en följd av hans prosaiska fraser— Seriös Bob! Om du blir för upphetsad, gå inte och jävlas här.

(Jag höll i huvudet som om jag inte trodde att ett sådant prosaiskt och allegoriskt språk skulle kunna existera som stötande i mina öron... Jag är inte rädd, jag är bara orolig att min bästa vän föraktar böcker och det lämpliga språket som undviker hans medelmåttighet, vissa skulle säga att de inte bryr sig om min föråldrade position som reserverad och korrekt, för vad den är användbar i en ojämlik värld...

Fassor åtföljer mig inte i tanken på att veta, men min blyghet, feghet eller brist på mod hindrade mig från att noggrant se de öppna benen på de lättsamma kvinnorna som i de trånga rummen med delade sängar förlorar glömskan för att förbli minnen, även om bittra Sean, här uppfattar jag inte känslor, här föreställer jag begränsade förnimmelser, fragmenterade utan smak av en söt blick, här spelas det mer för att inte glömma att det kändes, imorgon kommer samma sak att hända, efter den ansträngande dagen somnade jag)

07:00

(Carlos lämnade den övre delen av kabarén vid en baktrappa, på den platsen byggdes särskilda rum för ställets fina prostituerade, det var en kategoriplats, för kunder som hade pengar,

goda drinkar, kontrollerade kvinnor och bra service. ...
De små rummen hade stängt och nattlivet ställdes in, allas pilgrimsfärd till deras hem blev uppenbar, när solen lät sina första intensiva strålar ses... Han närmade sig själv berusad och det var svårt för honom att öppna bilen, vilket han väckte ohövligt Robert som hade fallit djupt in i en måttligt vilsam sömn som förkortades av bruset....
Tre timmar räcker inte för att vila, han var utmattad och försökte hålla ögonen öppna... Carlos satte sig inte färdigt i bilen på grund av utmattning och effekten av drycken, han öppnade den till slut och tog plats utan att hitta ingången till låset för att starta bilen, Robert fick reda på det och sedan reagerade han)

—Låt oss se Carlos, låt mig köra.

(Han försökte återfå medvetandet fullt ut som fortfarande var förlorat i det påtvingade uppvaknandet...Han drog Carlos som sov till passagerarsidan, stängde höger dörr med låset och gick för att ta ratten stilla med effekterna av den avbrutna resten)

07:45 den 5 maj 1957

– Charles, Charles!

(Robert ringde honom utan att svara eftersom han hade hamnat i en djup slöhet som det skulle vara svårt att få honom att reagera på, han kunde inte komma på något bekvämare än att ta honom till sin mosters hus, som vilade hos sin kusin i Tehuacán. ..

Hans syster Magdalena sov, så han kunde fick han ut ur bilen nästan bärande honom och med heroisk ansträngning lade han honom på sängen i hans sovrum... Han gjorde sig redo att klä av honom och täcka över honom som en bror gör , gick han ut och stängde dörren. ..

Sovrummen låg i den övre delen av ett medelstort hus i stadsdelen Carmen, två fönster vette mot gatan... I den nedre delen två andra fönster, det i vardagsrummet och det i ett litet arbetsrum. .

In på vänster sida var matsalen som anslöt direkt till köket, ett halvt badrum sågs på höger sida över en korridor innan en dörr som leder till bakgården där strykrummen, tvättstugan och uteplatsen för torkning finns. . kläderna...

Robert lutade sig tillbaka ute i korridoren på övervåningen i en mjuk blå fåtölj som fick honom att reparera sin utmattade mänsklighet)

10:30 söndag 6 maj...

(Det kändes som en tung gryning som redan var fylld av en genomträngande hetta från en kvav maj månad, som förebådar regn... Redan fåglarna i sina burar ber om att bli upptäckta från filtarna som täckte dem och behövde föras till den intensiva ljusplikten för flickan i huset fortsatte inne i strykrummet, pigornas....

Robert har vaknat av ljudet från en passagerarlastbil vars avgasrör är trasigt, och lämnar efter sig fumaroler som förebådade firande av tidigare krig, en parad och försonande strid som

sveper in sig i en sång av blommor och frieri, av smicker och flirt, kampen mot blommor den femte maj...
Det är svårt att tro att pojkarna kommer att återhämta sig all sin kraft, men ungdomen är en gudomlig skatt som kommer att göra miraklet... Ett gott varmt kaffe återupplivar ansträngningarna för dem som fortfarande återhämtar sig från en rå och förvirrad storm av oavslutade förnimmelser ... Robert, efter att ha tvättat ansiktet lite gick han ner till köket)

— Vilken natt bror! Magdalena berättade för honom.

(Huvudet ner och skakat av den ansträngande natten och bristen på sömn, han öppnade äntligen ögonen helt efter att ha rekapitulerat vad som hänt och väntat på effekten av koffeinet som skulle få honom att reagera, han gäspade)

— ÅH! Du kan inte föreställa dig, lillasyster, att så mycket saker har hänt mig på en enda dag — svarade Robert.
– Du har ett ansikte av trevlig besvikelse, Bob.
— Vad säger du?
– Jag vet inte vad du gjorde med Mireya.
– Du måste föreställa dig det!
— Ja självklart! Berätta inte för mig Bob, jag vill inte föreställa mig det, berätta inte om det för mig eller skvallra.

(Jag tar plats bredvid henne vid bordet i ante—matsalen som fanns i det stora köket... Magdalena var sexton år och fångade med sin ungdomliga gestalt kärlekens glittrande gnistrar, med det ohörda – av kraft av ångest som föds med den hormonella strömmen)

Jag kan föreställa mig allt, men att du försöker erövra henne, att om jag inte förstår brorsan! Okej, hon ser ut som Bright Star, mer upprörande, men hon är i din ålder och hon går eller är en vän med din gäst idag.
– Vad tycker du manlig? För det första är Carlos inte min gäst, han är min bror, om jag tog med honom hit är det för att jag inte kunde komma till hans hus under de förhållanden, och dessutom är han min bästa vän, det vet du.
—Om min moster får reda på det, kommer hon att sparka oss alla och du kommer att få problem med min farbror Salvador, även om du är hans bortskämda, drick mer kaffe och kakor.

(Hon lämnade det på bordet medan hon fortsatte med sina uppgifter att laga frukost som en bra liten kvinna från sitt hus)

—Det är inte bra för dig att vara täckmantel, och ännu mindre för dig att riskera problem med min moster, hon tar dig redan på uppdrag.
– Malena kunde inte annat; det var fel!
– Eller rättare sagt, jag var berusad. —
– Vilken stupad?
—Jag tittade på dig när du bar honom från axlarna till sovrummet. Hur står du ut?

— Och vad gjorde du uppe klockan sju på morgonen?
— Tror du att jag inte är rädd för att vara ensam i huset?
– Och Paula?
– Det är glömsk söndag! han är i sin stad; Jag berättar inte för dig! Vakna först, bror, och plocka upp den berusade och låt honom gå hem.

(Magdalena tog en kopp med pressat kaffe i höger hand och gjorde sig redo att gå upp för trappan och stoppade hennes Robert som sa till henne)

— Hej, lilla lus, vänta! — För det första, sedan när dricker du svart kaffe?
—Jösses lillebror, har du inte fått reda på att jag inte är en tjej längre?
— Kaffe, och röker du också? Spela inte dum, jag har redan sett Raleigh i din väska.
— Vad granskar du mig, Bob? Jag går inte in på dina saker, respektera mina.
—Du oroar mig, Male, du är min enda syster och jag älskar dig; Jag vill inte att du ska vara som de andra.

(Magdalena satte sig igen i köket och ställde kaffekoppen på bordet)

– Vilken annan Bob? Jag har inga söta vänner.
— Och vad är det nu, vad är det för uttryck, Malena? Jag känner inte dig! Nu förstår du varför jag säger åt dig att välja dina vänner.

—Alla pratar som den där brodern, ja, förutom Bright Star som är en självrättfärdig min bortskämda vän, men de andra är döda myggor, väldigt hycklande. Om jag berättade för dig! Men jag tänker inte berätta det för dig.

— Säg inte, och sant, den enda vän du borde ha varit just Bright Star.

—Som du säger om Carlos, du vet att hon är som min syster och hon lagar mat separat, blanda henne inte med de andra, hon är också mer än min vän, men jag känner inte dig också Bob, håller med om att du är gammal tillräckligt för att ha en flickvän, även den som har tagit dig, eller har tillgivna vänner, men du är inte av enstaka romanser, och mindre med den.

— Vilken, pratar du trevande till mig?

— Se! gör inte själv

— Vad är det för fel Mireya? Dessutom är jag inte med henne.

– Nej? Vi såg dig sätta dig i hans bil och köra, vad vill du att vi ska tycka om dig? Och framför allt vad mina vänner som är skvallrets mästare tycker. Snälla, Bob! Den där kvinnan suger inte längre på tummen och bor i USA ännu mindre, jag kan föreställa mig hur libertin hon är, var inte tyst och eftertänksam! Gjorde du något med henne?

—Jag gjorde ingenting mot henne som var pinsamt! — Jag gjorde bara en tjänst för en vän och inget mer, vadå! Såg du mig krama henne, gick in på ett hotell eller vad? Stoppa skvallret och spekulationerna Male.

—Vi följer dig inte, Bob, det är ingen stor sak, men vad mina vänner såg snart fick hela Puebla och särskilt Bright Star reda på.

— Varför pratar du med mig om Bright Star som om hon var intresserad av mig?
Hon såg inte att du klev in i hennes bil.
— Än sen då? Även om de säger det till henne är Bright Star inte min flickvän.
Vem förstår dig Robert? Du sladdar för Zenteno—tjejen och du gör allt för att få henne ifrån dig eller försiktigt placera henne i famnen på hennes bästa friare.

(Robert hällde upp en kopp kaffe till, tog plats bredvid Magdalena och planterade sin käke på kanten av matsalsbordet och lyfte den med en antydan av oro, sa han till henne)

— Tror du att jag har en chans med Bright Star?
—Om du fortsätter som den här brodern kommer du att få inbjudan till hans bröllop.
— Manuel ska till Tec de Monterrey efter Iberic, eller han är redan där, jag vet inte! Men han kommer inte att gifta sig förrän han är klar med sin examen.
— Än sen då? Det finns ett familjeengagemang och ett socialt engagemang, Bright Star måste göra vad hennes föräldrar säger åt henne att göra.
—S han är inte kär i honom!
—Men han har mycket pengar, förutom att hans pappa är bunden med en skuld hos sin pappa...
– Hur vet du så mycket?
— Var inte naiv, Bob! Bright Star är arg på det, det är därför han nästan inte slåss mot Manuel, alla vet det, det är bra, förutom dig, du bor

på månen, bror, och i dina böcker, så du kommer att lämna många bakom dig illusioner eller erövringar.
— Vad vet du mer om Mireya?
— Varför frågar du mig om henne, kan det vara så att du är mer intresserad än du borde?
— Slipa inte! Du vet vad jag menar, om jag inte har fel så har dina vänners skvallerunderrättelsecenter redan fått reda på allt det här röret.
— Tro inte! Om skvallret ökar är vi beväpnade med Ana, och du vet, jag älskar henne väldigt mycket för att lägga bränsle på elden.
(Magdalena reste sig från sin stol för att hälla upp en kopp kaffe till)
— Drick inte usel kaffe längre! Jag vet verkligen inte hur min moster låter dig skada din kropp.
—Så, gör det mig ont och gör det dig gott?
—Är annorlunda.
— Åh! Det är att du är en man och jag är en kvinna. Ja självklart!
— Kaffe har koffein, det är ett stimulerande medel som har en alkaloid, det vill säga en drog som morfin, och du är för ung för att gå runt med det... Ge mig en kaka, — frågade Robert.
— Jag kommer inte att ge dig några av mina kakor förrän du berättar att du pratade med Mireya!
—Robert log — Vilken olägenhet du är lus! Det finns inget mellan Mireya och mig, åtminstone allvarligt, det är sanningen.
— Aska! Så, finns det något?
— Ja! En och annan vänskap, en trevlig pratstund och ett respektfullt adjö.

– Din blick säger mig inte det.
—Läser du nu den manliga looken?
— Lyssna bror, du måste tro mig att jag väldigt gärna skulle vilja att Bright Star skulle bli min svägerska, hon är vacker, en god vän, en liten kvinna från hennes hus, hon är en liten låda med söthet, men jag föredrar dig med en av mina andra vänner än att falla i hennes armar av den libertinska Mireya.
– Inte man! Fördöm henne inte, hon går bara igenom.
— Förresten? Men han vill spränga min kompis Anitas pojkvän.
— Lämna kaffet Malena! Det kommer att skada dig.
— Ta inte hand om mig så mycket lillebror! Låt mig njuta av livet. — Hon reste sig och gick till spisen. —Vad tänker du om jag gör klart frukost?
Ägg inte!...
– Vad vill du chef?
– Har du chilaquiles?
– Klarinetter! Med kyckling och bönor, lite riven ost, två skivor avokado, grädde, lök, persilja och rostat bröd. Något mer min kung? Åh ja! Apelsinsmoothie med papaya och äpple, vem kan servera dig bättre än mig lillebror?
—Var inte en clown och förbered den där blandningen av delikatesser åt mig.
– Gå först och tvätta händerna, du måste ha kommit hit som en gris.
– Hej, inte heller!
— Säg inte att du efter att ha burit Carlos hade tid att duscha?
Som om Carlos hade kommit drunknad av berusad! Jag var halvfull och sov mest, öka inte på

det längre, designa mina chilaquiles medan jag badar om du är så snäll min stjärnkockar.
— Hallå! Tro inte att jag kommer att ta en timme.

(Magdalena utbrast när Robert redan klättrade upp för trappan, så hon utförde sina kulinariska konster, läror om en tids gamla seder och traditioner, om en stil, om den ultimata smaken från slutet av ett tidigare århundrade...
Ljudet, orden, snacket från bröderna i ett stort välvt, resonansfullt kök fick Carlos att vakna, som efter att ha gått till halvbadrummet på bottenvåningen för att återuppliva sig och förbättra sitt utseende, sedan placerade sig under fönsterram. den gångjärnsförsedda dörren som tillåter ingången till den, och när han kom smygande före Magdalenas distraktion, observerade han henne utan att dra hennes uppmärksamhet, han stannade så i två minuter tills han började prata, hon hoppade rädd när hon kände det)

— Luktar gott! sa Carlos och log mot Malena.
—Åh! Du skrämde mig. – Han rörde vid sitt bröst och tog ett djupt andetag.
—Jag ville inte besvära dig med att se dig så arbetsam.

(Magdalena återvände till sina grytor klädd i ett flirtigt förkläde... Carlos tog plats där Robert hade suttit... Carlos såg utvilad ut som om ingenting hade hänt kvällen innan, en fest gjorde honom gott...

Han var fåfäng, arrogant och stolt, självbesatt och säker på vad han gjorde att han kunde borsta tänderna innan han dök upp inför en dam efter ett allvarligt uppvaknande)

— Vill du ha en kaffe? — Hon frågade honom utan att vända sig för att se honom och utan att sluta manipulera chilaquilesgrytan.
— Jag skulle falla jättestor!
— Föredrar du inte en kall öl?

(Hon bråkade utan att ens vända sig om och visade sin ungdomliga figur utsmyckad med en blekröd blus och tajta jeansbyxor, med fina vita sneakers och vita strumpor med rosa vårdekorationer... Magdalena var alltid uppriktig, en älskare av sanningen Ingen blev arg på henne för att hon inte gjorde det med dåliga avsikter, hon var oskyldig...
Hon hade alltid goda vänner som goda avsikter, intelligenta och respekterade moraliska principer, och något hon försvarade var att de inte tyckte synd om henne)

— Har jag ett grovt ansikte? frågade Carlos henne och upptäckte i henne en speciell charm som han inte hade observerat tidigare, sedan vände hon sig om för att se honom med en lätt kroppssväng utan att släppa slevarna, log hon kokett mot honom och uttryckte.
— Handla om! Magdalena hällde upp en kopp varmt kaffe till honom.
— Börja med det här! —Hon gjorde det med en nedlåtande hustrus attityd, Carlos kände då detaljen i att behandla honom så varmt

– Du har rätt man! Det är mer eller mindre vad som händer är att jag hade en fruktansvärd dag.
– Du kan inte se det! Han fortsatte med sina förberedelser.
– Verkligen! Planer går ibland fel.
– Planerar du kjolar?
— Kjolar?
—Anne Maria till exempel.

(Carlos förblev tyst och gjorde en lång paus och observerade att Magdalena inte försökte vända sig om för att börja ett långt samtal och bara vände honom ryggen och fick honom att njuta av hennes fina och graciösa gestalt som rörde sig sensuellt till rytmen av hennes rörelser som en expertkock framför spisen)

— Hur mycket vet du om mina planer Malena? För att mina romantikplaner har ett namn och de heter Ana María.

(Då vände sig Magdalena om för att se honom från platsen där hon var framför spisen, hon vände sig om, torkade sina händer med trasan, och utan att släppa den, sa hon till honom och stirrade på honom)

– Du menar katedralen?
—Till mitt enda centrum för bön och tillbedjan.
— Är du säker?

(Hon lät honom få ett flirtigt och störande leende lutad på kanten av spisen där hon redan hade stängt av brännarna och fortsatte berätta för honom)

— Som jag förstår det har alla män sina små kapell.

(Magdalena gick åt sidan för att blanda frukterna som hon bjöd Robert och sedan reste sig Carlos från sätet och placerade sig på höger sida om henne, han lutade sig till vänster på pallen som innehöll bestick och köksredskap, med sin kopp i vänster hand verkar det som)

—Om du bara visste att jag inte hade föreställt mig ett så intressant uppvaknande!
—Vad pratar du om?
— För första gången ser jag dig på ett unikt sätt Man, i en uppriktigt välbekant plan, som om min fru lagade frukost till mig en given söndag i ett nygift pars lugn och vardag.
—Ja? – Hon vände sig om för att se honom förvånad och förvirrad – Sätt inte upp dina förhoppningar, Carlos!
— Vissa! Nu när jag ser dig bra, som om jag inte hade sett dig förut, eller för att jag inte hade sett dig så tidigt på morgonen, kommer ut ur badrummet, fräsch, med anpassade byxor, ja, som Bob säger, med friskheten av en källa som doftar åkerblommor.

(Magdalena log när hon vände sig om för att se honom, nära honom blandade deras blickar som spontant möttes som något omständigt och känslomässigt, hon lämnade kniven på hyllan, rörde vid hans panna med baksidan av sin högra hand och sa leende smickrat och spänt nervös)

— Festen var hård Charly; du har redan feber!

— (Hon ändrade uttryck i lätt irritation, hon såg stark ut, segerrik och det observerades också att det störde henne att bli lurad, hon förstod att det gjorde henne ont, men hon tillät sig inte att sluta vara uppriktig, hon oroade sig för att bli indiskret eftersom hon visste att hon kunde skada honom...
Carlos drog en bänk mot sig och tog plats bakom henne på andra sidan bordet där han ursprungligen var, slog sig ner och tog en kopp kaffe, något kallt redan förresten)

— Varför kallade du mig Charly Male? Det är första gången du gör det, blir det en epidemi?
— Vad jag förstår är jag inte den enda som har kallat dig så. —
— Vänta! Var det Betty?
— Min bror? Aldrig!
– Så, vad vet du mer? — —Malena vände sig sedan om snabbt och Carlos lät henne inte tala — Malena, jag vill ha sanningen! För jag måste veta vad jag sysslar med, du förstår vad jag menar, om Anita kan en procent av något skvaller så skickar hon mig till...för att steka sparris, förstår du?

(Magdalena stängde av elden på brännarna där hon värmde bönorna och mjölken, tog kaffekannan och hällde upp Carlos lite mer kaffe i sin kopp)

—Tack!
— Vet du vad som är fel på dig, Carlos?
– Du har inte svarat mig på grund av Charly.
– Det är vad jag går för! Den enda personen som berättar för dig Charly är Mireya och min bror sa det inte till mig, det vet alla.
— Självklart, skvaller från Puebla! Vilket räcker.
– Jag är säker på att Ana inte vet, men hon kan veta.
—Veta vad?
– Vad ser du med henne?
– Vi ses, när?
— Var inte en hycklare, Carlos! Acceptera den! —Han reste sig sedan för att täcka grytan med chilaquiles—
– Ska du förolämpa mig nu? —
— Åh ja! Som om det vore en lögn såg vi dig på trappan i skolan.
— Såg Ana Maria mig?
—När vi fick reda på det, inte på grund av dig, på grund av henne, tog vi henne till en annan del av Central, speciellt när vi såg att Bob kom fram för att prata med dig.
– Insett?

(Malena tog plats bredvid honom igen och försökte förklara för Carlos vad som hände för att reda ut saker och ting)

—Ana är halvblind när hon inte har glasögonen på sig, så vi visste att hon inte hade kunnat urskilja dig, dessutom kunde bara en del av dig ses.
– Och vad har du observerat?
—När du höll hans hand och när du hemligade honom.
—Men jag kysste eller kramade henne inte!
—Tyvärr för dig och lyckligtvis för vår vän, Bob räddade situationen. Nu hoppas jag bara att Mireya inte ändrar sin älskare och att min bror blir inblandad i något som inte passar honom.
— Malena! Han är inte min älskare jag försäkrar dig! Hon har varit en vän sedan länge som jag pratar med när hon kommer till Puebla på sommaren, kanske om jag fick ge henne en liten kyss, så jag ljuger för dig om du älskar sanningen, men det där med henne att vara min älskare! skvalleriga vänner! nu är det omöjligt för honom att lägga märke till Bob, han är så allvarlig, så ordentlig! Nej!
– Och hon är lättsinnig.
– Var har du lärt dig det ordet? Antingen!
—Det betyder att han inte reflekterar eller har omdöme, var inte dålig—sinnad, jag sa inte tik.
—Jag är väldigt outbildad men jag kan den där.
— Försvarar du henne för att du är intresserad eller för att du inte vet något om henne?
—Jag har redan sagt att hon är en god vän till mig som jag träffade innan hon var min flickvän Anita...

– Ni träffades på dagis, eller hur? — —
Magdalena visades med en attityd intresserad av att veta sanningen om deras förhållande
— Gör inte narr av det lilla vita huset!
– Varför kallar du mig nu så? — Magdalena reagerade irriterat
– För det är vad din bror säger till dig.
— Men du är inte min bror, och han färgar mig inte! Dessutom gillar jag inte att bli kallad lus.
—Vit är ingen färg, och jag vet att tjejen också kallar dig det.
—Jag kommer att låta henne för hon älskar mig väldigt mycket. — Hon log nervöst i närvaro av en attraktiv ung man som Carlos.
— Ja, jag älskar dig också, det är därför jag kallar dig lilla lus!
— Älskar du mig mer än Anita? Jag försökte se din reaktion.
—Okej, om du tror att jag inte älskar dig längre tänker jag inte kalla dig det men du ska inte göra narr av mig, jag menar allvar, något väldigt konstigt händer mig med dig nu, Mireya är en väldigt bra vän av mig, hon har varit det länge. Jag uppskattar henne och jag uppskattar hennes familj.

(Magdalena reste sig från platsen och gjorde det lite irriterat när hon samlade ihop de använda redskapen, hon gjorde sig redo att tvätta dem)

– Ja, vet du vad? Jag är inte orolig för din relation med henne eller konsekvenserna om Ana María får reda på det, det är ditt problem! —Hon vände sig om för att titta på honom och stirrade på Carlos vänliga och nyfikna leende — Efter det

skulle du inte ha kul, för att byta ut en skiva med tre mjölkkaka mot en kex kan ge dig matsmältningsbesvär, ja, jag skulle vara orolig att min bror skulle gå in på stafetten och bli kär i kvarlevorna av en kvinna som inte längre intresserar dig.
– Hej, ta det lugnt! Mireya är inte ute efter någon, hon kom på semester, vi pratar med varandra, vi pratar och hon återvänder till USA i september där hon har en formell pojkvän, jag stannar här! Och – plötsligt avbröts han
— När du vill kan du se henne!

(Carlos gick runt bordet, tog henne i de våta händerna och satte henne på motsatt sida av det, framför spisen)

Kan jag be dig om en tjänst? Han hukade sig ner framför henne och kom ännu närmare. – Snälla, man!
— Berätta för mig!

(Hon berättade för honom när hans närhet till Carlos fick henne att känna sig nervös inför en naturlig upplevelse av ömsesidigt nöje som uppstod fritt och naturligt)

—Om jag lovar dig att jag inte kommer att leta efter Mireya, kommer du att säga till dina vänner att spela döv, blind och stum så att Ana María inte får reda på det?

(Carlos slutade inte ta hennes händer med sina, som darrade lätt, Magdalena stirrade på Carlos som tog henne bestämt, men försiktigt, utan att vilja göra henne illa... Hon log när hon släppte en lätt ofrivillig suck nu av att dra ihop henne ögon. smala, välväxta ben inuti de där snäva jeansbyxorna)

—Det är okej! Men jag lovar dig ingenting, jag har några vänner som älskar att se andra lida.

(I det ögonblicket gick Robert överraskande in i köket och stirrade på dem imponerad av scenen när han hittade sin bästa vän sammanflätad med sin systers händer, och nära varandra...Magdalena tvingades att plötsligt koppla loss den länken medan Carlos händer stannade kvar på benen vilket fick Magdalena att genast stanna för att servera Roberts smoothie i ett glas...
Han tog sin ursprungliga plats vid bordet när han var där, lade armarna om henne, satte sig bekvämt utan att säga ett ord, lutade sig mot stolsryggen medan hans syster tände elden i spisen för att värma chilaquilen, hon undvek att se Robert)

— Gå med er kärleksfåglar! — Det minsta jag föreställt mig — utbrast Robert medan Magdalena vände sig om och undvek att se dem i ögonen
— Vilka turturduvor eller så! —Hon rusade ut ur köket utan att stanna för att uttrycka sig — Där är dina chilaquiles och din smoothie! Hjälp dig själv och tjäna Carlos om han vill.

(Magdalena lämnade platsen helt synligt nervös och bestört över vad som hade hänt utan att kunna kontrollera sina känslor, Robert reste sig utan att säga något ännu och gick till där kannan med apelsinjuice fanns, hällde upp ett glas åt Carlos och satte det i två Chilaquilesrätter, bönor och deras garnering, två bröd vardera och satte sig ner igen efter att ha serverat Carlos...

Robert slutade inte stirra på Carlos medan han började sin frukost, och Carlos gjorde detsamma, så de träffades utan att säga ett ord, även om Robert inte slutade stirra på honom som om han försökte förstå eller upptäcka vad som låg bakom denna kärleksscene)

– Vad tittar du på mig kompis? Carlos berättade för honom.
– Jag kan inte tro det, bror! Du och min syster, sedan när?
— Var inte en jävel, Bob! Tror inte att jag kommer om Malena.
– Vem har sagt att jag tycker dåligt? — Det är inget brott att min bästa vän vill vara min svåger, det tråkiga är att han är förlovad, eller är den formella pojkvännen till en av min systers bästa vänner, vad roligt!
—Du vill inte att jag ska umgås med din syster, men du vill hänga med min.
— Säg inte, skitvän! Och utan anledning tror jag att jag kommer att göra det om din syster, det faktum att du såg mig med min första hand hennes ben var en olycka.
– Nej! Om jag inte tycker illa om henne så känner jag henne, hon är en dam och hon ger sig själv respekt, det är dåligt att du utnyttjar att hon är lätt.
— Utnyttja mig? Är galen.

– Dina händer kopplade till hennes var väl inte en inbjudan till dans?
– Hur fan Bob! —Han fortsatte att äta frukost klumpigt och nervöst—
—Malena är inte dum, hon är bra och naiv och vet inte vad en kyss är, hon är oskuld och drömmer fortfarande om Prince Charming trots att hon är väldigt mogen i sitt sätt att tänka.
—Titta vännen, lugn och lyssna!
— Jag är lugn Carlito! Om jag inte är arg på dig så känner jag dig och jag vet att du inte skulle skada min syster, om du vill ha något med henne som är djupt allvarligt så är hon inte Mireya, avsluta med Ana María först och erövra sedan Male, min syster är värt mycket av Carlos.
Hur kan du föreställa dig att han någon gång skulle kunna skada Malena! Sug inte! Jag skulle aldrig göra något sådant mot honom.
–Jag har inget emot att bli överkörd, men det gör hon.
— Sluta, bror! Föreställ dig inte ens för en sekund att jag skulle kunna göra narr av Male, dra fördel av hans naivitet som du säger, hon är en fantastisk tjej, det där med händerna var något oskyldigt, jag fick inte reda på hur vi kom till det, vad jag säger är att något konstigt hände mellan oss.
– Men var du otroligt bekväm?
— Jag förstod inte oxe! Verkligen! Okej, jag tog hennes händer och jag bad henne om en tjänst.
– Vilken tjänst?
— Återigen, med åsnan till vetet?
– Nej! Vilken tjänst?

—Att hjälpa mig så att Anita inte skulle få reda på Mireya.
– Vad vet hon om något?
—Hon och hennes vänner tittade på oss mot trappan, så ni vet redan skvallret och skvallret.
— Wow! Men tänk på detta, Carlos, om Ana María av någon konstig anledning kom in i köket i det ögonblicket, skulle hon inte tro på den historien, för hur de höll hand, höll du henne inte, de tog tag! För ordens skull ger det mycket att tänka på.
— Och vad tycker du?
—Jag ser på det så, om jag inte kände dig som jag känner min syster, skulle jag tro att djupt inne i deras intima reflektion tycker de om varandra, de gillar varandra, de känner något mellan varandra.
—Bob —Carlos reste sig upp och lutade sig mot kylskåpsdörren, korsade armarna och förblev allvarligt eftertänksam, tittade på Carlos och försökte veta vad som pågick inuti honom — Du får mig att tvivla, men förstör henne inte, vän! Hanen är vacker och du vet att jag älskar henne som du gör, det som förvånar mig är att hon är gjort till kvinna. Tror du att jag inte hade lagt märke till hur den där elaka ungen från några år sedan har blivit en vacker ung kvinna?
—Det är bara det att du är väldigt aningslös, Carlos, det som verkligen oroar mig är att han gillar dig som man, inte som familjevän.

Carlos satte sig igen och försökte förstå situationen. Vi får se! Det skulle inte vara något fel med att hon skulle gilla mig, jag insisterar på att jag skulle vara den sista att skada henne eller falskeligen lura henne, det är inte hon, det är bara det — han tog sin panna med armens vänstra hand vilande på bord i matsalen — I vissa kände jag mig direkt förvirrad, det hade inte hänt mig. Det är på riktigt! Detta som jag känner, och jag måste acceptera det, är ganska konstigt, eftersom det inte går med mig, Bob ser det tydligt, detta är något nytt för mig, och vet du varför? Jag måste vara ärlig mot mig själv, det är något som jag aldrig har känt för Ana

Förstår du mig? Jag vet inte hur jag ska förklara det för dig, det var hennes blick, hennes ord, hennes händer, hennes närhet, alltihop, är något som, ja — hon sträckte ut sina handflator tills hon täckte hela ansiktet och utbrast — Vad fan har fel på mig! Jag förstår inte.

— Hur mår du?

(Carlos avslöjade sitt ansikte lutad mot stolsryggen och med ett oroligt, ångestfyllt uttryck sänkte han huvudet, närmade sig bordet igen, placerade det på det, placerade sin panna på kanten, han var tyst ett ögonblick, han reste sig upp med självförtroende och övertygad om att han tog sina händer knäppta och täckte sin mun som om han inte ville säga något annat, slutligen täckte han nu hela sitt ansikte med dem som om han ville dölja sina blandade känslor)

– Vad är det för fel Carlos? Jag har aldrig sett dig så här.

– Det är komplicerat vännen! Sant, jag har aldrig känt så här, det är något som kommer ut plötsligt, jag lovar! Men jag gillar det, det får mig att må bra men konstigt, vad är det här?

—Om du förklarar för mig vad du känner inom dig själv kommer vi att finna innebörden av det som händer med dig, även om jag utifrån symptomen föreställer mig det jag inte vill föreställa mig.
—Jag vet fortfarande inte vad Bob menar, men ja, den skyldige är man.
—Bara att du blev kär i henne vid första ögonkastet. —
– Nej! Det kan inte vara Bob, man blir kär, säger de, på det sättet när du vill knulla henne, blir du kär! När din instinkt leder dig till en felaktig förälskelse att det enda du vill ha av henne är hennes kropp, det hände inte bara mig. Jag har bara knullat vän! Glöm inte, jag behöver inte leta efter det igen och jag har inte heller bråttom och det värsta är att jag inte saknar Ana María....
Det är inte meningen, det är inte det, det kan bara hända mig två saker, att Anita bara har varit en förevändning för mig att få sällskap av en av de tonåringar som alla är mest eftertraktade eftersom hon är en prydnad vid din sida för att hon har en av de bästa familjerna i Puebla, eller så hade jag helt enkelt aldrig blivit riktigt kär.
Vad jag kan försäkra dig, Bob, är att jag känner många saker för Ana, men inte kärleken som får mig att minnas henne varje ögonblick, vilket får dig att känna dig viktig. Beundra henne? ja! Men att inte vilja ha henne som du vill ha en kvinna för alltid, att i hemlighet vilja ha honom som en hemlighet som du inte ens vet finns, nej, Ana María har aldrig fått mig att känna vad jag känner nu.
– Det är därför jag frågar dig, vad känner du? – Berätta för mig på något tydligare sätt.

—Det enda jag vet är att jag håller på att tappa kontrollen brorsan, jag känner mig som en sydd potatis som kan falla sönder med en klämning, jag har tappat kraften, jag är kvävd, nervös och jag lider. Jag vet inte varför? Se! Händerna darrar.
— Är det inte baksmällan du tar med?
— Nej! Det är något annorlunda, fascinerande — han log för sig själv när han sa det — Bob, det är något vackert och för varje sekund som går blir jag mer övertygad. Otrolig! Din syster har fått mig att känna det här, jag vet inte vad, och hur det hände, eller hur hon gjorde det, om vi båda gjorde det, om det här är något som dyker upp så plötsligt utan att förvänta mig det, allt jag kan säga dig är att jag älskar det!

(Nu var det Robert som lutade armbågarna mot bordet och tog händerna sammanflätade i nacken som om han inte längre skulle ha en åsikt om det så att saker skulle hända, om de skulle hända)

– Jag måste gå hem och byta om.
– Vill du att Robert ska ta dig?
– Nej, jag mår bra nu. Står bilen utanför?
– Nej, jag ställde den i garaget.
Följ med mig! Nej?
— Vad har du för bråttom?
— Vad är klockan?

(frågade Carlos när han steg in i bilen och Robert öppnade dörren till platsen där bilen stod...Robert tittade på sin klocka och sa till honom)

—12:30.
—Klockan ett måste jag vara på ett dop. han tar mig!
– Gå och byt om så kommer du i tid. —
– Ja så klart! Jag är superman eller supermus Kom igen! Du kan inte lämna mig ifred nu Bob.
– Om vi går Carlos, ja! Jag gillar inte dop.
—Anna Maria går säkert och jag vill inte vattna ner det.
— Var inte öglevän och kom med mig!
— Vad är problemet? — frågade Carlos när han tog ut bilen ur garaget och Robert stängde dörren—
— Var inte en jävel eller en dålig vän, Bob! Jag måste bli av med henne snart.
— Vänta! Manlig! Robert skrek på sin syster från gatan mot hennes sovrumsfönster där hon sov, som öppnade och lyssnade på honom
—Jag ska med Carlos till ett dop, jag ska prata med dig senare.
— OK! —Svarade Magdalena från fönstret
– Okej, låt oss gå. — De satte sig i Carlos bil och begav sig mot Carlos hus.
— Vad har du tänkt om Ana Maria? frågade Robert honom.
– För tillfället vill jag inte vara med henne.
— Du kommer att saknas!
— Förstå Betty! Jag måste vara säker på vad jag känner för om jag har blivit kär i Male kommer detta att bli rött eftersom de är nära vänner och jag vet verkligen inte vad jag ska göra just nu.

— Glöm inte att du tar med dina systrar till blomsterkampen, och jag gissar att Anita kommer att gå på bröstet med dem. —

—Glöm det! Som tur var kom jag överens med Manuel om att ge honom möjligheten att köra bilen.

— Så det är vad vi håller på med, Charly, ska du lämna din plats för den där skurken så att han kan vara nära Bright Star, på det sättet betalar du mig, svåger? —

— Hej jäveln, gå inte före mig! —

– Nej, om jag inte säger det för Bright Star, så är det för Malena, utbrast Robert och log.

– Sug inte vännen! Prata inte med mig och vill inte missbruka mina svagheter, glöm inte att först är vi bröder, ja, det är bäst att vi lämnar honom som bästa vänner för jag vill inte att Male ska bli min syster också.

— Självklart! Som bröder fick ni slut på tjugo.

— Spela inte Bob! Detta är djupt allvarligt; min hud är i fara och du måste hjälpa mig.

– Inte kronärtskocka!

—Du kommer inte att bli min kärleksagent, först måste jag klargöra mina känslor så snart som möjligt och sedan se om Male känner likadant, imorgon försvinner denna ångest, ångest eller knipa.

Du överraskar mig Carlos! Få gånger har jag hört dig så artig trots dina nonsens.

— Sluta vara dum och hjälp mig! snälla svåger

(När äkta kärlek uppstår, dyker den upp från själva inälvorna, skenande, sanslös, mulen, förvirrande... En vändning av förnimmelser som kompletterar allt, förlusten av medvetande som ska ryckas bort i drömmen om att vänta på allt, det är på grund av den bit av illusion som inte förstås...

Ana María tillhörde ett i förväg utformat projekt av etablerad etikett, av programmerad konformation, önskningar från många för önskningar för få, hon är dimman av en levande ungdom, säker på sig själv, som regerar i sin styrka och skönhet, kvävning av rutin och vana, upptäcker att överraskningar påverkar, får oss att tappa balansen, får oss att tvivla för allt tvivel...

Carlos är nedsänkt i en virvelvind av otyglad passion att han inte kan hantera problemet med kärlek, redan berövas självkontrollen över sina känslor...

Han faller ner i misstroens avgrund utan att inom räckhåll ha ett sätt att släcka lågan som brinner inom honom, som njuter av den och som förtär honom i en karusell av nöjen som snurrar utan att fånga dess form och innehåll för att göra den till sin egen. .. Carlos och Robert anlände till familjen Zenteno Alonso, som någon som kommer för att möta motgångar...

En liten dörr till ett stort hus, stora trädgårdar, en asfalterad stig med överhängande gräs, vattnet som bevattnar miljön för tillväxt av grönska som alltid kommer att vara grön...

Tre höga tallar på husets vänstra sida på en och ett halvt järnbänk — ovalt stenbord med en tjock mal — uppäten balk som bär upp koppar, glas och spillning från de lokala fåglarna som häckar i barrträdet med ihållande lövverk med formade löv . av nålar, två av kanariefågelsorten som vaktar den från Monterrey, kanarieöarna från Kanarieöarna där Don José Manuel Zenteno Blumenkron kommer...

Där tas Rioja—vinet från en vingård nära Tarazona....Vinet smakas som om det vill fånga tid och ungdom på stranden av Canarias— stranden, insisterar på minnet av avlägsna miljöer...Återigen Robert innan hans oväntade möten)

14.15 5 maj

(En solig, varm eftermiddag, dopet hade lämnats bakom sig, en efterrmiddag som motiverar känslor att kämpa för kärleken, att föra krig mot övergivenhet och förlorade känslor... Carlos och Robert hade kommit tillbaka från ett tråkigt dop och var på väg till huset av denna, går in på marmormosaiken)

— Var försiktig, Betty! Mosaiken till höger är lös — berättade Carlos för honom och varnade honom och visade sitt naturliga försvar av sitt sätt att leva, att äga, att vara van vid att räcka.

— Berättar du för mig varför jag ska bryta den? —

— Bli inte oförskämd! Så att du inte tar fel steg.

— Ge hopp till fel steg! utbrast Robert.

— Ingen människa! Den ger honom en flaska — svarade Carlos när de gick in i huset —

— Mjölk! Vilket kommer till samma sak.

(Väl framme vid huset gick de direkt till Carlos sovrum, men röster kunde höras i trädgården där kött grillades, doften som penetrerade miljön kunde uppfattas...

Paella serverades på familjens söndagar, cohibincigarrer röktes och flamencosånger lyssnades på... Det var som att gömma sig på bakgården och bilda ett litet territorium för att njuta av den avlägsna nostalgin från ett land splittrat av inbördeskriget, de var republikanska aborter som inte gjorde det. nå tårar sina olyckor för att ha blivit missförstådda...

I väntan på att Carlos skulle sluta bada läste Robert om fenomenet rockungdom som bryter amerikansk traditionalism... Han närmade sig fönstret som om han kallades av välbekanta dofter, och där var han!...

Oavhjälplig svimning från personligheten när de fylldes av ångor som förebådar tårar, vilket påskyndade deras bekymmer, som vanligt, självhypnos kom utan dröjsmål och vilade bara hans panna på glaset, i slutet av fönstret till höger sida, sett nerifrån och upp, ett fönster som vetter mot en liten balkong...

Hans ögon flydde för att se henne för att njuta av henne i hemlighet utan att bli sedd, halvt gömmer sig för överraskningar, kikade i ögonvrån och mellan springorna i väntan på något lika svar, snoka på skönhet, höga saker är trevliga...

Hon kände sig bevakad, hon hade ett glas läsk i höger hand medan hennes föräldrar och några katalanska vänner som precis hade anlänt pratade om att det är lämpligt att starta en egen sockfabrik, —Garn och silkespapper Murcia—...

Ytterligare två besökare som njuter av semester från Sevilla och stolt kommenterar framgången med San Isidro—mässan i april, där högklassiga Miura—tjurar har körts och vars öron och till och med ett ben har avskurits för det självmordsmod som tjurfäktarna visade. De måste ha sparkat den domaren för att han inte var aningslös, de säger att han är från Andalusien eller Coria del Río, de borde kasta honom i Guadalquivir! Han måste ha västgotiskt blod.

På hennes vänstra sida, från Bright Star, stod Ana María och pratade med Lourdes om detaljerna i nattfesten på motorhuven på den eleganta bilen...

Det är badet av doftande blommor, komplimanger, rörelse och leenden, av förlusten av identitet för att i det hela sammanföra en allegorisk fest...Carlos lämnade badrummet)

— Vad gör du när du står där?
— Tittar på dina gäster.

(I det ögonblicket, när Robert befann sig i den beundrade varelsens totala, dolda och individuella kontemplation, kände Bright Star kraften från de enträgna blickarna, av en energi som korsar utrymmen och överför kallelsen till romantik...

Bright Star lyssnade på vad hennes far sa till henne, förklarade för henne om skillnaden mellan franska och spanska vingårdar, när hon tvivlade lite, höjde hon överraskande ögonen, observerade halvansiktet på Robert som förblev extatisk, kikade ut bakom fönstret med hans blick på höjderna på andra våningen..

Robert kände sig upptäckt och log och visste hur han skulle reagera på en sådan fräckhet...

För ett ögonblick sänkte Bright Star blicken och riktade igen med utmattande långsamhet blicken mot en varelse som förlamats av ett sådant möte i fjärran, oförmögen att bestämma sig för vad man ska göra, särskilt när man upptäcks stjäla dofter i vinden...

Bright Star log mot honom som om hon återgäldade det oföränderliga uttrycket av njutning från hennes eviga och hemliga älskare... Det mest överraskande är att bokstäverna som skakade och fick Robert att bryta ut i kallsvettning delikat kom ut ur hennes mun, berättade hon. Hon kastade honom mot vinden med doften av hans andetag uttryckte honom, rörde hans läppar för att säga till honom Kom!...

Hon sänkte ögonen igen, slöt dem med sina ögonlock som bjöd henne att drömma, öppnade dem direkt för att fortsätta lyssna på Don José Manuels berättelser, medan Ms Concha placerade en liten tallrik ost på sin vänstra hand...

Bright Star insisterade på att ta hennes ögon till platsen där Robert befann sig, som redan hade återhämtat sig från ögonblicket av obeslutsamhet och när han såg henne pekade han bara med fingrarna att han om ett ögonblick skulle gå ner, Bright Star log lätt med den ömheten om en vacker tjej vad det var, han skulle följa med henne, äntligen blev drömmen verklighet...

Hon hade talat till honom med den charmen av blygsamhet och oskuld, stammade några brev efter fyra års abstinens... Hon hade brutit sin tystnad, hon hade vågat hänge sig åt hans önskningar, avståndet mellan blicken som säger mycket och gör inte var trasig. låtsas säga något, till texterna som bryter charmen med den diskretionen av att dölja...

Robert tog plats i en fåtölj bredvid väggen på kanten av fönstret som om han försökte bryta luften som förlorats av känslor och väntade på att Carlos skulle väcka honom från chocken)

— Och vad tar du med dig?
—Jag hörde faktiskt ett samtal i trädgården där eldstaden finns.
— Låt mig förstå, det finns bara en brännare för kött och det är där du säger, — berättade Carlos för honom när han klädde sig färdigt
— Gör inte narr av mig och gör dig redo för något allvarligt!
— Jag skrattade? —Han letade efter sängen för att sätta sig ner — Allvarligt är det som hände mig med din vän syster Ganska allvarligt! Att inte ens badrummet kunde svalna för mer kyligt vatten som jag spillde, i ordets goda bemärkelse, det här är inte en fråga om känslomässiga feber Bob, det här, jag är dum!
Som en idiot som ägnar sin tid åt att sucka, när han slår dig, slår han dig, det här är kriminell bror! Det är ett tryck i bröstet som jag inte visste och skratta inte din jävel för att du spenderar det hela tiden i kärlek! Man är van vid det, men för mig är det något nytt och det gör mig galen, för första gången vet jag inte vad jag ska göra, ibland är det kärlek vid första ögonkastet, men nej! Jag har känt Male sedan hon visade mig sina trosor när hon var fem år.

—Vad hände Carlos, som om han visade dig sina trosor?

— Åh, puckel inte! Alla tjejer i den åldern vet inte hur de ska sitta ner och visa sina byxor som sina tänder, men låt oss vara specifika, grejen är att jag inte vet vad jag ska göra, jag är yr, och Bob måste hjälpa mig med det.

— Vad vill du att jag ska göra? Ring Malena och berätta att du är galen i henne?

— Var inte klumpig, Bob! Det här är seriöst.

—Du har redan smittat mig med ditt allvar, se Carlos, lös nu ditt förhållande med Anita så fort som möjligt för du ska slå henne i tornet, hon är överdrivet exalterad över dig, tänker hon och planerar att gifta sig med dig, har barn och bor i ett mycket litet hus. kokett.

– Vänta brorsan! Jag har aldrig sagt att jag ville gifta mig med henne, det är bra, hon har varit min flickvän, men inget mer.

— Och formell Carlos!

— Stoppa honom! Vilken formalitet?

—Så, eftersom du redan blev kär, seriöst! Nu ska du spränga ett fyraårigt engagemang?

—Även om det var tio så älskar jag henne inte tillräckligt, jag känner inte vad Male får mig att känna.

—Avsluta saker med henne i så liten skada som möjligt.

– Det enda jag ska göra med Ana är att avsluta något som inte kan fortsätta, nu accepterar jag att det enda som fick mig att vara vid hennes sida, jag vet att det var min fåfänga, min stolthet över att ha en skönhet beundrad av alla.

—Och med många friare som ville ta det ifrån dig.

– Jag höll aldrig om henne! Jag trodde aldrig att det tillhörde mig.

Jag tror inte på dig Carlos.

— Vad är det oxe? Bara för att jag fastnade för din syster nu kommer du att skälla på mig som en irriterande svåger.

—Jag skäller inte ut dig, Carlos, innan du försöker något viktigt med Malena, avsluta din affär på bästa sätt med Anita, något som inte kommer att vara lätt för dig.

—Som om jag skulle skilja mig från Ana, slutade jag precis med henne. Och det är det!

—Fyra år med pojkvänner är inget Carlos.

— Hur låtsades jag veta att jag för fyra år sedan började älska din syster?

– Var en tjej!

– Jag vet det redan! Men eftersom hjärtat ser framför ögonen eller sinnet är detta okänt för mig, jag förstår det fortfarande inte Bob, jag upplever bara något inom mig som bränner mig och får mig att känna mig mellan bra och ångestladdad, Ana måste förstå det .

— Vadå, att du älskar min syster och att du precis fick reda på det när du smakade en tallrik chilaquiles? Var inte naiv, var inte oförskämd Carlos!

– Ahh!! Säga nonsens? Överraskning!

— Inget nonsens! Brutus var den som dödade Caesar.

—Nu slår du mig min kung, kom ihåg att jag är kunnig i historia.

—Han dödade eller var en av dem som dödade Caesar, i alla fall måste du uppfylla vissa krav för att du ska kunna kalla mig svåger på min systers sida.

— Hej, jävla inte! Jag är kär i Male, inte i dig, och hon kommer att fastställa villkoren eller reglerna för mig, inte dig, svåger!
— Lyssna okunnig och hårig, min framtida svåger på Bright Stars sida, Brute, som kallades Marco Antonio, vilket litet namn! Han var en av de viktiga romerska politikerna strax före den kristna eran.
– Hur senast vilket år?
– Undersöker du mig?
Vet du mer om historia än jag? Visa mig geni!

(Robert funderade ett ögonblick på vad han skulle säga eftersom han visste att Carlos kunde göra narr av honom eftersom han accepterade att om hans vän visste något så var det mänsklighetens historia, det var ungefär hans hobby, det som lockade honom mest att läsa)

—Låt mig se, det förefaller mig som om han föddes år 82 och dog fyrtiotvå före Jesus Kristus.
— Kom igen kompis! Du är inte så dålig.
— Så, du kan se ren kanel! Vänta, Brutus deltog tillsammans med Casio i en konspiration för att mörda Caesar.
Kommer de att ha skjutit honom?
— Var inte klumpig! Det fanns inga gevär vid den tiden, han begick självmord senare.
– Historielektionen är över! Vad frågade du mig om Ana? Åh ja! Hur tror du att jag ska berätta för honom hur jag känner för Male? Om det inte finns något botemedel så kommer jag inte att berätta för honom, i alla fall kommer han att få reda på det och det är bättre att han får reda på

det från mig eller så säger jag helt enkelt till honom att vi slutar ses ett tag för att hitta ut om vi verkligen älskar varandra.

—Efter fyra år, och tror du att han kommer att köpa den? – Hon är ingen dum.

— Och vad vill du att jag ska säga till honom, chingao?

— Det är bättre att berätta sanningen för henne, Carlos, att du inte älskar henne tillräckligt och att du precis fick reda på att du älskar en av hennes bästa vänner, men det är inte hennes fel, be henne om förlåtelse och önska henne lycka till, det är jag säker på att om hon vet vad det är kommer Malena att acceptera det med mycket smärta, men nöjd för att det är hon, kanske med en annan skulle hon inte förlåta dig, berätta för henne att hon säkert kommer att hitta en bättre man än du.

— Gör det inte! Hur bättre än jag?

— Det finns! Lämna din fåfänga och stolthet begravd, Malena sprudlar av de attityderna, jag varnar dig vän.

Är du seriös?

—Carlos säg ingenting till henne i dag, det är blomsterstriden, gör det inte bittert.

— Och vad vill du att Bob ska göra? Male kommer att sätta sig på huven på Manuels bil, som jag ska köra, och där Ana María och Bright Star också kommer att vara. Inget skämt, vän!

– Och vad ska du göra då?

—Lätt! Du och jag ska gå en promenad, kasta blommor, leka dum, jag ber Manuel, som är sugen på att ta rodret, att köra så han kan njuta av hela resan med tjejen.

– Vill du irritera mig, Charly?

—Min kung! Den lilla flickan har inte ens gett dig ett skit, så bli inte upprörd — det var ögonblicket när familjens barnvakt kom upp för trappan

—Pojke Carlos, det här är din flickvän som talar, — sa Nana...

Hej Josephine! — Robert hälsade honom.

—Hur går det unge Bob, jag hade inte sett det, ska du äta några taquitos?

– Ja, vi är iväg nu, tack.

– Vi går ut i kriget! utbrast Carlos.

– Säg inget till henne nu, Carlos! – De skyndade ner för trappan.

—Jag kommer inte att berätta något för dig under förutsättning att du täcker mig i någon nödsituation, du tänker alltid på någon utväg. Överge inte mig bror i dessa ynkliga avatarer! Låt oss sluta gå ner.

– Jag går ner för att Bright Star bad mig att göra det.

—Vad drack du i min frånvaro, Bob, eller saknade du att se paraden?

—Jag gillar inte att stå och se skolbarn gå förbi som ser ut som soldater som de från skolcentret, det du frågar om är en hemlighet mellan henne och mig.

(När de gick ner för trappan och på sista steget stoppade Carlos Robert och tog honom i vänster arm)

—Okej vän, jag lämnar dig min kära syster om du ger mig din.

—Om du! Som om de vore sockervadd.

—Mycket!

(Carlos berättade för honom att han såg verkligen förändrad, förvandlad och praktiskt taget upphetsad ut, atmosfären var benägen till romantik och konfrontation, till sökandet efter överenskommelser den där svällande dagen som lugnade hans böld vid fyra på eftermiddagen...

Familjen Zenteno delade sitt möte utan större förändringar av rutinen som fastställts för dessa dagliga evenemang varje söndag, förändringarna återfanns hos de unga som skulle fira en helgdag på grund av nyfikenheten på uppvaktningen på hjul, en husvagn av bilar prydd av vackra ungdomar som catwalken skulle visa sin charm före de förbipasserandes nyfikna blickar — erövrarnas vågade förslag och romantikernas söndagskomplimanger...

Eftermiddag av kärleksaffärer och romanser, av förslag och motgångar eftersom allt inte skulle vara hunky dory... När de gick mot husets trädgård fortsatte Carlos och Robert att bråka om erövringar och dalianser utan att komma överens, och där fann de de två förväntade samexistensen, mellan fräckheten att acceptera det oåterkalleliga och Bright Stars uppmaning, det ofattbara, utmaningen att möta det omöjliga, den troliga drömmen om att ha läst några läppar som möjligen)

– Låt oss gå! Vad är fel? – utbrast Charles.

(Robert arresterades innan osäkerheten återupptogs inom ramen för ingången till mötet eller vid utgången av det... Att gå in utan att veta vad han skulle säga förstenade honom, det fick honom att krypa ihop och inte på grund av brist på argument utan för att han stannade kvar i mötet. en kontrollerbar dröm Det skadar mindre än en okänd verklighet... Tio meter bort kunde den där ömma, allvarliga, fridfulla blicken på hennes söta, drömda kärlek observeras, hon tvekade att ta steget att mötas till klarhet, av närhet)

— Varsågod! Jag vill gå på toaletten, sa Robert.
– Ta inte ut honom vännen!
—Jag tar inte ut honom, sanningen är att jag föredrar att du börjar lösa bilen för strid och dina angelägenheter utan att jag ingriper.
– Ville du inte att jag skulle lämna det till senare? —
—Ja, men du skulle hellre visa dig något kallt, och angående bilen är jag inte övertygad om Manuel, men, tja.
– Okej, skynda dig! — Och göm dig inte, jag känner din vän! Som att du är skyldig något.

(Medan Carlos gick in bland gästerna och gick direkt till platsen där Ana María befann sig, i det ögonblicket när Bright Star såg att hennes bror närmade sig, flyttade hon snabbt ansiktet mot dörren för att lokalisera Roberts närvaro...
Han gömde sig bakom gardinen och tittade på rörelserna, kikade, snokade rörelserna för att agera, och när han såg att hon kom direkt till den dörren, omslöt rädslor honom i uppriktig omognad, rusade ut ur huset utan att bli sedd...
Robert kände en enorm tyngd som följde honom bakom, en katapult som krossade honom,

en skärande ångest som tog slut när han snabbt gick bort från Zenteno Alonso—bostaden...

Han gick redan normalt och stannade inte förrän han nådde sin välkända Paseo Bravo från stadsdelen La Paz... Lite utmattad och öm i ben och fötter av ansträngningen och spänningen nådde han sin önskade parkbänk, en skuggan av det konstanta trädet, vittne om deras brådska, deras klagomål, deras förfrågningar, deras meningsskiljaktigheter...

Shiner, som regelbundet stannade bakom den enorma centrala fontänen, hade honom redan placerad mitt i att putsa skor och även om han inte frekventerade dessa tjänster, med tanke på hans enträgna signal att skina honom, bestämde han sig för att gå till honom med tanke på att vid denna tidpunkt solen föll mellan några grenar och spred sig direkt på den där bänken, det var dags att byta plats, åtminstone för en kort stund, så han skulle passa på att putsa sin...

Han gick inte till shiner eftersom bänkarna som fanns framför hans arbetslokaler var sämre, så han slog sig ner i den intilliggande som var täckt av trädet med en medelhög krona men tillräckligt för att täcka sig från värmen som försvinner med eftermiddag)

17.30

(Skinaren gick runt fontänen när han fick Roberts signal att komma till honom, och gick direkt till platsen där en varelse förvirrad och irriterad på sig själv fanns kvar)

— Ung boll?

(Frågade shineren som fortfarande stod... Robert höjde ögonen som om han inte ville se och skisserade ett litet leende som bekräftade hans godkännande)

—Jag tycker att avstånd utmattar, smutsiga, förtränger, — sa Robert till honom. Kom igen! Det förbättrar utseendet på dessa dammiga skor som mina fötter bär, de tog mig bort från det troliga och har fått mig att smälta min förvirring eftersom jag har återvänt till början, när jag inte visste det.
— Jag förstod bara att du är förvirrad ung man! —Blankaren började sitt arbete och undersökte Roberts ansiktsuttryck och kände ett behov av att ingripa i hans känslor, särskilt när han märkte sitt ångestfyllda behov av att tala genom att fläta ihop sina händers fingrar, föra dem till hans huvud och visa irritation och desperation med sig själv. har du unga problem?

(Robert slöt ögonen ett ögonblick när han återupptog sin avslappnade figur... Han öppnade dem igen och stirrade, han berättade sedan för honom)
– Varför tror du att jag har problem?
—Ursäkta att jag blandar mig i ditt liv, du kan se att du är för ung för att vara så ledsen.
– Ser du min sorg?
— Unga ligor!

(Robert vände blicken mot parkklockan för att veta tiden, han hade lämnat sin på byrån i sitt sovrum... Klockan 5:45 på eftermiddagen började värmen minska och fåglarna fladdrade redan i det grönaktiga lövverket på den tjocka dungen)

—Jag skulle inte veta vad jag ska säga till dig om det är sorg eller min tvekan.
—Jag ser inte tvekan, ja, släpp ångan, unge man! Jag lyssnar på många människor, unga damer, äldre män, kvinnor som följer med sina barn och de har alla något att säga eller något att klaga på och jag lyssnar på dem medan jag putsar deras skor, för där ser du med mina sextio år redan jag har sprungit milen och jag känner smärtan och fallen.
– Jag har inte riktigt ont.
—Det som händer ung man är att man inte vet hur man skiljer på smärta och brist på kärlek.
— Hur är det, ursäkta mig, vad heter du?
– Casimir! På dina beställningar och till din tjänst, från Ramírez i Tamaulipas.
—Låt oss se då, Casimiro, förklara för mig skillnaden mellan vad du säger, för nu har du förvirrat mig.
Hur många gånger har du blivit kär ung?
– Älskad?
—Ja, att han tänker så mycket på en kvinna att han inte kan vara utan henne, att han känner att hon är unik som ingen annan.
—Även om hon inte har återgäldat mig.
—Det spelar ingen roll, det som räknas är att du känner något viktigt för henne eftersom jag inte frågade hur många gånger en man eller en kvinna har blivit kär, utan hur många du.
—Jag är säker på en sak, — intygade Robert, —att jag finner mig själv galet kär i en kvinna som inte älskar mig. —

—Du älskar alltid när du älskar tillbaka, unge man, fastän du inte vet om det.
– Det betyder att jag inte vet att hon älskar mig också.
— Det är möjligt unge man!
– Det kan vara så att han gillar mig, men jag är inte säker på hur han känner för mig. —
— Vad har du pratat om, unge man?
– Vi har egentligen inte sagt något till varandra.
– Någon? Så hur länge har du känt henne?
— Fyra år sedan!
—Låt oss se, unge man, hur kommer det sig, kan det vara så att du inte träffar henne ofta eller är hon från annan ort, eller har hon blivit bannlyst?
– Inget av det! Jag träffade henne omständigt och hon visade sig vara syster till min bästa vän som jag har känt i elva år.
— Elva år och han kände inte sin väns syster, vad har han för vän som inte tar hem honom på elva år?
—Han är äldre än mig, fem år äldre än mig, och eftersom han var marist studerade han också på Benavente som jag, vi träffades vid examen och det var så jag visste att det var hans syster, fast jag inte träffade henne i den exakta platsen; Två år innan såg jag henne på en buss, en av dem som går till La Paz.
—Och du såg aldrig din väns syster innan den dagen?
— Som jag sa, jag identifierade henne vid den där Benavente—examen, men det är troligt att jag såg henne när jag gick i grundskolan, jag var tretton eller fjorton år och hon var elva, jag var inte

intresserad av tjejer, min vän var i den åldern jag är nu och han slutade gymnasiet, visst stötte jag på henne många gånger när vi hade ett evenemang i aulan och mammor kom med alla sina söner och döttrar till evenemangen vi studerade i skolan.

—Jag vet att den här skolan är för killar och att det är svårare att ha en flickvän, men att du inte gillade tjejer när många redan dejtar i den åldern och din kompis inte heller gillade att ha en flickvän?

— Tro inte att jag gillar att slå snett, jag är inte gay!

– Det är att tänka ungt! Det är saker som händer, se hur världen av värderingar och principer är.

— Glöm det! Min vän var väldigt pojkvän och är det fortfarande sedan han var en pojke, men jag var yngre än honom på den tiden när han tog sin flickvän till den där examen, förresten, som bråkade med sin svåger för att han visste han var med en tjej som var hans flickvän är förlovad med sin syster, och på den festen hamnade han hos henne för en annan tjej som han träffade exakt på den festen.

—Vad jag inte förstår, unge man, är att han under så många år av vänskap inte gick till sitt hus en enda gång, eller att han stannade för att äta där, det gör man alltid mellan vänner.

—Ja, jag gick flera gånger, som jag minns, dock var hon av någon anledning aldrig hemma, hon simmade med sin lillasyster, hemma hos sin farfar, eller de gömde henne för mig, jag vet inte riktigt, hon var aldrig där. Ensam gick hon bara ut till Centralskolan eller till mässan, för att gå till

Valsequillo på söndagar, jag kunde inte stöta på henne, ödets saker.

(Casimiro avslutade sin bowling och satte sig bredvid Robert på den gröna bänken, förfallen, det var en ursäkt att vila i en annan position efter en lång arbetsdag sittandes på en liten träbänk)

– Och är din väns syster vacker?
– För vackert för mig!
– Underskatta inte dig själv, unge man! Du är snygg och är du en poptjej?
– Hans familj är rik.
— Och du är fattig bredvid honom?
– Något sådant.
—I kärlek, sann kärlek, det spelar ingen roll ung man, någon olycka lider man tillsammans hur stor den än må vara, även om man inte ses på länge, måste man veta hur man väntar och frågar dem att vänta på oss, smärta dyker upp på många sätt och det grymmaste är när vi saknar kärlek för att man lider i tysthet hela dagen och hela natten, smärtan låter oss inte sova.
—Även om vi lyckas somna.
—Mardrömmar och att slänga och vända hela natten gör att du inte ens kan sluta tänka på henne i sömnen.
– Så att vara kär är inte att älska?
– Beroende på hur du ser ung ut om du inte har lärt dig att älska dig själv är den här kärleken inte till din pappa eller mamma, syster eller vän, den är till en kvinna eller den du vill hålla i famnen, förstår hon, men de acceptera det inte.
– Det har du rätt i!

Har något hänt henne nyligen, jag menar, något annat som inte hände henne när du hittade henne?...
— Egentligen, Casimiro, det som händer är att vårt förhållande under dessa fyra år bara har varit ett utbyte av blickar.
— Har hon haft en pojkvän som kysst henne?
—Inte vad jag känner till, inte på den promenaden.
— Han är inte säker?
— Säg det inte ens till mig, Casimiro! Jag var inte orolig.
—Om hon är så vacker som hon säger, kommer hon inte att sakna friare.
—Hon är djupt seriös och ödmjuk, en samhällelig dam som tar hand om henne som en skatt men som också påverkar hennes liv och beslut, ja, på något sätt vill de bestämma hennes företag, även om det som oroar mig mest är en annan rik kille som har det. programmering för make.
—Kärleken kommer inte in med en tvångströja, som alltid sviker ung, vad har de begått?
— Det är en lång historia Casimiro! Och väldigt tråkigt, jag vill helst inte kommentera det.
— Vad hände med dig då, unge man, att jag ser dig mycket besegrad?
— Kan du se mig?
— Tyst! Fast han vill dölja det.
—I dag för första gången på fyra år. Det är otroligt! Hon ringde mig eller jag trodde att hon kallade mig för att gå till henne, de hade alltid varit

dolda blickar och leenden, små, avslappnade, som gjorde mig upprörd.
– Vad sa flickan?
—Jag förstod ordet Kom!
– Hur förstod du?
—Jag är inte säker; det kunde ha varit bra! Som svar på en fråga från hans vän, eller från hans mamma som var i närheten.
— Sa han att du tittade på honom, som om du kände hans doft?
– Hur luktar du?
— Har du aldrig tittat på dofterna?
– Vissa tillfällen!
– Och hon tittade på honom?
—Jag tror det.
— Tror du?
– Nej! Om han tittade på mig, ömt.
– Så han sa åt honom att gå. Var?
— Kom ner, jag var på andra våningen.
– Och hon, varför vände hon sig för att se honom ung?
—För som alltid, när jag kunde se henne, gör jag det var hon än är, jag utnyttjar varje sekund för att njuta av henne, beundra hennes drag, hennes uttryck, skymta hennes leenden, sno hennes blickar, hennes rörelser utan att hon märker det, jag vet att det inte är bekvämt, men jag vågar inte närma mig det.
—Om hon är syster till din vän, till din bästa vän, enligt vad du säger till mig, varför har du inte bett henne om hjälp så att hon märker dig och bokar en tid?
—Det är inte lätt Casimiro, jag skulle inte veta vad jag ska göra med henne om hon ger mig möjlighet, jag vet att jag kan göra det, men jag

vågar inte bli avvisad och än mindre förlora det jag har nu, vara nära hennes närvaro.
— Av vad jag ser den unge mannen ringde flickan till dig och du sprang.
– Vad äter du gissa?
– Min mat är observation.

(I det ögonblicket ringde en person som var nära fontänen Casimiro för att ge honom ett skott, han kallade honom till sin bil som han hade parkerat bredvid en av trottoarerna på gatan parallellt med parken som har utsikt över gatorna i centrum)

—Ung man, jag måste gå, men vad jag säger till dig är att du kommer att stanna ensam om du förväntar dig att hon ska leta efter dig eller förklara sig själv för dig. Gå dit hon är! Leta efter henne! Överge henne inte åt hennes öde, om den där tjejen absolut älskar dig, kommer hon att väcka sin kärlek när som helst, föra sin doft närmare henne och få henne att blandas med hennes...
Dofter, ljud och sevärdheter går aldrig förlorade. De kan gå förlorade! Men de kan återhämta sig, det finns ingen större rädsla än att se moln på en klar väg, att våga ta reda på vad som ligger bortom ögonen som korsar, du kan nå en bra hamn.
—Tack Casimiro, dina kloka ord har lärt mig mycket, jag måste gå i pension, ta! – Robert betalade för bollen.
– Tack din unge man! När du vill, kom och berätta om dina saker, jag går inte härifrån, min fru

säger att de ska ta bort mig död och med min låda. Lycka till, unge man!

(Casimiro drog sig tillbaka till sitt arbete och Robert återupptog sin promenad mot stadens centrum där de redan förberedde sig för den traditionella festivalen efter den obligatoriska paraden i de olika skolorna när fransmännens nederlag i slaget vid Puebla firades...
Gatorna var något röriga, den här gången fortsatte Robert inte rakt fram längs de tre Poniente som vanligt, tittade rakt på bilarna, lastbilarna och människorna som kom, som korsade honom, där det inte fanns några bihåleinflammationer, där allt var rakt, parallellt , kors och tvärs, kvarter för kvarter, utan att kunna stanna för att reflektera, ingen krök, ingen rondell eller stängd privat, allt rakt upp till katedralens fot, upp till trappan, upp till det hörnet som påminde om ögonblicken, av de där stegen som trampades på för henne...
Robert var tvångsmässig, neurotisk, att han inom den tvångsmässiga ångesten upprepade gånger insisterade på ett ansikte, på ett utseende, på några steg, i ett omständigt ögonblick av livet...
Den här gången bestämde han sig för att gå till slutet av parken genom den centrala delen av den som tog honom till Reform Avenue... När han nådde trottoaren stannade han framför fasaden som korsade asfalten på nämnda aveny, kapellet av Jungfrun av Guadalupe, och undrade medan han fortfarande såg mysteriet)

—Om Bright Star inte var en oskuld, skulle jag älska henne lika mycket? Om jag verkligen älskar henne. – Han sa till sig själv.

(Robert återupptog sin promenad mot centrum av staden, på Reformat Avenue, även om han några kvarter senare svängde höger som om han drevs av en kompass som tog honom söderut...
Han gick över gatan och gick in i Flour de Puebla utan att tänka efter, köpte en bit bröd, en enda brödbit, ett skal, betalade och gick därifrån i en brun papperspåse, i vetskap om att hans kurs var på jakt efter gamla aromer i vägen för hans insisterande, kände han att hans nervsystem var stört, det fanns ingen sjuklig rädsla eller en paranoid psykos som avledde honom, än mindre att vara påverkad i hans ego...
Han var fångad av tvångsmässiga idéer, tvivel och tvång, han kände sig omedvetet attackerad, det var en intern konfrontation mellan förbudet att älska henne och tillfredsställelsen av att känna henne nära, hans, hans ångest uppstod av faran att verkligen förlora henne, av att inte kunna se henne, att göra ett misstag som skulle ta honom från hennes liv för alltid, kanske överdrev han sina reaktioner på den faran...
Han hade framför sig sin rädsla för moraliskt samvete, sin rädsla för samhället, för vad de kommer att säga...
Robert kom med brödet stilla utan att prova det upp till trappan i det främre högra hörnet av det enorma katolska bönecentret, han lutade sig ett ögonblick på en av entréramarna, som för att föreställa sig sin närvaro, han stirrade på utrymmet

mellan dessa steg, mer än i kontemplation i sökandet efter rester av dessa aromer kvar...

Innan en böneritual mellan ramsor och tysta oratorier för vem som var gudinnan för deras altare, tempel och biktstolar...

18.45

Vissa bilar började bilda en linje som förberedde sig för att cirkulera från reformer till tre, från tre till reform... Han kunde inte motstå lidandets tillkomst när han såg Bright Star få sig att lysa för alla och inte bara för honom...

Han gick in i katedralens inre med avsikten att fortsätta fly och sakta sänka sig mellan utrymmena som doftar av bön, han nådde en av de centrala bänkarna men som en grupp kvinnor som gjorde bot på den platsen i en litania koncentrerades , han valde att gå till en avlägsen en som låg på den laterala delen av rätten för att försöka gå vilse mellan böner och meditation, tystnaden omslöt honom, hjälpte honom att fly från rutinen, från det vardagliga, från det oföränderliga...

De få troende i den flygeln som talade med Jesus Kristus, med sin far eller med någon som de har helgat, fick honom att dra sig undan i hemlighet, i frånvaro, i försvinnande...

Redan involverad i sin masochism, ser han i sju bänkar framför en vit slöja, noggrant vävd med ömtåliga trådar och barockfigurer falla över vackert, glänsande, långt, mellanvågigt svart hår, som han ofta skulle ses åtfölja ett böjt huvud för att bli tröstad. av hopp...

Hans ledsna steg följdes av några tårar som rann över hans ansikte och torkades bort med en näsduk, även den vit... Vad skulle det vara för svärta i händelserna som kunde framkalla sådan smärta?...

Robert kände lust att gå till henne, han tyckte synd om sin smärta och eftersom han inte höll formen på platsen reste han sig tyst när han närmade sig den där bänken på vänster sida, eftersom damen som drabbades nådde stranden på höger sida ...

Så när Robert kom till den platsen gick han in tills han var nära henne och tog plats på hennes vänstra sida, nära henne, de två såg isolerade ut, bort från folkmassorna...

Kvinnan med svarta glasögon kände flyktigt hans närvaro så nära och så malplacerad och förolämpande att hon flyttade sig ännu närmare stranden och bildade ett tillstånd av förvirring...

Hon tog blicken mot altaret som fanns kvar i bakgrunden där rökelse släpptes ut, skyddad av mörkret i dessa glasögon medan Robert observerade hennes svaga händer som höll en bibel innerligt fängslad mellan dem...

Hon försökte undvika att dela ord, hennes rädslor tillät henne inte ett uppriktigt och öppet förhållningssätt för att fråga honom vad han tittade på... Hon, mogen, tjugoåtta år gammal, med en vacker gestalt och släta händer där hon lutade sig utåt. täckt av den heliga boken, bröllopsringen, sedan berättade hon för honom)

— Förlåt! Letar du efter en speciell person?

(Robert tittade på henne från sidan och utbrast)

—Ja! Vem ska man prata med? — Hon tog ett andetag och varnade honom
—Om du tror att du kan göra narr av en kvinna ensam, har du fel!
(Robert återvände blicken i ett spel med att komma och gå)
— Det slog mig att du kanske skulle dela din smärta med mig.

(Hon förstod inte de verkliga avsikterna med personen som närmade sig henne så smygande)

—Vet du att detta är mycket djärvt av dig och i Guds hus?
Gud förlåt mig! Men normalt låter jag mig ryckas med av mina känslor.
(Damen var tyst en minut för att förstå Roberts sanna avsikter)
—Det här är en kyrka, inte en plats för ungt samtal eller diskussion.
—Det här är inget samtal och mycket mindre en diskussion, jag vill bara vara vid din sida och att du känner dig ledsagad i din sorg.
— Och vem säger dig att jag lider?

(Robert tog sig tid att titta på henne igen, mediterade över hans svar i två minuter till för att inte förolämpa henne, han såg hennes nervositet, hennes ångest som hindrade henne från att våga rusa ur en obekväm position... Hon sänkte hennes ansikte sju gånger för att torka tårarna och han var orolig för att veta vad han frågade eller vem han förlät)

— Upplever du att du förlåter personen som skadade dig?
– Varför skulle jag förlåta?
"Någon skadade henne, det är uppenbart.

(Damen förblev tyst och efter att ha lutat sig mot baksidan av bänken en stund slöt hon ögonen och tänkte på vad hon skulle säga)

— Jag vet inte varför jag fortfarande är här vid din sida och sitter utan att våga byta plats?
— Är det för att du behöver berätta för någon annan än dig vad du känner?

Hon tar av sig glasögonen och tittar på honom när hon vänder sig mot honom. Hur gammal är du pojke?

(Robert log och kände sig som ett spädbarn när han lyssnade på hans ord inför en kvinna som visade honom den förtida ålderdomen av hans känslor)

– Nog för att förstå din vän!

Damen suckade och tog tre djupa andetag. Förutom att våga, mogna Låt oss gå bra!
—Mognad mäts inte av kronologisk ålder, utan av de framgångar som sinnet har.
— Förutom varje filosof?
— Vad heter du?
– Henrietta! Och du?

— Robert.
— När du vill erövra en kvinna, gör du det då alltid på så konstiga ställen som detta?
—Vi fördjupar oss alla i livet, bara det är några av oss som inte tappar intresset snart.

(Enriqueta log och lyckades piggna till av det ovanliga medan Robert tittade på henne)

—Det där leendet säger mig att det inte handlar om någon avliden.

(Enriquetas blick återvände till ögonen som tittade på honom, den var kort men trevlig som respekten för platsen kräver)

– Som om det vore det!
– Jag tycker att det här kräver en god kopp kaffe.
– Okej! Du har redan lämnat tillbaka mitt leende och du måste ha något för att uppnå det, även om jag föredrar ett te.
—De har båda koffein och kaffe; gott kaffe är godare. Tycker du att det är rätt att vi tar det i den japanska restaurangen?
— Den med portalen? hon svarade
— Korrekt! Den tillhör min vän, jag vet att den är bra, bekväm och privat.
—Låter bra för mig, det är inget fel, äntligen öga för öga och tand för tand. —
—Jag vet inte vad du vill säga mig, men om vi begår någon synd kommer vi tillbaka hit, vi bekänner och saken är avslutad.
– Kommer vi att synda? — frågade Enriqueta skämtsamt.

— Låt oss gå!

— (De två lämnar utan att skynda sig mot den laterala delen som kommunicerar med Tres Poniente Avenue och mot portalen som är på South Two, fast nära själva hörnet på östra sidan, dit de tre vise männen anländer)

19.15 den 5 maj

(Bilarnas rörelse började flyta inom den vanliga kretsen, svängde in på de två och gick ner till södra nio och återtog reformer Avenue... Folkets promenad, av parfymerade tonåren, av unga universitetsstudenter i dörröppningarna innan en mugg öl eller i gruppens formella eller informella chatt, med det maskerade gänget eller av blomman och grädden som manifesterades i klassernas upplösning, flydde några flickor för ett ögonblick för att gömma sig i sina bilar och njuta av den söta yrseln av de snötäckta bergen i Hermilo...
Enriqueta hade tagit av sig slöjan och förvarat den i sin svarta väska, sedan visade hon sin mogna och unga skönhet på samma gång, kvinnans kulminerande ålder, lugnet i ansiktet utan att dölja sina irritationer på grund av smärta och ilska blandat i en uppenbar vapenvila mot lidande, och nedsänkt i hämndtvång... De gick in på Roberts väns restaurang där han var fullt igenkännbar)

– Hej Betty!

(Julio Cesars mamma som var i servicebaren ringde honom, det här var en av hans närmaste vänner och klasskamrat)

– Hur mår du frun?

(Robert svarade när han gick bredvid Enriqueta mot det inre av lokalen och Julios mamma slutade inte titta på honom förvånat)

– Hej Betty! Carlos kom förbi för en stund sedan och frågade efter dig.
— Ni vet mina kära vänner, fru!

(Robert svarade när han tog plats vid ett av borden bredvid Enriqueta, sedan kom ägaren till stället till bordet han hade valt, nära fönstret och tittade ut)

— Kommer inte Male att vara med i kampen?
– Det tror jag frun! — Det verkar för mig att han kommer att följa med Bright Star med Anita.

(Han sa till henne som om han försökte distansera henne för att undvika spekulationer, men Julio Cesars mamma kände till Roberts kärlek till Bright Star och kunde inte sluta ingripa i samtalet)

Och vad hände Bob? —Jag sa till honom när jag ordnade bordsserveringen — Är du fortfarande kär i flickan?

(Robert tittade kort på Enriqueta)

—Titta frun, det finns blommor som redan är komprometterade eller arrangerade, eller som inte är intresserade av att klippas från din trädgård.
—Det betyder att?
—Jag är lika ensam som ensamheten själv, frun. Vad tror du?
—Det där är fel! De är ett trevligt par — damen förstod budskapet och fortsatte att säga — Vem som såg dig Bob! En så bra pojke och jag känner fortfarande inte din flickvän; det är på tiden att du slår dig ner.
—Om någon kommer in i mitt liv så kommer de vid rätt tidpunkt.
– Låter bra för mig, Beth! – Vad ska du dricka eller äta?
—Två kaffe från Coatepec och en beställning av kakor du bakar, frun.
— Jag har inget annat från Pueblas berg, nu skickar jag dem till dig!
– Förresten, frun, förlåt! —Han hindrade honom från att gå — Vet du var din son är?
—Det tog inte lång tid för Bob att komma; han gick på bio med Silvia.
– Då går du säkert hem. —
—Ja, eftersom Silvia inte ska delta i striden så kommer hon hit för att äta mellanmål med sina föräldrar.
– Okej frun, tack! — —Robert tittade konstigt på Enriqueta
— Vad tänker du, min tysta vän?
— Man ska aldrig prata när två personer som känner varandra ignorerar dem som är bredvid dem, sa Enriqueta till honom lite allvarligt.

— Gå gå gå! Om det inte var för att du har en personlighet som smälter, skulle det sägas att du inte förstår att jag försöker undvika platsens skvaller, jag skulle inte vilja att de skulle tala illa om dig...
Om jag hade berättat något för dem om vårt möte, skulle de tycka att jag motiverar en tillfällig halka och du förtjänar inte detta, du är vacker och kapabel att fängsla vilken dödlig man som helst som stöter på dig.
—Jag är inte intresserad av att fängsla någon, — log hon... Särskilt inte mot män.
—Jag kommer att kalla dig Queta kärleksfullt eftersom vi redan är vänner.
– Säg det inte till mig!
— Därför att? Den är fin och kort.
– Vi är redan vänner! Men ring mig inte som min bortgångne man gjorde.
—I så fall ber jag om ursäkt, jag ger er mina kondoleanser!
—Den olyckliga mannen har inte dött, men han dog för mig.
—Det betyder att lös otrohet fanns där ute.
– Du gissar rätt!
– Vem hade felet?
– Vad händer med alla män? De vill alltid ha rätt när det gäller misslyckandena som Bets beror på Alberto, Gualberto eller...
– Du slog honom inte! Jag heter Robert Santillána Musset.
— Oturen jag har är att träffa en ung man som heter detsamma som den.
— Din man?
– Min ex—man! Kom ihåg.
— Är du skild?

— Gå inte vilse Robert, om han bara var otrogen mot mig.
– Förlåt igen vännen! Men hur kommer det sig att jag ser ut som honom?
—Han heter Rigoberto; Jag har aldrig gillat hans namn.
– Ja, hur kallar man det tillgivenhet? —
– Hans nuvarande kantinavänner kallar honom Tito.
– Tito? — Det verkar som ett smeknamn, bättre berätta för mig Bob, vilket är vanligare, tror du inte?
—Det är korrekt, Bob, men låt oss inte prata om mina barns far.
– Ska du skiljas från honom? —
– Han vet fortfarande inte vad jag vet. —
– Du kan få tillbaka ditt äktenskap.
—Han är en man som stannar kvar i det som sägs att alla män är lika, de har sin fru som ett hagelgevär, laddad och i hörnet, som inte skulle acceptera att hans lilla fru satt på ett café med en främling, ung, vacker och stark, jag vet inte om jag ska gå vidare med vårt samtal, titta, här tar en kaffe med en främmande man, som jag sa, att vara otrogen mot mina principer slutar jag inte vara en gift kvinna, i samhället de känner mig och jag är respekterad Tänk! Om de ser mig med dig, vad kommer de att tycka om mig?
– Detsamma kommer de att tänka om mig.
—

—Du är inte gift! Eller om?
– Kommer du inte ihåg vad min vän Julios mamma sa? —
—Jag tror dig inte! Så du har aldrig haft en flickvän?

– Jag har inte haft en flickvän än! —
— Hur gammal är du?
– Nästan tjugo och jag går för trettio.
– Var inte en clown! Du ser inte nitton ut på grund av din stil och din mognad.
– Och hur många har du?
– Man frågar inte en kvinna om hennes ålder.
—Du är ingen kvinna, du är min vän, för du är redan min vän! Ja?

(Hon nickade med ett flirtigt leende åt smickret att träffa en ung man som underhöll henne hälsosamt, tog en klunk kaffe som hade serverats och bet en av kakorna som fanns på tallriken... Den här situationen tog honom bort för en ögonblick från det spända känslomässiga tillstånd han gick igenom)

– Så jag kan inte fråga min vän om den typen av intimitet?
— Vad är du så pratsam och pratsam med alla?
— Vilken Henrietta? Det här är första gången jag slår mig att prata på ett kafé eller prata med en kvinna som du och under ovanliga omständigheter, särskilt när jag är en speciell kvinna.
—Du säger sanningen för mig för jag ser inte att du bjuder ut alla äldre kvinnor på kaffe för att uppvakta dem. —
—Jag låtsas inte för dig, fastän det inte vore orimligt, nu när du är en nästan fri kvinna.
– Jag kunde knappt ge honom ett svar. —

—Ditt prat mognar mig, å andra sidan nonsensen i ett ungdomssamtal där nonsens diskuteras, de tråkar ut mig.

(De bjöds på mer kaffe och var tysta ett ögonblick när bilar gick rätt väg in på vägen och folk åkte åt andra hållet)

20.30

(Efter några klunkar av den aromatiska drycken ville de stoppa något som kunde vara olämpligt, för honom och för henne, så Robert frågade honom)

— Är det första gången han blir lurad mot dig? —
—Och den sista! Åtminstone vad jag fick reda på.

(Det var dags att fälla nya tårar för att komma ihåg orsaken till din smärta och besvikelse)
– Förlåt mig, om du inte vill prata om det här är det bra.
— Denna rätt! Låt mig bli av med den här vikten som gör mig ont... Han var den perfekta pappan för mig, en idealisk partner, en bra man, jag vet inte om han är en bra älskare eftersom jag inte har haft relationer med någon annan man, Jag var hängiven honom, av det som störde mig är att han är kall och beräknande och väldigt osäker på att han inte förväntar sig att problem ska sluta lösas, snart och tydligt.
Nu öppnar han ögonen helt, han är väldigt självisk, likgiltig och har ingen takt i att hantera

mig, han har inget tålamod och kritiserade mig tills han fick mig att gråta, han har många egenskaper, men han tror på sig själv som ingen annan, det tröttar ut honom, han försvagas inte när han misslyckas, men jag tror att han på grund av sin sensualitet överlämnade sig själv till någon ömmare än mig.

– Tror du att du saknade något att ge honom? —

— Ja, det är sant att jag inte vet, jag tänkte att en god kärlek i sängen, god mat, ordning i hans hus, självuppoffring och respekt var egenskaper nog för att han inte skulle lura mig...

—Jag stod ut med mycket i början när han var ingen och började klättra i sitt yrke som arkitekt, jag stöttade honom alltid och tog hand om de få resurserna vi hade.

—Hur fick du reda på det? —

—Jag har en vän, en äldre dam från en grupp som vi träffade för att spela canasta och kort, speciellt i Parque España, du vet, för att skvallra och glömma rutinerna i huset... Högt hyckleri!

—Jag föreställer mig inte dig som en skvaller, du har för mycket kategori för det.

—Jag är ingen hycklare; Jag är från Monterrey.

– Stor skillnad vän, då?

—Så, idag borde vi ses på natten efter blomsterkampen eftersom hon skulle vara i Valsequillo hela dagen, men det föll mig in att gå vidare och gå till hennes hus för några presenter som vi skulle ge till en av våra vänner i gruppen. Det är hennes födelsedag! ...

Min vän, som egentligen inte är så gammal, gifte sig ganska stort, hon bor i Gabriel Pastor vid sjutiden, och när jag kom till entrén till hennes hus blev jag förvånad över att se Rigobertos bil parkerad två ställen längre fram. , täckta av en flyttbil, de som har sina lokaler i tre väster, som om de ville gömma sig, dölja sitt svek, jag förstod inte riktigt vad han gjorde i de riktningarna när han försäkrade mig att han skulle stanna på Lions klubba för en skål.

Så jag ringde på klockan för hembiträdet, jag tror att hon var i sitt rum på bottenvåningen, hon kom ut bakifrån och öppnade den för mig, det verkar som att hon sov och eftersom hennes arbetsgivare inte var där föreställer jag mig att hon var När jag tittade på tv berättade jag för henne att han kom för presenterna som fanns i övervåningen och med all självförtroende släppte han in mig.

Hon gick tillbaka till sitt rum, jag sa till henne att jag skulle låsa när jag gick och att om damen kom tillbaka skulle jag säga till henne att vi skulle ses i Valsequillo, så jag gick upp till andra våningen och observerade ljuset av den tända lampan som kikade över dörrspringan i rummet. Sovrummet till en dotter som har och som studerar utanför Mexiko, bor i USA, förstår jag, och det verkade konstigt för mig — direkt förvrängde Robert sitt ansikte och kände hur golvet öppnades och hittade mycket obehagliga sammanträffanden
— Är något fel?
— Nej! Jag kom ihåg något mellan trevligt och överraskande.

(Då hade Enriqueta slappnat av och visat förtroende och tröst med sin attityd genom att dela sina intimiteter med någon som lyssnade på henne med uppmärksamhet och nöje)

—Det verkade konstigt för mig, tror inte det —Enriqueta fortsatte att kommentera— Och eftersom jag är väldigt tillmötesgående, bestämde jag mig för att släcka den lampan och lösa pigans slarv, eftersom det där sovrummet, jag tror att hon använder det för sin familj besök som kommer från staden Mexiko eller Veracruz, så jag gick in med fullständigt självförtroende och till min förvåning såg jag Rigoberto älska med en tjej som jag inte kunde känna igen, de två helt nakna på sängen, det kunde inte vara någon annan kvinna än en av hans döttrar, nej Det var Rocío eftersom hon är fjorton år så det fick bli Mireya, den äldsta dottern...

Jag har inte sett henne på flera år, hon är väldigt vacker och har en vacker kropp av vad jag har sett, åtminstone mycket yngre än min, att ha fem barn tillåter oss inte att behålla en bra kropp...

Ni kan föreställa er min förvåning och min ilska, jag berättade till och med för henne vad hon skulle dö av, och till flickan, jag orkade inte säga något, även om hon var min väns dotter, avvisade jag henne inte från en äktenskap – bröt prostituerad, jag tappade kontrollen, tänk dig, jag otuktade med mannen jag gifte mig med på grund av de tre lagarna, nu ska jäveln dömas Ha Pardon!

Normalt uttrycker jag mig inte med nonsens, det är synd, men jag kunde inte kontrollera mig själv, jag exploderade med ett geni som inte kände mig och allt detta flyttade mig mellan smärta och hämnd, i det ögonblicket var min önskan att döda honom född, tack vare att jag tror på Gud och på hans son Jesus Kristus. Jag gjorde inget allvarligt misstag som kunde fördöma mig. Jag är en bra katolik!

—Jag tvivlar inte på det, och det lämnar också tvivel om att det kan vara hon.

—Det kan vara, jag vill inte se honom längre, dessutom tror jag att han inte skulle känna igen henne, och för min väns skull kommer jag inte kommentera någonting...

Kan du föreställa dig att jag står i dörröppningen? Hon tog på sig sin mantel, gick till toaletten och han tog lugnt på sig byxorna utan att vända sig för att se mig, det roligaste är att han inte visste att jag tittade på scenen, jag tror att han trodde att det var hans mamma som hade upptäckt dem, jag kom in i tv—rummet och han sköt ut på gatan även utan att prata igen med min väns dotter...

Han har redan blivit dömd som äktenskapsbrytare. Han är en otrogen gris! Jag förnekar honom och det gör att jag andligt kan skilja mig från honom.

—Och ska du få en laglig skilsmässa? —

– Papperet spelar ingen roll. han går åt helvete! Gå ut ur mitt hus annars tar jag mina barn.

— Hur många barn har du?

– Fem, två kvinnor och tre män. Tillräckligt!

— Att skapa hemland och distrahera dig.

—Att vara mamma är inte roligt, det är ett stort ansvar och man lider mycket när de blir sjuka.

—Att vara mamma har gjort dig bra, du ser underbar ut.

—Du får mig till och med att skratta, jag vet inte vad du har Robert som jag gillar, jag ser något konstigt i dig, jag gillar dig, däremot kan de säga att jag är din mamma.

— Inte så mycket! Du är bara åtta år äldre än mig, du är otroligt ung, att vara mamma mognade dig, men du ser jovial ut och, du vet, ta av dig glasögonen! Du är inkognito, tack!

— Så att?

– Så jag kan lära känna dina ögon bättre.

—

—De måste vara svullna av gråt; dessutom vet jag redan att min makeup rann.

– Spelar någon roll! Det som är värdefullt är inte formen utan innehållet, i utseendevärlden sticker det naturliga ut.

Korrekt! —Enriqueta tog av sig glasögonen och visade känsliga blå ögon, ledsna men vackra, smärtsamma men strålande, hypnotiska och genomträngande, kraftfulla — Vad ser du lille pojke?

(Robert tog sin näsduk och rengjorde lite av mascaran som hade lossnat över hennes vänstra öga, han gav en lätt smekning över hennes ansikte och hon såg ut som ny, hon var en kvinna tränad att pryda sitt ansikte utan överdrifter)

—Du överraskar mig, vackra, du har ett av de vackraste ögon jag någonsin sett, med skillnaden att de verkar kalla som de som döljer sanningen för att upptäcka andra, också hårda och bestämda, inte alls naiva, dock, ja , uppriktig, trovärdig, söt och öm.

– Ser du allt det i mina ögon?

—Om de lugnar ner sig lite och lämnar agg i minnenas kista kommer de att återfå sin fulla skönhet. —

(Enriqueta tog upp sin mascara ur väskan och med skickligheten hos en kvinna som varit motiverad, lät hon sina långa och tjocka ögonfransar dra några drag för att ge ögonen mer liv... Hon fäste blicken på Robert som sa till honom)

– Hur slutar det?
— Vackert! Även om du inte behöver något.
—Det är farligt för en sårad kvinna som jag att få så många fina komplimanger. Jag kan bli kär i dig!
—Det skulle inte vara något fel, kärlek är alltid i luften och om vi inte är försiktiga kommer vi att känna doften av en kvinna som hopplöst faller in i hennes mystiska attraktion.
—Du har ett sätt att tala som oroar mig, men det får mig att känna mig trygg med dig, väldigt avslappnad, jag glömmer att jag är en dam med fem barn och ansvar som jag sa till dig.
—Du kan ha ett hemligt förhållande där aromer kommer ihåg utan att röra varandra, där de uppfattas, bara komma ihåg utan att någon annan ingriper, precis som ungdomars dagbok, en förtrogen som tar hand om dig, som lyssnar på dig men inte gör det gör ont, för när det rör dig kan det bränna dig och orsaka ett sår.
— Vill du bli min dagbok Robert?
—Om du vill, jag är din dagbok, din vecka, din månad, ditt år och din evighet, jag kan vara med dig utan att störa dig för du kommer att

kontrollera mig i ditt minne, om jag tråkar ut dig, stänger du filen och behåll mig, när du behöver mig ringer du mig så ska jag lyssna.
– Varför hittade jag dig inte när jag var tjugo?
—Var inte orolig för vad du inte uppnådde för åtta år sedan, oroa dig så att lyckan inte kommer undan dig under de kommande åtta innan ålderdomen kommer, som består i att tänka på vad som kunde ha gjorts och inte gjordes.

Enriqueta tog Roberts högra hand och tittade glatt på honom. Jag bryr mig inte om vad som händer framåt, jag har lyckats ha med dig på så kort tid mitt livs bästa vän, bara ett andetag, så ung och klok. Jag vill inte förlora dig!
—Du kommer inte att förlora mig eftersom jag är en tidning som du kan konsultera varje dag och hur känner du dig nu, Enriqueta?
– Hur är mina känslor?
– Jag vet att du har ont.
— Det går över!
– Och dina känslor?
—Sover men uppmuntrad av dig, av din närvaro.
—Men hur känner en kvinna när de slutade se henne och inte längre uppfattade hennes aromer?
— Glömt! När de glömmer dig beror det på att de slutade observera dig, inte bara se, för en sak, med ditt exempel, är att veta att det finns aromer hos kvinnor och en annan att du lär dig att njuta av dem genom att lära oss att dela dem med dig , om du älskar våra aromer så älskar du oss, för att de minns dem och njuter av dem, när de inte

längre njuter av sina läckerheter har de slutat tänka på vad som förenade oss, vi ger mer än vad män förstår.

– Jag undrar varför detta händer?

—Eftersom män som min man snart glömmer att de älskade sin fru och respekterade henne, glömde mina barns far att jag var honom trogen, han glömde att jag har varit en bra hustru, han glömde de nöjen han hade med mig som var inte tillräckligt...

Det är inte mitt fel att han inte lärde mig att vara hans älskare, han glömde min hängivenhet och mitt stöd, han glömde att jag har lika stor rätt att vara lycklig som han, att ligga med en annan man om han tog rätten att sova med en annan kvinna, om han förlorat något värdefullt från mig kommer han att lära sig att jämföra mig och om någon visar sig vara bättre än mig gör det ont i mig att ha slösat bort hans och mitt liv i en dröm som inte fungerade.

– Vi fick tillbaka dig, Enriqueta!

(Han såg i henne en av de många kvinnor som har litat blint på sin partner, när kvinnan ger sig fullt ut, leker mannen med dockor utan att veta hur man gör det)

– Och nu, vad är ditt nästa steg? —
– Du fick mig ur min depression. Du är min räddare!
—Jag skulle vilja att det var för dig, för nu, någon du kan lita på.
– Är du pålitlig i din ålder?
—Jag tror att mer än om jag vore fyrtio, kan ditt momentum kasta dig utom kontroll.

— Tro inte! Det är svårt för mig att tappa kontrollen; Jag har disciplin i det.
– Du pratar som en gammal man.
— Jag är gammal! —Robert berättade för honom när han erbjöd honom en kaka
— Tack! Jag gillar dem inte, som att de saknar socker, vad som händer Robert är att du inte ser gammal ut, utan du pratar som en äldre man.
—Det har inte varit lätt för mitt liv, som för många mognade jag väldigt snabbt och jag har lärt mig av andras misstag för att inte hamna i samma avgrund.
– Jag älskar dig, Betty!

(Enriqueta utbrast med utseendet att hon inte längre brydde sig om vad som hade hänt med hennes familj)

– Vad kan du gilla med mig? Jag är en brat! Enligt din synvinkel.

(Enriqueta tittade utanför på passagen av bilar och stoppade blicken på ritualen att erbjuda blommor, sedan stirrade hon på Roberts ögon, han suckade)

– Du får mig tillbaka till livet! – Du har fått mig att tro på mig själv igen.
– Vad gjorde jag frun? Jag har inte gett dig mycket — svarade Robert och tog en klunk kaffe — Ingen nekas råd.
—Du har gett mig ditt sällskap, din närvaro, dina ord, ditt flirtiga leende, din ungdomliga mognad, du är förstående.

– Jag flirtig? Det har jag aldrig varit.
– Väldigt flirtig! Din blick som äter, som luktar, som känns Du hörde mig, du skällde på mig!
– Nu skäller jag ut. När skällde jag på dig?
– När jag betedde mig som ett barn.
– Du är verkligen en härlig tjej.
– Iakttar du? Du har rätt ord för rätt tidpunkt, så jag förstår inte hur någon ung dam har misslyckats med att fånga dig?

(Enriqueta tog återigen Roberts hand som låg på bordet, bredvid hans mörka glasögon, som han då och då pillade med)

— Känner du till Parque España?
—Ja, vid tillfällen har jag följt med en vän till mig.
– Och varför har jag inte sett dig?
—Eftersom jag inbillar mig att du normalt träffar damerna vid läskfontänen, har jag sett dig där.
— Var inte en lögnare! När?
—Förra året, när jag träffade dig, blev jag imponerad av din personlighet, jag var väldigt nere och drömde mycket, så jag hittade på en romans med mig och jag gick för att observera dig i ett av dina möten, du var i en ljus klänning , ett stycke , det verkar som pistagegrönt, ditt hår var kort, kortare än hur du har det nu, med medium lockig volym, diskret smink, jag tittade på dina två små barn, du såg väldigt allvarlig ut, speciellt när du fick reda på att han tittade noga på dig, att han inte gjorde det. Jag förlorade din syn, att jag gillade dig

och att jag gjorde dig till min utan att du visste om det...

Du blev störd andra gången jag såg dig och nu om vi sågs på samma ställe vände du dig kokett men som om du krävde respekt, det vägde dig mycket att vara en trogen och osjälvisk kvinna, men du gillade att bli smickrad av beundran av en avlägsen man i din kropp, men mycket nära dina förnimmelser...

Jag minns din doft när du passerade nära mig, den var väldigt känslig men intensiv, jag gick ifrån dig när din man kom, äldre än du, halvskallig och ganska allvarlig, jag valde att inte störa dig längre, drömmen är över.

– Vilken barbar du är! Jag minns något om det, men du såg annorlunda ut. Hade du en vit polotröja?

Ja, ull.

— Vad vågat! Jag minns inte ditt ansikte eftersom jag var väldigt ödmjuk och till och med vilken erövrande blick som helst störde mig. Jag var gift! Och han var trogen även med sina tankar, det var därför jag inte lade större vikt vid dina flirtingar.

Och nu, vad händer med dig frun?

—Med allt detta är jag en ny kvinna som lär sig att förlåta och tänka på framtiden. dem, särskilt med de två sista, Martín och Francisco...

De är fortfarande väldigt unga, jag vill inte påverka dem, jag kommer att stanna i mitt hus, för det är mitt hus, och om någon måste lämna kommer det att vara han, men jag tänker inte kasta ut honom, var och en hans sovrum och låt honom sova med vem han vill, jag tänker inte springa iväg för att sova med den förste för att hämnas, att

innan jag pratade med dig kom det mig att jag hade en stor önskan att betala honom med samma mynt, Jag tror att jag hatade alla män...
Med dig lärde jag mig att det finns goda och pålitliga män och framför allt utmärkta vänner eftersom du kunde övertyga mig och utnyttja min svaghet som att slå in mig så att jag skulle ligga med dig. Jag tror att jag skulle ha ramlat! Med de orden som sötar örat faller vem som helst! Så du är inte medlem i klubben?
—Jag har inte pengar att ge mig själv den lyxen, min kära.
— Det är ingen lyx, det är en lämplig plats för familjer, bad, dusch, ångbad, trädgårdar, fronton, umgänge, kort sagt.

(I det ögonblicket gick Carlos förbi och stannade vid ingången till restaurangen, han kom med Miguel, han gick in och skakade hand med Julio Cesars mamma utan att stanna för att observera Robert och hans sällskap, han märkte indikationen på Carlos som visade sitt missnöje för vad han såg, men han ville inte avbryta och sedan gjorde han ett tecken för honom att komma till hans bord medan Enriqueta målade hennes läppar och fixade hennes hår med penseln, sedan kom Carlos och Miguel vid foten av bordet och jag presenterar dem)

—God kväll, fröken, sa Carlos.
—Tack för damgrejen, — svarade han medan han fortsatte att putsa sig själv och kammade sitt vackra hår vid den tidpunkt då Robert ingrep

—Enriqueta, jag presenterar för er mina vänner, det här är Carlos, och han är Miguel.
— God natt ungdomar!

— Miguel slutade inte observera henne noggrant utan att dölja sin förvåning. Ursäkta mig, vad är ditt efternamn? frågade Carlos Enriqueta.
—Mitt efternamn är Samaniego Albornoz, jag har fem barn och jag ska skiljas.

De blev chockade utan att kunna säga något förrän Carlos reagerade. Vi skulle inte vilja störa dig, Bob, men — utan att säga det högt, stavade han för honom — Kom!

(Carlos vinkade Robert att närma sig honom privat och sa sedan till Enriqueta att ge honom en stund medan Miguel tog plats bredvid henne och de pratade)

– Inte ens den jävla vännen! Varför lämnade du mig ensam i huset? – sa Carlos till Robert
—Berättelsen är lång, Carlos, det är min stil att lösa saker.
– Ja, vilken jävla stil! — Det du uppnådde är att förbanna Bright Star, för första gången såg jag min syster gråta och jag vet inte varför? Du är värd morbror! Vad gjorde du med honom jäveln?
Hallå, lugna dig! Jag gjorde ingenting mot honom. Vad ska jag göra med honom? Jag lämnade just ditt hus oanmält och jag var inte i mötet.
– Jag förstår inte, Bob. Varför vill inte tjejen säga vad som händer henne? Också — han

pekade på Enriqueta — och hur är det med den gamla kvinnan? Lämna henne inte ensam! Jag visste inte att du gillade äldre tjejer, vän.
— Sluta, gubbe! Sedan diskuterar vi det.
—Jaså, ska du följa med henne eller träffa mig på kungahuset?
— Stör inte Carlos längre! Vi ses där — jag stoppade honom och frågade — Hej! Och Malena?
—Vi hörs senare, svåger.
— Nu ja? Nej?
—Carlos log och skakade på huvudet, signalerade henne att gå tillbaka till sitt bord ringde Miguel och sa hejdå till Enriqueta med en liten husvagn i fjärran, hon gick till utgångsdörren, Miguel själv, som hade suttit med henne, sa hejdå med en starkt handslag från Robert som i hemlighet berättade för honom — Bra fiske Bob! Hitta mig en av de där öringarna ett tag.

(I det ögonblicket gick han för att träffa Carlos som redan lämnade restaurangen, Robert sa ingenting och tog plats igen bredvid Enriqueta, han bad om notan)

– Vill du att jag ska följa dig till din bil?
– Bob är kanske inte bekväm.
— Av dig? För för mig, nej!
— Om man ser det väl, låt dem säga mässa! Från det ögonblick han var en äktenskapsbrytare är jag redan fri inför Gud och jag bryr mig inte om skvallret. Följ med mig vackra! Vill du?
— Självklart! Låt oss betala.

(Robert gick till registret och gjorde upp kontot, han sa adjö till Julio Cesars mamma lämnade Laura ett tips, i det ögonblicket gick Julio in med sin flickvän Silvia, en nära vän till Ana María)

— Hej Julio, Silvia! Jag ses senare, jag har bråttom, sa Robert när han gick.

(Silvia var begränsad till att observera överraskad av den vackra och mogna kvinnan som var med honom)

– Ska du gå till royalty? — frågade Julius honom.
— Vi ses där! svarade han.
— Misslyckas inte för i morgon åker vi till Valsequillo.
– Alltid?
– Det var planen! Om du inte har något viktigt att göra.

(Han tittade på Enriqueta medan Robert presenterade sin följeslagare)

—Fröken. Fernandez, några kära vänner, sa Robert.

(De hälsade på varandra med en viss kyla och hon klämde Roberts arm med sin vänstra hand som hade tagit den för att gå, efter detta skulle de bli samtalet i gruppen vänner och bekanta, oåterkalleliga! Robert och Enriqueta gick iväg och gick mot fem öster, på vänster sida av katedralen där hon hade parkerat sin bil...

Hela resan var att förbli tyst och ignorera vad som var orsaken till hennes plötsliga avståndstagande, Enriqueta tog inte längre på sig glasögonen och lät sin vackra blå blick ses med fortfarande spåren av en smärta som satt sina spår... en Ford , hon tog upp nycklarna ur sin svarta väska, öppnade bilen, vände sig om för att se Robert)

—Bob, det störde mig inte att du kallade mig fru, du fick mig att känna mig som din älskare, men en missbrukare av unga pojkar.
Vänta! —Enriqueta höll på att sätta sig in i bilen — Förlåt om jag förolämpade dig men förstår! Jag kunde inte presentera dig som min vän, det skulle se falskt ut, de känner inte dig och det gör jag och de vet att jag inte är van vid dessa situationer.
– Få mig inte att känna mig som en bugg längre! — Låt oss lämna det så, eller hur?

(Det slutade med att han berättade för Enriqueta när han satte sig i sin bil, han startade den och gick mot sin destination utan att säga ett annat ord... Hon, lurad, med barn, Parque España, en ny upplevelse, sa Robert till sig själv, han kände att han vann ytterligare en upplevelse i livet och skulle tänka två gånger på att gå in i en kyrka för att trösta de sårade och försäkrade varandra...— Vem älskar dig, kommer att få dig att gråta—...
Robert startade om sin väg något desorienterad, fortfarande utan att veta hur han skulle hantera sina känslor med upplevelser som dessa, han var tvungen att gå till det planerade

mötet med gruppen, en sorts klubb reserverad för skvaller och avkoppling, de kallar honom — Nyckeln— Eftersom varje medlem Han har en kopia av nyckeln till dörren till platsen för sina möten, en gammal herrgård belägen på La Paz Avenue, nära Juarez—monumentet...

Robert anlände igen till hörnet av sina kontemplationer och klagomål med en tvångsmässig envishet, stegen som trampas på den ena efter den andra, men människorna som går in och går har ingen avskildhet i det ögonblicket när han har stannat, han lutar sig tillbaka för att titta på ljusstolpen, Hängande lyktstolpar tar tillfället i akt att fundera på vad man ska göra, vart ska man åka till Kungligheten? Genom parken eller genom portalerna?...

En annan ritual kommer att hållas i parken, blomsterkampen hade passerat och fortsättningen av social kontakt runt den, av hopp, romantik, erövring, av kandidaternas kommande och går, kvinnor i viss mening, männen å andra sidan som på de gamla torgen i städerna Jalisco, som i La Barca, som i Jalostotitlan runt själva parken... Det finns många och bland dem kan Robert få några överraskningar som han vill undvika, genom portalen ... Det var sagt.......

Möjligheterna är mindre, jag ser mig själv och känner mig feg, ibland är jag överdrivet modig och hänsynslös, och ibland svag och svårfångad...Robert sa hela tiden till sig själv...Okej, jag tar den kortaste och säkraste vägen, portal som är i förlängningen av den sextonde....

Jag korsade de tre och anslöt mig till folkmassan som också passerade genom den i höjd med tacos —El Oriental— De kom och ockuperade en stor del av denna tillfartsväg, otur följde mig eftersom de gick i en ödesdiger procession Bright Star, Ana María, min syster Malena, Carmen och två andra vänner med Manuel MalMs.do, förstås, bredvid henne...

Nu kunde jag inte starta min flygning, jag hade inte sett henne, jag hade inte stannat för att uppfatta henne bättre och på avstånd var Bright Star medveten om min närvaro och avledde hennes nervösa och irriterade blick, förvisso var hennes tre bokstäver i munnen — Komma—...

Det fanns inget botemedel och mötet direkt med den gruppen var oundvikligt. När vi träffades fyra meter bort tittade Ana María in i mina ögon och gruppen stannade när de också mötte Manuels föräldrar som kom ut från en närliggande smyckesaffär...

Jag saktade ner min takt som om jag ville gå tillbaka och det var när Ana María gick direkt till mig före sina kamrater, jag stannade som om jag försökte skingra min närvaro och hon kom nära där jag var, nästan klistrad vid en kolumn)

— Slå vad! — Han sa till mig: 'Vad är det för fel på dig?
— Ingenting, Anita, vad ska hända med mig?
— Gör det inte! Vad gjorde du med Bright Star?
– Vad gjorde jag med honom? viskade vi, sa han tyst till henne.

(Han drog mig mot en annan av portalens pelare, en längre bort från där jag befann mig, och försökte få de höga rösterna att förvandlas till dova rop och att inte bli överkörd av folket som gick förbi)

—Bright Star har inte velat säga något till mig, men det är logiskt att något skulle hända med dig för när vi pratar om dig, eller kommenterar något om dig hemma hos henne, säger hon att hon inte vill veta något om Robert , och så vitt jag vet är den enda som vi känner med det namnet du.
—Titta, Ana, det är inte hennes fel, det är inte läge att prata om det här, säg bara till henne att jag är djupt ledsen, att jag inte menade att förolämpa henne.
– Så, vad gjorde du med honom, Bob? Säg mig nu!
—Jag blev förvirrad, jag förstod inte vad hon ville berätta för mig hemma, eller så gjorde det mig rädsla för att bli avvisad, jag vet inte, låt henne berätta vad hon sa till mig när jag var på andra våningen av hennes hus.

(I det ögonblicket närmade sig Carmen och kallade henne att gå, de skulle äta en middag hemma hos Marisol med Bright Stars föräldrar, jag föreställde mig redan målet...Ana María väntade en stund innan hon gick)

– Nu når jag dem! —hon sa till dem och ropade — Jag vet inte, Bob, vad som verkligen finns mellan Bright Star och dig, om det finns något som skulle göra mig väldigt glad, det vill säga om jag säger till dig, jag är ruttet att tro att Manuel stannar med min vän, hon förtjänar bättre , och inte på grund av pengarna, tror inte det, på grund av slarvet i hur saker och ting görs så att de förstår varandra...

Jag ska! —Jag upprepade på avstånd— Vi ska ha en fest i Valsequillo i morgon i indelningsstugan, Manuel kommer att gå men jag vill att du också går och titta inte på mig som om du funderar på att fly Snälla Bob! Du är en fantastisk pojke och jag vet att du älskar Bright Star, det vet vi alla, men du är så oförskämd!

— Förolämpa mig inte Anita!

– Jag förolämpar dig inte, förlåt! Men ändå! Jag går om du inte dödar mig, imorgon kommer jag att vänta på dig där, och skära dig från dina lata vänner, och snälla säg till Carlos att inte gå vilse, du vet, jag märkte det mycket konstigt med mig. Är något fel?...

—Inte vad jag vet.

– Glöm inte Bob! Förbi!

— Jag glömmer inte! Och tack, Anne.

(Jag fortsatte mitt sätt att träffa mina vänner utan att se tillbaka på var hon var, inte bara för att undvika förakt, utan för att se dem tillsammans...

Jag kände mig missmodig och förvirrad, förvirring var mitt eviga sällskap, större förvirring på grund av så många upplevelser och så många förnimmelser som bröt samman på så kort tid, vilket var när jag såg Rebeca sitta vid ett bord på portalen, i kungahuset, med en näsduk, gråtande bredvid Ramón Bojalil och Fernando O'farrill, som pratade...

Jag vet inte varför kvinnor gråter när något gör ont! Hur obetydligt det än är, och jag tror inte det beror på mig, så är jag inte så fåfäng, fast jag vet att hon alltid visat intresse för mig, hon vill vara med mig. Förlåt mig! Men hon är inte min typ och

hon är framför allt min huvudvärk, Bright Stars berömda brud...
 Miguel anlände också till andra änden av portalen som förbiser reformen och jag stötte på honom...
 Sedan kom Rocío Fernández, Mireyas syster, och träffade Rebeca ¡Mireya! Wow, vilka saker har livet? Vem skulle ha berättat för mig!)

 – Och Sylvia? — —Jag frågade Miguel medan han sa hejdå till en av våra kollegor från Benavente.
 —Hon gick, de bjöd in henne på en middag med MalMs.do.
 — Vissa! Det är en återförening full av sammanträffande vänner.
 — Med vem?
 — Med alla skvaller! Inget annat saknas Becky.
 — Min syster? Denna galna vän!
 – Förresten, varför gråter du? —

 (Jag förväntade mig ett svar som inte hade med mig att göra eftersom jag redan visste att hennes mamma hade velat ha mig för sin dotter länge, även om sanningen är att om så var fallet så skulle hon redan ha kastat sig över mig , absolut ingenting hände i verkligheten och jag tror inte att hon sa något till honom)

 — Hennes pojkväns oxe, som hade den för att ge dig hackor, skickade iväg henne för att hon skulle studera i Guadalajara.
 – Och varför klippte du den?

—För att hon sa till honom att hon skulle gifta sig med dig och inte med honom, att hon skulle få honom tills du lyssnade på henne. Hon är lika galen som du! —

—Du vet Miguel att jag uppskattar Becky väldigt mycket, men jag älskar henne inte, hon vet det redan eller jag hoppas att hon förstår det, på många sätt har jag visat henne min känsla av att det inte kan finnas något som inte är en vänskap.

—Nja, jag vet inte, jag har redan sagt till henne att du är ett hopplöst fall med Bright Star, men hon insisterar på att du inte kan älska någon mer än henne, jag säger att hon är galen i slemmiga tjejsaker, gör inte uppmärksamma henne, dessutom sparkades hon ut för att säga att om hon stannade för att klä helgon så skulle hon älska med honom. Pa dumt galna kvinna! Om min mamma visste det skulle hon döda henne!

– Hon är för ung för det.

—Hon är kåt, Bob, hon har alltid varit sådan, det är därför pojkvänner inte håller länge, hon ägnar sin tid åt att kyssa dem, hon ser dig och tycker att du kysser bra.

—Det verkar för mig att den Lorenzo är med är din Miguel, uppmuntra inte ens den idén.

– Tvärtom! Jag säger åt honom att glömma dig, att du bara har ögon för Bright Star, men, han förstår inte, följ åsnan till vetet, det är en besatthet.

Han är temperamentsfull.

—Becky är romantisk och kärlekskrank, hon känner sig bortglömd av denna oxe som knappt flådde henne, dock kan hon inte vara utan en pojkvän och hon går från hora med ena ögat till dem och det andra till dig, för att se om du blir avundsjuk, jag säg det till henne också att det inte

är överdrivet för det tråkar ut dem. Han blev trött på Ricardo, en ex—pojkvän, varför han snart glömde bort henne, han är inte särskilt entusiastisk och den här galna kvinnan var alltid över honom.
— Miguel är sexton år gammal!
– Och det måste det göra? Det slutar inte vara hett.
– Det är din syster!
—Ja, men hon ser ut som en sjuk människa, det gör familjen på skam, du vet vad rykten påverkar, inget annat brinner!
—Det är inte dåligt att vara känslosam, det tråkiga är att man inte tar hand om sig själv och försöker göra det med reservationer.
—Så, är du okej med att hon är på toppen av sin skönhet hela tiden?
– Hur mår Carmen?
— Oroa dig inte, jämför inte! Min tjej har klass.
– Förolämpa inte heller Becky.
– Jag förolämpar dig inte! Det är att om hon inte tar hand om sig själv en av dessa dagar tar de henne varm och knullar henne, hon är inte gammal nog att göra det.
– Har du redan sänkt den?
– Jag vet inte! Det ser ut som det är.
– Säg inte att du inte vet? Vid sexton? inte heller att hon var ett fenomen och hon väntade tills hon var tjugo, dessutom, vad du säger, hormonerna är redan mycket närvarande i hennes kropp, hennes kropp är redan bildad, jag skulle hellre säga, hon räcker mer än väl för henne ålder, säkert på grund av simning och vad bra mat.
— Och hur har du observerat så mycket detaljer Bob, säg inte att du känner henne naken?

— Han går till Spaniens park! Eller har jag fel? Och baddräkten, och så vidare, tro inte att jag har snokat i badrummen, tack!
– Du är inte ens medlem!
—Du bjuder mig inte för att du är armbåge, men Carlos ja.
– Sug inte! När frågade du mig?
– Jag behöver väl inte fråga dig?
– Åh, vilken jävla du är! Om du nu vill gå till klubben, och jag inte förolämpar dig Bob för, ja, jag vet att du inte har pengar och för att din moster är mer beslutsam än jag, men du vet att vi inte gör dig mindre.
– Jag vet det redan! Du behöver inte berätta för mig och oroa dig inte, tro inte att jag blir för upphetsad för att gå till en media som jag inte tillhör, varken till Marisols eller Díaz Acevedo som du, och mycket mindre till Zenteno Alonso.
– Det är därför du gör mig förbannad, Bob! Du är vår bästa vän, låt oss glömma dessa mammor som tråkade ut mig, vi ser ut som två pojkvänner som står kvar här Låt oss gå in! Vännerna måste vara samlade vid det här laget.

22.30

(Vi gick in på royalty och de började alla dricka utom Carlos och Miguel, jag blev förvånad eftersom de drar jämnt den som är ostämd är alltid jag eftersom jag bara inte gillar det, så jag såg dem diskutera och fastställa reglerna av klubben som förbereder Pachanga för morgondagen i Valsequillo, som redan hade startat idag...

Carlos signalerade mig att gå, medan Miguel också reste sig sedan Enrique, Carlos äldre bror tilltalade oss)

– Hej nyckelpigor! Vart ska du?

(Han hade redan några drinkar på sig, han var redan en tjugoåtta år gammal vuxen, skild och arbetade i staden Tijuana, Carlos, som inte kan köra, klagade)

– Om du vill, drick dig full! Det är ditt problem och bråka inte med mig, min pappa har redan sagt till dig att respektera mig, och så gå inte till huset för vi har en förlovning.
— Hej lyssna! —Enrique sa till honom — Jag är din äldsta!
— Du är rena fulla mamman, dra åt helvete! — svarade Carlos irriterat
— Gå inte på mig älskling, för jag kommer att slå dig! Enrique berättade för honom när han kastade sig på honom i avsikt att slå honom, och sedan korsade jag framför honom och tog honom starkt i axlarna.
—Enrique, låt din bror vara, — utbrast jag.

(Han stannade och försökte komma undan och försökte ge mig ett slag då han såg att jag behövde slå honom kort i buken som fick honom att falla ihop)

— Förlåt mig, Carlos, jag kunde inte låta bli!
— Oroa dig inte, han glömde din kampsport och vet hur man slår

—Vi går? Bli full och ta honom sedan till hotellet.

(Han frågade sina lagkamrater när de gick... De andra skrattade och anslöt sig till honom i ett skämt som slutade med ett välriktat slag, för trots allt var det en väldigt enad grupp, fortfarande Carlos, som var klubbens president, lyckades berätta för dem)

—Fortsätt suga tills du dör om du vill! — Men vi har mer intressanta äventyr än att stå ut med ett gäng fulla jäklar.

(Han berättade för dem mellan skämt och irritation, vilket fick de mest fulla av dem att resa sig trotsigt, i det ögonblicket reste sig Enrique upp, redan återhämtat sig och ställde sig framför honom)

— Fy fan din mamma arsle! Bråka inte med min bror för jag kommer att bryta det åt dig — sa han upphöjd mellan alkoholens effekter.

(I det ögonblicket reste sig alla för att lugna ner de hetsiga andarna medan Carlos, Miguel och Robert lämnade royaltybaren...Carlos var rasande på den lilla scenen, speciellt för att han ville vara lugn i enlighet med sina planer för att avsluta dag med dina kärleksaffärer)

— Vilken bil ska vi i och vart ska vi? frågade Robert.
— I min kom denna oxe till fots! sa Carlos och pekade på Miguel.

— Den här oxen är din klumpiga far! — Miguel svarade leende, de såg båda ut som barn, men de var fantastiska vänner.

—Om du ska slåss, argumentera, är det bäst att du går tillbaka till de andra så går jag hem, — utbrast Robert.

– Jaaa Bob! Som om du inte kände oss Kom ihåg att vi är de tre musketörerna! Michael bekräftade.

— Vad är din plan Carlos? Det är redan sent och vi ska åka till Valsequillo tidigt i morgon — insisterade Robert.

—Nej! Inte så tidigt, var inte lat — hävdade Miguel.

— Vi åker i alla fall till Parque España tidigt, så resan till Valsequillo blir inte tidig, allt beror på om jag löser min fråga med Anita, — kommenterade Carlos.

– Sa du det förut? —Robert frågade Carlos om han hade nämnt det för Miguel.

— Inget är dolt för bandet, vän, — försäkrade Carlos.

– Går inte Julio? frågade Robert.

— han går sin egen väg, — utbrast Miguel.

(De började gå mot parkeringsplatsen på ett hotell där Carlos hade lämnat sin bil, sedan gjorde han anspråk på honom)

—Jag ska berätta för Julio att du tog ut honom från vår miniklubb.

— Var inte långsam Bob! —Carlos insisterade — Det finns inga fyra rivaler som musketörerna, han är som Sancho Belly med Don

Quijote, eller fegudmorn med Askungen, han är en god vän, men han är ingen förtrogen.
—Okej, Sancho Belly, han är så tjock! Men älva gudmodern? frågade Robert Carlos.
—Varje gång vi äter frukost på hans kafé, restaurang eller restaurang debiterar han oss inte. Förstår du hårt huvud?
—Jag förstår att vi är övergrepp mot honom, men Slum? Jag ska berätta för hennes mamma och du kommer att se att de inte ens ger dig ett glas vatten.
— Attans! Du kan inte stå ut med ett skämt, du vet att den lilla blinda ögat är vår själsfrände, de är skämt, men inkludera honom inte i vår trio, vad som sköts mellan oss tre vet ingen, och ta det inte så allvarligt, skynda dig upp det börjar bli sent.
– Sen för vad?
—Du måste följa med mig för att avsluta med Ana María.
– Nu är du galen! — Vad behöver du ett obekvämt vittne till?
—Jag vill att du undviker misshandeln han kommer att utsätta mig för. – Han vände sig om och tittade på Miguel.
—Titta inte ens på mig för jag är härifrån, jag känner redan Anita och om du vill att jag ska skicka Silvia att flyga, engagera mig!
– Michael har rätt! – Vakten gav dem bilen.
— Kom upp! Carlos sa att medan Robert tog plats längst bak var han den yngsta av alla.
— Har du tänkt noga på vad du ska göra med Ana Charly? frågade Michael.
—Jag har redan sagt att jag menar Malena på riktigt allvar, jag kan inte fortsätta otrogen mot

Ana María, det är orättvist, jag borde berätta sanningen för henne och vad som än händer.

— Ja, du kan din berättelse barn! Du vet mycket väl att Anita älskar Male väldigt mycket och att hon inte kommer att göra något för att skada henne, nu ska vi se om din väns lillasyster älskar dig likadant?

—Jag fick reda på att jag inte älskade henne tillräckligt när jag fick det här om Malena.

—Du saknar en av de mest eftertraktade — efter kvinnor i Puebla Carlos, först trodde jag att det var 1990—talets prostituerade — sedan vände Carlos sig för att se honom rasande — Bli inte arg Charly! De har redan sagt till mig att du gick för att komma in i Nopal med den de kallar Salome.

— Vem sa det till dig?

—Det spelar ingen roll, och jag är inte heller en förrädare med min uppgiftslämnare, dessutom är det det minsta av dina bekymmer. Fan Carlos, den där jävla gamla kvinnan! Eller vem som helst, det är inte tillräckligt värt att äventyra dina seriösa relationer, än mindre nu som knådats

Du tänker umgås med Malena, för om du skadar henne ska du träffa kompisen, och sedan om du tar livet av dig två gånger så knäcker han din mamma och du hamnar i.

— Ja, stanna hos hennes oxe! Ta bort henne från mig och på så sätt löser vi problemet, i alla fall, med en man bryr jag mig inte om någon av dem.

— Nu är du förbannad! Låt Carmen ta reda på vad du föreslår och hon kommer att döda dig!

— För helvete då! — Om du ska ägna dig åt Male så ägnar du dig helt för jag kan redan se vår trio sluta för att jag står ut med dig ensam utan hjälp av min vän. Inte ens mammor! Så tänk noga på vad du ska göra, det är bara det, jag förstår inte, och det är inte på grund av manlige Bob — han vände sig för att påpeka det för Robert...

Det är bara det att jag inte förstår, det kan inte vara så att han plötsligt vill göra slut med Ana efter fyra års dejting, nästan engagerad, jag känner ingen gumma som har haft koll på på det här sättet, eller är det kärlek vid första ögonkastet, som inte fungerar, eller gör ett allvarligt misstag genom att riskera en stabil, vacker, acceptabel relation och som hela vår umgängeskrets accepterar med nöje, de är ett modellpar, nu, bara att de har blivit galna eller de är otrogen mot mig och om det är en av nittiotalets horor så finns det ingen annan, det är att det manliga passar mig inte.

(Robert väntade på att de skulle avsluta sin diskussion och ingrep sedan för att klargöra saken)

Okej Musse, tjejen Carlos verkligen är kär i har inte besökt nittiotalet än och jag hoppas att han aldrig gör det, och det är inte kärlek vid första ögonkastet, vår stora vän och musketör fick reda på att han verkligen är kär i min syster Malena .

(Miguel förstod att det Carlos berättade för honom var den definitiva sanningen, han lutade sig mot baksidan av det främre högra sätet, tittade på de förbipasserande gatorna som ledde dem till Mal Ms.do—residenset...

Han väntade en stund innan han svarade medan Carlos inte blinkade när han körde bilen medan han väntade på svaret... Sedan vände han sig bakåt för att tilltala Robert)

—Vilken Bob, vilken svåger du har! Och ursäkta mig om jag tvekade, men jag har aldrig föreställt mig att det handlade om henne, självklart Male, ja, få mig inte att prata längre för jag har ingenstans att gömma mig.
— Oroa dig inte Miguel, du visste inte att det handlade om henne.
— Och varför förblev du tyst, jäveln? — frågade Carlos Miguel
– Vad ville du att jag skulle säga? Jag uppskattar Ana och jag vet inte hur hon kommer att reagera på dig, på Carmen och på Bob, och i mitten kommer hon inte att svika mig som hallick, nu är relationen mellan oss alla väldigt nära inklusive alla tjejerna , jag vet inte hur du ska hantera detta utan att skada så många, säger du till honom! – Han pekade på Robert
— Vad vill du att jag ska säga till honom, att han inte känner någonting för min syster?
– Berätta för honom hur situationen uppstod, vän, sa Carlos till Robert.
– Säg inte att du gjorde det här? utbrast Miguel och vände sig till Robert.
— Vad är fel vännen, tror du att jag bjuder min syster till högstbjudande? Du slipar inte ens det längre Micky! Irriterade berättade för honom.
– Det är det inte, hur tänker du? Du vet att jag älskar Male väldigt mycket, och vad som händer är att jag inte vid något tillfälle skulle ha trott att hon skulle bli kär i sin bästa väns pojkvän, eller i en av hennes bästa vänner eftersom Bright

Star är hennes favorit, i alla fall, som i Corin Tellados romaner.
  – För det första vet jag inte om hon är kär i Carlos, han är det, sa Robert.
  – Ja, det är jag, tvivla inte på det!
  – Hej gumman! —Miguel svarade Carlos, som körde i all hast— Och sakta ner för kärleken sätter fart på dig! Du gick för att bli kär, som du säger, i en tjej. Självklart! Vacker, intelligent och nyfiken.
  – Hur nyfiken? frågade Carlos Miguel och slog honom på hans vänstra ben.
  — Åtminstone mer än du och Bob, Carmen berättar allt de pratar om och det är så jag har lärt mig att lära känna var och en av dem.
  – Så det passar inte mig? —
  —Mannen är en oskyldig tjej Carlos, hennes avsikter är alltid lojala, fastän diskreta, jag vill inte säga att han är dålig, men hon är väldigt uppriktig, hon säger alltid sanningen och gör ofta ont, hon är också ganska idealistisk och gör det inte tycker hon är extremt utåtriktad, hon är blyg...
  Och en annan sak är att hon har stora drömmar och mål, precis som du ser henne känner jag henne mer än Bob, när hon har konflikter springer hon inte iväg hon möter det med glädje, och något annat, du vet Bob, det gör hon inte gillar att prata om äktenskap? Sant eller inte vän?
  —Du har rätt, det är att han tänker på att utvecklas, och när han tror att han resonerar kallt, så gillar han inte när folk är orättvisa, och en sak till Carlos eftersom vi pratar om min syster är att det är bättre att du utmana henne inte alls för det är svårt att slå.

—Dessutom, Carlos,— insisterade Miguel, —Mannen är ganska rolig och rolig, ifall du inte visste att din flickvän existerade, nu upptäcker jag att du än i dag känner till hennes existens och du måste vara försiktig eftersom hon inte glöm någonting.— , är mycket observant och kommer knappast att ljuga för dig.
 —Tack för röntgen och för utskällningen, Miguelito.
 — Jag är inte klar! Det vi säger är de goda sakerna med Male, men tro inte att han är perfekt, han har fel och defekter, för med dig, så att du tänker på det, kan det jag säger till dig bekräftas av Bob så att du gör inte göra ett nonsens som du kommer att ångra hela ditt liv.
 — Sluta nu! Sedan säger de till mig vad som är fel, eller så får jag reda på det. Vi kommer dit!
 – Hej Carlos! — utbrast Robert — Om du vill att jag ska stanna hos dig, vad ska jag göra med min syster vid elvatiden på natten? Jag måste ta hem henne.
 — Inga problem, — sa Miguel, — Carmen och jag tar henne.
 — Säg inget till Carmen jävel!
 – Jag är inte dum min kung!
 — Sluta prata om kalhåriga dumheter, de ser ut som Candelaria!
 – Varför Candelaria? frågade Carlos.
 —Sa du inte till mig att strömmarna finns i Mexico City?
 — Vi är inte från ändernas Candelaria! Den platsen är en av de bortglömda. Jämför oss inte, vän!

— Deras mödrar födde dem där! De kan inte sluta använda sina vulgära ord för att tala.
— Är det så vi kommer överens oxe? – utbrast Michael.
— De förstår inte okunniga människor! Låt oss gå ner och sluta busa, då Carlos, får jag bo hos dig?
— Visst, vän, mer saknades, mindre saknades!
—Hej, Miguel, jag kommer att anförtro Malena åt dig, se bara till att hon går in i huset för min moster är inte där, huset är ensamt.
— Oroa dig inte Bob, fan! – Inte för att jag skulle stjäla den.
— Tjena tjena! Skojar inte Micky!
— Hoppsan med denna Romeo! Jag känner dig inte Carlos.
— Tystnad! Vi pratar senare, låt oss gå in i huset och låt mig hantera situationen — sa Carlos.
— Låt oss gå in, har de redan gett dig en nyckel, Carlos? — Robert sa till honom i ett hån, med det att de redan försäkrat rik och dum svåger, att ta parti.
— Hur fan, vän, du är ivrig och avundsjuk! Var bra om du inte vill tappa ditt sista hopp med tjejen.
– Är det så här det är?
— Vet du vilken svåger? Låt oss byta ämne, de öppnar redan.

Dörrvakten öppnade dörren och hälsade på dem. Unge Charles! Hur mår du? Kom igen ungdomar!

(Han berättade för dem medan Carlos krävde Miguels enträgna åsikter om hans kärleksbeslut)

— Inget annat ord Micky! — Förstör inte saker för mig, okej?
— Vad du än vill, Charly, det är din lilla sak. Jag kommer stödja dig! —Han gav henne en vänlig kram— Men få mig inte in i konflikterna, lös det med minsta möjliga skada och se till att dessa känslor är verkliga eftersom du kan sluta som hunden av de två kakorna.

(De gick in i Marisols hus och därifrån till rummet som var i fullt möte med den inbjudna gruppen familjer som Robert inte tillhörde, han kände sig som en täckmantel för Carlos, liksom ett vittne till jordbävningen som skulle komma. ...
Han kände att scenen var nyfiken för honom var det kunde gå fel... Carmen gick ut för att möta dem från ett litet rum och gick till Miguel som tog emot honom med en kyss)

— Tror du inte att det redan är lite sent för dem att komma? — kommenterade Carmen och fäste blicken på Robert.
— Tycker du inte att Bob är på sin plats för dig att komma? Carlos upprörd avbröt henne då.
— Hej du! Bob följer med mig, och dessutom är Malena här, om du inte vet så är hon hennes syster.
— Ska du inte säga något, älskling? — — Jag antydde Miguel.
— Vad vill du att jag ska säga? Det är inte sättet att ta emot mina bästa vänner i ett hus som

inte ens är ditt — berättade Miguel med självförtroende.
— Åh ja? Tycker du att det är okej att Robert går in i huset till Bright Stars pojkvän, som han har förolämpat, med vilket ansikte ser han ut?
– Vänta Carmen! Säg mig, hur har jag förolämpat henne?

(Robert uttryckte det i vardagsrummet i huset, där alla var, sorlet från kommentarerna kunde redan höras på grund av deras diskussion)
— Du vet mycket väl vad du har gjort Robert, spela inte dum! Carmen svarade energiskt.
— Hej, sluta, Carmen! Michael skrek åt honom.

(I det ögonblicket lämnade Robert platsen och gick mot utgången när Carlos stoppade honom)

– Vart ska du vännen?
— Titta inte på Carlos! Jag vill inte vara en bråkstake.

(Carlos funderade lite över sitt svar och innan han släppte hennes arm sa han med djup röst)

— Du, inte heller mammor som du lämnar! Var inte uppmärksam på det rövhålet, gå till bänken i trädgården och vänta på oss där. Gå inte iväg, jävel, jag känner dig redan! Skratta inte, oxe, och var inte en skitstövel, jag kanske behöver dig senare, vi kommer att träffas och se mig inte så, backa inte på mig.

(Carlos släppte inte armen när han pratade med honom eftersom han visste att vid första tillfället kunde han dra sig tillbaka, Robert gjorde inte motstånd och mycket mindre i andras hus och det hindrade honom inte från att vara modig, vad hände är att han visade sig vara mycket förnuftig och försiktig med sina relationer)

— Du slog rekordet för vulgariteter, Charly, – sa Robert till honom.
— Jag väntar på att du ska svara mig oxe! Jag är ingen helig far.

(Carlos insisterade medan Miguel fortsatte att bråka med Carmen nära vardagsrummet, det var en väldigt obekväm situation för mig och jag ville verkligen fly omedelbart från den platsen, men jag skulle inte heller behaga Carmen utan att hitta svaren hon längtade efter, som Miguel sa att han är en god vän i slutändan han ändrade inte sina attityder han visste att han i slutet av allt skulle fastställa villkoren...

I den här situationen där jag kom ut försvarad mot Carmen för att han var hård med sin flickväns känslighet, och som alltid när han konfronteras, han svarar hårt och direkt på attacker, kommer han säkert att segra eftersom han gillar att skrämma för att känna sig dominerande och i den positionen har med henne är för mycket för ett förhållande där Carmens intelligens måste ge efter...

Miguel är en fantastisk vän sedan länge sedan, men han är överdrivet aggressiv när han föreslår det, såväl som hämndlysten och låt oss inte säga hur extremt svartsjuk han visar sig vara när han känner att en partner tillhör honom, för en ögonblick kan han vara bra och sedan är han dålig...

När han vill vara tuff och målmedveten finns det ingen som stoppar honom, eftersom han inte är rädd för misslyckanden eller smärta, han återhämtar sig också snabbt från attackerna... Jag hoppas att Carmen förstår att hon inte bara har en pojkvän till gifta sig, men hon har också en lojal vän i honom, och att han i det här fallet uppfattade mig med uppenbar svaghet, det var därför han skyddade mig, jag hoppas att han förstår)

—Det är ingen idé att bli arg, Carlos, hon gjorde mig inte illa, jag förstår henne.
—Se! Säger du mig att du gjorde något mot min syster som skadade henne?
— Aldrig! Det här är Carmens idéer, fråga Bright Star! Låt dig inte ryckas med av feltolkningar och släpp mig!
– Du har inte svarat min vän.
— OK! Jag lovar dig att jag ska sitta på den bänken och hoppas att det blir som du vill.
– När man lovar något så håller man det.

(Han sa det när han i det ögonblicket släppte mig medan mötet fortsatte som vanligt inne i mötet, Miguel kramade om Carmen som ett tecken på försoning, som alltid hände i dessa fall triumferade han alltid i slutet av allt och skapade ordning i alla diskussioner, ja, förutom i våra för om hon inte kunde med någon, så var det med Carlos)

— Titta! —Carlos ringde mig efter att ha tagit en bok från en hylla i entréhallen— Här! ägna dig åt att läsa den medan du väntar, jag vet att du kommer att bli underhållen, eller åtminstone kommer du att glömma allt detta röra och jag vet att nu kommer du inte att fly.
— Vad är fel? De kommer att tro att jag kommer att stjäla den — jag såg dess omslag—. För att detta?
—För att du är en romantisk dåre, dessutom vet jag redan att du gillar García Lorca.
— Du misshandlar Charly!
—Du märker inte och går till banken, misshandlad för här kommer Ana María.

(Omedelbart och så snabbt som möjligt gick jag till gjutjärnsbänken som låg bredvid en liten svart stenfontän med den klassiska lilla ängeln i mitten och kastade en ström av vatten med en kanna i sin högra arm, juggad, och som Den kan tyckas cheesy för många, hans vänstra fot i luften utan att sakna vingarna och hans fräcka ansikte, en söt blick av stämning... Två lyktor prydde och upplyste platsen och inbjöd till romantik...
Redan när han satt på nämnda bänk observerade han stjärnhimlen, vattnets fall och skällen från de schäferhundar som har varit inlåsta på baksidan av huset, därifrån kan man noggrant iaktta vem som är med vem, om de argumentera eller helt enkelt är...
Carlos kommer inte att sluta vara vågad, sa jag till mig själv när jag tittade på boken av Federico García Lorca i hans poetiska antologi, en gammal upplaga av Zigzag—förlaget, och precis

när jag ser landskapet hittar jag en dikt som får mig att tänka... — Eftermiddagen fel klädd i kyla ...

Fel att vara här och nattens kyla är klädd i vindarna som kommer från Popocatepetl... — Bakom de molniga fönstren ser alla tjejerna sig själva bli fåglar, ett gult träd—...

Bakom glaset i det där fönstret som täcker rummet ser alla ut som barn, var och en, med sin leksak, sina armar och händer som grenar, flyger i fantasin att de kan bli kära, förhandla, ha kul... En annan del som säger...

—Eftermiddagen sträcker sig utmed floden—... Från fontänens vatten till det där fönstret har natten fallit som en eftermiddag som breder ut sig... Jag säger, ännu en...— Och en äppelrodnad darrar på tak—... Om jag har oturen att Bright Star kommer ut, då kommer jag att gå sönder som ett dåligt placerat tak och inte bara skämmas, utan jag kommer inte heller att ha smaken av en intetsägande Peron kvar...

Carlos och Ana María, Carmen och Miguel, Bright Star och Manuel har redan åkt...Längre bakom kommer Malena och Lourdes och har gått till sidan av huset nära parkeringen, så det var dags att inte påskynda min oro och återuppta en annan vers från Lorca...

Vi får se! Här är Rebeca jag känner hur hon kommer i den här versen...—Hennes lår flyr mig som förvånade fiskar, halvt fulla av eld, halvt fulla av kyla, den natten sprang jag den bästa av stigar, monterad på ett pärlemorssto utan flänsar och utan byglar —...

Och plötsligt kom Mireya och Lorca till mitt minne och berättade för mig...—Jag tog av mig slipsen, hon tog av sig klänningen, jag tog av revolverbältet, hon tog av sig sina fyra behåar—...

Jag vill inte säga, som man, de saker hon sa till mig, förståelsens ljus gör att jag är väldigt återhållsam...Och det var så Enriqueta framstod...— Och att jag tog henne till floden och trodde att hon var en flicka, men hon hade man... Det finns många former av otrohet, att vara bedräglig, vara vågad, vara en opportunist eller en smyg erövrare...

Bright Star saknades. Var skulle Lorca placera henne? Blir det med Rosa? När morgonen öppnar sig röd som blod, rör inte daggen den, för den är rädd för att brinna...

Och letar efter ett annat stycke skulle jag säga...— Tjej, låt mig lyfta din klänning för att se dig, där i mina uråldriga fingrar den blå rosen av din mage—... Om luften kunde hjälpa mig att rensa mina tvivel! — Precious, spring precious, se honom var han kommer ifrån. Låg stjärnsatyr med gnistrande tunga...

—Grön Jag vill att du är grön. Under den romska månen tittar saker på henne och hon kan inte titta på dem... Jag ville säga till Bright Star att vår kärlek är grön och även om vi tittar på varandra vill vi också ha varandra och ändå vill jag inte att det ska göra det. ändra, för att förbli grön för mig, bara för mig....

Plötsligt avbröt jag min läsning av García Lorca när någon närmade sig mig eftersom passagen till huset gick genom stenplattorna som ledde från huvudentrén till huset och hittade en avvikelse på denna plats för skydd, kontemplation och vila. .

Fyra steg bort och med den svaga belysningen från den vänstra lyktan som var vänd mot mig, kunde en smal kvinnofigur ses i en stram och fin klänning som föll som ett glänsande vattenfall, stålsvart med broderade pärlor som svajade i samklang med hennes hår. harmoniskt steg, som låter dig ses täckt av rakt svart hår och stråle, blåaktigt, täcker ett vitaktigt ansikte med stora, runda och uttrycksfulla ögon...

Hans köttiga röda mun och rosa kurvor uttalade ögonbryn och raka, fina lack, uttrycksfulla ögonfransar och fasade porslin från första hand hans naglar med intensiv röd emalj, upplysta...

Ett gyllene armband på höger handled, diskret, med lysande höjdpunkter och en dyr och tunn Cartier—klocka till vänster... Doften av en genomträngande fransk parfym uppfattas, delikat, attraktiv...

När jag stirrade på henne och försökte rycka ut fler detaljer i hennes linjer och rörelser ur mörkret, föll jag nästan i extas med Lorcas bok i mina händer när hennes klangfärgade röst tog mig ur min statyska position och frågade mig)

— Förlåt! Kan jag lämna min bil utanför?

– Förvånad, svarade han. Jag tror inte att det är något problem, om du vill kan vi se om Ramón är där, han är en del av husets säkerhet.

– Förlåt, jag trodde att du jobbade här. Vilken skam!

(Hon berättade att jag tog sin mun med höger hand där hon hade hängt sin svarta läderväska med gyllene kedjor)

— Oroa dig inte! Det är inte vanligt att hitta en kille i skuggorna bredvid en fontän och med en bok på benen.

(I det ögonblicket gick jag nära där, på väg mot utgången, precis säkerhetsvakten Ramón och jag ringde honom)

Ramon, Ramon!

(Han närmade sig till höger där han kom ifrån, säkert efter att ha kontrollerat staketet och förhållandena som hundarna befann sig i som inte slutade skälla när de kände inkräktare inne i huset, fastän de förblev bundna...
Han närmade sig, och då hade jag redan gått upp och väntat på att han skulle komma, jag kände mig konstigt att befinna mig bredvid en kvinna av sådan klass och så bra, jag var inte van vid så trevliga upplevelser, otroligt ung även om hon ser snyggare ut mogen än hon egentligen är, värd en skönhetstävling... För det finns vackra kvinnor i den här världen! Jag var glad över att säga det... Vakten kom och tilltalade mig på grund av samtalet jag ringde)
– Vad kan jag göra för dig unge man?
—Ramón, den unga damen, — Jag vände mig till henne för att fråga henne: —Ursäkta! — Vad heter du?
— Maria Elena! – sa han till mig utan att stoppa blicken i mina ögon, det störde mig.
—Fröken. Maria Elena har lämnat sin bil framför huset. Finns det inga problem? Hon är...

(Jag var förlamad, jag visste inte vad jag gjorde på den här platsen och jag kände mig hemsk... Jag tittade på henne generad och jag märkte min förvåning, hon log och visade mig, för att inte variera, perfekt konturerade vita tänder och i exakta mått säger mig)

—Jag kommer från Mexico City och jag är flickvän till Manuel Mal Ms.do, det som händer är att jag vill överraska honom, det var inte lätt att hitta hans hus, då han aldrig ville ge mig adressen, för enl. honom en dag skulle han ge nyheterna till sina vänner. föräldrar till vårt förhållande, så jag hittade det här i ett kuvert som han lämnade på universitetet och här är jag!

(Han log igen medan Ramón diskret nickade och drog sig tillbaka mot utgången av residenset... Under tiden var jag chockad och allegoriskt upprymd eftersom en riktig hektomb skulle äga rum för familjen MalMs.do Bastarrechea...
Carlos och Anitas tragedin var liten med denna mycket trevliga överraskning och för mig nattens nya förhoppningar, även om jag måste förbli en observatör, utan att öppna munnen när jag inte blir tillfrågad, tog Maria Elena mig i armen och frågade på allvar mig)

– Jag är inte rädd för natten, men med hundarnas skällande, dessa klackar och de där stenarna kan jag falla ifall vi skulle behöva springa i en nödsituation. Tänk om vilddjuren släpps loss? Det skulle vara hemskt! Skulle du vara mycket besvärad att följa med mig tills jag är inne i huset?

— Inne i huset? säger jag störd.
– Vad heter du förresten? Jag är som du.
—Robert Santillána, mina vänner kallar mig Bob.
— Nåväl, Bob, jag vill inte att de ska se mig komma ensam, med tanke på att en obekväm situation kan uppstå.
Jag förstår!

(Då såg jag att mina vänner och uppenbarligen tillsammans med Manuel hade dragit sig tillbaka till ett litet spelrum i ett litet hus på sidan av huset, och jag såg då att mina vänner och jag uppfattade dem de samlades och bråkade i bakgrunden utan att kunna höra dem, särskilt Carlos och Ana María medan Miguel och Carmen försökte ingripa...

På ena sidan, och spelade pingis, stod Lourdes, Bright Stars syster med Malena, min syster, samt två vänner, säkert Manuels, som sköt tupparna på en kork på väggen nära spelbordet, På höger sida, allt var klart i det länge upplysta fönstret som jag kunde se härifrån...

När han observerade väl, upptäckte han inte Bright Star och Manuel, de återvände med gästerna på mötet, panoramat kändes kyligt för skräcken de var på väg att få...

Jag följde med Maria Elena när hon tog mig närmare i armen för att känna mig säkrare när jag gick...

Vi kom in i huset och när vi skulle gå in i rummet och mitten av hela mötet av någon automatisk anledning, eller på grund av Maria Elenas naturliga osäkerhet att känna sig påträngande när hon inte fick en inbjudan att komma, vilket gjorde att hon inte släpp min arm...

Det var då Manuel lyckades identifiera henne och hennes ögon buktade ut som om hon hade sett ett spöke ändra färgen på hennes hud mellan blek, grön eller gul...

Maria Elena kände sig glad över att se honom, Manuel kommenterade något till Bright Star diskret och gick vidare för att möta henne, sedan släppte min arm utan att lossa sig från mig, Maria Elena gjorde inget motstånd och visste naturligtvis att kvinnorna i en stad som stora som Mexiko är mer mogna och djärvare...

Hon tog försiktigt tag i min arm igen som för att känna sig trygg igen eftersom hon, utan att vilja det, blev chockad över att se så många okända människor som inte slutade titta på henne med normal nyfikenhet för att inte känna henne, inklusive Manuels föräldrar, som hon gjorde. inte vet. ..

I det ögonblicket kom dessa fram som frågade sin son varför närvaron av någon okänd i ett sådant privat möte...

De gick tillsammans för att möta henne och bakom dem Bright Star, synligt överraskade både av Manuel och kanske av mig, som inte vanligtvis gick in i husen, än mindre hennes officiella friares, när hon kom bredvid en vacker kvinna, som också var attraktiv. , hon påverkade med sin personlighet som var centrum för uppmärksamheten för alla gäster som vände sig för att se henne...

Jag förnekar inte att jag för ett ögonblick kände mig viktig att göra något, jag rycktes med av omständigheterna och hoppades på lycka till...

Jag försökte att inte titta in i Bright Stars ögon eftersom de kunde förråda mina känslor för henne. Det var när Manuel reagerade och befann sig bredvid sina föräldrar som ville veta närvaron av denna märkliga tjej som väckte allas uppmärksamhet. Han förblev nervös och orolig. märkte, på grund av överraskningen som hans skenbara flickvän från Mexiko gav honom)

— Åh mamma! — Manuel sa — Vilken överraskning Elena! Han vände sig till Paloma, hans mamma, som tittade på scenen med höjt och nyfiket ögonbryn, och försökte gissa vem den här gästen som åtföljdes av mig handlade om. Något ovanligt! —Mamma, pappa, — sa han hela tiden, —Jag vill presentera dig för Maria Elena. — Manuel försökte kontrollera sina nerver medan hon väntade på att han skulle presentera henne för familjen som sin formella flickvän...

Det märkliga är att inom sin trygghet och personliga styrka var hon inte självsäker och släppte inte min arm eftersom hon kände, med det sjätte sinnet som kvinnor har, att något höll på att hända, speciellt när hon såg Bright Star nära sin friare...

Jag höll mig lugn och försökte tappa blicken i alla omgivande utrymmen, det var då Manuel fortsatte säga. Maria Elena, hon är en klasskamrat, ja, hon är inne på sin tredje termin, hon studerar redovisning och jag studerar ingenjör, vi ses då och då, sällan egentligen, det är en överraskning att se dig igen vännen.

(Han avslutade med att säga en orolig erövrare... Då var Bright Star redan integrerad igen i gruppen av släktingar som var samlade inne i stora salen, men hon sa något till dem och återvände stående bredvid Paloma för att fortsätta lyssna på snacket välkommen till den märkliga besökaren...

Omedelbart såg jag hur hans ögon sänkte ögonlocken och visade misstro och misstro på samma gång, inte svartsjuka, inte, hur är det med mig! Jag tycker inte att han förtjänade att vara avundsjuk på henne efter vad han gjorde mot henne, men det var så det var...

Maria Elenas uttryck förändrades omedelbart när hon hörde Manuels ord, men hon tappade aldrig ljuset i sitt fridfulla ansikte, hon tog ett andetag, tryckte hårdare på min arm och talade och visade hennes vackra leende som kontrasterade, som få gånger sedan jag tittade på henne för första gången är det något som jag aldrig hade observerat i Bright Star...

Hennes hårt slutna läppar lät hennes ömhet titta fram samtidigt som de fortfarande såg mig som alltid med det halva öppna leendet som permanent visade det skönhetsuttryck som jag aldrig känt till i mitt liv, med det fantastiska lugnet hos en kvinna i hennes klass...

Maria Elena tog ordet efter att blixtsnabbt mediterat över vad hon skulle säga till Manuel för att äntligen rättfärdiga sin närvaro i det här huset)

— Fru, sir, det är ett nöje att träffa dig och förlåta min fräckhet för att jag gick in i ditt hus så, vad som händer är att Bob... vände sig för att se mig. Han var i Manuels hus och — han skrattade igen och letade efter en tid för att slappna av den ackumulerade spänningen som höll på att brista av att lida av den hänsynslösa lögnen från en bedräglig, grym och full av hyckleri man, fortsatte han —. Jag ville säga hej till Manuel och berätta för honom att han klarade Fluid Engineering— provet och gratulera honom till det, sa hon när Manuel avbröt henne.

— Tack Maria Ellen! Jag är otroligt tacksam mot dig, du hade inte brytt dig, det är bra att du träffade Robert så att du kan åka i sällskap med honom. De är ett bra par, hej! Vissa! Missa inte chansen Robert hon passar dig.

(Manuels avsikt var uppenbar, att försöka irritera mig genom att hålla sig på god fot med Bright Star och få mig att tappa närheten till henne)

—Det är inget besvär, Manuel, — sa Maria Elena till honom, förstod budskapet. —Jag hade i alla fall bestämt att träffa Bob lite senare, jag trodde inte att de hade ett så viktigt och välbekant möte hemma hos dig. Ursäkta mig! – Han bjöd in mig att gå.

— Ursäkta mig, fröken — Ms. undrade Paloma fascinerat — Vi visste inte att Robert hade en vän som du, han är så reserverad, så tyst, han läser alltid böcker och dricker inte eller Rompope. han är en modellpojke! Behåll din vänskap och du vet redan att det här är ditt hus, om du kommer med Bob, ännu bättre.

(Jag förstod damens avsikt att avskräcka Bright Star från hennes troliga avsikt att älska mig, ingenting är dolt under solen)

—Det är bra att du har det intrycket av Bob, frun, för jag vågade inte kommentera vårt förhållande, sa Maria Elena när hon förväntade sig att marken skulle öppna sig i det ögonblicket och svälja mig medan hon fortsatte att prata. Bob är extraordinär, jag vet det, bekräftade Maria Elena med tillförsikt. Sanningen, frun, är att Robert Santillán är min pojkvän och vi håller honom hemlig...

Är det inte sant, Manuel, att få av våra vänner visste om det? Han är den enda jag har nämnt om det för sin son och jag bad honom att inte kommentera vår intimitet, att detta var mellan honom och mig eftersom jag vet att de uppskattar Bob, och låt mig berätta att Manuelito friade till mig tidigare Robert gjorde det, men jag sa till honom att jag gillar intellektuella män, mogna i sina tankar, lojala och framför allt att de är trogna, han sa till mig att han inte var för flickvänner och ville leva sin frihet, så jag träffade Bob och jag är väldigt kär i honom.

(När Maria Elena sa det visste jag inte om jag skulle börja gråta på grund av en så uttrycksfull utläggning som fick mig att känna mig som en stor gentleman genom att vara tyst och acceptera hennes uttalanden, eller för att jag visste att detta automatiskt skulle eliminera mig från planerna som Bright Star kan ha med mig i hennes intima tanke, då var Manuel den som talade)

— Du har rätt! Manuel svarade med nerverna på kant. Det som händer är att han bad mig att inte avslöja det, ja, jag avslöjade det inte!

—Det är därför jag gillar Manuel, — avbröt Maria Elena.

(För detta hade hon redan tagit mig i handen som en stadsälskling och jag var på väg att säga åt henne att inte missbruka min naivitet, även om sanningen var behaglig för mig, hon bar en så fängslande parfym och hennes personliga doft, som hennes kropp, underkuvad)

—Jag gillar att Manuel respekterar åtaganden, — skulle hon säga med avsikten att irritera honom. Han har alltid sagt till mig att känslor måste hanteras och att när man måste glömma så glömmer man.
— Jag förstod inte! frågade Don Hernán, Manuels far.
— Titta herre, om du bestämde dig för att vara otrogen mot din fru, skulle du glömma känslorna av att hon lämnade dig medan hon gav sig själv i dessa stunder av intimitet? Skulle hans näsa glömma hennes parfym?

(Manuels pappa var nervös inför ett sådant förhör utan att veta vad han skulle säga när han vågade svara innan Palomas enträgna blick)

—Ung dam! För det första skulle jag inte vara otrogen mot min fru. Tänka! Vi har tjugofem års äktenskap.
—Om de var färre, skulle du lura mig, gubbe? Hans fru svarade.

– Samtidigt som han kände det som ett påstående, svarade Don Hernán. Snälla gumman! Det är en kommentar, du vet att vi kommer att vara tillsammans tills döden, så unga damen, när man är ung ena dagen älskar man varandra och nästa inte.

—Men när den unga kvinnan gav sin kropp till en man hon älskade, som ärligt komprometterade hennes känslor, förnimmelser, förhoppningar, och han diskret får henne att se att han inte längre är intresserad, att det var en händelse i hennes liv, att hon har definitivt glömt till och med deras aromer. Hur ska den skadade unga kvinnan reagera?

Med tanke på oförmågan att svara ingrep Don Hernán, hans fru. Titta dotter! Om det händer, eller händer dig, då blev du inblandad med en man som inte är värd det, han borde glömmas bort och till och med föraktas eftersom han har som man vad jag har som fotbollsspelare, som du säger, aromerna som förde honom närmare Du är värd mer än hans fräckhet. Må han ruttna i helvetet som en äktenskapsbrytare!
—Även om de inte har gift sig. —
— Kärlekens löften — Ms. Paloma närmade sig henne — De är som ett bröllopsåtagande och åtaganden som brutits av svek är äktenskapsbrott i hjärtat, som Jesus Kristus sa att — Den som tittar på en kvinna för att begära henne har redan begått äktenskapsbrott i sitt hjärta —
Tänk nu att om han gör något mer än så har han ingen förlåtelse från Gud. Det finns en dotter! Paloma berättade hela tiden för honom i sin position som mor och hustru. Om Bob någonsin behandlar dig så, tror jag inte det eftersom han är väldigt formell, jag känner honom väl. Du vet vad som ska göras!...

Nåväl, låt oss avbryta samtalen, kom och träffa oss, vi ska snart äta middag, dotter, alla serverar vad de vill och jag vill att du ska känna dig som hemma, även om Bob inte besöker oss särskilt ofta, han är en kille som jag älskar honom väldigt mycket, speciellt för att hans moster är min vän, min sons olikheter med honom hindrar inte honom från att erkänna hans värderingar, seriöst, de är ett väldigt trevligt par, jag älskar dig så att de gifter sig en dag. ..Förresten, Bob, Male verkar som vill lämna

—Jag förstår att Miguel och Carmen skulle ta henne, men — svarade jag.

— Åh okej! Så stanna hos din flickvän och ta väl hand om henne, och du, Maria Elena, det är bra att du har varit i ett formellt förhållande sedan du var väldigt liten, Bob hade en bra hemlighet för dig, men lär känna varandra väl innan du gifter dig, då kommer du att göra misstag, i alla fall, nog med formaliteterna! ! Manuel, ta med dina vänner med de andra gästerna och låt dem njuta, avslutade Paloma med att berätta livligt.

— Det är klart, frun, den här kvällen kommer att bli väldigt livlig, eller hur, Manuel?

(Utbrast Maria Elena och stirrade på honom som om hon ville äta honom levande, medan Bright Star, utan att tappa detaljer, redan visade sina tvivel om vad som verkligen var sant eller falskt, hon var inte dum och var mycket observant, hon var säker på att hon skulle aldrig berätta för mig att han skulle presentera sig på det här sättet, än mindre med en kvinna från Mexico City, och Carlos skulle ha berättat något för honom om detta eller åtminstone Malena, som aldrig skulle dölja något sådant för honom...

Bright Star hade blivit distraherad ett ögonblick och sa hejdå till Malena som gick in på mötet för att säga hejdå till alla...Maria Elena var ensam med Manuel vid smörgåsbordet en stund medan min syster ringde mig)

— Vad händer brorsan? sa hon rasande till mig.

— Hur är det med den där mannen?

— Spela inte Bob! Sedan pratar vi om Bright Star, vilket är en annan allvarlig trivial sak, vad kliar det för Carlos? Han gjorde en stark scen för Ana och hon gick därifrån och grät otröstligt, nu dejtar du mig med din flickvän som jag inte ens vet, vad är det här?

— Nämnde Bright Star det för dig?

— Det finns lillebror, vilka överraskningar du ger!

— Vänta, du har fel som Bright Star! Inget existerar här egentligen, det här har varit en fars, ett montage, som jag ska förklara senare.

— Du skäms inte Bob! Hur? Ta med henne hit! Till vad, vad är anledningen till att ge Bright Star spikar, eller vad?

— Vad pratar du om Malena?

—Du spelar död, du överraskar mig bror, du är inte sådan.

— För det första, eftersom du pressar mig att prata nu, tog jag inte med henne, och för det andra — avbröt han mig.

— Jag har redan sagt till dig att inte vara skamlös Bob! Bright Star är min själsvän och jag älskar henne väldigt mycket, och hon, ja, åh! Det

är bättre om jag inte blir arg, Carlos sa till mig att han vill prata med mig imorgon på Parque España, så — nu var det min tur att avbryta henne.
— Vem ska du vara med imorgon, Male?
— Naturligtvis, med Bright Star och med...!
—Han pausade — Jag tror inte att Ana kommer att gå, då blir det med Carmen och Lulu.
—OK! Lyssna Malena, det här är inte tiden eller platsen att diskutera det, låt oss prata över frukosten.
– Jag åker klockan sex. —
– Vart ska du så tidigt?
—Vi ska springa till forten, vi ska bara ta ett dopp, vi ska äta frukost lugnt i Parque España, — sedan nöjda, sa han till henne.
—Okej Male, vi ses där. —
— Förresten, Miguel och Carmen ska ta mig hem.
– Ja, det visste jag redan.
– Visste du det redan?
—Jag hörde något från Miguel eftersom han var tvungen att följa med Carlos för att lösa sina problem.
Vilka problem? Finns det mer i det som just hände?
—Ställ mig inga fler frågor, Male, det är bättre att säga hejdå till alla och gå hem.

– I det ögonblicket närmade sig Miguel. dålig!

(Hon ropade på henne medan hon sa hejdå till en kyss på Bright Stars kind, som när han separerade från henne stirrade på mig med ett lite sorgset uttryck, arg eller vad som helst, sanningen är att jag inte alls gillade att han hade för första gången tappat den där antydan till ett leende som han alltid hälsade mig med och sa adjö med...

Nu var saker totalt förfallna, hon med en förrädisk Manuel, förstås, hon vet inte, för allt det slutade med att jag blev pojkvän till en kvinna jag precis träffat och jag har inte haft modet att visa henne eller stoppa allt, prata tydligt, och sätt varje som istället...

Men Maria Elena är en kvinna jag precis träffat och jag försöker förstå henne, det är så det är och jag vågar inte låta dem leda till fler komplikationer än de redan har, även om jag känner mig använd av en vacker kvinna som hade sina skäl för att engagera sig. ..

Bright Star gick dit Manuel var, som fortfarande bråkade med Maria Elena, hon sa hejdå med en kyss på kinden från Bright Star själv, på ett artigt och socialt sätt, jag skulle säga diplomatiskt eller politiskt, naturligtvis inget som en kärleksfull manifestation, jag föreställer mig att han borde ha förklarat sitt engagemang för flickan eller engagemanget hos de fyra inblandade föräldrarna, sedan kom Maria Elena tillbaka till min sida. Samtidigt kom Carlos fram bakom mig för att viska i mitt öra, varför står du här?)

— Vi går? —Maria Elena berättade för mig med ett uttryck av vädjande och tristess—

— Självklart! — När jag berättade detta för honom, drog Carlos min arm och krävde mig,

– Hur går du, Bob?

— Förlåt! — sade han till Maria Elena.

– Vart är du på väg med det här? — Carlos upprepade för mig — Vem är det? —Carlos vände

sig om för att se henne medan hon förde borsten genom håret — Var hittade du henne? Han såg henne upp och ner igen.
– Och vad säger du? — —Jag svarade— Du skickade mig under två lyktor för att sätta mig på en hård järnbänk med en bok av Federico García Lorca, som jag slängde på hyllan, säkert där du tog den ifrån, kan du föreställa dig om de hade sett mig med ? Den har en dedikation till Don Hernán såväl som en inkräktare ¡Rata! Carlos slipar inte ens det längre.
– Jag frågade dig var du fick det ifrån. Bli inte avstängd! Först den mogna kvinnan från restaurangen och nu den här, som är ganska bra! Berätta, förklara.
—Hon kom dit du skickade mig, jag läste Lorca och jämförde honom med mina omständigheter, hon dök plötsligt upp.
— Ja självklart! Kom han med sin vita häst som sagoprinsessorna? Säg det inte till mig kompis!
— Först och främst är prinsarna de som kommer på hästar för att väcka de sovande skönheterna, förutom Lady Godiva.
— Visst — Carlos såg henne när hon förstod att jag behövde prata med min vän och tog en tidning från bordet för att läsa den medan han tålmodigt väntade — du förbättrar Bob, för att vara din första gång.
— Sluta, Carlos! Det är en lång historia, men ja, hon är inte min flickvän, och inte heller jag tog med henne, det vet du, och det bästa av allt är att hon är en efterfrågad och formell flickvän, från Mexico City förstås, till din bror... svärlag Manuel MalMs.do ...

Hon har mycket status för att göra skandaler, på något sätt bad hon mig att hjälpa henne, att göra henne till en kompass av denna fars och snälla berätta för Bright Star att eftersom jag vet vad hon måste tänka om mig, så är det sanningen! Jag ska berätta mer senare, jag följer med henne.
— Vänta! Okej, jag tror dig, jag visste något om den här killen, att han hade en gammal kvinna på universitetet, de hade berättat något för mig, men jag ville inte flytta vattnet, oroa dig inte, jag ska berätta för flickan om detta, när du är klar, eller när du lämnar henne vart jag än går pratar du med mig jag tar inte av telefonen! Så glöm inte, tills du pratar vän, känner du mig redan! Följ med henne, hon tittar väldigt fult på mig. Glöm inte din jävel!
– När Carlos gick närmade sig Maria Elena och ropade fortfarande på honom på avstånd
— Hör! Ursäkta att jag tar det.
– Nej, jag är ledsen, jag är ledsen att jag försenade dig. Heja heja! Ha så kul.

(Sa Carlos skrattande och förstod det här mötet som en produkt av en affär, ett blixtsängt eller ett orsakssamband... Så Maria Elena tog återigen min arm med den kategorin som omslöt henne och gick graciöst vid min sida och kände mig, inte precis det galanta modet eller det mest eftertraktade – efter ogift person i Puebla kände jag mig lycklig att få dela ett sådant speciellt ögonblick med en kvinna i denna klass...
Maria Elena sa inte ett ord på vägen till stenstensvägen som ledde oss till utgångsdörren, omgiven av trädgårdar, träd och blommor, jag märkte henne ledsen och arg på samma gång, jag

kände hennes spänning, det gjorde hon inte släppte min arm och tryckte mig mot henne som om jag ville skyddas mot lukten och besvikelsen, vi gick ut och mötte vakten)

—Tack Ramón för att du tog hand om bilen, — jag tackade honom.

(Hon gav honom bara ett litet leende och bad mig sedan köra hennes bil, jag höll med som vilken bra gentleman som helst, även om scenen började bli ganska vanlig för mig denna ödesdigra dag, det vill säga olycksbådande eller full av olyckor, oavsett det resultatet är några vackra olyckor...
När bilen började rulla såg jag i backspegeln att en vit bil med fyra personer följde efter oss, jag gav det inte så stor vikt och så jag frågade Maria Elena)

— Och vart är vi på väg, Maria Elena? – Han tog lång tid att svara mig.
– Kan vi ta en drink? — Ljug, du dricker inte!
—Men...
– Nej! Okej, låt oss gå till mitt hotell, vill du?
— Till vilken?
— Jag är på Lastra hotel!

12.45 6 maj

(Han gick uppför kullen som går till forten tills han nådde hotellet, som var ett av de bästa i staden)

— Ska jag lämna den på parkeringen? —
Jag sa till honom när han körde sin bil.
—Lämna den där du vill med nycklarna på, det är likadant.

(Jag förstod inte vad hon menade, men jag gjorde som hon föreslog, nu märkte jag att hon var ganska besviken och insisterade på att påkalla hennes uppmärksamhet för att berätta saker som inte skulle skada henne, jag parkerade och sedan lämnade jag nyckeln på som hon berättade för mig, och innan jag gick av bilen sa jag till honom)

—Maria Elena, jag är inte van vid att dricka alkohol, jag är inget helgon, så när jag gör det föredrar jag konjak, och såklart lite.

Han vände sig om för att se mig med två tårar på kinderna. Snälla, Betty! Lämna mig inte ensam i kväll — hon sa till mig på ett sådant sätt att det störde min känslighet och jag kunde inte förneka mig själv, jag visste vad hon gick igenom.
—Jag tänker inte lämna dig ensam, lilla flicka! – Jag är med dig om du vill.

(Hon gick försiktigt fram till mig med den där klassen som jag inte förstod eftersom jag aldrig hade träffat en kvinna som hon och så hon viskade till mig och frågade mig)

— Evigt?
—Jag tvekade inte och svarade honom —
För livet!

(Vilken galenskap av mig, men jag kände mig extatisk som en man med sin närvaro när vi klev ur bilen och gick in på hotellet, redan i lobbyn träffade jag Mr. Lastra, ägaren av hotellet med den personligheten som en fantastisk värd som han alltid hade och pratade med honom medan jag plockade upp några kort som jag hade tappat när jag tog upp mina glasögon ur skjortfickan... Han nickade; Maria Elena gick mot där jag sakta närmade mig)

— Något problem?
—Inga problem! Allt ordnat. — Han tog mig i handen och ledde mig mot baren.
—Herr. Lastra kommer från förbundet av affärsmän där en farbror till mig är president, de känner varandra, och ja, han var tyst ett ögonblick när vi gick in i baren, vi satte oss ner och hon beställde sidenstrumpor och en Martell—konjak åt mig – Okej så här?
— Ja tack! Jag gillar det bättre än Courvoisier.
– Nu, om du vill ha en Hennessy?
– Nej! Det är bra, jag är inte så kinkig.

(Han tittade ömt på mig som om han stod inför en perfekt nybörjare i kärlek och i umgänge med kvinnor när han överraskade mig genom att ta ordet)

—Jag sa till herr Lastra att vi inte har mycket av att vara gifta.
— Vad? —Han skrattade igen — Varför sa du något sådant, lilla flicka?

—Jag vill inte vara ensam i kväll, sa jag till dig, du försäkrade mig också att du skulle stanna hos mig hela mitt liv.

—Nu skrattade jag nervöst när jag försökte förstå denna abrupta upplevelse—. Maria Elena, jag vill inte att du tar det här på fel sätt, men jag är inte heller van vid att dela drinkar med en kvinna, eller sängen, bara sådär.

— Ett ögonblick backade han, förvånad i en avslagsreaktion —. Så, gillar du män? För du är väldigt öm och det tänkte jag.

- Hej nej! —Jag avbröt henne hastigt— Inget sånt Maria Elena Jag älskar kvinnor! Du är, jag måste vara ärlig eftersom du tvingar mig att, du är, en gudomlig kvinna! Det är ett sant nöje att vara bredvid en skönhet som du, jag känner mig lyckligt lottad, men jag vill inte att du ska tro att jag vill utnyttja dig, av din smärta, att du är deprimerad, jag anser mig inte vara en kärlekens opportunist, sanningen är att jag är kär i Bright Star!

— Den blondhåriga personen som är förlovad med Manuel.

— Du har rätt! Det är en märklig och ekonomiskt bekväm kompromiss.

- Det var inte vad Manuel sa till mig.

- Så vad sa han till dig?

—Att han tvingats av omständigheterna, att han hade befruktat henne och att han hade behov av att uppfylla som man.

— Så olycklig han är! Förlåt för vad jag sa, jag är inte van vid att förolämpa någon med de orden, men det är just det.

— Oroa dig inte! Jag sa till honom värre och vad tycker du? Kvinnan du älskar är förlovad och ska gifta sig Obligatorisk enligt honom! Med mannen jag älskar. Roligt va?

—Möjligen tvungen ja, men inte på grund av en graviditet, det kan jag försäkra er om, det var därför jag kallade henne olycklig, och inte för att jag älskar Bright Star, hon förtjänar all respekt i världen, hon är något otroligt speciellt, ren, ärlig! Jag skär av hans huvud om han inte är oskuld! Hon kan inte ligga med någon annan än hennes livs kärlek.

—Så, förutom att han är förrädisk, är han en jävel. Jag kan inte tro det! Förlåt för det.

— Oroa dig inte, med min vän Carlos är jag van vid det.

—Tänk inte att jag är vilken gammal skallig huvud, men den här sonen till hans mor har förlorat sin skam så mycket att jag hotade att fördöma hans far för att vara bedräglig.

— Hur kommer det sig? Hälsa! —Vi skålade med våra drinkar.

—Det som händer är att han för en tid sedan berättade för mig om ett problem som hans pappa hade och som han var tvungen att lösa, såklart, sa han till mig när vi låg i sängen, så han involverade en annan affärsman, som är pappa till din flickvän Bright Star, och tog honom i bollarna med det. Ledsen igen! Det går redan uppåt.

— Du släpper ångan, Maria Elena! Bry dig inte, prata som du vill — Han tröstade henne.

—Du vet Bob, jag hade aldrig känt mig så attackerad, så kränkt, så sårad, mina känslor är på golvet, jag trodde på den här jäveln, mina förnimmelser förvirrar mig och jag skulle vilja glömma, åtminstone ikväll, alla de där förnimmelserna som de vet inte vad de ska göra – hon grät – De är galna! Vet du? Jag kommer att berätta om hennes pappa senare, nu skulle jag vilja tänka på något annat, som att tänka att med dig mår jag bra, glad och önskad.

(Jag funderade på vad Maria Elena sa till mig medan hon förblev lutad på min axel snyftande, blötde min jacka med sina tårar, det var brunt läder, min favorit, det bästa jag hade och som fick spår och dofter av feminin smärta... Det hände att min följeslagare visste hur man förstör det påtvingade förhållandet mellan Bright Star och Manuel, som utan tvekan vill gifta sig med hennes skatt som han skulle vilja ta bort! Ja, självklart! Vad väntar pojken!...

Det verkar som om de tre sidenstrumpor som Maria Elena drack var förfriskningar av hur hon drack dem, de hade redan ogillat henne, de hade henne halvt svajig, förvirrad mellan glädjen av att ha sällskap och nedsänkt i besvikelsens sorg, för min del, Jag drack halva konjaken och föredrog att be om notan, servitören gjorde mig iakttagelsen att herr Lastra godkände konsumtionen, bättre för mig eftersom jag inte hade så mycket pengar, så jag väckte henne liksom för att hon hade myste på min kropp och jag viskade i hans öra att gå till hans rum...

Hon kom överens mellan avklippta och sömniga ord, som hon kunde reste hon sig, jag tog hennes arm, jag kramade om hennes midja efter att ha lagt hennes väska och jag tog tag i hennes svarta nappeläderrock, jag försökte låtsas trötthet så att hon skulle reagera för att jag hade hon låg på min axel, hon tog mig också i midjan för att passa sig bättre och höll henne hårt så hon inte skulle böja sig, när jag gick förbi receptionen log jag bara mot de två unga receptionisterna som jobbade nattskift)

02:30 den 7 maj 1957

(Maria Elenas ben började vilja böja sig på grund av drinkarna hon hade med sig och på grund av den dubbla effekten av hennes blandade känslor som försvagade henne... En försynsserver gick förbi)

— Fröken.! Skulle du vara så snäll att öppna dörren till vårt rum för mig? Du vet, min fru har några för många drinkar, var inte elak, eller hur?
– Hur inte ung! Har du din nyckel?
– Du kommer inte att tro mig! — Jag vet inte vad rummet är, jag vet inte om hon har nyckeln, det är bara, du vet att jag kom senare och jag vet inte vad reservationen var.

(Jag berättade detta för henne när det kom upp för mig att nyckeln måste ligga i hennes väska, men eftersom jag hade Maria Elena som nästan bar mig nådde jag trappan som går upp till första våningen med en röd matta, och som jag kunde satte sig på tredje steget när Maria Elena Instinktivt tog han plats på mina ben och kramade mig, han slog sig ner och begravde sitt ansikte på min hals på vänster sida...

Som tur var vägde hon inte så mycket, jag kände hennes smala kropp men vadderade av hennes mjuka men fasta kött samtidigt, jag känner när hennes välformade ben och rumpan tar sig stadigt som gåsfjäderkuddar, hon tog mig så sött, hon tog emot mig så ömt. min kropp att jag hade velat vara så här så länge som nödvändigt tills jag vilade...

Servern hade bestämt sig för att ta en kopia av nyckeln medan min sovande tjej föll i djup sömn, jag lyckades täcka henne med hennes kappa och lutade mig mot väggen som leder till trappan så gott jag kunde... Hon berättade för mig ... Vilket slöseri med Manuel! Vilket eländigt slöseri! Servern kom med expertkopian och påpekade för mig att den var på andra våningen och rum 314, jag bad henne lämna den på glänt och att vi kommer om en stund eftersom jag inte ville väcka henne, hon nickade och lämnade när jag tackade henne för hennes uppmärksamhet ...

Tio minuter gick, och när Maria Elena började lugna sig mer, bestämde jag mig för att försöka ta henne till rummet, jag lyckades få upp henne, inte med lite svårighet eftersom hennes kropp var lite slapp, jag bar henne som om vi var verkligen gifta och vi började vår smekmånad. honung när den introduceras i rummet enligt ritualen...

Hon vägde ungefär femtio—tre kilo, mycket väl fördelad och hennes aromer var så nära, förvirrade mellan parfymen och smaken av hennes porer att de smälte i mina armar på en levande kvinna, full av ungdom, arton år gammal som hon berättade för mig , ganska ung !! Ett år mer än Bright Star Vilka saker och vilka skillnader!...

Vi lyckades ta oss in i rummet, fastän hon redan började vakna av den korta avkopplande sömnen hon hade i mina armar, stängde jag dörren med foten och redan framför sängen hade jag för avsikt att kasta henne och springa därifrån men sanningen var det sagt, jag ville inte släppa henne från mina armar med tanke på att jag redan var trött av att hålla henne, så jag lade henne försiktigt, jag tog av henne skorna...

Hon somnade helt när hon kände på den bekväma madrassen, jag hakade av hennes stiftörhängen för att inte väcka henne, jag tog upp henne ur väskan och hon låg på rygg med sin stålsvarta klänning som passade så bra på henne, redan inert i drömmen beundrade jag hennes kurviga kropp och eftersom den var tydligt markerad såg jag hennes upprättstående bröst, hennes pubis, hennes knappa mage och hennes armar med handflatorna nedåt som bjöd mig att krama henne. För många spänningar på en dag som tog slut och på en dag som börjar! Detta visar sig vara starkare än min självkontroll...

Jag satt bredvid honom på höger sida av sängen som såg elegant ut, hela rummet hade en speciell dekoration, det var en av de bästa på hotellet, att vara en svit! Och på andra våningen? Jag antar, på grund av lyxen det visar...

Jag var redan trött och jag såg inget sätt att fly härifrån och lämna henne ensam och klädd på den här bekväma sängen, så jag bestämde mig för att klä av henne, dels på grund av min naturliga nyfikenhet och dels av minimal artighet, lyckligtvis var ljuset mörk och hon sov gott och som en bebis som inte ens ryggar tillbaka med sina rörelser, de där sidenstrumpor slog ut henne! Det var hennes avsikt, men jag kan inte lämna henne ensam, än mindre i en tid då hon känner sig så deprimerad...

Det här var en svår operation för mig, det visade sig vara första gången jag klädde av en kvinna utan att hon visste om det, jag kunde inte låta bli, innan dessa sensuella motiveringar var jag redan väldigt exalterad, det finns för många störningar och jag är ingen pinne, men jag kommer att fortsätta att kontrollera mig själv och slappna av med nöjet att beundra henne utan att förolämpa henne med mitt syn— och luktsinne, något är något...

Hon bar inte strumpor så operationen skulle vara enkel. Hur tar man bort klänningen? Jag kommer att lämna det i bakgrunden och det kommer att vara bekvämare, sa jag till mig själv störd av upptäckterna som skulle komma framåt...

Jag tog först av hennes guldarmband och klockan, när jag kunde närmade jag mig hennes händer för att sniffa henne, hon hade tappat doften av sin parfym och att hennes kropp stack ut, jag gillade det...

Klänningen hade inga knappar, den var som resår, så jag var tvungen att ta av det hela över huvudet, komplicerat eftersom jag märkte att nederdelen var inbyggd i den, så det skulle inte vara mer än hennes underkläder. Komplicerad!...

Den nedre delen av klänningen var halvvägs ner för hennes lår, jag kom ihåg Lorca igen när han sa... —Hennes lår flyr mig som förvånade fiskar—...

Jag vet vad García Lorca menade med detta, men det är inte fallet eftersom jag inte försöker kliva upp henne, och hennes lår är stilla och har inte för avsikt att fly...

Jag lyfte lite mer för att hitta någon annan liten underdel för att täcka hennes trosor, och nej, jag såg ingenting. Styr dig pojke! Jag sa till mig själv igen...

Hon behövde inte sänka klänningen igen, hon behövde ta av den tills hon tog av den och jag kunde inte låta bli att fokusera mina ögon på hennes känsliga underkläder, svarta trosor, små, broderade, flirtig, attraktiva, provocerande, bara för att en vacker start som nygifta...

Återigen fick jag styrka och självkontroll, och eftersom jag inte använde invändig förankring visste jag vad jag skulle hitta högre upp, bara underkläder. Jag hoppas det! Med tanke på fallet passade jag på att presentera henne mellan lakanen fortfarande med klänningen halvt på, jag vet inte om hon sover naken men jag ska inte försöka gissa om det är vad hon brukar göra för att lämna henne naken och tillfredsställa min libidinösa avsikt, tänk om jag föreställer mig är den som inte sover med bh, dock vet jag inte om jag vågar så mycket...

Tja, eftersom jag är här, låt oss göra jobbet bra för jag ser att den här tjejen inte vaknar ens med en kran! Det är därför de blir våldtagna och utnyttjar dem när de dricker drinkar med någon enstaka erövrare som bara vill otukta dem...

Med de bästa avsikter från min sida, för nu tog jag av mig min jacka som nästan får mig att svettas mer än värmen jag känner i kroppen, jag tog också av mig tröjan och jag behöll t—shirten på, men jag kände mig tröstad Jag hade svettats och jag valde att gå på toaletten för att fräscha upp mig med lite kallt vatten, jag passade på att rensa bort fettet och svetten från kroppen utan att behöva bada, där hittade jag en hel skönhetsbod, färger, lack, parfymer , borstar, bindor, krämer, kort och gott...

Jag tog en tvål och tvättade händer och ansikte, jag förde vatten över halsen och bröstet, jag tog av mig tröjan på samma sätt när jag kom tillbaka till henne som hon flyttade från plats till plats med framsidan nedåt med armarna uppåt, något som skulle göra det lättare för mig att ta av henne klänningen jag skyndade mig, fast det kom plötsligt upp för mig att jag skulle väcka henne så hon kunde klä av sig, men nej! Det var för sent att spekulera i min rädsla så jag gick vidare till operationen —Out Clothes—...

Jag vandrade upp klänningen från ryggen till ovanför hennes skinkor längst ner på hennes trosor. Wow! Jag har aldrig hittat så vackra rumpor i någon av Carlos tidningar, så fasta och så respektabla, det räckte för mig att titta på dem och när jag satt på sängkanten uppfattade jag doften som kom från dem, renlighet, friskhet, fertilitet, Jag ville kyssa dem på hans underkläder för att inte fläcka dem, för att inte infektera dem med mina kyssars perversion, för jag tittar på henne utan att hon tittar på mig och av lust utan att hon vill ha mig...

Jag spårade också försiktigt nederdelen av klänningen till kanten av remmen som förenar hennes behå, jag borde inte lyfta den för att ta av den genom att röra vid dem, det skulle inte vara rätt... Hon sa till mig... Så, jag gjorde mitt bästa för att ta bort hennes klänning, att den inte tappade elasticiteten, vilket hjälpte mig enormt att göra mina rörelser så smidiga som möjligt...

Jag lossade den från huvudet, fladdrade allt hår och täckte ansiktet med det, nu behövde jag bara armarna ur det, jag gjorde det med största omsorg och lite tvingad mellan några mjuka stön från Maria Elena som om hon inte ville vakna ur sin slöa sömn lyckades jag frigöra klänningen i sin helhet...

Nu behövde jag bara ta bort den framifrån och hade följaktligen behov av att röra vid hennes bröst, vilken grej! Jag passade på att ta bort behån från ryggen, den klämde på henne, det var så jag gjorde det och hon rörde sig som om hon fick tröst, omedelbart vände hon sig om igen, lade sig på sidan, på höger sida, halvt hoprullad och täckt av härvan av hennes glänsande svarta hår...

Det svaga ljuset från strålkastaren på lampan som placerades på ett litet bord längst bak i rummet var det enda vittnet till nakenheten, även om den yttre belysningen från en del av parkeringslamporna följde honom i kärleksritualen, det gled in mellan persiennens hörn...

Jag reste mig upp och stängde den ordentligt, jag lyckades ta bort hennes bh helt och hållet och jag kunde inte låta bli att acceptera att jag inte gjorde det för att kort smaka på de vackra linjerna och volymen på hennes byst. Det var otroligt! En show av konst och skönhet, på den tiden avgudade jag den där styggja tjejen som gav mig sitt förtroende och möjligheten att njuta av hennes charm)

03:00

(Jag täckte henne med täcket, jag klädde av mig och eftersom jag inte var van vid att sova med kläder på, lämnades jag naken och täckte mig bara med lakanet eftersom värmen hade tagit över mig och platsen... Jag känner mig utmattad när jag försöker att glömma den spännande dagen innan)

9 på morgonen

(En känsla av konstighet skrämde mig när jag kände en arm runt mig, Maria Elena, fortfarande halvsovande, hade helt avslöjat sig själv på grund av värmen i miljön och även med effekten av dåsighet ville jag inte röra på mig och väcka henne eftersom det lilla erotiska problemet är att hon också hade tagit av sig, någon timme på morgonen, alla sina intima kläder som visade mig all prakten av hennes fina gestalt, suckade hon, också med ansiktet nedåt och med armen om mig, i en dröm det var på väg att ta slut, jag kände väldigt nära hans hjärtklappning som också väckte mig fullständigt och accelererade mina turbulenta ännu mer...

Jag försökte hålla mitt utmattande lugn och kontrollerade min spänning så gott jag kunde inför den svåra utmaningen att förbli omedveten och oberörd av ett sådant skådespel, jag försökte förstås inte sova igen, tvärtom, jag väckte min sinnen och försökte att inte lyfta mitt huvud från kudden för att slippa se hennes långsträckta kropp på sängen och störa mig ytterligare...

Minuterna gick långsamt och ljuden av hans hjärta fortsatte att eka i mina öron, penetrerade djupt deras aromer i min känsliga näsa och förenade deras porer med mina i den hudlinjen som förde oss närmare i en varm och fuktig känsla...

Hennes höft var fortfarande fäst vid min och sidan av hennes högra lunga låg en del av den på mitt högra bröst också, jag låg på rygg, jag ville beundra vad som hände genom Maria Elenas medvetslöshet eller genom tillverkningen av hennes drömmar som kunde tänker på sig själv som sover bredvid sin älskade Manuel, eller någon som hon ville slappna av med eller kanske som en reflexåtgärd av hennes behov av att bli tröstad och skyddad...

Kontrasten i hennes svarta hår och hennes vita hud, nästan finnig, var värd en skulptur och jag kunde se henne bra eftersom belysningen i rummet inte hade upphört när hon hade lämnat lampan tänd sedan i går kväll...

Den nyfikenhet jag har är att veta hur hon kommer att reagera när hon ser sig själv bredvid den nakna kroppen av en man som verkligen inte är den önskade, jag kommer att veta hur jag ska täcka mig i tid för att inte skämma ut henne, för nu plötsliga rörelser kan väcka henne och jag vill inte påverka henne med någon jag är rädd att det stör henne mer än det borde...

Hon började röra sig och som en naturlig reaktion i henne, precis som jag, fastnade hon närmare min kropp, hon höjde sitt högra ben när hon la sig på vänster sida, det var ett långt, välformat, utsökt ben, hon körde det över mitt, den högra, som förblev i vila, han fångade mig starkare på mitt bröst och slog mot hans tills hans högra arm nådde min nacke som han omgav med sin handflata, han var redan medveten om vad han gjorde och han gillade det...

Sedan körde jag mitt huvud för att hitta mig själv framför hans ansikte, nära, min instinkt försvagades, närhet som upphetsar, jag andades in hans utandning så ren, så fräsch, så förnyad, av en saliv som kombineras naturligt, så attraktiv... .

Det var höjden av uthållighet och tålamod som förskräckte mig! Som den man jag är genom att ha henne så nära och inte prova någonting, möjligen gjorde gårdagens spänning mig väldigt utmattad eller trött på att kunna ha utan att ha det, av att blockera mig själv utan att vilja det, av att längta efter att njuta av att nöja mig med möjligheten, Jag hade aldrig känt mig så nära nöjet och så långt ifrån att försöka...Efter att ha spekulerat i mina försök viskade hon något)

— Manuel, Manuel!

Han andades ut ett litet stön och sedan gick jag till handling för att väcka honom från hans dröm för att möta verkligheten. Helen, Helen!

(Jag berättade tyst för henne, och fann mig själv så nära hennes ögon och hennes mun, hon halvöppnade dem, tittade på mig och stängde dem omedelbart, knep ihop sina läppar, bet ihop tänderna som om hon skämdes och spikade fast huvudet på min högra arm som om vill gömma sig för hennes ofog...

Det mest störande är att han inte tog bort sin famn som föll på min kropp och inte heller tog han bort benet som hade passat vilsamt med en hållning som fick alla hans fantasier att snurra, jag kände svetten i grenen och kliade subtilt hans blygd, detta var den största plågan eftersom jag inte var programmerad för dessa förnimmelser...

Det var en otillfredsställd önskan med motivatorer så nära, det var en prövning som bad

om nåd, att ta mig eller lämna mig, att göra mig till hennes eller glömma att jag var med henne, hon pratade inte, hon höll sig bara nära mig, det bränner mig i hennes eld eller släcker den brinnande lavan som rinner mellan hennes ben...
Jag kom ihåg Lorca igen när han sa... — Hälft full av eld, hälften full av kyla—... Hon är en levande vulkan som är nedsänkt i mina inälvor och som bränner mig levande... Det var då hon sa utan att avslöja hennes ansikte täckt av hennes långa hår)

— Förlåt mig, Bert!
– Varför skulle jag förlåta dig? Jag är den som borde be om ursäkt för min fräckhet. – Jag rörde mig fortfarande inte.
— Älskade du med mig i natt för att jag inte visste någonting?
— Aldrig! Jag har aldrig haft intima relationer.

(Omedelbart av någon anledning slocknade lampan, strömmen måste ha brutits och några solstrålar läckte inåt vid de enträgna hörnen av persiennerna...Maria Elena höjde ansiktet kort och öppnade håret som täckte det med sin högra hand att han redan hade lämnat sin position på min hals... Han satte sig på vänster sida, sänkte benet från mitt och tittade mig i ögonen utbrast han)

— Jag tror dig inte, det är inte möjligt!
– Varför kan det inte vara möjligt?

Han drog tillbaka en del av täcket och täckte sin fortfarande nakna kropp. Du är en riktig case love! Du kunde dra fördel av mig — han såg min kropp som förblev naken med tanke på att män har väldigt lite blygsamhet, han tog ett djupt andetag och slutade inte kontrollera det, han höll tyst när jag nyss inte gjorde något försök att dölja den, i verkligheten han visste inte vad han skulle göra i det ögonblicket för ett ögonblick kände jag mig skamlös och för en annan förstod jag att det gav henne ett nöje att se honom så jag lät mig älska när Maria Elena fortsatte att säga till mig — Du är inte alls föraktlig! Det ser ut som att du tränar.

(Det var då jag tog en del av lakanet och med min vänstra hand täckte jag den nedre delen av min kropp, jag rörde mig på min högra sida för att kunna se henne framifrån medan hon täckte till och med sina bröst med den naturliga blygsamheten som inte lämnar kvinnor och som utmärkte henne, vilket sa till mig att det inte var särskilt lätt att säga)

—Jag måste säga dig att jag tog mig friheten att ta av dig dina kläder, inte dina underkläder förutom att jag knäppte upp din behå, inget mer, jag gjorde det för att du skulle vila bättre, jag kanske inte gjorde det ordentligt för att jag nästan gick därifrån du naken, jag accepterar att jag inte kunde låta bli att beundra dig, men jag gjorde det med all den respekt du förtjänar.

(Jag kommenterade allt detta när han täckte min mun med sin högra hand medan han stirrade in i mina ögon)

—Jag är inte van vid att bli full, än mindre att somna med en man jag knappt känner, jag säger inte att jag är oskuld, men jag har bara legat med två män, den första var när jag var femton i skolan, vilket det är där jag förlorade min oskuld, väldigt frustrerande!

Och den andra och sista har varit Manuel med vilken, jag förnekar det, jag njöt av fantastiska stunder, det skulle bero på att jag älskade honom för jag har ingen erfarenhet av att veta vem det kan göra bättre för mig, men jag njöt av det! Att om jag säger er så missade tiggaren Manuel möjligheten att njuta av mig igen.

– Slutade du verkligen älska honom? — För jag inbillar mig att det finns förnimmelser och aromer som inte glöms bort.

—Jag glömde honom till och med hans sätt att se på mig, för mig luktar det pipa eftersom han glömde mig från ögonblicket av sitt bedrägeri, jag förstod inte smärtan som kommer av att göra narr av dina känslor. Det är något hemskt! När de säger till dig att du är den bästa är du kvinnan i deras liv, att älska med dig är något av den här världen...

Du vet? Du tror det! Och vet du mer? Du ger dig själv som en skitstövel! Åh, förlåt igen, jag är så flintskallig, jag lovar dig att det här är den sista, jag sa till dig, kärlek får dig att krypa ihop och du ser inte klart, naturligtvis, jag kommer inte att bli deprimerad och psykotisk för att bli gay eller lesbisk för att jag inte längre tror på de jävla männen Åh bra! Än en gång är jag ledsen till fjärde makten ifall fler kommer, vad som händer är att jag skäms mycket, jag kan inte berätta för dig den där tjejen, vad heter den blondhåriga personen?

—Klar stjärna.

— Åh ja! Bright Star, den där blonda Bright Star är väldigt vacker, snyggare än mig, jag accepterar det.
— Ett år äldre än du! Inget yngre.
—Det spelar ingen roll om hon är yngre och hon är en fröken, du kan se henne.
— Vissa! Hon stannade upp som om hon tänkte att hon ville fråga mig.
— Föredrar du ditt livs följeslagare en oskuld?
—Inte nödvändigtvis, det finns viktigare värden än mödomshinnan.
—Det är inte Bets mödomshinna, det viktiga är att hon hade legat med andra som hade njutit av henne, som hade deponerat sin sperma i hennes kropp.
—Om jag ser det så kan det vara jobbigt om jag älskar den kvinnan intensivt, det kommer jag att förstå.
— Vad föreställde du dig när du såg min nakna kropp?
—En läcker och vacker kvinna som lät mig vara vid hennes sida för att beundra hennes formers konst, avdunstningen av hennes aromer och hennes väsen som kvinna.
— Var det det du såg? — Hon berättade förvånat.
—Om jag ägnar mina instinkter åt att förolämpa dig, hade jag kanske velat kyssa dina bröstvårtor och sniffa på din vulva. Nej! Jag njöt bara av den konstnärliga delen av ditt väsen.
— Men du ville inte ha mig? —
— Jag höll andan.
— Därför att? Jag förstår inte.

—Det kommer att bero på att jag förstår vad det innebär att få orgasm med en man för en kvinna, att han har honom inombords och ger sig själv fullt ut, tar emot sin sperma och sin integritet i en full förlossning, fyller henne!

— Utan att veta om det förstår du det och det är vackert i dig, att du gissar mig, att du gissar de känsligheter som inte föds i din kropp, för när jag kände din atletiska form bredvid min, naken, svettig, hala, mina hormoner gick på tok, och för jag berättar hur jag mår.

– Du smörjde in dig! Vanligt.

– Okej! Jag smörjde in mig och när en kvinna upplever att det är för att hon vill bli penetrerad, enkelt är det.

(Jag började ryckas med av hennes ord och utan att jag kunde undvika det slutade jag med att jag blev upphetsad och erektionen tog inte lång tid för att uppenbara sig spontant, hon förmedlade till mig en oåterkallelig önskan som jag inte längre kunde innehålla, man tappar kontrollen och du låter dig ryckas med av begär)

—Tycker du att vi ska älska för det ser ut som att jag inte orkar mer? —

– Bob, har du inte insett att jag vill ha dig? Jag vill älska med dig! dumbom! Jag kan inte vänta på att du ska krama mig, men jag tycker redan synd om dig att jag inte vet vad jag ska göra med min kyska vän.

— Därför att? —Jag frågade honom när jag förstod att jag redan upprymd höll på att tappa kontrollen totalt och låta mig ryckas med av dessa redan okontrollerbara begär, jag förolämpade ingen — Vill jag förstå att du skulle göra det med kärlek?

—För kärlek, och för att jag inte vill att din första tid ska vara traumatisk.

—Sanningen är att jag inte vet vad traumatiserad handlar om, för även om jag inte har penetrerat en kvinna förstår jag vad en orgasm betyder, jag sa att jag inte är ett helgon, jag onanerar då och då.

— Jag skrattar graciöst när jag försiktigt närmar mig mig, kommer med den närheten för att mobilisera alla mina erotiska förnimmelser som hindrar mig från att fly. Var inte dum Bob! Jag är ingen expert och ligger inte heller med någon, jag gillar dig och du är otroligt speciell. Jag önskar dig! —Han rörde vid min rygg och fick mig att känna värmen från hans kropp— Jag kan inte ljuga för dig, jag behöver redan allt detta, jag måste eliminera den här spänningen som kväver mig och jag vet att med en intim relation kommer jag att uppnå det, jag vill inte springa iväg som en galning och leta efter den första som korsar mig, jag är väldigt exalterad. Din kropp retar mig!...

Jag har dig här vid min sida, naken och redo att älska dig, jag vill inte slösa bort dig, speciellt för, jag upprepar, jag känner mig väldigt bra vid din sida med allt förtroende i världen, du vet att vilken man som helst vill ett tillfälle som detta, i Just nu vill jag inte falla i famnen på någon annan än din, och jag tänker inte be dig att snälla för det skulle vara ovärdigt, men förstå!

— Säg mig inte det, Maria Elena! —Jag sa till henne när jag tryckte henne närmare min kropp och förde mitt ansikte närmare hennes, jag gav henne en lätt kyss på munnen — Tänk! Det är ett privilegium för mig att ha en kvinna som du vid min sida som vill dela sin kropp, sina förnimmelser och sina aromer med mig, om du har blivit tagen på ett dåligt sätt eller använd för nöjes skull tidigare, låt mig visa du hur man kan njuta av dessa aromer, för att inte glömma dig, oavsett vad som händer, utan för att ge mig själv till dig i en ömsesidig fusion.

(Jag sa omedelbart till honom att jag tog av lakanet eftersom jag redan kände hans sensuella nervositet som fick honom att darra, att den attraherade mig, impregnerade mig och dess närhet med sin oupphörliga arom, integrerade sig med mina sinnen, jag började redan att låta mig själv falla fritt på grund av dessa lätta begär som De flög mot deras för att fånga henne och förvandla dem till en enda önskan. Häng med oss!...

Jag fick henne att närma sig sin kropp närmare min utan att säga ett annat ord, jag tryckte mitt ansikte mot hennes och kysste spetsen av hennes vassa näsa, gav henne mina läppar som lekte med hennes i en passionerad kyss som tog oss bort, som delade det våta lustens torrhet, passionen var fridfull men granskande genom sin saliv och genom våra tungor, sökte den sin integritet utan att stjäla den, utan att skada den, vi smekte våra munnar försiktigt och ömt och gjorde dem till en...

Jag tappade allt formellt lugn, vi slösade bort oss själva och vi fann oss själva smälta in i en full famn som rymde våra medlemmar en efter en, som om de byggdes för att vara unika, sammanflätade, förenade por för por... Hennes bröst tryckte mot mitt bröst, min armarna svepte om hennes när jag höll om henne, mitt ansikte smälte samman med hennes, spikade fast mina läppar i hennes hals...

Jag öppnade hennes lår för att förbereda mina önskningar och mindes en annan del av García Lorcas dikt som sa...Monterad på ett pärlemorssto utan träns och utan stigbygel...Dricker hennes uppskattning, kombinerar svett...

När hon var färdig med att öppna låren för att ta emot mina förlossningar, dök komplementaritetens mirakel fram som något naturligt, spontant och nödvändigt, utan större ansträngning, långsamt och ömtåligt tills hon var och blev en enda person, sammansmält, smält och kärleksfullt integrerat, som jag berätta så utmattande och cheesy många skulle säga om sann kärlek...

Jag kunde inte säga om vår koppling varade mer eller mindre än en evighet, det enda jag minns är avbrottet av idyllen och dagdrömmen när den ömsesidiga orgasmen kom, unisont, trevlig och avkopplande, full, öm, fullständig och förnyande, allt Vad kan det innebära att göra det med kärlek?

Jag lösgjorde mig från henne och lämnade henne med en kropp som ligger ner för att dyka upp igen, hon öppnade inte ögonen för att bevara känslorna då, som om hon gissade mig, tog hon mig i handen medan jag fortfarande låg)

– Jag inbjuder dig att tvätta min rygg!
– Med ett villkor.

— Som?
— Att du tillåter mig att kyssa varje por i din kropp!
– Okej! Håller glatt med.

(Han berättade för mig att skratta av känslor och glädje, utan sjuklighet eller falsk erotik och ja med ömheten av en känsla nära sann kärlek... Jag var redan extatisk, som om jag förlorat i en illusion som tog mig för ett ögonblick till okända utrymmen , som berusade av oro...
Efter att vi badat tog jag på mig samma kläder som jag hade på mig, det fanns inte mer, hon klädde sig i en blus och byxor som fick henne att se lika vacker ut som hon var rosa, det var något som fängslade...
Jag glömde flyktigt känslan som klistrade mig för livet för Bright Star, med Maria Elena kände jag mig annorlunda även om jag i verkligheten inte visste hur länge förtrollningen kunde pågå, hon fick mig att känna mig som mannen som för första gången upptäcker helheten av en kvinnas kropp för att jag inte gjorde det. Det var bara ett försök som med Mireya, hon lärde mig vad det innebär att få kontakt med en levande och dynamisk kvinna...
Jag såg henne sminka sig och ansa sig själv, rytmen som hon tryckte i sitt arrangemang hypnotiserade mig att jag inte visste vad nästa avsnitt skulle bli, efter att detta nya och förnyade begär uppstod inifrån mig att ge allt mer av min kropp. Jag har redan vaknat till sensualitet! Jag var alltför känslig för den feminina beröringen, min instinkt agerade naturligt och var uppmärksam på alla frestelser...

Jag förstod inte riktigt hur detta hände mig under mitt livs korta liv, speciellt på grund av min utbildning och mina moraliska principer rotade sedan min barndom, speciellt när jag inte förväntade mig det, är processen långsammare eller mindre överraskande, så förutom för mig, och det är att jag inte ville ha honom, möjligen för att jag inte kände honom i denna grad, i alla fall, han är här och han kommer snart att mogna, och jag trodde att jag skulle gifta mig kyskt i Bright Stars famn, men nej , det var inte så och sanningen ångrar jag inte)

– Ser jag bra ut kärlek? Maria Elena bad mig att skratta, tittade på mig genom sitt svarta hår som föll på hennes vänstra kind och stack ut hennes läppar målade klarröda, ljusa.
– Du är den vackraste kvinnan i denna värld! —Han berättade för honom att han var upprymd och vilsen i sina besvärjelser, han slutade med sitt arrangemang, lutade sig mot diskbänkens onyx och frågade mig med lite allvar.
— Är du seriös?
—Om du visste hur långt du har tagit mina förnimmelser och mina önskningar, skulle du förstå att det är oundvikligt att bli kär i dig, lilla flicka, jag har mognat i överljudshastighet på några minuter.

(Jag blev rörd, fortfarande rörd av resterna av de njutbara spasmerna utan att ta blicken från henne och ge henne mina ömma önskningar)

— Kom!

(Hon ringde mig när jag närmade mig henne, tog mig i midjan, hon förde sin kropp nära min, impregnerade mig, jag kände mjukheten i hennes linjer och nära mitt ansikte, nära henne, utbrast hon)

—Jag hade aldrig känt vad jag levde med dig idag, jag hade fel om Manuel, jag trodde att det inte fanns någon som han, men jag fick reda på att det redan finns många som liknar honom, som du, få, så få att jag är väldigt glad över att ha hittat din kärlek, från detta ögonblick är jag din, för evigt din, det tog mig några timmar att veta att du är mitt livs kärlek, du hade reserverat dig för mig, du är mannen som fyller mig, kompletterar mig, som tar mig till nivåer som jag aldrig drömt om...

Du får mig att tro att du har stor erfarenhet av att behandla kvinnor eftersom du är en expert på att veta hur du tar mig med ömhet, du vet hur du rör där jag vill, du upptäcker allt omedelbart, så känsligt att älska, att ge dig själv helt , så förstående och du väntade så länge på att jag skulle komma dit först, jag vill inte ha fel igen.

—Det jag har lärt mig av böcker och vad andra beskriver för mig, du låter instinkter och önskningar springa, du kontrollerar dem så att de inte går vilse när de doserar njutningarna, vilket är så jag förstår det, sättet jag har behandlat dig fungerar för mig. av själen Är det för att du har så många egenskaper och så mycket skönhet som magnetiserar mig att inte innehålla mig själv och ge dig perfektion i min behandling? Det är det minsta du förtjänar, flicka.

(Han kramade mig hårt när han hörde mina ord med en total leverans av sina känslor)

— Låt mig avguda dig Robert, låt mig skämma bort dig! Jag lovar dig att det inte kommer att finnas en annan man som rör ett hår på mig, men jag ber dig att göra detsamma, jag vill inte dela dig med någon, allra minst Bright Star. Älskar du henne fortfarande?
— Älskar du Manuel?
— Manuel upphörde att existera för mig, men jag ber dig göra detsamma, jag orkade inte veta att du fortfarande tänker på henne.
—Den enda kvinna jag är intresserad av just nu är Maria Elena Gallardo Santaella, det är du och bara din lilla flicka. — Jag kramade henne hårt och hon lutade sig bakåt mot diskbänken.
– Hur fick du reda på det älskling?
– Av ditt efternamn?
— Exakt! Kollade du min väska, unge man?
– Jag hittade inte nyckeln till rummet.
— Det är bara det att jag inte hade bett om det och eftersom du drog mig full för att våldta mig, glömdes allt, — sa han och skrattade.
—Den som kränkte mina tankar var du, jag behandlade dig som en dotter som borde ligga i sin säng och torterade mina begär genom att njuta av din eftertraktade gestalt.
– För varje ögonblick som går överraskar du mig mer kärlek, du är en enorm kärlek.

14.00

Vi gjorde klart kroppsarrangemangen och hungern härjade i våra magar. Kärlek, jag svälter! Först sliter du ut mig och nu vill du svälta mig, det får mig att tro att du vill bli av med mig för att följa med den blondhåriga personen — hon skämtade och såg i ansiktet ljuset som svämmade över hennes lycka.

– Låt oss äta mitt liv! — Eftersom frukosten var kvar — suckade han som om han inte ville att vi skulle lämna rummet, jag log när jag tänkte eller kände hans inre begär, men jag insisterade — Vi måste äta!

– Okej! Vad tror du om vi åker till Parque España? Jag har en vän som bor i Puebla som heter Margarita och hon gav mig två pass för att komma in som besökare.

— Till Spanienparken?

(Jag frågade honom förvånad eftersom jag visste att jag kunde hitta Bright Star och återgå till mina gamla känslor eller ouppnåeliga ideal, han tittade på mig som om han gissade konsekvenserna)

– Är du rädd för att träffa någon?
– Nej! Egentligen inte, jag behöver ens prata med Carlos för jag lät honom hänga med ett samtal, du vet skälen.

— Din kära vän, han som nyfiket tittade på mig och som bad dig prata med honom på natten?

– Hur minns du älskling?

(Hon kramade mig igen när vi skulle lämna rummet)

– Jag älskar att du kallar mig så! Bob, kärlek, jag är bara din! Jag är redan galen i dig, vet du? Är fantastisk.

— På så kort tid älskar du mig så.

—För sann kärlek krävs det bara att bevisa sig själv i en total leverans, komplett utan begränsningar, att vara en person, att vandra tillsammans i glädje eller problem, om du efter det vaknar och upptäcker att du redan saknar honom efter att ha tagit ett bad då är det paret du letade efter, som du väntade på, jag vet inte om du känner likadant som jag...

Och jag bryr mig inte! Du vet? För med den här passionen som jag känner för dig kan jag övertyga dig om att jag är den bästa kvinnan för dig, du ger mitt liv mening, du ger det färg, jag lider när jag tänker på att vi ska separera, jag accepterar att vi inte går att lämna här på egen hand. hem, med vår kärlek, med våra smekningar under armarna, med våra nöjen...

Men det är om jag säger det till dig sötnos! Den här kvinnan som kramar dig har förlorat sin anledning till dig, så plötsligt, vem skulle vara kapabel att inte förlora sin anledning till dig? Jag är villig att göra vad som helst för att tillhöra oss, och Bright Star förlåt mig, vad som händer är att jag inte tänker dela med dig!

Det är omöjligt för mig att tro att du kan göra mot en annan kvinna vad du har gjort mot mig, blondinen har bara varit en dröm för dig och jag är din verklighet, du kommer aldrig att kunna föreställa dig vad du har gjort i vår intimitet på så få minuter är det som om ett vulkanutbrott bröt ut, så här, spontant och den svämmade över all sin värme på dig...

Du vaknade till ett hjärta som längtade efter uppriktig kärlek och en kropp omättlig av njutning, allt det du har tillfredsställt på så kort tid, att iaktta mig, att stjäla mina aromer, att respektera mig och att fästa dig vid mig — han vilade hans panna på min högra axel, hon fällde några tårar som chockade mig och fick mig att sväva mellan att svimma — Vad som än händer! Mitt livs sista andetag vill jag ge med dig vid min sida, och om du inte var det, så ger jag det för ditt minne Vilken galenskap! Men det är så jag känner och jag vill inte att den här känslan ska ta slut.

— Gråt inte prinsessa! Du får mig att älska dig medvetet, skandalöst om du vill, utan mått, engagera dig i att återgälda. – Han skakade mig av glädje.

– Så, så, på det sättet! — Det är så jag vill att du ska prata med mig, jag behöver att du pratar med mig så, att du älskar med mig som du gjorde, att du berör mig med dina ömma sätt. Jag är komplett! Snarare har du gjort mig galen för det, men tona inte ner det, det är bra...

Fast sättet du pratar med mig på, hur du vaggar mig i sömn med dina ord, med dina fraser får mig att svimma! Om min syster såg mig och hörde mina ord, skulle hon inte tro det! Jag skulle säga till mig själv att jag är ett steg bort från dårhuset eftersom jag inte vet vilka magiska konster du har använt för att erövra mig, men de har varit gudomliga...

Du ska veta att jag är en miniräknare, förstår du?, Noggrann, perfektionistisk, konservativ även om jag gav mig på dig med stor lätthet, dock med den där kroppen du har! Vem gör motstånd?

Båda nakna? Mindre! Och dessutom sötar du mitt öra. Det är över!...
När jag var med Manuel sa min syster till mig att jag var en libertin, när hon får reda på att jag är med dig och att jag är vilsen för dig, till och med mina flip—flops kommer att ge henne en hjärtattack, du ska veta att jag bli inte upphetsad så lätt, varken i livet eller i människor, jag vill berätta något om mig själv så att du förstår mig bättre, så att du lär känna mig...
Du vet, jag rycks inte lätt med av sentimentalitet och ibland är jag överdrivet känslig, jag lägger för stor vikt vid obetydliga problem. Jag är definitiv! Du ser hur det händer mig med dig, jag är väldigt mån om min hälsa och respekterar vanor mycket, jag är för ordningsam och jag blir sällan rädd och litar på mig själv, de säger att jag är väldigt försiktig.

(Plötsligt drog han mig till marken, vid foten av dörrkarmen så att vi kunde sätta oss ner och fortsätta prata)

– Ja, du håller på att bli galen! När de ser oss sitta här är det det minsta de tänker.
—Ignorera dem, jag vill att du ska ha en bredare uppfattning om mig för jag vill att du ska förstå vad du kommer att bära på dig resten av ditt liv, min älskade...
Föreställ dig, jag tror att jag är väldigt konstant kär, även om sanningen är att detta är första gången jag har blivit seriöst kär, jag älskar dig över allt jag är säker på det, även om mig själv kan jag fortfarande inte förstå vad du har gjort med

mig på så kort tid, kemi, trollformel, magi eller voodoo, använde du något kärlek.

(Satt i en lotusblomma, hukade hon ner och vilade pannan på dem, man kunde se den översvämmande lyckan i hennes ögon, något som jag inte helt kunde upptäcka inom mig själv)

— Och så? – Jag frågade honom uppmärksamt.
—Du kunde förvandla mig på några ögonblick för att säkert veta att jag inte vill ha en annan man vid min sida, om jag går, och det är bättre att jag inte följer honom längre för jag kommer att sätta dig i rummet och vi går inte ut förrän imorgon.
—Jag lyssnar på dina stora egenskaper och dina brister. Om du har dem.
— Hej! Efter att jag berättat för dig.
(Vi reste oss, stängde rummet, han tog mig i handen och vi lämnade hotellet mot Parque España...
När hon körde sin bil mot vårt mål tappade hon blicken i stadslandskapet, fundersam, nöjd, upprymd, jag kände mig något vilsen som om jag verkligen inte visste vad jag gjorde eller kände, som om jag hade varit nedsänkt i en dröm som jag inte vill vakna till, och inte på grund av den första sinnliga upplevelsen...
Detta var inte köttsligt! Det var mer oroande, Maria Elena var så speciell att hon som kvinna var så intensiv för mig, och trots sina arton år slutade hon aldrig överträffa mig i mognad och trygghet, speciellt i vad hon ville ha av livet, vi är

verkligen en ett par galna tonåringar och nedsänkta i en virvelvind av kärlek...

Kvinnan är alltid mer resolut än mannen hon inte reserverar sig när hon är entusiastisk, hon ger allt för ingenting så jag är ledsen, män är äntligen mer lösryckta och försiktiga med att bli dominerade av en och annan passion ändå, trots mina förvirringar av känslan som fortfarande lever inom mig av bilden av Bright Star...

Att det visade sig vara en bro av förening som inte förstördes så lätt, en passionerad kärlek förankrad och solid, fastän inte förstådd, trots detta upplevde han något konstigt och bedrövligt för Maria Elena, det måste vara kärlek, någon viktig typ av kärlekens skalor som jag fortfarande inte helt förstod eftersom jag känner mig avtrubbad och instängd i känslor större än jag själv)

— Säg att du älskar mig, snälla!

(Han såg mig med tårar i ögonen och med desperata tecken för att undvika att gå vilse, han gissade mina tankar med det där sjätte sinnet så bra att han har, jag drog undan bilen på trottoaren på sidogatan, jag stängde av den och så jag sa till honom att ta den på kinden med vänster hand)

— Galen! — Han gav henne ett vänligt leende — jag älskar dig inte! Jag är lika galen som du för denna kärlek, för denna känsla, för denna upplevelse, för vad som än händer mellan oss, detta som vi har levt och ingen tar bort dem, känn mig som en del av ditt liv eftersom spermierna som är inuti De som representerar mig och som är min organiska essens kommer att leva på dig i tre dagar, så länge de lever, kommer jag att leva inuti dig och ge dig mat och ge dig värme med sitt spel...

Och när de dör och integreras i din kropp kommer de att utgöra en del av dina celler och vi kommer båda att vara samma organism, när du känner att du behöver känna dig nära mig, även om jag inte är vid din sida, eller du ringer mig att älska, jag ber du eller kräver det av mig, eller om det är osannolikt att du anstränger dig för att koncentrera dig och frågar dessa celler hur du hittar mig, att om de är så vänliga att ge mig en stund med dig, då njuter du av den där essensen av mig som är en del av dig, Så enkelt är det, jag tillhör redan dig på något sätt.

— Jag kan inte tro det! Låt oss älska igen! Låt oss gå till hotellet, min älskling, sa den här stygga flickan till mig och log.

— Nej, min vackra galna dam, vi är inte på smekmånad! Du har redan tillräckligt med små barn inne och de kommer att hålla dig i tre långa dagar, tillräckligt för att se oss igen.

– Är du trött eller kan du inte?

—Ja det kan jag, men låt oss spendera lite mer tid på natten, vill du?

– Hur dålig är du! Naturligtvis på natten går du inte och lägger dig hemma. Var inte elak!

—Bättre att inte prata om sensualitet längre för jag älskar med dig i bilen.

– Ja, krama mig! —Hon gick över mig och visste att jag kittlade henne för att få henne ifrån mig när jag lekte med henne.

– Vänta på natten! Om de ser oss här tar de oss till fängelse för bristande moral.

— Du har rätt! Även om min pappa skulle ta oss ut, men det är bättre att inte misskreditera oss, hur som helst, en varm och mjuk säng väntar oss några timmar senare.

Jag startade bilmotorn igen och tog hennes hand, gav henne en kyss. Jag lovar dig något, på natten kommer du att få en upplevelse som du aldrig kommer att glömma och som kommer att markera ditt öde för resten av ditt liv — hon log sedan glatt och lugnt.
— Oroa dig inte längre min älskade! Ingenting kommer att hindra oss från att vara tillsammans ikväll.
Han lutade sig mot min axel och förde sin kropp närmare och försökte svetsa fast den mot min. Vi är redan två och jag vill att vi fortsätter så här.

(Parque España, knuten till centralskolan, måste ha gett mig många minnen och några upplevelser som lämnats i spänning, jag saknade dem inte, men om de ställdes in i ovisshet var det i alla fall något som det var en del av av ett nyligen förflutet som jag redan sett hittills, särskilt efter detta lyckliga utseende som berikade mig mycket...
Jag förväntade mig att ha tillräckligt med styrka för Carlos förolämpningar och var och en av de varelser som jag har varit involverad i på något sätt, även om jag måste vara bestämd i vad jag känner för att försvara det ordentligt, jag måste vara ärlig mot mig själv, det gör jag inte vet verkligen vad det är vad jag verkligen känner för Maria Elena bedövar mina känslor så mycket med

sina manifestationer av kärlek att hon inte ger mig tid att meditera över det...

Är det därför en katastrof i det här förhållandet inte skulle påverka mig, Maria Elena? ja! Hur okänslig och manipulativ jag ser ut, hon skulle falla i en skrämmande besvikelse, det enda sättet att veta vad som händer inom mig är att se Bright Star igen och jag kommer att veta vart mina sanna kärleksintentioner är på väg....

Jag ställde bilen på parkeringen, vi klev ut och gick mot huvudentrén, hon släppte inte min hand som skakade henne som om hon ville göra henne till sin för alltid och fängsla henne så att hon inte kommer undan)

– Har du entrébiljetterna? — frågade.

—Jag är galen i dig, men jag minns fortfarande enkla saker som detta, förutom hur jag vet att jag säkerligen har dig vid min sida —hon tog mig hårt i armen — jag har redan glömt oron, om Manuel, om hans livet och alla hans släktingar Jag vet inte om jag är vacker, ful eller rufsig, så länge jag känner dig inom mig spelar resten ingen roll för mig.

—Det är en utmärkt liten prinsessa, du är som min chikunga julklapp.

— Vad?

— Det är kärlek! Min lilla puchulunguita är tillgiven.

—Jag tycker bättre om att du kallar mig älskling.

—Det som händer är att chikunga kommer från bröstet och inuti bröstet finns hjärtat.

— Åh ja! Kyckling du! O tupp, hur mår du?

— Tyrann litet hjärta! —Han bromsade bilen— Ibland är jag lite lekfull, jag letar alltid efter frid och lycka, jag är realistisk, men jag gillar verkligen att drömma, om du förolämpar mig bryr jag mig inte, om du anklagar mig eller blir arg på inte jag heller.
– Skulle du inte ha något emot om jag blev arg på dig? Hon sa till mig orolig.
— Ta bort de där spindelnäten ur ditt huvud och låt oss gå in!
— Höger! För att jag inte visade mitt ansikte!
— Okej, men inombords pratar vi lugnt, vill du? —
— Kan du lova mig? Utan att gå vilse!
– Jag lovar dig älskling!

(Vi delade ut välkomstpassen och gick till fronten och försökte hitta någonstans att sitta på något privat sätt eftersom poolen var livlig och full av simmare...
Vi fortsatte marschen till en ensam bänk nära den bakre frontonen, på höger sida, vi satte oss ner, hon höll fast vid mig som om hon hindrade mig från att fly. Dumma tjej! Om han förstod att han fick mig att flyga lågt skulle han stoppa osäkerheten, bara att hans intuition har gett honom antenner som upptäcker Bright Stars närvaro)

— Låt oss se den unge mannen, ge mig en kyss först! —Jag gav honom den lätt, ömt och överlämnad åt våra tungospel.
—Om du kysser mig så igen, tar jag dig till gräset här bakom och våldtar dig. — Hon tappade

inte sitt trevliga och flirtiga leende av en kvinna som är synligt förälskad

—Du bad mig om min mun och som Panchos säger, jag lät den återskapa med din.

—Jag bad dig om en liten bara för att känna dig, kan du inte se att jag smälter för dig, och om du värmer mig mer? Jag svarar inte!

– Perfekt! Jag kommer inte göra det igen.

— Var inte sån! Om du inte gör det igen kommer jag att dränka dig i poolen. Hon skrattade som en bortskämd tjej.

—Låt oss lämna dessa kyssar för natten, håller du med?

—Så, är det sant att du stannar hos mig?

Jag lutade mig nära hans öra. Ikväll är det julafton och jag täckte min mun.

— Från och med idag kommer jag att kräva att de som gör kalendrarna skjuter upp julen, jag vill att alla följande nätter i vårt liv ska vara goda nätter! Han skrattade glatt och begravde än en gång sin panna på min axel, höll i min arm och förankrade sig starkt.

— Var inte en clown liten sak! Jag menar det!

—Jag är seriös också, från och med idag hatar jag julen för att jag har upptäckt de goda nätterna jag kommer att ha med dig, dessutom, åh vad söt du är! Du ska berätta för mig att jag är töntig; Jag var inte sådan; Jag älskar att du berättar något för mig...

Jag kan inte längre! Jag älskar dig Robert! Jag älskar dig ta mig! —Hon tryckte sin kind mot min med en överflödande känsla— Min unga pojkvän, min kropp, hela min, fortsätt med din berättelse om hur du är, hur du tänker och dina defekter. Sanningen älskar! Jag vill lära känna dig mycket väl för att veta hur man älskar dig som jag vill älska dig.

— Du är skyldig mig din! — Defekter.

—Först dina bra, eller de du känner är bra.

— Tycker du att det är lämpligt att vi diskuterar de här sakerna, och på den här platsen?

Var är bättre kärlek? Om vi äter, kommer maten inte att tillåta oss att prata, om vi är med dina vänner, prata inte ens! Och om vi är i sängen, försäkrar jag dig att ord kommer att vara onödiga, okej?

— Okej! — svarade jag och jag satte mig på bänken bättre än den i MalMs.do—huset, den här hade en träplanksits— Du är vid din sida — sa jag medan Maria Elena förblev uppmärksam på mina ord utan att stanna för att se mina ögon ...

För en man som inte gillar att bli inlåst, jag älskar konstgallerier, jag är kreativ, jag är inte särskilt girig eller ambitiös, utan att världen faller samman är jag inte förvirrad eller störd, jag kommer alltid att tycka synd om smärtan av andra, men jag kommer att avsluta med ett leende, när någon konfronterar mig vet jag hur jag ska använda mina ord för att försvara mig själv, men också mina knytnävar...

Jag försöker undvika det, för jag slår hårt, jag har alltid en snabb och frätande respons, jag är oftast lugn, jag känner till mänsklighetens ondska och när något pressar mig isolerar jag mig för att hitta en plats där allt ser bättre ut, jag springer bort från den frustrerande verkligheten och aggressiv, visst är jag lika försiktig som du och jag måste göra vad jag vill, om jag kan tillämpa min kreativitet och fantasi känner jag mig lycklig — plötsligt avbröts vi av Carlos som dök upp från ingenstans.

– Här är du Bob! utbrast Carlos.
– Vad hände vännen? – Jag reste mig inte från bänken.
Han hälsade på Maria Elena. Kan vi prata ett ögonblick?
— Varför sätter du dig inte bredvid mig, till vänster, på denna lilla plats och berättar för mig?

Carlos tog plats och sa något irriterat till mig mellan raderna. Vart var du?
— Nedsänkt i lycka vän!

Maria Elena ville inte släppa taget om mig, tittade rakt fram, bara skisserade ett litet leende. För det första är du en, vet du vad! Jag väntade på dig i telefonen till tre på morgonen. Det är första gången du har gjort det mot mig, Bob!
—Och det kanske inte är den sista vännen.
— Kan du berätta för mig vad nedsänkt är?
– Det är bara det att livet är godare i havet!

Carlos förstod inte, han böjde sig kort över benen och reste sig irriterat och drog honom mot sig. Vad drack du, vart tog du vägen? Och det mest konstiga är, var sov du, älskling?
– Hur fick du reda på Charly?
– Malena berättade för mig.
– Har du pratat med min syster än?
— Av det? Det är inte för bråttom men hon var med i diskussionen Jag vill inte att hon ska tänka illa om mig det är därför jag behöver prata med din vän — hon sänkte rösten — Du

misshandlar jäveln för att du ska bli min bror — i — lag! —Hon tittade snett på Maria Elena som läste en liten bok hon hade i handväskan— Så vi måste prata med Male och flickan.

—Carlos, det här är inte tillfället — i det ögonblicket hördes ett samtal från klubbreceptionen för Maria Elena genom högtalaren, vilket indikerade att de ringde henne akut på telefonen — Är det för dig, letar de efter dig?

— Till mig? Hon stannade förvånad, —Är du säker? —

—Jag tror inte att det finns två vackra små människor som du med samma efternamn, du är ditt hjärta! Jag reste mig upp en stund, tog henne i armarna, gav henne en puss på kinden. Var kan de prata med dig?

— Det är att jag lämnade ett meddelande på hotellet där de skulle hitta mig ifall de letade efter mig från mitt hus, jag vet inte — hon var eftertänksam och försökte undvika oro — jag måste se vem som söker kärlek till mig .

— Gå! Det måste vara något viktigt och oroa dig inte — jag såg henne spänd — Vill du att jag ska följa med dig, lilla?

– Nej! Jag ska snabbt ta tillfället i akt att prata med din vän — han drog sig hastigt tillbaka för att svara på sitt samtal.

– Hej Charlie! —Han vände sig om för att prata med Carlos — Du förlåter inte ens hån längre! Du kan ha lite uppmärksamhet för Maria Elena.

— Ge mig inte avsugning, Bob! Lämna nu den där gamla jäveln, jag vet inte varför du tog hit henne dit hela gänget är, om en halvtimme åker vi till Valsequillo och du, fan! Du umgås med den där gamla horan som enligt Manuel är vilken hora som helst.

– Så det är vad din svåger tycker?

— han är inte min svåger ännu och flickan exploderar över den där dumma affären. —

—Titta Carlos, jag ska be dig att inte förolämpa Maria Elena, tro inte att jag är vilsen för henne för jag vet att det är vad du föreställer dig, vackra saker har hänt mellan oss, jag är inte säker på vad som verkligen kommer att hända Nästa. imorgon, för nu känner jag mig otroligt glad vid hans sida...

Och framför allt, ge mig möjligheten att bli av med Manuel och Marisolens nonsens, jag vet något som kommer att förstöra allt och jag gör det inte för att vinna över Bright Star, det är för att det finns en katt här och den är mycket dålig mjölk vad de gör med Don Hernán, ja, med din far, bli inte förvånad.

— Vad handlar det om?

—Jag ska berätta senare, här kommer Maria Elena.

Jag gick för att möta honom och lämnade Carlos sittande, som funderade på att försöka hitta svar på mina frågor. Vad är det som händer, älskling? – Jag frågade María Elena, som var nervös och orolig när Carlos reste sig upp med en förvåning i ansiktet.

— Vi ses vid läskfontänen! —Han berättade för mig och i förbigående sa han hejdå till henne, jag tog henne i midjan och satte henne bredvid mig på bänken.

– Vad är det kära du? Ta det lugnt!

—Min pappa pratade med mig från sekretariatet, att min mormor hade ett hjärtstopp, nu ligger hon på intensivvård, men han ber mig att vara närvarande för att följa med farfar och familjen, han är min mammas pappa, som du kommer att göra. förstå, situationen är hon känslig, och det beror på att – hon visade mig sin sorg – jag vill inte skiljas från dig!
— Liten sak! Du måste se henne.

Hon tittade ångestladdat på mig, grät och kramade mig. Det är inte så att jag inte älskar mormor, det är att jag inte vill komma ifrån dig! Jag ser egoistisk ut men nu är du hela mitt liv och mindre så nu har vi planer för natten.

Jag tog hennes ansikte i min vänstra hand och placerade hennes panna med min. Klockan är halv fyra på eftermiddagen. Gå! Gör ett framträdande och se dig när du kommer tillbaka, förhoppningsvis är det inte för sent så att du inte kör i mörker — han förstod.
— Du har rätt! Jag måste gå, annars kommer de inte att förlåta mig och de skulle aldrig förstå att jag föredrar dig just nu, vi har all tid framför oss, ja! Oavsett hur sent du anländer, vi ses på hotellet, om det redan är för sent, gå till rummet...

I bilen lämnar jag nyckeln till rummet till dig, i dörrfacket, om jag hittar dig sovande väcker jag dig —han kramade mig och viskade i mitt öra — jag kommer att fylla dig med kyssar långsamt och med smekningar som kommer att göra din väcka något gott som gör dig galen, och tveka inte, jag

kommer att vakna vid din sida! Vad som än händer.
— Var inte överdriven älskling! Om det är för sent, ring mig hem till mig så ses vi imorgon.
— Ingen kärlek! Må min mormor förlåta mig, men du är den viktigaste personen jag har i mitt liv just nu, jag är galen, jag är kär, säg vad du vill, men vad jag känner för dig, djupt inom mig, är bortom min styrka, jag behöver dig som vatten behöver solen för att torka.

(Jag försökte förstå Maria Elenas entusiastiska leverans av kärlek, något som störde mina känslor ännu mer, befann mig i ett hav av förvirring)

— Vill du att jag ska följa med dig till Mexiko?
— Åh, kärlek! Jag skulle så gärna vilja, men min familj är halvrosa och eftersom min pappa är politiker har han sina konstigheter, jag vill ändå inte presentera dig för honom. Låt mig förbereda det! Åh bra! Jag ska gå för att träffas, och om det är för sent kommer jag tillbaka tidigt, jag svär på kärlek!
– Okej, ibland måste vi skiljas åt. —
—Det är vad vi ska prata om senare — förklarade han för mig när vi gick mot utgången, jag följde med honom till hans bil, han stannade innan han gick och kramade om min midja — Gå och fundera på vad vi ska göra, det gör jag vill inte vara utan dig på länge!
– Och universitetet?

—Jag ligger ganska långt framme, jag är halvdöd du vet, jag kan förlora ett eller två år och ingenting händer.
— Bebis! Vi kommer att diskutera det senare.
— Aj! Jag älskar hur du berättar allt för mig, hur du behandlar mig, du gör mig lat, lat.
—Kom igen ung dam!— Gå ut på vägen så att du kan komma tillbaka snart — vi fortsatte att gå till hennes bil, och vid infarten stod en svart bil med två dåliga personer inuti som verkade bekanta för mig, särskilt han som hade sett dem nära hotellet, det oroade mig eftersom de kunde följa efter henne för att skada henne och kommenterade det för Maria Elena — Hej älskling! Har du märkt den där svarta bilen som står vid infarten, de har följt efter oss? Hon undersökte avståndet och log.
—Jag ville inte berätta för dig, min älskade.
– Varför skrattar du lilla flickan?
—Det som händer är att min pappa är väldigt rastlös och alltid skickar mig med eskort. Du vet! Det sägs att de tar hand om mig, som om något kunde hända mig, speciellt att vara vid din sida.
– Så, är din pappa viktig? —
—Han var inrikesminister, fast nu blir han fransk ambassadör.
— Nu förstår jag!

(Han tog mig i handen och ledde mig nära några blommor, några rosor som såg ut över platsens vägg, han lossade en tagg från den röda rosenbusken och såg mig rakt i ögonen)

—Robert, vi ska göra en blodspakt som kommer att hålla om vi lever, en pakt som kommer att förena oss för livet oavsett vad som händer.
—Ska vi skära våra handleder? —
— Var inte dum, min älskade! Det här är allvarligare.
– Det kommer därifrån! Ursäkta mig, den här detaljen av dig verkar så vacker för mig att jag inte tror det.
— Ge mig ditt finger! — han berättade för mig när han tog min vänstra tumme försiktigt och stack den med tagg av rosen, en droppe blod kom ut och han gjorde likadant med sin, han tog dem och förenade dem hårt, han kramade mig och höll fast vid mina läppar torkade hans, stal det sista andetag av min oro för att ha henne nära mig, hon svajade och bet i underläppen och rengjorde med tungan avtrycket som kyssen hade lämnat på henne — Du är fantastisk! Vi ses ikväll, jag bryr mig inte om vad klockan är! Jag kommer att se dig i rummet, jag svär att ingenting ska hindra mig från att vara i din famn några timmar till — utbrast Maria Elena när hon satte sig i sin bil.
– Jag kommer för att träffa dig!

(Jag berättade för henne när hon satte sig i sin bil och innan hon lämnade parkeringsplatsen kunde hon få ut nycklarna genom fönstret som jag gick till med en kort löptur och förstod att hon ville vara säker på att jag skulle ha dem i mina händer utan ursäkter, jag tog dem och jag hörde bara hur hon muttrade till mig jag älskar dig! När hon startade sin bil och bakom sin eskort som tittade på hennes varje rörelse...

Jag återvände till det inre av Parque España och kände mig något lättad eftersom jag skulle vara skyddad och skulle komma fram säkert, allt detta var så förvirrande för mig eftersom jag inte riktigt förstod Maria Elenas överflödande passion och totala hängivenhet, jag måste acceptera att Jag delade inte den intensiteten, även om det fick mig att känna mig som en romantikshjälte, jag kände ibland att jag inte var värd en sådan kärleksföreställning eftersom jag inte var på samma nivå, jag kunde inte låtsas inom mig själv vad jag kände inte...

ja! Jag älskade det, vem kan inte älska en så stor kvinna? Jag visste inte säkert om det var absolut kärlek eller om det placerade mig i en bubbelpool full av okontrollerbar erotik eftersom inte varje kvinna har sin kropp, så fin, så elegant, så fräsch, det var ett grumligt lager som hindrade mig från att se verkligheten, sanningen. är att nu när han lämnade förrådde jag mina egna känslor och min erfarenhet av kvinnor visade sig redan vara heta ögonblick av tillfälliga romanser även om upplevelsen med Maria Elena var chockerande och full av intensiv översvämning, åtminstone inte på hennes sida som jag just hade knutit mig själv till hans önskningar...

Jag kände mig kär eller för entusiastisk i en kvinna som har gett sig själv till mig utan mått på så kort tid med ett behov av att tillhöra mig. Vem var jag som förtjänade det? Jag är ganska snurrig och att jag inte kunde träffa en mer komplett kvinna trots hennes ungdom, men jag tror inte att hon är villig att offra allt för mig, kanske nu när hon tänker saker lugnare kommer hon att lugna sig och ändra sig eller cool ner, jag vet inte, i det här ögonblicket tvivlar jag på att jag älskar henne med samma intensitet eller om det bara är sensuella begär, jag saknar henne, det är sant, men kommer det att bero på uppvaknandet av köttet? Hon är så söt, så vacker, så häftig! Så, ja, så allt! Att jag ska förbereda mig på att veta vad jag verkligen vill med henne och inte skada henne...

För tillfället måste jag ägna mig åt henne och glömma alla andra kvinnor, inklusive Bright Star, Bright Star, Bright Star! Om du hade varit den som kände att för mig, om du inte levde så aktivt i alla mina känslor, skulle jag inte tveka att bara tänka på Maria Elena?...

Det är en tidsfråga, för nu måste jag fortsätta med de väntande åtaganden som jag lämnade bakom mig och speciellt situationen med Carlos och Malena som oroar mig och jag vet inte riktigt var jag ska börja eller ingripa utan att skrapa det, vi får se. ..

Jag gick genom parken mot läskfontänen, fortfarande extremt känslig av spänningen över smekningarna som Maria Elena lämnade mig, när jag kom längs stigen som korsar huvudentrén dök en liten person upp för mig som inte ville träffa mig och som jag tyvärr redan hade upptäckt, det var Ana María, hon pekar fingret åt mig att jag väntade på henne och jag har inget annat val än att sluta...

Jag gjorde det och gick mot den på den vänstra sidan av lerstigen, vi kom att befinna oss i höjd med en annan av parkbänkarna täckta av buskar, små träd och lummiga pilar...

Hon hade sällskap av Rocío, Mireyas yngre syster. Allt som återstår är att hon ska vara runt de här delarna!... Än så länge fortsatte Ana att visa mig sitt osammanhängande och irriterade ansikte, i alla fall, och vad är mitt fel? Han sa något till Rocío, jag stod bredvid bänken och hon gick mot mig medan Mireyas syster gick mot poolen, hon hade en baddräkt på sig)

– Jag vill prata med dig, Bob! Vi kan sitta. utbrast Anna Maria.

Jag var lite tyst eftersom någon tittade på oss på avstånd och jag kunde inte upptäcka var den kom ifrån. Självklart! —Jag nickade — Okej, låt oss prata!
—Jag vet inte var jag ska börja med dig, jag har redan fällt för många tårar för den där dumma vännen till dig som är en bedragare, som fick mig att slösa bort min tid, min önskan att älska. Jag tog hand om mig själv för honom, Bob! Ni får inte tvivla på att jag är oskuld, jag ville gifta mig så här, jag försäkrar er att jag är besviken...
Jag vet inte vad jag ska göra! Jag känner mig lurad, hånad, jag bryr mig inte längre om att fortsätta vara en ung dam, det är inte längre värt det män pressar oss att ligga med någon som många döda myggor har gjort i Acapulco, du åker bort för en helg som en helig tjej från Puebla och kom tillbaka utan din mödomshinna, men glad, med ansiktet av en ängel som inte har brutit en tallrik. Du vet det, Bob!
— Jag? Var får du tag i den där Anita?
— Handla inte otroende! Carlos sa till mig att det här är samtalen som du är van vid.
—De är vana vid Ana! Jag har för mycket respekt för kvinnor för att dra sin prestige som en smutsig trasa. ja! Normalt sett har de kul att upptäcka om den eller den tjejen redan har åkt till

Acapulco för att ha kul eller för att otukta i hemlighet utan att någon vet, pojkarna från Mexico City som går åt de hållen är bara intresserade av att ha en trevlig tid och de älskar det! acceptera! De vet att de aldrig kommer att se dem igen.

— De är hycklare, Bob! Om de vill knulla borde de göra det här.

—Här skulle alla få reda på det och det skulle finnas en eller annan som skulle avslöja sin erövring, ingenting kan döljas i denna församlingsmedlem och småstad Anita stad.

– Bob, säg mig, varför är en sådan idiot? Jag är sjutton år och med Bright Star slöt vi en oskuldspakt tills vi gifte oss, eller att vi gav oss till vårt livs kärlek om vi inte tål det, men jag ser att det inte är värt det.

— Tro inte! Om det är värt det när du tror på det, var Carlos inte ditt livs kärlek.

— Ni män förlorar aldrig er oskuld för att ni spenderar den på att jävla den ni släpper taget.

— Vi är inte alla som du tror Ana!

– Säg inte att du fortfarande är oskuld?

—Du kommer att säga kysk, tills nyligen ja.

— Jag tror dig inte! Men du har alltid varit konstig.

— Hej nej, jag älskar kvinnor Ana! Jag är överkänslig nu, om de rör mig stimuleras jag direkt, jag tror att jag redan har vaknat till sensualitet.

– Låt oss lämna det så! Du gjorde just din debut, jag vet inte med vem, för de har sett dig med två, det spelar ingen roll, det som händer är att ni män är otrogna av naturen och letar alltid efter lättsamma kvinnor, vilket det finns många! Du har åtminstone inget åtagande.

– Vänta Anna! Kommer du inte att tycka det

– Jag menar inte man. Nej! Hon är bra och jag har inget emot min lilla vän, jag älskar henne för mycket för att tänka illa och kränka henne, jag tror att hon inte vet att jag vet att Carlos är kär i henne...

Lika coolt som om vår inte hade någon betydelse, det verkar lätt att jag redan var med dig, jag inser att jag aldrig har älskat dig, jag gillade dig, jag mådde bra vid din sida, vi följde med varandra, vi kysstes, det är vad han berättade att han tänkte på vilka tider han skulle träffa dig eller gå ut och festa med sina vänner,,,

Det jag vill veta Bob är om Male motsvarar honom om han gillar det. Om det är det? Jag är ur vägen! Fast jag har förlorat fyra långa år med din lilla vän, med all min smärta, för jag vet att från Male skulle jag vara äkta kärlek och jag skulle inte ha förlorat på något sätt!

Jag älskade honom inte ens tillräckligt, jag vande mig vid honom, vid hans sällskap, i vetskapen om att vi skulle gå på mässa på söndagar, dansa på fester, äta hemma hos mina föräldrar på lördagar och planera för vårt bröllop. att han aldrig rörde mig mer än sin mun, han slog mig aldrig med sin kropp, inte ens när vi dansade, det är sanningen, ibland kände jag för det, det finns dagar som man är något speciellt som att vi känner värme i kroppen ! De säger att det är naturligt! Men om du mår dåligt måste du ta kyliga vattenbad, det rekommenderade min mamma till mig, men hon sa inget om varför jag kände så...

Nu känner jag så här, till exempel, jag vet inte om det är på grund av nyheternas stress, även om det alltid slår mig runt dessa dejter, säger mina smala vänner det, för att jag är extremt het, och jag säger till dem: Varm? Becky! Det, om han blir överdrivet upphetsad och titta! Hon har ingen som tröstar henne, om vi inte tycker om varandra så bra, hon är avundsjuk på mig, det är mitt fel att jag är snyggare än henne.

—Ana försökte hålla tillbaka tårarna och det blev svårare för varje ögonblick, jag tänkte noga hur jag skulle förklara vad jag uppfattade av denna kärleksepisod—. Ana, det jag har kunnat observera är att Carlos och Malena på allvar blivit förälskade i en spontan och intensiv kärlek, det händer ofta, det dyker upp så här plötsligt...
När du får reda på att du vid din sida har haft ditt livs kärlek så släpper du alla dina önskningar att verkligen älska för det är en upplevelse som fyller dig och gör dig otroligt glad, i varje ögonblick är det något konstigt när det händer, men det händer!
– Så, tänk om de verkligen är kära? —
—Det tror jag, för nu är Carlos övergiven till den känslan och Malena vet inte vad hon ska göra för hon har aldrig klarat av en sådan här känsla.
—Jag vet, jag känner henne, det är ofta svårt för henne att hantera sina friare för hon har mycket tur, hon har haft många, den förbannade saken är väldigt vacker och en så bra vän, men hon visste aldrig vad kärlek är med dem , de var lekar med barn, men nu tror jag att hon upplever det och tyvärr har det varit med min pojkvän — hon brast sedan ut i gråt när hon såg allt förlorat för henne med vetskapen om att hon inte kunde återställa det
—Om jag kunde lindra din sorg, Anita, så skulle jag göra det! Du är en tjej som är värd

mycket, och det är inte så att jag försvarar Carlos, vi vet alla att han är väldigt flirtig, men han försökte alltid respektera dig.

—Förresten, Bob, du måste visa mig att du uppskattar mig och du kommer att berätta sanningen för mig.

—Jag hör dig.

— Är det sant att du dejtade Ms Pilars dotter?

— Från Ms Fernandez?

– Av sig själv! Som det heter? Se! Den som studerar i USA.

– Ärligt talat, jag vet inte!

— Var inte en täckmantel, Bob! Det passar dig inte.

– Anita, förstå! han är min vän och jag är inte den som ska täppa till smutsröret, låt var och en ta reda på det på egen hand, involvera mig inte i något så sentimentalt, speciellt för min syster.

— Med det berättade du allt Bob, jag bryr mig inte längre, du vet, jag känner mig lugnare, jag vet inte, kanske för att jag pratade med dig så här för första gången, jag hade aldrig gjort det med en annan man av dessa intimiteter, mitt liv som kvinna var Carlos, vad jag säger är att en av mina hämnd kommer att vara att åka till Acapulco och sova med den första personen jag träffar och inte för Male! Om inte på grund av Mireyas tik, efter att hon sa till mig att hon behöll den åt mig, vilken hycklare! Vi vet redan tillräckligt om Mireya, även när du gick med henne.

– Vad inbillar du dig Ana? Det hände ingenting där! Jag kan försäkra dig.

– Det är vad alla män säger. —

—Jag har inget att dölja, om du vill kan jag beskriva exakt hur min relation och överenskommelser med henne var. — Jag såg henne väldigt pressad och nervös, utom sig själv, nästan kvävd genom att hålla tillbaka sitt inre tryck.
— Låt oss inte gå in på detaljer Bob! Jag tror dig i förväg för vi vet att du inte ger dig själv, bara sådär, det är därför jag kommer att be dig om en mycket speciell tjänst att om jag inte frågar dig så vet jag inte vad jag ska göra , eller att du säger till mig vad jag ska göra för om jag inte gör det kommer jag inte att bli av med denna ångest som kväver mig — Ana María tog mig i armen och lutade sig mot min högra arm och bet i sina läppar.
– Vad handlar Anita om?
— Jag har redan sagt det till dig! Antingen gör jag det i Acapulco eller så gör du det mot mig, — utbrast han och lämnade mig kall ett ögonblick, utan att veta vad han skulle säga till hans plötsliga och djärva frieri, lyckligtvis fångade han mig inte så oerfaren.
— Har du tappat din anledning Ana? Vet du vad du frågar mig?

(I det här ögonblicket av min existens var mitt sexuella liv närvarande för mig med större intensitet varje dag eftersom det hade börjat slå på trumman, eftersom bara jag hörde ett sådant ord stimulerade mina hormoner, började jag tappa kontrollen...
Jag kunde inte förstå hur kvinnor med liknande personligheter som Ana María och Maria Elena ville vara med mig, den ena av trots och den andra av kärlek, att tänka på det gick igenom mig med en känsla av elak otrohet som bröt hans ord

och ed till den som lät honom börja i detta nöje som omsluter hela mänskligheten...

Tyvärr försvagade min hormonström mig i varje ögonblick inför en sådan situation och jag förstod att det som var sant inte fanns vid min sida i dessa tider, de framstod för mig som flyktiga förnimmelser som stal min vilja och lät mig djuriskt föras bort av mina köttsliga begär över alla. efter att ha vibrerats av den senaste spasmen jag hade med Maria Elena...

Min djurlighet överträffade mitt förnuft och bara genom att iaktta hennes välformade ben som visade hennes längtan uppfattade jag hennes darrningar och hennes iver med den säregna doften av en jungfru kvinna som föreställde sig hennes släta hud och jag halkade)

— Jag har inte tappat förståndet! Jag förlorar inte mycket med Carlos, jag är säker på att jag kommer att vinna med dig när jag slutar vara en ung dam i dina armar, du är ren, öm och jag vet att du kommer att älska mig uppriktigt, jag friar till dig, Bob, vad synd!

— Och varför jag och inte Manuel, Miguel?

—Jag gillar Manuel, han är den mest hycklande av alla, speciellt med Bright Star och på grund av det dumma engagemanget, Miguel? Tänk inte ens tanken! För det första gillar jag det inte ens, och för det andra kan jag inte göra det mot Carmen, även om det bara är för att spendera en stund med honom...

Jag har redan sagt till dig att just nu är jag villig att ligga med vem som helst jag tycker om, jag ska berätta sanningen för dig, även om jag aldrig skulle ha berättat för dig om det som hände med Carlos inte hade hänt, inte bara har jag alltid gillat dig, de gillar dig många, om du var Bright Stars pojkvän. För att inte tala om! Fast jag vet att han har älskat dig länge utan att du vet om det eftersom du är väldigt dum och du spenderar din tid med att drömma på månen, kom ihåg och spela in det bra! Du vet ingenting, Bright Star kommer att döda mig om hon får reda på vad jag sa till dig, förstår du?

— Jag är en stängd grav! Det du säger är formidabelt för mig, men det är inte dags.

Jag förklarade varför du? Du är min vän Bob, jag litar på dig, du är öm, du vet hur man pratar sött, du är diskret, du är ingen kvinnokarl, låt oss göra det som vänner! Jag vet att du inte kommer att skada mig, jag vet inte om du redan gjorde det, men jag är säker på att du kommer att veta hur du ska behandla mig väl, du vet många saker, vi har alltid trott att du är kysk, men, Tja, det spelar ingen roll nu för jag litar på dig, det spelar ingen roll hur vi får det här, jag behöver vara med dig!

Jag svär dig, för att veta hur det känns att göra det, jag vill bli av med det här som kväver mig — hon tog mig igen starkt i armen och lutade sig lite desperat och darrande mot mig — jag har en värme som jag jag kan inte stå ut, jag vet inte hur jag ska förklara det men jag mår väldigt dåligt — Nu höll han mina händer som var förenade med mina, svettig och darrande ännu mer, jag uppfattade med större intensitet den doften så speciell att den redan splittrade min personlighet, det provocerade mig, det gjorde mig spännande och kontrollen var över, jag visste säkert att det där med Maria Elena helt enkelt hade varit passion, som det är nu, ett hormonellt överflöde av mitt testosteron, sedan började jag darra också.

— Du har rätt! Jag är vilsen Ana, all min sensualitet flyger i rask takt.
– Låt oss göra det Bob! Redan! Här! Han flåsade tungt.
— Hör! Som här?

— Jag bad henne dö utan att kunna återhämta sig och hon började nästan ta av sig kläderna. Enorm! Du måste lugna ner Ana! Vi gör det här och de sätter oss i fängelse för bristande moral.
— Kom! —Han tog mig i handen som jag tog av och påpekade att de inte kunde se oss karamelliserade och vid handen var vi tvungna att låtsas att ingenting verkligen hände, sedan sa han till mig igen— jag vet ett ställe, vi ska separat och du möter mig på baksidan av de gamla badrummen, det finns en källare med många säckar och gardiner.
– Okej! Vi ses där, — Jag sa till honom och vi skildes åt.

(Jag vet inte vilka idioter jag var på väg att utföra, men som docka gick jag direkt till rätt ställe som ett får till slakten, eller som en hingst som har nosat upp en villig hona...
Jag kom till baksidan, som hon hade berättat för mig, Ana var redan inne och med den där explosionen av begär som inte går att stoppa eftersom behovet av att para sig har släppts lös stängde hon dörren med en nyckel eller med en bult hon hade, bakom de höga fönstren, små

dessa, kom in i gnistrande solstrålar som lyste upp oss...

Han kramade mig darrande utan att hålla tillbaka och kysste min hals, ansikte och allt hans instinkt sa till honom medan han knäppte upp min jacka och skjorta...

Hon hade redan tagit av sig sin klänning, den här ena delen, När jag kunde se hennes kropp upplyst av solen som filtrerade genom fönstren, känna hennes former så mjuka och solida på samma gång, då var jag förkrossad och redo att dyka in i den köttsliga handlingen, det fanns ingen återvändo, lustens höjdpunkt kom utan att inse det och med kopplingens förtvivlan flög de intima plaggen och vi ramlade in i en hög med gardiner som tjänade oss som en säng...

Det här skilde sig från upplevelsen jag hade med Maria Elena, det var mer entusiastisk, eller så bad hennes kropp mig om den där överväldigade, desperata och längtande attityden...

Toppen av begär band oss i en passion som tappade sina gränser, penetration var oundviklig, det var omedelbart när man rörde vid hans genomblöta mänsklighet som förväxlades med vår kropps svett, den var så stark och intim att han kramade oss, kysste oss och nästan kvävde oss med våra tungor som blandade sig varma och förvrängde varandra i varje orgasm hon fick, vilket hjälpte henne att inte ta reda på när jag bröt hennes mödomshinna...

Deflorationen och blodet som kom ut från förstörelsen av hennes oskuld uppmuntrade oss att fortsätta, det höll mig tillbaka från att avsluta och för henne att njuta av det ännu mer...

Ibland gick jag ut en stund för att lugna mig, jag lärde mig snabbt att bli en bra älskare enligt böckerna jag läst, men så fort jag trängde in i henne kände jag hennes accelererade och sugande inre rörelser som sa till mig att jag var njöt av en orgasm till, jag kände att jag njöt mycket av det. det var ett mycket tröstande nöje som slappnade av henne, plötsligt kom ett lätt gråt när hon nådde toppen av sin tillfredsställelse, slappnade av, tackade mig och klämde mig hårt mellan bett av ett djur som inte tänker eller resonerar eller svarar på något annat än att följa efter. med instinkt...

Naturligtvis kom det en tid då hon inte längre kunde motstå att avsluta, och hon, som om hon kände det, accelererade sina bäckenrörelser och tog mig till botten av hennes slida, jag kunde inte längre motstå de konstanterna och vibrationerna som fängslade mig i ejakulera inuti henne när hon var klar med henne. fyra eller femte, men ja, det var det mest intensiva...

Naturen fyllde sin funktion då jag var ett instrument för dess begär... Efter den sinnliga striden och när vi fick reda på vad vi hade gjort klädde vi oss i leenden, vi tittade på varandra, inte med skam eller skam, utan med uttrycket av två stygga pojkar. som spelade kärlek, vilket resulterade i en förtjusning som övertygar någon, kort sagt, det fanns ingen anledning att skämmas...?

Som om ingenting hade hänt lämnades vi med uttrycket av ett annat ansikte, mer avslappnat, hon fanerade med en blick full av liv, jag var lite utmattad av den ungdomliga ansträngningen och...)

– Jag går ut först! — berättade han för mig utan att tappa det där glädjeleendet — Vi ses i Valsequillo — upprepade han och kastade en kyss till mig från sina läppar som om han tackade det flyktiga mötet och innan han helt drog sig tillbaka utbrast han med ett tyst uttryck — Du vet, Bob — han närmade sig mig igen och ger mig en vacker kyss på munnen — Tack! Det var otroligt vackert.

(Han gick och sedan satte jag mig ett ögonblick på en trälåda, en låda, och den fruktansvärda jämförelsen gick igenom mitt huvud först när jag förstår att kvinnor också är olika när de älskar, jämförelser är alltid dåliga, men i det här fallet vad jag upplevt med Ana María var imponerande För mycket passion! Och orgasmer av ofattbart nöje som extraherar allt uppdämt behov...

Jag hade också förvirring, sorg eller ånger blandat i mina känslor, jag vet inte varför jag fortfarande kände mig förrädisk, jag vet inte om det var på grund av Maria Elena som skulle se henne senare, eller på grund av Bright Star som jag fortsatte att göra kärlek på ett unikt sätt som var oundvikligt, jag lät min djuriska instinkt ta över utan att resonera den kärlek som jag ska ge ärligt till den kvinna jag valde och inte falla i dessa meningslösa bråk som alla gör utan att mäta konsekvenserna...

Jag hade varit en del av normaliteten, att vara otrogen är vanligt, att vara en otuktsman också, jag kände mig smutsig och skämdes i slutet av allt, jag sa till mig själv att det här skulle vara den sista av mina snedsteg i livet, att jag tänkte ha intimitet relationer i framtiden med sann kärlek, eftersom rutinen i vardagen fördjupar oss i det absurda och det enkla, det är därför jag måste! Och jag behöver inte vara, med andra ord, vilken lilla mamma jag har!)

14.30 måndag

(Jag gick mot läskfontänen i hopp om att inte få nya överraskningar av den här typen eftersom jag också var helt tom, att min existens inte skulle göra mig upprörd, och jag klagar inte! Det är trevligt att älska, inte alls! Men där är tider, omständigheter och åtaganden! Kort sagt, livet måste fortsätta...

Där var kompisgänget, eller en del av det, Carlos som pratade med Manuel och Miguel vid ett bord bredvid glaset, vid ett bord mitt på platsen och inne i Bright Star och Carmen, i en annan Malena och Lourdes med Well! Rebeca och Rocío, Mireyas syster Vilken bild! Överraskningar i mitt galna liv...

Vid två samlade bord ser jag Don Hernán, Mr José Manuel, Bright Stars far, Mr Bojalil, Ms Concha, Ms Paloma och det mest nyfikna, där med dem, Enriqueta och Mireya tillsammans... Jag slutade p.g.a. Jag kände att på den platsen samlade för många motstridiga känsligheter, vilket var då jag ropade på Maria Elenas närvaro för att rädda mig från denna ovisshet. Men nej! Han var tvungen att inse det och det bästa vore att tiga och tala det väsentliga, det fanns också en krutdurk av känslor som var förvirrade...

Om jag skulle prata om vad Maria Elena berättade för mig om frågan om Manuel och Bright

Star, skulle bomben explodera till min fördel! Han hade ett bra brev i rockärmen, han var tvungen att spara det till ett bättre tillfälle... Om jag säger till Enriqueta att Mireya är vackert klädd, är det samma som hon observerade med sin man, eller om revolten är beväpnad, eller om hon vet att han tar hand om sociala framträdanden för att skydda sin position och prestige, vilket de kommer att säga, vem förstår samhällets damer?...

Dessutom har Enriquetas man kommit, antar jag, för att han har kysst henne på munnen, han är inte hennes bror, jag föreställer mig att de redan har löst sin konflikt inom höjden av hyckleri och uthållighet, beror det på att han har mycket av pengar? klaga inte då! Jag förstår inte vad nerv och självförtroende gör...

De älskande möts och den skadade hustrun låtsas inte se henne, som den som inte känner sig, som den som snart glömde brotten; Visst är det behovet av att känna sig trygg... hennes barn har kommit i en flock...

Kommer det att vara för dem? Är det för att hon inte kan vara utan honom, utan hans pengar, utan den sociala komforten av att bli respekterad? Hur den tanken som vissa har att alla män är lika och ofta kastar hår i havet! De är manliga, de är förlåtna! Vi står inför en irriterande men osjälvisk kvinna som vet hur hon ska nöja sig med sitt öde. Förlåtelse kommer om hjärtat består! Det stämmer, jag kommer att titta på dina reaktioner)

– Hej, Bob! Var går du vidare? – Carlos berättade för mig.
—Där borta och plockar prästkragar.

— Sug inte! Allvarligt talat, din moster letar efter dig, prata med henne.
— Ja! Han behöver att du går till hans hus, — utbrast Miguel.
—Om du inte åker till Valsequillo spelar det ingen roll! Vi ska ta hand om din syster och vi tar henne till dig, sa Manuel lömskt.
— Nåväl, det är okej! — Verkar alla vilja ha mig borta? Jag svarade dem.
— Var inte en soss, Bob! Gå bara med din moster för att se vad hon vill och kom tillbaka; Jag väntar på dig här vän Ta bilnycklarna! —Han gav dem till mig — Och skynda dig! Carlos berättade för mig, som alltid som en irriterande bror.
— Och när ska vi lämna Carlos, varför ger du honom din bil? frågade Manuel.
— Knulla inte med Manuelito! Och bråka inte med jäveln för jag kommer att bryta din skit, — Carlos försvarade mig medan jag var lugn och lyssnade på dem. Om min vän går åt helvete, vad då? Carlos slutade säga irriterad.
— Bli inte galen svåger, det är bra! Jag vet redan att han är din älskling, sa Manuel till honom hånfullt medan jag pratade med Miguel.
— Något mer problem jäveln? Carlos berättade att han redan var förbannad, sedan vände Miguel om och utbrast.
— Sluta, Charly! — Sedan drog sig Manuel tillbaka mot bordet där Bright Star var.
— Hur länge ska de vara här? frågade jag Carlos.
— En timme till! Men oroa dig inte vännen, gör dina saker, ta hand om din moster och kom iväg snart, hon vet redan att vi ska till Valsequillo.
— Vet du inte vad det handlar om?

— Jag vet inte exakt! Det förefaller mig som om en släkting dog i Michoacán.
—Visst var det en av många gamla släktingar som är kvar i Tlalpujahua, jag tänker mig att han kommer att stanna i Morelia, han kommer från Orizaba och är på väg till sitt land, ha en bra resa.
– Skynda sakta! —
— Hör! —Jag drog i hans arm för att lyfta honom mot mig — Vad hände med Malena?
—Jag berättade bara för honom att vi senare pratade i Valsequillo.
— Vad sa han?
—Hon var ledsen, din syster är gudomlig! Han sa till mig att det var bra. Inget mer! Skynda dig nu, din galning.

(I det ögonblicket när jag gick gick jag till Manuel som hade återvänt till platsen där Miguel var som han hade haft en nära relation med länge, jag gick mot honom och sa till honom nästan viskande)

— Din fars Manuel är över! Om du vill ha en kvinna som Bright Star vid din sida måste du ljuga bättre.

(Jag försäkrade honom medan han var tyst, han blev förvånad över att han säkert trodde att jag visste något om hans förvecklingar, speciellt för att jag var bredvid Maria Elena)

— Och detta? utbrast Miguel när jag gick.
– Vem vet vad som kommer att bita honom! — svarade Manuel.

(Dagarna och timmarna i mitt nuvarande liv stannade inte vid upplevelser och överraskningar, det smärtar mig att tänka att det kan vara min farbror Salvador eftersom jag vet att han har varit sjuk i sin cirkulation, jag tror att han har varit den enda släktingen Jag har någonsin haft. Kära, om jag vet något om det här livet som man är jag skyldig honom det, vi har en särskilt bra relation, nära, han säger att jag är den son han aldrig fick...

Han är singel efter en kärleksbesvikelse som han hade där borta i Morelia med en väldigt vacker kvinna men som för en förändring bedrog honom med en kusin till honom, han hade inte rört henne på grund av vad han berättade, han är från en annan generation, av en annan moral, från en annan utbildning, mer konservativ, han höll med henne som pojkvän i åtta år sedan hon var femton, vid tjugo – tre kunde hon inte motstå frestelsen och hennes lilla kusin, på en kväll med drinkar, tog henne till floden och trodde att hon var en tjej men hon hade en pojkvän, kvar i enkla lätta hjälmar...

Till slut ångrade hon sig och grät för min farbror i ett år, han förlät henne inte och ett tag drack han mycket för att försöka glömma henne, i slutet av allt, lite senare, fick han reda på att han arbetade i en exklusiv congal i staden Mexiko och min farbror gav sig själv ännu mer åt sitt arbete och sitt företag, jag tycker att han borde ha ägnat lite mer tid åt kärlek än att öka sin rikedom...

I Tlalpujahua började han med en liten hantverkssnickarverkstad där han snickrade trä och gjorde verkliga konstverk, bord, matsalar, sovrum, garderober, fastän de inte längre används. Det är synd! Men nu går det väldigt bra för honom och han har ett mycket produktivt företag, han har dedikerat sig som en alienerad person till att bygga ett emporium, jag är inte väl medveten om hur långt han har kommit, han säger alltid till mig, när du ha semester, sluta inte komma och hälsa på mig, du är den enda som gör mitt liv lycklig med dina kommentarer, med ditt sätt att vara...

Också. Han älskar äventyren som jag berättar för honom om mina vänner när jag kan vara med honom hemma hos honom, jag är en bra berättare och ibland talar jag upp till armbågarna även om jag brukar vara tyst inför döva öron som inte förstår vad jag säger, han är en bra man trots sin överväldigande ambition...

Han säger till mig varje gång vi ses, skynda på med dina studier så att du kan komma och driva möbelfabriken! Han är ensam eftersom hans familj, något talrik och väldigt självisk inklusive min moster Catalina, hennes syster, bara ser honom som en möjlighet att få pengar från honom, han vet det och det är därför han är svår. Inte fångad! ...

Eftersom han behandlar sina anställda väldigt bra är hans ansikte dock inte lätt att se, det går alltid bra för mig när jag går och träffar honom, han ger mig mitt år som man säger och det gör min faster förbannad för att jag inte ge henne en slant På instruktioner från min farbror besöker jag honom gärna mitt på året när han är mer avslappnad och vi kan fiska...

Pengarna han ger mig används för mina personliga utgifter, även om de är få om det inte är för honom. Inte ens för kaffe! Jag skulle hållas kvar av mina vänner för att min moster inte bara blir upprörd för att hon stöttar mig, utan för att jag på det sättet inte behöver be om hennes stöd, jag skulle i alla fall inte göra det värre, det är villkoret att min farbror fastställer med respekt för oss än vad han ger oss till Malena och jag är för oss eftersom hon ibland skickar mycket pengar för våra utgifter, hon tilldelar min faster en årlig avgift för vårt hus och matutgifter, för skolorna, faktiskt hon stöttar oss sedan min far dog, hans bror...

Jag kom till huset med Carlos bil som han lånade mig för att snart återvända till Parque España, jag parkerade den i höjd med Miguels hus som ligger framför vårt, jag fick bråttom och öppnade dörren och hittade min moster Catalina som lyssnade på Agustin Laras musik som om ingen viktig hade dött, hon verkade bekymmerslös och till och med lite glad, Esmeralda sjöng med sången att han mindes en gammal kärlek som aldrig uppfyllde henne, hon är en bitter nyss som moster Aurora, som i vila i frid, fastän Jag vet inte om i fred för om han gjorde något i den här världen var det för att hata oss, vi fick aldrig reda på vad anledningen var...

Min moster Catalina har alltid känt en tung tyngd i kroppen på grund av ansvaret att ha oss i sitt hus, men vi vet redan att om det inte vore för min farbror Salvador, skulle hon visa oss sina sanna känslor för oss... Stående tittade jag på henne när hon var klar med att ordna hans saker för hans resa till Morelia, han tittade på mig)

— Vad gör du där, idiot? Kom in och hjälp mig med väskorna och jag vill också att du ringer mig en taxi för att ta mig till bussen, först vill jag prata med dig, sätt dig ner!

—Jag lyssnar, faster, men först vill du berätta vem som dog.

—Min bror Salvador, som du kan se, när han dör kommer saker att förändras för alla, mycket bra för mig och inte så bra för dig eftersom din beskyddare är borta, för nu borde du fundera på var du ska bo eftersom jag kommer att sälja det här huset och jag ska gå till min brors hus, som säkert ärvt det av mig såväl som av min bror Juan, vi är de enda bröderna han har kvar, Juan är mycket sjuk och jag tror inte att han har lämnat något åt de tre syskonbarnen, och om något, jag lämnar ett arv, jag kommer att administrera dem...

Dessutom, i djupet av ditt hjärta måste du veta att jag var din älskling, så lille brorson du går till gatan och Malena kommer att kunna komma in på en internatskola med alla pengar som min bror lämnade till mig, vilket kommer att bli mycket , jag kan inte göra det för att hon ska överge henne eftersom hon är kvinna, även om jag kommer att dra nytta av försäkringen för att studera som Salvador tecknade åt henne så att hon kan fortsätta studera och kunna försörja sig själv medan hon tar examen, då kommer hon att vet vad hon ska göra, hon kommer säkert att fungera, det är dags att ta bort det ansvaret som har varit till besvär, både för Aurora, vilande i den heliga himmelen...

För mig, som har offrat de bästa åren i mitt liv för dig, är du redan gammal nog att göra något nyttigt och försörja dig själv. Tro inte ens att jag ska ge dig ett öre! Kanske om du inte liknade din förlorade mamma så mycket så hade hon lärt sig att älska dig, även om du alltid har varit väldigt snygg, Malena var ännu ett hopplöst fall, och om hon inte tar hand om sig själv kommer hon att sluta som hon.

(Jag lyssnade på min faster nedsänkt i smärta för att höra om min farbrors död som hade varit som min far, som den pappa jag inte hade, jag kände inget agg, det gjorde mig ledsen att lyssna på henne när hon var mätt av bitterhet och ensamhet... Jag bestämde mig för att prata i telefon för att beställa taxin, jag återvände till platsen där min moster var)

—Jag vet inte vad jag ska säga dig just nu, faster, men det som betyder mest för mig är att veta om jag kan följa med dig för att vara med min farbror Salvador på hans sista viloplats, det är det minsta jag kan göra för den ena som stöttar mig så mycket och hur mycket han gör. Han lärde mig om livet, han är en varelse som jag lärde mig att älska som en sann far.

– Vet du vilken brorson? Han är redan död! Han inser inte ens det, så oroa dig inte, och passa på att packa dina kläder, det lilla du har, och ta ingenting från huset för ingenting är ditt! Jag hoppas att du inte längre är här när jag kommer tillbaka eller så måste jag ringa polisen för att kasta ut dig, förstår du?

(Jag tittade på min moster och försökte förstå hur orättvis hon var mot oss, inget sätt! Jag var tvungen att acceptera det och försöka förlåta henne, fruktade att framtiden skulle vara ett misstag från min sida, de hade redan gjort mycket för oss genom att bli övergiven)

— Jag måste gå till Valsequillo för Malena!
—Vad gör den där libertinen med sina vänner? – Jag har sagt det tusen gånger! Du förstår mig inte, kan jag föreställa mig det? Det är

därför när hon kommer tillbaka omedelbart, satte jag henne på Central internatskolan. Vad är det för fel på den här lilla flickan?

Taxin har kommit, moster!

Hjälp mig med väskorna! — skrek hon på mig när hon bar sitt bagage för att lägga det i bagageutrymmet på bilen som skulle ta henne till bussen, anländer till Mexico City tar hon en till till Morelia — Kom ihåg Robert, jag vill inte se dig här när jag återvänder! Jag vill inte ha problem med dig pojke.

(Jag gick in i huset som också var min sista viloplats när jag fortfarande lyssnade på ackorden i Laras musik med Chelo Flores sång — Bara en gång älskade jag i livet — Svårt! Jag tog plats en stund efter att ha hällt upp ett glas till mig själv vatten och jag fortsatte att lyssna på skivorna som min släkting hade lämnat igång under två långa perioder, nu sjöng Fernando Fernández och sa...
—Och när han kramade mig skakade samma himmel —...

Jag gillade Agustín Laras romantik...Och jag lät mina kärleksfantasier flöda så här om jag en dag kramade Bright Star...Han sa till mig... —Jag vet att jag kommer att skaka mer än himlen—... Jag tog plats nära skivspelaren och jag började föreställa mig, som om jag försökte fly för ett ögonblick från mina framtida utmaningar och svårigheter, tog jag det som ett abrupt farväl...

Nu sjöng Elvira Ríos... —Låt henne komma tillbaka, låt henne komma tillbaka igen, men låt henne komma tillbaka—...Ja, låt Maria Elena komma tillbaka för hon gör mig väldigt rastlös och upprymd, speciellt för att bekräfta att jag älskar henne så mycket. Jag gick till kylen och hällde i mig lite mer Jamaica—vatten. Kastlös! Eftersom det var exklusivt för min moster Catalina, nu spelar det ingen roll längre, hon kommer säkert att ha mycket pengar för att köpa en jamaicansk blomsteraffär...

Jag lyssnade redan på —Santa, Santa mine—... Och Consuelo Velazquez sjöng den... Tiden gick och nu sjöng Alfonso Ortiz Tirado en jag inte kände igen... Senare sjöng Eagle Sisters —My rival is my own förrädiskt hjärta —...Jag hade svikit mig själv genom att låta saker hända som de gjorde när Bright Star öppnade möjligheten att vara med henne. Vilken rå jag är verkligen! Telefonen ringde och jag svarade)

—Ja? Nej, han är inte här, han har precis gått och kommer tillbaka tills min farbror är begravd... med sin brorson... Ja! Jag är Robert Santillán Musset... Hur gammal är jag? Nitton... ¡Jag förstår inte sir ! Vem är du?... Graduate of the Valley? Ursäkta mig, men jag känner inte dig Bachelor, och om du vill prata med min moster kan jag ge dig telefonnumret till platsen där du ska bo där... Ja! Han ska gå på begravningen och begravningen...

Ha bra! Där hittar han henne... Jag? Och för vad? Nästa onsdag? Jag menar, i övermorgon... Hej, titta! Jag har inte pengar för att göra den resan, dessutom, varför måste jag åka till ditt kontor hela vägen till Morelia?... Vad? Jag förstår inte varför jag måste vara närvarande vid uppläsningen av min farbrors testamente; Jag visste inte att det fanns ett testamente...

Nej! Jag förstår, om det är en nödvändig form, vilket är bra! Jag ska se hur jag får pengar och jag kommer att vara med dig på onsdag kl... Vad sa du?... Åh ja! Klockan nio på morgonen...

Det jag ser, Bachelor, är att jag måste gå från idag, måndag, annars kommer jag inte dit, nja... Naturligtvis, Bachelor! Om det var min farbrors önskan, kommer jag att vara med vid hans läsning, jag ska uppfylla hans önskan... Nej tack, herr.

Det är mer komplicerat för mig för, men, ja, jag får se hur jag gör det, det är det minsta vi kan göra för min kära farbror i hans minne...Tja, Mr. löjtnant.. det är korrekt... Oroa dig inte! Jag förstår...ha en underbar dag...vi ses snart. – Jag lade på luren.

(Medan han svarade på samtalet då sjöng Hugo Avendaño redan —Monism woman—...Vilket borde ha tillskrivits Ana Maria eftersom hon var känslig som en docka...Senare sjöng Carmela Rey... —It cost you inget att kyssa mig... Om du bara visste hur mycket jag har önskat dig, Bright Star! För vi kommer att få... —Lite värme i våra liv — Sång som bröderna Reyes sjöng...

Telefonen ringde igen och det var min moster som bad mig att inte glömma att lämna tillbaka nycklarna till hennes hus när jag gick, hon fortsatte att lyssna på Laras låtar och nu en alldeles egen låt till henne och framförd av Alejandro Algara... —Jag kände taggen av ditt agg —... Jag lät den andra acetatskivan falla på hi—fi—skivan med tre varv per minut, sjöng Juan Arvizu... —Jag vet, det är omöjligt för dig att älska mig— .. .

Jag trodde ofta att den idylliska kärleken som Bright Star producerade för mig aldrig skulle bli verklighet...I andra albumet sjöng Arvizu också och jag mindes när jag träffade henne på fullmåne, sedan dess hyllar jag varje månad som kommer. hennes minne, och jag sa sången — Jag är skyldig månen charmen av dess fantasi — ...

Efteråt sjöng Los Rogues, Los Calavera och det var då jag stängde av skivspelaren, för Laras musik räckte det, men jag tackade poeten – musikern för hans inspiration att reflektera över några passager i mitt liv, vilka är början och som är avslutningar)

17.30

(Jag måste skynda mig! Jag ska packa min resväska, den enda jag har med mina få ägodelar, de jag har rent och snyggt, det som är kvar tar jag senare medan Malena bor här, jag kommer i alla fall inte att förlora mina böcker, vilket räcker...

Jag gick ner med mina viktigaste saker: kläder, tandborste, triviala saker och, jag accepterar, jag blev chockad över detta förhastade beslut av min moster Catalina, som om jag inte hade någonstans att ta vägen! Jag har inget annat val än att acceptera Maria Elenas gästfrihet, även om jag känner mig obekväm, med allt och kärleken som täcker denna expletiva...

Jag utnyttjade Carlos bra bil och gick så fort jag kunde tills jag nådde Lastra—hotellet där jag planerade att lämna mitt bagage tills — Lilla Hjärtat — kom tillbaka. Och om han inte kommer? Jag ska förklara imorgon! Innan jag lossade mina saker ville jag försäkra mig om om det var möjligt att de skulle tillåta mig att komma in genom bakdörren, innan jag parkerade bilen på trottoaren lite ovanför hotellet och gick in genom nöddörren, framme vid rum där jag skulle lämna mitt bagage...

Jag försökte testa om nyckeln användes för att öppna entrédörren och eftersom situationen var där fyllde det mig med sorg att komma fram på detta sätt, smygande gick jag in och stängde nöddörrarna och när jag gick mot mitten av korridor Jag observerade att herr Lastra närmade sig och jag hade inget annat val än att vända mig om och rusa ut vägen jag kom in...

Jag hoppades att han inte hade sett eller känt igen mig för att slippa en större straff när han kom med resväskor och allt till rummet hos en viktig fröken med allt och hennes säkerhetsvakter som vakade henne, jag kände mig som en grov playboy och opportunistisk älskare, så jag lämnade hotell igen utan att ingen skulle få reda på det förutom för att ägaren till hotellet kunde känna igen mig, men jag var inte så orolig eftersom jag inte kom till rummet och eftersom jag hann bestämma mig för vad jag skulle göra innan jag åkte till Parque España, gav sig ut för att gå mot forten Loreto och Guadalupe för att lugna mig och få lite luft från en eftermiddag som föll i lunden...

Promenaden tog mig ungefär en timme och det var när jag kom tillbaka, nu försökte jag gå in genom huvuddörren där jag förresten träffade herr Lastra igen med några personer som frågade honom, jag kände igen en av Maria Elenas eskorter, att betyder att hon måste vara nära eller i sitt rum, det verkade konstigt för mig, möjligen kom de tillbaka på grund av något hon glömde, eller så var hon på väg att gå, sanningen är att jag inte visste vad jag skulle tänka men jag kände mig nervös för att anta att hon hade inte lämnat och att han när som helst skulle vänta på mig, det skulle säkert förändra mitt liv totalt...

Jag gick in i receptionen och väntade på att herr Lastra skulle klarna upp, som inte ville sluta röka och röra sig från den ena sidan till den andra, han såg pressad och nervös ut, han skakade på huvudet och accepterade vad de herrarna med polisansikten sa till honom , sedan observerade Maria Elenas säkerhetsvakt mig när jag satt i en av väntstolarna vid entrén...

Han kände igen mig och visade ett litet leende, också nervöst, det var när jag äntligen närmade mig herr Lastra som fortfarande rökte och försökte kontrollera sig själv och de skickade honom hans favoritdrink för att ytterligare lugna hans nervositet som var uppenbar)

— Ett Paris på natten! sa servitören till herr Lastra.

— Tack! Säg till chefen att komma, skynda dig, — utbrast hotellägaren.

— God eftermiddag, herr Lastra, — utbrast han.

— Hej pojke! Hur kan jag tjäna dig?

—Nå, jag ursäktar min djärvhet, vad händer är att kommer du ihåg att jag gick ut på morgonen med ms Gallardo Santaella?

— Ja! Jag minns att hon skickade, eller snarare — hon stannade för att få kraft att berätta för mig vad som verkade vara en lögn eller döljande av något — fröken Gallardos far gav mig instruktionerna att avbryta rummet, och tills nyligen, femton minuter, tog några säkerhetsvakter deras saker, det verkar som om, jag förstår, de

skulle åka utomlands — sade herr Lastra, synbart upprörd.
— Hur, kommer du inte att bli förvirrad? — Jag frågade och kände hur golvet rörde sig, torkade min hals av nyheternas inverkan, jag tappade mitt vertikala läge och mina verkliga känslor föll i samklang när jag föll till branten av mina fåfänga illusioner.
Inte ung! —Du kunde se att han försökte förklara något viktigt för mig — Vad som händer är att en olycka har hänt som plågar hans familj, enligt vad jag förstår och från vad en av officerarna sa till mig, utsågs Mr. Gallardo av Republikens president som Mexikos ambassadör i Englands högkvarter — kommenterade herr Lastra.

— Jag kollapsade utan att falla om hans mormor hade dött och förstått den allvarliga situationen, då förändrades saker radikalt —. Jag tackar dig så mycket för din uppmärksamhet herr Lastra och jag hoppas att du har förståelse för mitt förhållande till henne. Ses snart!

(Jag drog mig tillbaka och lämnade en främmande miljö bakom mig, förvirrad, gåtfull och med en miljö där sanningar var gömda, det var så jag kände... Förvirringen invaderade mig och jag hade en brygga mellan idealiserad kärlek och total kapitulation, jag blev inte färdig med att förstå de plötsliga förändringarna av förnimmelser, från överflödande passion till likgiltighet...
Jag hade inte under mitt korta liv upplevt mötet med det som kunde utropas som en sanning, som går från hopp till skada, från illusion till försämring, från tillit till skada... Jag trodde inte

att detta skulle skada mig, det skulle ha henne. hans skäl för att ändra sig eller besluta att följa sin far i hans diplomatiska ansvar...

Ett samtal, en lapp på hotellet, ett ses senare, ett ses aldrig, jag hade fel om dig, en ursäkt för att jag gjorde dig upphetsad, jag har inte kunnat glömma Manuel. Något! Jag skulle förstå...

Hur kan man gå från fullhet till glömska, från integritet till utelämnande, från mättnad till övergivenhet, från total överlämnande till minnesförlust? Jag kunde inte hålla mig och en tår föll på mitt ansikte på grund av mitt sentimentala hjärta, jag kunde inte förstå att en midsommarnattsdröm slutar i en känslomässig baksmälla...

Jag startade Carlos bil med allt och mina få ägodelar på väg direkt till överenskommen tid, jag är tjugo minuter sen än överenskommet)

19.10

(Jag kom till klubben och väldigt få bilar stod parkerade, vilket visade frånvaron av de flesta som hade kommit, jag observerade bara Miguels bil, som jag kunde känna igen bland de sju som stod parkerade...Entering Parque España, In i kontrollrummet kunde man se Carlos, med ett ansikte! Miguel, Malena, Carmen, Lourdes, Rocío och Becky...

Den första som såg mig var Rebeca som inte tog blicken från mig och bet sig i underläppen. Efter att ha påkallat Lourdes uppmärksamhet när hon gick till godisaffären som låg bredvid chefens kontor vände sig Becky hela tiden för att se mig sänka huvudet omedelbart, jag hoppas att hon är

bortglömd från vårt möte och inte tror att jag har fastnat för henne. Inget sätt! Det var en passage av mitt liv, ett ögonblick av feber!...
Carlos kom nära ingångsdörren till medlemmarna och gick mot mig, Lulu berättade för honom om min närvaro eftersom jag föredrog att vänta på honom vid ingången)

— Jävla Bob! – Du kommer bara inte hit, utbrast Carlos graciöst.
—Förlåt, jag hade några besvär och problem.
—Kom inte med avsugning, du misshandlar min jävel! Om du inte var min vän och svåger? Eller att din moster hade bundit fast dig.
– Han band mig inte. Han körde mig!
– Vi åker nu! Nej? sa Miguel medan han skyndade på alla.
— Åh, broder, vad sen du är! – Vi vill åka innan solnedgången – sa Malena till mig.
— Oroa dig inte man! Innan den försvinner kan vi beundra det skådespelet — utbrast jag.

(Carlos sa ingenting, förblev eftertänksam efter att ha berättat för henne min situation som om han inte trodde vad han hörde, medan Miguel tog Carmen i armen och Rebeca följde honom med Lulu, nu utan att hon insisterade på att se mig, eftersom jag mest ville att hon skulle glömma den där omständiga incidenten full av sensualitet, inuti sa jag till mig själv att jag inte längre ville ha ost utan att ta mig ur råttfällan...
Det här med blixtromantik har slitit ner mig känslomässigt och jag har mognat som en man i överljudshastighet, jag var inte uttråkad eller nöjd,

jag var uttråkad av att tänka på de enkla sakerna och hur svårt det har varit att komma närmare sanningen...
Vi satte oss i Carlos bil, bara han och jag, ingen av tjejerna ville följa med oss, vi var redan på väg till Valsequillo)

—Jag är ledsen om jag förolämpar dig, vän, — sa Carlos till mig. —Jag är inte arg på dig, speciellt efter det du berättade om att din moster kastade ut dig på gatan. Jag förstår inte! — Hur vågar det som kör dig ut ur ditt hus? Så din farbror Salvador behåller dem, såvida inte —jag såg mitt ledsna, tysta och frånvarande ansikte försöka gissa vad jag gissade — Säg inte att det var din farbror som?...
– Det är så det är! Det gör väldigt ont i mig att behöva acceptera att min farbror inte längre är med oss, och inte på grund av det stöd han gav Malena och mig. Nej! Han var en god man som älskade oss väldigt mycket trots min mosters attityd som alltid gjorde oss besvikna hos honom, han var som min pappa och jag kommer att sakna honom!
— Ursäkta mig bror! Jag är djupt ledsen — han klämde min vänstra arm han sa till mig när jag satt bakom ratten — Nu förstår jag varför din moster sparkade ut dig, jag undrar om hon någonsin älskat dem.
— Han lärde redan koppar! Hon var intresserad av pengarna som min farbror Salvador skickade, och med det åt hon också, tror inte att relationerna dem emellan var särskilt bra, speciellt på grund av den behandling han hade med min far i sin vånda, han var äldst sådär. att min moster

tycker att genom att ärva min farbrors förmögenhet är det dags att göra med oss vad hon vill.
— Vad är hämnd, eller vad? —
— Jag vet inte! Sanningen är att han sparkade ut mig platt och han kommer att ta min syster till central internatskolan.
— Jävla gumman! Vad är det för fel på den häxan? Jag tänker inte tillåta Bob, bråka inte med henne!
— Lugna dig, Charles!
— Nej, lugn eller så! Till mitt livs kärlek, till kvinnan jag verkligen är kär i, ingen rör henne!
— Hej Carlos, inte ens om det var din fru!
—Jag varnar dig, vän, jag kan ta hem henne för att bo.
— Vänta, låt oss se vad som händer! — Ha inte bråttom, vi måste också fråga Malena vad hon tycker och vill.
—Vi behöver inte säga åt henne att bo hos mig, Lulu sover ensam och de kommer väldigt bra överens, de kan vara tillsammans.
Vi ska se Charlie! För tillfället gör inte vågor och låt mig komma tillbaka från Morelia så får vi se vad vi gör.
— Från Morelia, och vad går du på?
—Jag antar att för att vittna eller bevittna den formella handlingen att leverera varor till min moster, ungefär som ett vittne, förstod jag i verkligheten inte vad advokaten eller notarie sa till mig, men han insisterade på att jag inte kunde missa förhandlingen, inte heller Det gör inte Malena heller, vad jag inte vet är hur jag ska göra eftersom jag knappt har tillräckligt för tur— och returbiljetten och Malenas är på kinesiska.
— När måste du gå?

—Jag måste vara hos notarie på onsdag klockan nio på morgonen, men det är bättre för mig att åka från tisdag, vilket jag inte vet om vi kan bo hos någon av släktingarna eftersom min moster inte vet att jag är går dit.
— Oroa dig inte kompis! Jag ska tänka på något för nu, vi ska ha kul i Valsequillo ikväll och jag vill att du hjälper mig med Male.
— Hur vill du att jag ska hjälpa dig?
— Att du säger till henne att jag gillar henne och att jag trodde att hon var min flickvän!
— Vilken som helst! Du säger till honom, är du samma erövrare och fashionabla galant som inte är rädd för att fria till en jungfru?
— Gör inte narr av Bob! Man är inte vilken kvinna som helst, jag vet inte hur jag ska nå vem som får mig att känna detta, det är något nytt för mig och jag vet inte hur jag ska hantera det.
— Det var allt jag behövde, Charly!
— Nej! Vänta, jag är verkligen kär i din syster, hon är renhet, friskhet, personlighet och hon får mig att känna, tänka och drömma, vilket ingen annan gör, så det är inte lätt för mig att förklara mig själv.
— Ge dig själv din tid Carlos! Det här är inte rätt tillfälle, särskilt eftersom vår framtid är osäker.
— Det ska vi prata om, låt mig tänka. —
— Varför sa du till Ana Maria att du lämnade henne för Malena?
— Du skulle ha sett henne! För som galen och hysterisk hon frågade mig om min älskare, nämnde hon till och med Mireya, naturligtvis, jag förnekade det och förklarade mitt förhållande till henne, jag befann mig i ett behov av att berätta

sanningen för henne så att hon skulle lugna ner sig och hon lugnade ner sig ganska mycket, hon grät lite och han försäkrade mig att om det inte hade varit Malena så skulle han döda oss båda! Föreställ dig papperslappen!

—Ana Maria dödar inte en fluga, hon är okänslig, och jag tror att när hon accepterar att en av hennes bästa vänner sprängde hennes pojkvän så hade hon ingen annan typ av reaktion kvar, det var om jag ska vara ärlig inte min systers avsikt, för om han blev kär i dig var det att inte tänka på konsekvenserna, att veta att det handlade om henne sårade honom mer än om det var en annan kvinna...

Jag ska vara ärlig, Anita föddes inte för äktenskap, hon var förälskad i dig Carlos, dessutom är hon ensam och tillbakadragen och du är väldigt sällskaplig, pratsam och de kan inte utsätta dig för perfektion och hennes värld av detaljer, jag har aldrig tittat på henne upphetsad eller med livet eller med människor, dessutom, så att du är lugn över ditt beslut att lämna henne eftersom de i slutet av allt inte skulle fungera som eviga pojkvänner eller som män, det är att hon inte lätt blir buren bort av sentimentalitet med dig...

Hon var konstant i kärleken hon hade till dig, en kärlek mellan vänner och kamrater, hon kommer aldrig att bli en skämtare och lekfull som du gillar, det kan trötta ut dem i ett permanent förhållande, en annan sak är att hon alltid visade dig sina spänningar och glöm inte att det alltid störde dig...

Om jag minns rätt så gjorde du slut med henne på grund av det, i ännu högre grad, glöm inte att om något gjorde dig upprörd så var det att hon fejkade sjukdomar för att slippa gå på åtaganden, så jag tror att den relationen inte skulle fungera i slut och det är bra att det tog slut för dig och för henne, oavsett att min syster är involverad i de känslorna, hur som helst, det är synd att förlora en intelligent och vacker kvinna som henne.

—Om du är så orolig, skaffa honom vän! Jag blir inte arg längre, även om jag ska vara ärlig, det fanns tillfällen då jag nästan sköt henne. Hon har en jättefin kropp! En dag var vi i underkläder, men hon ville bli oskuld vid äktenskapet, den natten var jag tvungen att gå till nittio.

—Glöm det! Du vet vad mitt omöjliga är.

— Hör! Och den galna du tog med? Särskilt bra tjej!

– Jag ska berätta en annan dag.

(I det ögonblicket gick vi in på grusvägen som tog oss till indelningsområdet som tillhörde en del av bostadsområdet, små, medelstora och stora stugor för rekreation och vila, några på stranden av sjön bland liljor som löper genom dess vågor till rytmen av vattenskidåkning, eller stenarna som kastas av älskare en fullmånenatt som denna...

Vi parkerade inne i familjen Zenteno Alonso, en stor välutrustad stuga, inklusive dess tennisbana)

— Jag ska sänka en flaska rom som jag tagit med! Carlos berättade för honom.

—Jag ligger före Miguels stuga.

(Han öppnade bagageluckan och tog fram en flaska sprit, det är konjak, inte rom, det är en Hennessy, han stängde den försiktigt)

— Är ditt bagage Bob?
— Du har rätt! Min moster hotade mig att när jag kom tillbaka skulle hon inte längre vara där.
— Vad tänker den här häxan när hon behandlar dig så här? — Som om du vore en uppenbarelse, en nära sådan. Jävlar, gamla jävel!
—Det är inte värt att bli arg Carlos. Nu då? Vad vill du att jag ska göra? Den har allt för sig.
– Fan Betty! Du är som min bror, ja, den enda manlige bror jag har, jag kan inte stanna som om ingenting hänt. Bitter gumman, ta mig! Att stanna har alltid missnöjt mig.
—Allt måste betalas för det här livet, Charly, var inte arg längre för det som inte är värt det, låt oss hoppas på det bästa framöver.
—Okej vän, i natt bor du hos mig i mitt hus, du kommer inte tillbaka.
– Fråga dina föräldrar först.
—Jag övervakar mitt sovrum, Bob, oroa dig inte för mina chefer, den du kommer att fylla med nerver är tjejen för det är första gången du sover på samma tak som hon.
— Och Manuel?
— Aldrig! Den där oxen har en stuga i en annan avdelning, tror inte ens att han bor i besökarnas lägenhet. Jag ska ta hand om den där Bob; Jag vet redan var hans planer kan ta vägen!
— Senare måste jag berätta något särskilt viktigt om Don Hernán och hans engagemang för din far.
— Av vad Bert?
—I dag måste vi prata om det och jag måste vara otroligt försiktig för jag vill inte att de ska ta mig som opportunist.

— Vad pratar du om?
– Sedan Carlos, senare.
— Eftersom jag inte gick in i min stuga, vart ska vi då?
— Ska vi gå och fråga Miguel vad planen är?
—Du är sen Bob, vi ska träffas i palapan med musik, smörgåsar, drinkar, vi lämnar det gamla i min stuga och låter dem minnas sina gamla dagar.
— Kom Miguels föräldrar?
— Miguel's, Julio Cesar's, Bojalil, Fernández's och O'Farrill's.
— Så många?
—Och andra, jag vet verkligen inte varför, lyckligtvis kommer inte alla deras barn att slå oss, speciellt O'Farrill's som är väldigt sugna.
— Vad har du inte en bra relation med Fernando?
– Med den där förvirrade halvan – galen och petulant, fåfäng, stolt, arrogant, självisk och arrogant Nej! Förbanna det inte, vän! Han letar bara efter någon att knulla, de säger att han samlar på trosor, att han går in i badrummet hos de gamla kvinnorna i Parque España, till och med i blått vatten för att stjäla dem, och lämnar det...
Om de är smutsiga, bättre! Du är jävla äcklig! Gå inte runt och säg att han är min kompis jävel, stek inte mig, att man bara älskar att leka och suga, han är väldigt cool och tycker att vi alla måste ge upp honom, det värsta av allt är att han är en vän av Becky, och lämna det, när han tillsammans med Bojalil ser ut som de tre små skalen...

Rebeca är inte så tjock, hon har sina fiskmarknader, men de andra två ser ut som grisar, skiten Fernando behöver bara sparkas i röv. Tänka! När jag tog Mireya ifrån honom för fyra år sedan var han inte den grisen än, han blev så förbannad att han i ett raseri hotade mig att han skulle bli den första att knulla min syster. Bastard! Flickan var fjorton år och jag bröt den inte eftersom vi var hemma hos henne och hennes föräldrar är särskilt bra människor, den här oxen ärvde inte en enda spik av dem, det verkar som att den är plockad upp, de tog den från vännen Jalil.

– För att du ser mig så?

—Jag vet vad du tänker, — log han.

– Du är smal! Det råder ingen tvekan om det, jag vet redan vart du är på väg.

—Så nu vet du, de smala Fernández—tjejerna kommer att vara med tvillingarna, de fåniga Bojalil—tjejerna.

— De är inte så små flickor längre, Carlos! Och de är inte så dåliga.

— Ja! Men de slutar inte vara sniglar, bara för att slänga dem när de växer upp.

— Åh, Charly! När ska du prata ordentligt?

—Okej, bara så att de kan otukta, rätta mig inte längre, de måste skära ut Batos tunga.

—Vi kom fram till entrédörren till familjen Madariaga Sánchez stuga— Hej Jovita! Var är Michael? — Carlos frågade familjens kocken

– Hur går det, unge Carlos? — Hon gick med sina vänner — svarade hon när hon talade till mig — och med sin unga syster Bob.

—Men vem mer Jovita? Är det Carmen, Male, Lourdes och Rebeca? frågade Carlos.

—Hon kom med barn till ingenjör Fernández, en ung kvinna från Mexiko, en fröken Maria Teresa, som togs med av den här flickan. Kommer du ihåg den unge Carlos? Han som var hans flickvän ett tag!
– Skräm mig inte, Jovita! Vilken flickvän? frågade Carlos imponerad.
— Den vackra är stor — ögon och lång!

— Carlos var tyst ett ögonblick och sa och frågade honom —. Är det av en slump Mireya?
– Samma unga kvinna! Fast nu är hon snyggare, mycket elegant unge Carlos, kommer inte tjejen Ana María?
—Nej, hon kommer inte idag, och hon är inte min flickvän Jovita längre.
— Vilken synd ung man! Du lämnar alltid vackra tjejer på vägen. Lämna inte ensam för att du är krävande!
– Nej Jovita! Den här gången om jag är kär till och med flip flops.
— Titta, unge Carlos! Det är vad han sa till mig när han en dag tog med sig den där blondhåriga personen, Ms Rosario.
— Hur minns du Jovita? Nu är det bättre att du inte tar listan från mig för jag förlorar, men nu om det är allvarligt, jag försäkrar dig, jag ska berätta för dig.
Vem befaller dig att vara så kär Young! Du tar dem som Askungen, när de tappar toffeln byter du den.
—Du och din visdom Jovita, var är pojkarna?
— På baksidan, i vardagsrummet!

—Om du gör en tre leches tårta så räddar du mig lite. Hallå!
Du vet att jag gör det, unge man, sa han när han gick och stängde dörren.

(Under den tid som detta samtal varade, passerade så många händelser och så många motsägelser genom mitt sinne att alla mina känslor motsade varandra... Rebeca å ena sidan, vilket jag hoppas visar sig bara vara en upplevelse för båda oss, som ett galet ögonblick av passion ....
Mireya, Ha Mireya! Och till råga på så är hon här också, det fantastiskt absurda är att hon är bredvid Becky, hon är ännu ett ögonblick som studsar mina sinnen...
Det är att ha haft henne i en och att ha velat ha henne i något oavslutat och störande, allt inom ramen för min största sjuka illusion, Bright Star, närvarande och engagerad, för en förändring kvävd av olyckan att veta att jag är älskad av den som initierade mig i fullständig kärlek. För många stunder av rastlöshet för mitt hjärta som inte har lärt sig hur det ska slå och till vem! Vi skulle till vardagsrummet på baksidan av stugan och Carlos, lite orolig, ville berätta något för mig)

—Bob, när vi kommer dit, ta tag i Mireya!
– Vart vill du att jag ska ta henne igen? — Gör honom inte till Carlos! Förplikta mig inte längre. Vad ska du nu hitta på, eller med vilken förevändning tar jag henne, och jag upprepar, vart bror?
– Ännu en gång kompis! Bara en gång, ta henne till sjön! Där nere, berätta för honom om

dina drömmar, bara för ögonblicket, var inte slarvig.
—Med detta kommer alla att veta eller inbilla sig att jag är med henne.
– Jag förstår Betty! Vi får se om flickan, men om Male ser en scen mellan Mireya och mig, förlorar jag alla möjligheter och jag vill inte riskera det.
— Och vad vill du? Låt henne komma, ta henne i handen och ta henne till sjön, något annat, din vän, som Jovita sa? Ha ja! Maria Teresa.
—Han beställde den av Ramón.
—Fet Bojalil? — Var inte irriterande!
— Och vem mer älskar inte att göra compline och medskyldighet? Du oroar dig bara för att Mireya försvinner och ger mig ungefär tjugo minuter på dig att beställa all maräng, ja, säg åt henne att inte skandalisera mig. Förklara sanningen för henne! Om Ana, och att jag inte vill vara släkt med någon just nu. Underhåll henne!
—Ja, självklart chef! — Underhåll henne!

19.45 måndag 6 maj

(Carlos var så hjälpsam och jag var så lydig, men jag hade inte många alternativ på grund av min framtids mörka moln, de fick mig att disciplinera mig själv och acceptera villkor... Vi kom äntligen fram till mötesrummet i Carlos stuga, Bright Star var inte med i gruppen och Manuel, naturligtvis inte heller, som jag föreställer mig följa med hennes familj på jakt efter möjligheten att bli av med dem och träffa ungdomarna...
Jag såg inte Fernando O'farrill, Julio Cesar var med Silvia, hans flickvän, Rocío med Lourdes

och Malena, Miguel med Carmen och Mireya, Becky som pratade med Ramón Bojalil och en snygg ung dam...

De är i en del upplyst med några Watts spotlight; de kunde inte särskiljas så bra... Vi kom dit Julio var med Silvia och Carlos, han fortsatte tills han träffade Miguel, jag stannade bredvid Julio och pratade)

Hej Bert! —Silvia sa illa till mig

– Nuförtiden har du varit väldigt konstig Bob! utbrast Julius.

(Detta är händelser som är svåra för mina vänner att förstå, som hindrar mig från att vara som förr... Jag sa till henne när jag såg Mireya lämna sitt möte med Miguel och Carmen, hon kom dit där Carlos var och de började bråka, Carlos tog henne i armen och han tog henne till ett fönster och även om de andra var distraherade såg jag hur hon slog honom på vänster kind, lyckligtvis visste ingen vad som hade hänt...

Ännu ett slag mot bröstet som förutsätter frustrerad intimitet...Carlos steg tillbaka och då reagerade jag)

— Tillåt mig!
.

(Jag berättade för Julio och Silvia som redan höll på att tappa mig ur sikte i deras rörelse för att träffa Miguel och Carmen... Jag kom dit där Carlos var med Mireya redan gömd bakom en av väggarna som leder till badrummet på stället och som leder till utgången av rummet... Jag tog en arg

Mireya i armen och tog henne bort från Carlos närvaro)

— Mireya, vad är det för fel på dig? — Ta det lugnt! — frågade
— Den där jävla vännen till dig kommer att betala mig! sa hon väldigt irriterat.
— Alla mina vänner är väldigt kala!
— Säg inte att du inte säger oförskämda saker?
—Jag använder dem inte för att kommunicera, det betyder inte att jag inte känner dem, så min håriga vän, låt oss gå ut och gå med mig!

(Han berättade för henne nu att han ledde henne till delen nedanför huset... Vi gick genom trädgården till en liten dörr som leder till Valsequillos stränder, natten klarnade knappt tack vare fullmånens uppgång. , igår växte det fortfarande...
Vi når en klippformation mellan några eukalyptus— och casuarinaträd samt en ensam gran som mirakulöst har vuxit i detta karga kalkstensland)

— Vad bråkade de om? — frågade.
— han är mycket son till sin lilla mamma, han hade lovat mig att lämna sin flickvän och gifta sig med mig, vem tror inte?
— Tänkte du gifta dig med honom?
—Varje gång jag kommer från USA träffar jag honom för att planera.

(Hon grät och torkade sina tårar med en vit broderad näsduk som hon hade i sin väska samtidigt som hon påpekade för mig att hon redan druckit lite, inte mycket, men tillräckligt för att inte kontrollera sitt humör)

— Så vi kom överens om att i år skulle vi prata med hans familj för att formalisera vår förlovning.
– Förlåt, Mireya. Jag förstår inte, snälla sätt dig ner! —Han bjöd in henne att sitta på en av de stora stenarna som var stänkta med vatten som vinden skickade till stranden — Jag vill att du ska berätta för mig hur du kan vara kär i Carlos, samtidigt som du känner dig redo att älska med jag, och en dag efter att du ligger med en gift man?
— Hör! Vad är fel? Du förolämpar mig — sa hon rasande till mig när hon tog fram en kolv med sprit inuti, tog hon en drink.
—Förstå mig inte som något kränkande från min sida Mireya och jag kritiserar dig inte för att du involverade mig i en ny upplevelse för mig, jag kan försäkra dig om att det var utsökt och oförglömligt.

(För ett ögonblick tittade hon på mig och log glatt, men hon reste sig omedelbart rasande och upprymd, och slog mig rasande med knytnävarna på mitt bröst...I det här ögonblicket gick en säkerhetsagent från underavdelningen i närheten och gjorde sina rundor och frågade)

— Är det något fel, fröken?

(Han tilltalade Mireya, som redan hade hållit hårt i henne för att hindra henne från att fortsätta slå mig, jag satte henne ner, hon höll sitt ansikte gråtande och sjönk i sorg, sedan pratade hon med polisen)

—Det är okej, agent, det är så att min pojkvän inte älskar mig längre, — grät hon.
— Hon är verkligen lite indisponerad men det är inga problem, hon kan gå i pension lugnt, — utbrast jag.

(Agenten måste ha förstått att det var ett argument mellan älskare och vänster, även om jag hade en känsla av att någon spionerade på oss eller tittade på oss i buskarna, i månskenet, polismannen ansåg att allt händer i spänningarna och skuggorna, Jag tog plats bredvid henne medan hon fortsatte att dricka, vilket fick henne att tappa mer kontroll över sina handlingar)

— Drick inte Mireya längre!
— Samma mamma bär alla jävla män! De använder dig bara och kastar dig, det här är andra gången det har hänt mig, och här i Puebla kommer jag inte att bli kär igen! Den första öppnade ett stort sår i mig som jag läkt med kärleken till Carlos, den andra olyckliga jag hatade för att jag var otrogen och varje gång jag träffar honom vill jag döda honom, män glömmer lätt kvinnor.
– Prata inte om att döda! — En så ung och vacker kvinna med dessa problem? Du har mycket framför dig Mireya.
— En annan sak att klargöra! Den som låg med killen du berättade om, jag vet vad det är, var

min vän Maria Teresa, lägg inte på mig om det där lilla miraklet.
— Förlåt, tänkte jag!
— Hur fick du reda på det?
— Det spelar ingen roll, glöm det!
— Du vet ingenting, Robert, när någon har en dolk genom hjärtat som inte låter dig leva i fred. Jag visste om Ana Maria! Jag väntade på min tur eftersom hon också är en kvinna och hon kom före mig, jag accepterar att jag är tjuven, men Charly fick mig att återhämta mig, bli upphetsad och ge henne all min kärlek och hopp...

Det du och jag gick igenom var en vacker upplevelse, du gav mig något ömt och det var därför jag ville njuta av en sån här stund med dig och jag ångrar det inte, men inget mer än det hände, det skulle vara illa om jag hade gett mig själv till dig som jag gjorde med Carlos, jag kan inte förlåta honom för att han lämnade sin flickvän för någon annan än mig, han berättar trögt för mig att han har blivit kär i en extraordinär tjej och att han älskar henne som ingen annan. Att döda henne Robert! ...

Och tro mig, om jag visste vem hon är just nu, skulle jag döda henne! Och jag dödade honom också, jag bryr mig inte längre, jag är trött på att älska dumma och bedragare, vet du? Hon tog ytterligare en klunk av sin drink och tappade kontrollen varje ögonblick, hon såg väldigt yr.

— Sluta dricka Mireya! Du ska bli full.

— Robert! — Synbart upprörd, sa hon till mig — Om jag nu vill att du ska tränga in i mig här, i månskenet — reste hon sig och tog av sig kläderna som täckte henne från hennes kropp, hon började klä av sig.

– Gör inte det Mira! Du är tagen, senare kommer du att ångra dig.

Han tog tag i mitt huvud och försökte kyssa mig. Jag måste älska Robert! Du är en bra pojke och jag litar på dig. Jag måste ventilera! Glöm Charly och betala honom med samma mynt.

Mireya berättade för mig medan hon fortsatte att klä av sig tills hon var i sina underkläder utan att jag kunde hjälpa det. Du kommer att fånga en kall sötnos!

(Jag försökte muntra upp henne, även om jag inte var orolig att någon skulle se oss eftersom buskarna täckte scenen, hon kramade mig och försökte ta av mig kläderna, jag tänkte att det här inte skulle fortsätta så jag blev plötsligt av med henne som föll baklänges på marken, dumpade och dammade...
Så gott jag kunde satte jag på henne klänningen och halvt knäppte upp den, jag bar henne och tog henne till vila på stenen så att hon kunde återuppliva sig själv, det var inga större problem att när hon lugnat ner sig så reagerar hon och ev. återvända med gruppen lugnare, jag kunde inte hamna i samma onda cirkel, nu var frestelserna på något sätt kontrollerade eller tillfredsställda och de var inte stunder av romantik och kärleksdumt, jag måste bete mig förnuftigt och glömma mina skenliga impulser som skenade)

20.25 6 maj 1957

(Några minuter efter att ha lutat sig mot en av granstammarna började Robert sin flykt från platsen och ville inte längre fortsätta med den där scenen som verkade obekväm och besvärande för honom... Han gick snabbt mot rummet varifrån han hade komma...

Han kom fram till detta konstaterande att det inte längre var upplyst, i det ögonblicket vände han blicken tillbaka till stranden av sjön i den riktning där han hade lämnat Mireya sittande, han var orolig och observerade, ett kort ögonblick, vad som verkade vara en människofigur som den gled iväg i nattens mörker alldeles nära där...

Det gjorde inte så mycket för honom och han gick till huvudentrén till Miguels stuga, dock föredrog han att sitta en stund på sluttningen som har utsikt över sjön för att lugna ner sig och bli av med oron över att ha lämnat Mireya ensam, att tog honom en halvtimme, reste sig upp och gick tillbaka för att knacka på hyttens dörr)

— Jovita! Jag igen. Du vet inte var pojkarna är eftersom rummet är ensamt? frågade Robert honom.

—Jag hörde Mr. Miguel som skulle vara i palapan, unge Bob.

Tack så mycket, Jovita!

(Han svarade och gick eftertänksamt iväg mot de ungas mötesplats, han var tung och med känslor full av skam och förargelse på samma gång, skam för att lämna henne ensam vid sjöstranden under de förhållandena, och irritation p.g.a. han ogillade att engagera sig i situationer han inte letade efter...

Redan i palapan hördes larmet, samtidigt som han kunde uppfatta Bright Stars känsliga gestalt på avstånd, som Robert alltid gjorde när han iakttog henne på avstånd, kort, utan att störa henne... Hon var nästa till Manuel, de andra dansade utom Miguel, Carmen, Julio och Silvia...

Andra pojkar hade anslutit sig till gruppen som kom från några närliggande stugor och äntligen blivit bekanta; lyssna på musiken de närmade sig och gick med utan större missnöje från de andra, palapan är gemensam och snittarna, smörgåsarna och drinkarna tillhandahålls av var och en som kommer...

Robert kom inte närmare, lyckades sitta på en stam nära Palapa för att observera miljön och dess rörelser, efter en halvtimme kom han långsamt klättrande de fyra trappstegen till en plats som behärskade utsikten över sjön, vänd mot väster där han satt. solen går ner...

I det ögonblicket kom Fernando O'Farrill i all hast som gick in från sidan, han såg utmattad ut av klättringen med stenar och jord som leder till den delen av själva palapan, till och med hans byxor såg smutsiga ut, något blöta.

Carlos anlände två minuter senare med sitt skakade och darrande ansikte, Robert hade laddat om, gick in till vänster på en utskjutande träbit som var en del av räcket till det cirkulära mötescentret, med dess tak sammanvävt med palmer och vinrankor...

Två sanitära badrum längst ner på höger sida, fyra bord gjorda av bitar av stammen med stolar också gjorda av rustikt trä i botten av den...

På höger sida placerade de fyra kit med fyra stolar vardera där Bright Star, Manuel, Miguel,

Carmen, Julio Cesar och Silvia, Mireyas vän, redan satt, och bredvid honom satt nykomlingen Fernando Bojalil med en lite känd tjej . vid dem, när han gick in i Carlos till den plats han såg till vänster om honom, märkte han närvaron av Robert som närmade sig honom)

— Var var din vän?
— Vilka uppgifter ger du mig brorsan! Är det något fel?
— Så många problem! Carlos berättade för honom.
— Lugna dig och låt oss ta en öl. —

(De gick till bordet där dryckerna och läskedryckerna fanns, Carlos serverade en rom, cola och Robert en kall öl... De återvände till den motsatta änden där de var utan att sätta sig på den platsen eftersom det inte fanns några stolar tillgängligt)

— Då, varför är du så upprörd eller nervös Carlos?
— För en förändring, och för att dagen ska sluta med att utnyttja mina sinnen, bjöd mina föräldrar in Velazquez.
— Gå in i honom! Så, släppte du katastrofen?
— Vilken jävla tur jag har! Och där var Ana María med sina föräldrar som om ingenting hade hänt, hon log till och med som en mogen och självsäker kvinna, jag vet inte vad som hände — Carlos smuttade på rommen.
— Åh, det är inte läsk!

— Lämna mig jävel! Jag måste bli full för att glömma allt som händer idag.
—Glöm inte att Malena hatar fyllon.
— Du har rätt! Jag lovar dig svåger att jag ska mäta mig, men vad vill du att jag ska göra med så mycket kaos! Först Mireya, nu Ana María, och jag kan inte fortsätta med min plan med Male. Det gör mig förbannad!
— Ha tålamod svåger!
— Om vi nu är svågrar, din jävel?
— Ja självklart! Men för din tiggarsyster.
—Ta den där lilla ölen lugnt, vän, jag vet redan att Santillán brygger te för att prata strunt.
—Tiggare, ökänd, det är samma sak som någon som ber om allmosor, bli inte förvirrad Charly.
— Ändra det inte för en accent! Jag är inte den där jävla vännen! För båda, eller hur? Bob Jag är helt fastnad av din syster! Du vet inte hur mycket respekt hon ger mig – jag kramade honom och märkte några avslappnande effekter av hans drink – Men det gör mig arg att inte kunna uppvakta henne fritt, utan så mycket press, vad ska jag göra med Ana María?
– Du har redan sagt det till honom, eller hur? Du har redan klarat det.
— Du har rätt! Men om du såg henne i mitt hus titta på mig med flickan, eftersom du redan vet att de är spik och kött, kan jag inte föreställa mig vilken plan de kommer med! Hon har alltid varit envis och uthållig, hon kommer att tycka att Male är ett infall och att jag sent kommer glömma, speciellt att din syster fortfarande inte vet att jag är kär i henne, nu, om de pratar vet jag inte vad som kan hända.

—Ana Maria vill inte längre något med dig. Jag uppfattar det! Och om Malena känner något för dig ska du inte oroa dig.
 – Är du säker på att du har känslor för mig?
—

—Jag vet att jag och min syster aldrig hade sett det där uttrycket när hon var med dig i köket, det som förvånar mig är att det kom så oväntat att hon fram till det ögonblicket fick reda på att hon hade blivit kär i dig.
 — Svär mig att du är kär i mig! utbrast Carlos upprymt.
 – Jag antar att hans känslor är riktade mot dig. —
 — Tro inte, försäkra mig!
 — Ha inte bråttom Carlos, det räcker med att se blickarna som korsar varandra för att förstå att de älskar varandra utan att veta det eller berätta det.
 – Jag vet det redan! Jag är säker.
 — Senare diskuterade vi Malena, låt oss gå till borden nu när Manuel gick upp med Bright Star to Dance.
 – Ta inte ut honom!

(De närmade sig teamen och Robert tog plats nära Mireyas vän, Carlos på hans vänstra sida när han bad Julio på avstånd att servera honom ytterligare en drink rom, han var tillsammans med Silvia och serverade ett mellanmål till sig själv...
 Julio Cesar ringde honom, Carlos reste sig sedan och gick till matbordet medan Ramón Bojalil i hemlighet pratade bredvid Mireyas vän med Fernando O'Farrill...

Det fanns inga andra medlemmar vid dessa bord, de andra dansade eller serverade sig smörgåsar, för ett ögonblick gick Rebeca fram till bordet och viskade något i Fernandos öra och gick omedelbart, från denna punkt observerade hon sig själv med en kvinna som knappt blinkade när hon njöt av att se de andra har roligt, hon med gyllene och ljusbrunt hår, lockigt, långt, bunden med en söt rosett, flirtig, ungdomlig, där hennes hals lyste av en liten mullvad på vänster sida...

Hennes genomträngande blå ögon, buskiga ögonbryn, tjocka och slående ögonfransar som fick henne att se djupare ut, rak näsa, inte fin men attraktiv, hennes utsökt sensuella mun, tjocka läppar, skräddarsydda och perfekt konturerade estetiskt, ett mycket flirtigt leende...

Breda höfter, runda ben, vanlig byst och tänder som konkurrerade med de enda som hade funnits för Robert, de från Bright Star när det gäller perfektion, de som visade samma sensualitet, fräschör, charmig femininitet, väldigt feminin, dock i blandningen av det lugnet där var ett allvarligt ansikte, intellektuellt uttryck utan att visa nervositet eller rädsla...

Robert, som såg henne i ögonvrån, oroade honom för att se hur det glänsande lockiga håret föll som ett vattenfall på hans axlar, plötsligt, i en rörelse av hennes, borstade han hennes huvud med...

Det som hände är att Robert böjde sig ner i samklang och slog deras huvuden lätt, de log när de rörde vid varandra och lugnade den lätta smärtan i huvudet — på, de tittade på varandra och deras ögon möttes, han flyttade sin stol mot henne och lyfte upp väskan som hade ramlat i kollisionen, räckte den till henne i din hand och tog tag i kopplet)

— Tack! hon sa till honom
– Ursäkta mig, är du Mireyas vän?
— Ja! Han återvände blicken till mitten av platsen där mötesdeltagarna dansade som om de ignorerade hans närvaro.

(Robert kände hennes ointresse och återvände sedan till sin ursprungliga position, även som observatör medan han tog en klunk av sin öl, sedan försökte han vara snäll mot henne)

— Förlåt! Tack ja, eller tack nej? Jag hörde dig inte ledsen.

— musiken var klangfull och orden hördes inte så bra —. Tack, en läsk, — sa hon och talade högre och närmare honom.
— Någon canapé, en smörgås, några båtar? – Robert kom ännu närmare hans ansikte

(De tittade på varandra, de kände närheten och något mystiskt eller kemiskt antydde dem, aromerna av hennes parfym och hans lotion var förvirrade, mellan doften av deras munnar... De två flyttade sig lite för att återhämta sig från stöten och trycket)

– Lite tre! — utbrast hon mellan bruset och ett lätt leende.

(Robert reste sig och efter att ha funderat på vad hon hade sagt till honom och försökt gissa hade han rätt i vad hon ville...Robert tog inte med sig något vid nitton, nästan tjugo, de gjorde honom attraktiv och på grund av hans stil och romantisk blick, undanhållande fick flickan att rysa som föll i sin egendomliga dolda förförelse, erövringsstil som inte ens Robert kontrollerade, det var som en lavin utan broms...

Hon blev sittande utan att röra sig medan han redan förde serveringen till bordet. Han tog plats och gav honom en till öl och några smörgåsar)

– Du ska ursäkta mig. – Han gick fram till henne. De goda båtarna är nygjorda och färdiga iväg, dessa beställdes tillverkas, de är uppvärmda, men har du redan ätit dem?
– Nej! Det är första gången.
—Vad synd! En annan dag bjuder jag in dig där de gör dem väldigt goda, de är traditionella! Om du vill, ät dem inte, vänner gillar dem till och med hårt, naturligtvis måste du vara van att äta bra.

Hon började äta upp båtarna och då frågade Robert henne. Vet du inte var Mireya är, har det tagit lång tid för henne att komma tillbaka?
—Nu när du frågar mig är det samma sak som jag önskar att jag visste, sista gången jag såg henne lämna rummet med dig.
– Vad synd! Jag kände inte till din närvaro.
—Jag befann mig på en svagt upplyst plats, varför du inte lade märke till min bild.
—Jag tror att jag såg dig, men jag kände inte igen dig som en av grupperna, och jag är förvånad över att han inte har kommit tillbaka. —

— Men han gick ut med dig, eller hur? —
—Ja, du har rätt, jag ville gå till stranden av sjön för att gå, jag lämnade henne där och jag kom till palapan för att träffa mina vänner. Varför?
—Det är bara det att jag inte känner någon förutom Rocío, hennes syster, men hon är verkligen intresserad av det med sina vänner, jag känner mig konstigt med hela din grupp.
—Vad heter du?
—Maria Hilda Teresa Olivares. – Hon log och var trolös.
— Fint namn! Och du är också vacker som de kalla och isiga snöflingorna som sakta faller för att smeka den smeka duktiga, som ökentorkan där en tår från dig skulle återuppliva en död person.

(När María Teresa hörde sådana ord tog ett djupt andetag, rodnade på kinderna och tog en klunk av sin läsk, hon var sexton år gammal och en blomknopp med balans och klass pekade på att vara extremt reserverad)

— Oroa dig inte! Jag kommer att följa med dig tills Mireya kommer tillbaka.
—Det som stör mig är att han hade druckit några drinkar och bråkat med sitt livs kärlek, med pojken du var med.
— Han är min bästa vän!
– Vad heter du förresten?
—Robert Santillána Musset.
– Saker jag inte visste! —De tog lite avstånd eftersom de knappt kunde höra varandra på grund av musiken så hög att han bestämde sig för att föreslå ett byte av plats.

—Maria Teresa, vill du att vi ska gå ut till borden på nedervåningen en stund medan pojkarna sänker bullret? Det är lite coolt men uthärdligt.
– Okej Robert!

(När han gav vika för den vackra flickan som följde honom kunde hans personlighet inte gå obemärkt förbi så Bright Star tittade på henne där hon var medan hon dansade en långsam ballad med Manuel, hon stirrade på Robert ett ögonblick med samma blick som den där han gjorde när han åkte med Mireya vid det tillfället från huset i Puebla...

När han insåg detta blev han bestört eftersom det var hans vana att leta efter hennes ögon när han lämnade någon plats där han var, han visste att denna blick var av uppenbart ointresse som förblev distraherad och inte precis glad över att vara i famnen på en man som säkert han älskade inte...

Robert tog María Teresa i armen för att gå ner för trappan med hennes öl och läsk i sin vänstra hand...

De nådde ett av träborden så att de var nära en basketplan Bol på stenar och skulle landa bland de nedfallna löv som föll från träden som omgav platsen)

—Du vet, jag är imponerad av att du ser ut, och jag älskar ditt hår! Borde det vara jobbigt för dig att borsta honom?

Hon höll om håret och smekte det med höger hand. Det är lite irriterande för ibland trasslar det ihop sig, även om jag är van vid det, plus att min mamma hjälper mig när det är hemskt.

(Hon bar några vackra silver— och onyxörhängen, samt ringar, fyra på varje hand gjorda av samma material, de till höger var större, de till vänster mycket tunna, knappt märkbara silvertrådar...
Hon bar en vit klänning som visar en del av hennes attraktiva figur, en del av hennes ömtåliga bröst med en suggestiv vit rosett intrasslad i facket som ger sken av en behå bunden lika eller tätt i mötet med armhålorna...
Något stoppad med breda remmar som kompletterade klänningens övre del, denna, vid, ungdomlig, somrig med ett brett, vitt bälte som också kramade om hennes tunna midja och avslöjade hennes långa runda armar... Hennes läppar var målade i svagt rosa färg, våt för alltid)

– Så tyst som du ser ut verkar du väldigt pratsam för mig. —
—Jag talar när jag har mer självförtroende, jag är faktiskt väldigt pratsam.
— Jag är imponerad! Jag vill upptäcka dig.
— Så att?
—För att en så mystisk kvinna hittar vid sin sida en man som är rastlös att upptäcka och uppleva livet utanför böcker och föreläsningar.
—Innan jag fortsatte med utredningen av min person ville jag fråga dig, berättade Mireya dig något intimt om vad som hände med mig?

— Robert hittade möjligheten att reda ut en misstanke och en intrig angående Enriqueta. Jag måste förstå att han inte bara var orolig för min vän Carlos, utan det fanns någon annan.

– Har han berättat något om Rigoberto?
— Ja! Att situationen var väldigt känslig, att de hade upptäckt det.
—Jag sa ju att de en dag skulle få reda på det! — Och det värsta är att det var hustrun, jag ber dig att inte nämna det för någon annan, tack.

(Med denna information fick Robert reda på att om det var Mireya och inte Maria Teresa, den som var sängliggande i hans hus, så var Enriqueta med rätta oberörd av sin närvaro, hon skulle göra sig själv och sitt äktenskap till dum innan samhället skulle bli ödesdigert, som tidens slutkonventioner)

– Läser du mycket?
— Något! sa Robert medan han sänkte huvudet och höll i pannan med höger hand.
— Är det något fel? Robert reste sig.
—Alla människor har problem och jag har några av dem, tillsammans med osäkerheten som inte tillåter mig att vara uppmärksam på detta trevliga sällskap.
– Berätta om dina problem!
—I det här ögonblicket tror jag att det skulle vara väldigt tråkigt, bättre berätta hur du mår, jag tycker det är mer intressant att veta vem denna vackra uppenbarelse framför mig verkligen är.
– Vill du verkligen veta hur jag mår? — För att lära känna en person behöver man leva med dem länge.
— Tro inte! Jag är analytisk och tar snabbt upp andras sätt, även om jag verkar aningslös, och

när den lilla personen är lika vacker som du blir det ett nöje.

— (Robert visade att han var beredd att naturligt uppvakta någon som hade vaknat till parets naturliga sensualitet och njutning, han gjorde det instinktivt och med sin korta erfarenhet lärde han sig vad det innebär att njuta av en kvinnas sällskap, oavsett vem var)

— Är du alltid så galant mot alla? —
—Bara med de jag gillar, och de är få.
— Vi får se! Hur tror du att jag är? Men vi når en överenskommelse!
— Berätta för mig!
—Jag berättar hur jag är delvis och du berättar en del av dig. Vad tror du?
– Det verkar rättvist för mig! Även om jag försäkrar dig att det är första gången som någon är intresserad av att veta hur jag verkligen mår, eftersom mitt utseende kan vara vilseledande, jag ska vara ärlig, jag är upphetsad av tanken att någon, särskilt en kvinna av din storlek, ger mig hennes syn på min personlighet.
—Jaha, det är min tur, först kvinnorna... För det första är jag ganska ombytlig, föränderlig! Jag tvekar ofta att gå eller komma, enstaka passioner drar inte till sig min uppmärksamhet, med det säger jag att jag inte är desperat efter att ha en kärlek.
– Får jag ställa en knepig fråga? Robert avbröt henne.
— Ja!
— Var du av en slump hemma hos Mireya när hon hade sex med den personen?

Maria Teresa öppnade munnen, fäste honom med sin magnetiska blick som hon hade. Jag vet att du pratar med mig och jag förstår dina tvivel, det är en väldigt vågad fråga från din sida och det skulle stöta mig om jag inte gillade dig, så vad tror du att det var jag och inte Mireya som just älskade med den killen, är det din stora fråga?

—Jag vill bara vara säker eftersom jag känner den mannens fru, inte för att jag tvivlar på dig, det är verkligen det minst viktiga, jag tror dig.

— Tja, nej! Det var inte jag, jag var i hennes syster Roccos sovrum och badade och badrumsdörren var stängd, så säkert hittade de inte Rocío och ännu mindre hennes mamma i den showen.

– Det som händer är att din fru inte kände Mireya.

—Jag sa till min kompis att det var känsligt att hon gjorde det där galna grejen hemma, det som hände var att hon var kåt och hon förstod inte att eftersom den killen är så enträget så blev hon yr. Hon ramlade! Han har! Och tack för att du tänkte att jag kan göra det och i ett hus som inte är mitt.

— Förlåt mig! Visst är det så att jag ville försäkra mig om konceptet och det intryck som du gav mig sedan jag träffade dig när jag observerade när du kom till salongen, även om jag inte identifierade dig, din klass och uppträdande märktes.

—Det är inte så att jag oroar mig för att bli sedd naken eller älska, dumma mig om jag inte tog hand om mig själv, men jag är inte van vid att visa mina intimiteter, jag vet hur jag ska ta hand om mig själv, jag kan verka löjlig att du och jag hoppas att du inte gör narr av mig, men jag är oskuld och jag kommer att befria mannen jag blev kär i, jag vet att jag är lite konservativ men det var så jag utbildades...

Det finns många män som jag gillar. Självklart! Jag har haft pojkvänner, men det har inte gått längre än att kyssas eller gå och dansa, i USA är det en triumf att vara en ung dam och en skam för dina jämnåriga för där hänger de sig lätt, det ska du veta, gringas är kända för det.

— Tro inte att något annat i USA! Även här, men de är väldigt hycklande och gör det i smyg, lust och erotik är inget privilegium i norr, här tillagas också bönor.

—Klarats upp? hon frågade.

— Ja! Och återigen, jag ber om ursäkt, jag menade inte att störa dig, det som händer är att många gånger tror du att du känner folk och du ger dig själv många stötar.

— Det som hände med Mireya är att hon blev väldigt stimulerad av en upplevelse hon hade tidigare med en pojke hon träffade, enligt henne, väldigt stilig och intelligent, som hon inte vågade göra det med, fastän hon ville, eftersom hon fann ut att han var kysk och följaktligen naiv...

Hon undvek att ha dåligt samvete om något skulle gå fel, jag säger dig att hon blev saknad och sedan ringde hon den här killen som hon hade velat ha med henne länge, han är en av de klassiska otrogna som älskar sin familj väldigt mycket men de gillar honom ha kul, jag kan inte försäkra dig om det är första gången hon gör det med honom, vad jag kan försäkra dig är att hon älskar din vän över allt, hon är galen i honom, hon kan vara i sängen med någon annan än hennes hjärta och hennes sinne är hos Carlos, sanningen är att hon är ganska galen i den kärleken! Och hur intim var du med henne?

—Vi pratade bara om Carlos och hans problem, jag sa också till honom att jag inte ville ingripa dem emellan, att de efter ömsesidig överenskommelse söker en sund lösning.

Maria Teresa stirrade på honom och försökte tolka hans ord. Tror du att jag säger sanningen för dig?

— Jag tror! Däremot passar du in på min väns beskrivning. Stilig, smart, konstig! Är det inte så här?

— Konstig? Jag håller med om att det kan vara attraktivt och till och med intelligent, men konstigt?

—Det betyder att du kan vara den lilla hemligheten som han kallade det? —

– Den lilla hemligheten?

—Ja, för hon ville inte att någon skulle veta, hon kände sig som sin skyddsängel som räddade henne från att må dåligt efter att ha blivit övergiven, från att bli bortglömd, hon berättade att hon blev chockad av sin ömma beröring, från händer som känner beröring , det subtila sättet att behandla henne, ja, hon blev chockad men också stimulerad!

Eftersom hon stannade halvvägs, eftersom de inte avslutade förhållandet, är hon inte en av dem som onanerar, så hon ringde den gifte mannen, han älskade henne och hon slappnade av och som om ingenting hade hänt, tänkte på din vän igen.

—Jag måste säga dig att jag inte är hans lilla hemlighet och att om du hittar mig något konstigt så är det en enkel slump.
– Då?
– Så, vad lite?
— Det är din tur!
— Höger? Titta, jag är framför allt en perfekt drömmare, jag dagdrömmer och uppfinner tusen och en saker, jag anser mig inte vara en bra kandidat för en kvinna som vill ha en normal man, jag vet att jag kan tillfredsställa en av dem fullt ut, jobba, tjäna pengar, men jag har ett problem när saker och ting inte går som jag vill, eller jag drömmer för mycket på jakt efter idealiseringar, jag gör ingenting, men ingenting alls! Åtminstone i den produktiva aspekten flyr jag till min drömvärld för att bygga luftslott och jag är inte längre användbar för samhället eller för en normal kvinna...

Om allt går bra i mitt liv, om de saker jag gör går bra och accepteras, då anser de mig vara användbar, vad som händer är att det är oerhört svårt för mig att behålla mina drömmar och illusioner, jag anser mig inte vara svag, men Jag tvivlar ofta på mig själv. styrka eftersom jag är ganska känslig, Bra! Nu är det din tur, fröken.

—Jag accepterar att jag också är romantisk, speciellt när jag inte är så obeslutsam, vet du? Jag är oförutsägbar! Jag accepterar det, jag kan bli imponerad av dig idag och imorgon kommer jag bara att kritisera dig, jag är också väldigt fantasifull, ingen drömmare! Mina fantasier får mig att ge intrycket att de borde tycka synd om mig...

Jag gillar inte att bli kritiserad eller arg på mig, jag är glad och jag känner att jag klarar mig ensam, enligt Mireya är jag en erövrare. Jag vet inte varför? Det är för att jag är väldigt sentimental...

Det säger mig också att jag kan älska intensivt. Tror du det? Att ja, jag vet att jag kan lyckas ensam utan att vara beroende av någon, när jag lever socialt är det svårt för dem att bli uttråkade med mig, det är också svårt att lura mig själv för jag tänker snabbt kanske det beror på min naturliga nyfikenhet, Jag har aldrig riktigt blivit kär, mina relationer har alltid varit uppenbara, ytliga, det har berört mig att jag slutar älska så snabbt så fort jag bestämmer mig.

— Hur föreställer du dig att vara fru?

– Som fru? Låt mig se! Jag är inte särskilt intresserad av att skaffa barn, jag tror att jag kan vara en bra partner med min man, stötta honom i allt, jag tror att jag kan vara en bra värdinna, jag är inte tråkig eller monoton, jag kommer alltid att förvänta mig att min man stannar vid min sida och att utan anledning låser in mig låsningar irriterar mig! Är det för att jag älskar livet i samhället?...

Om jag får barn tror jag att jag kommer att se dem med glädje, men jag känner att jag kommer att vara väldigt krävande med dem, även om jag å andra sidan vill skämma bort dem, möjligen för att min syster, den äldsta, var den bortskämda. Nu är det din tur!

—Korrekt! Så om något stör mig så är det opersonlighet, automatisering, om jag en dag kommer att ha ett jobb kommer det att vara där de uppskattar min lyhördhet och kreativitet, jag har fantasi och jag förstår det mänskliga tillståndet, å andra sidan, precis som du se mig jag är halvt mystisk.

— Jag också, slå henne, partner! —De skakade hand— De kallar mig ockulta vetenskaper, esoterism, magi, häxkonst.
- Antingen! Jag går inte så djupt. Det stämmer! Jag vet hur jag ska anpassa mig till alla personligheter, de kan slita mig i stycken, såra mina känslor eller ta mig till världens topp om de vet hur de ska stimulera mig, jag vet att konstigheten, som du säger, också kan finnas kvar i mig för du tror inte att någon förstår mig och det är för att jag är förvirrad när jag menar allvar...
Tvivel tar mig bort och jag hamnar ofta i ett tillstånd av mystik som jag själv inte ens förstår bra, jag gömmer mig mycket och visar inte allt jag är, ibland måste jag ljuga för att de flesta inte skulle förstå vad jag tycker, så Jag föredrar att hålla mig för mig själv och jag separerar socialt Du förstår! Åtminstone i något vi är lika, vi är känsliga och reserverade!
—Inte lika mycket som du, jag älskar PR.
—Jag hoppas att du inte har något emot för jag säger till dig Tere, vissa människor gillar inte diminutiv.
— Det är inte Teresita av Jesusbarnet! - Inte heller, okej.
—Som sagt, när något irriterar eller irriterar mig går jag helt enkelt därifrån, av trötthet, av tristess, och ingen kan stoppa mig, jag är ganska svårfångad, möjligen för att jag gillar förändringar, i verkligheten är jag inte ombytlig som du för Jag ändrar inte mina tillståndsjubel också, som jag sa till dig, jag är romantisk, jag gillar att lyssna och ta hand om andra människors problem om jag kan, jag älskar konst, musik, läsning, det är vad jag säger till dig, när jag tala

ingen stoppar mig, jag pratar upp till armbågarna, ser du! Jag slutar inte, nu är det din tur.

(Han berättade för honom när Robert närmade sig platsen där de var)

22.30

— Ska jag avbryta dig? utbrast Carlos.
— En liten vän! svarade Robert.

Teresa tog hans vänstra arm som om hon lugnade honom och ingrep. Du avbryter oss inte! Ett huvud.
—Pojkarna vill fortsätta festen, men jag måste ta med mina systrar på middag med mina föräldrar, de har en släktträff med vuxna, vi kan alla gå; dock vill de fördela sig i de olika husen vid läggdags.
— Hör! Och Malena?
—Hon sa till mig att hon skulle gå på middag med oss och Lourdes bjöd in henne att sova hos henne, det sa jag såklart! Rebeca och Rocío var knutna till dem, fastän — jag ser förvånad ut frågar jag Maria Teresa — Vet du inte var Mireya är?
sista gången jag såg henne var när hon var med Robert, han berättade att han följde med henne till stranden av sjön, — utbrast Teresa.
— Hur du lämnade henne ifred, Bob! Dessutom hade han drinkar på sig.
— Hon var lite flippad, upprörd, och jag tänkte att jag skulle lämna henne ifred för att lugna ner sig. —

– Det har gått mer än tre timmar sedan du lämnade henne, Bob.

– Om du vill ska jag leta efter henne!

– Bäst att lämna henne! När hon blir så här blir hon galen, tar bilen och går hem för att undvika press, det är bättre att låta henne återhämta sig, inte tro att hon är dum, vänta på att yrseln ska gå över och sedan går hon — kommenterade Maria Teresa

– Ja, om så är fallet, låt oss lämna henne ifred! – Hur som helst, hur är det med dig? Vad heter du?

—Maria Teresa Sarda Ferrer.

— Från Sarda i Veracruz?

— Exakt!

—När jag var i Veracruz i en månad för ett år sedan blev jag nära vän med Ricardo Sarda. Känner du honom?

— Han är min kusin! Son till en farbror, bror till min mor. han är en bra chatterbox!

— Lilla blondin! Han är väldigt lat men bra människor.

— han är som Robert, ganska drömmare, men han är en särskilt bra pianist och regelbunden kompositör.

—Inte konstigt att jag gillade honom om han ser ut som den här Chump. —

– Säg inte det till honom! Din vän är en fantastisk pojke.

– Ju mer jag älskar honom, desto mer irriterar jag honom. Oroa dig inte! Maria Teresa, vill du bo hemma hos mig? Vi har en liten avdelning såklart! För speciella besök är den väl konditionerad. Du kan bo i den utan problem Har du bagage?

—Jag planerade inte att stanna; vi skulle återvända idag.
— Vad tror du om vi går till parkeringen för att ta reda på om Mireyas bil finns kvar? Om den inte är borta, låt oss gå och leta efter den. Vill du?
—Robert berättade för Maria Teresa.
– Jag tror att det skulle vara bekvämt, sa Ella.
– Det är bra att de gör det! Hur som helst, jag kommer att bjuda in dig på middag, kom tillbaka med Bob så väntar jag på dig hemma, sa Carlos till dem.
– Finns det verkligen inget problem? hon frågade.
— Hur tänker du? Jag inbjuder dig; Bob är som familj och du med all tillförsikt! Du kan komma, förutom Ms Pilar, är Mireyas mamma med sin man hemma, så det finns ingen ursäkt.
— Det är sant! Jag mindes inte längre, så jag kan gå tillbaka till dem.
– Inga fler partypoopers! Mireya kan plötsligt dyka upp och de två stannar kvar i lägenheten, vi ska göra upp eld, sjunga och ha kul. Var inte vattnig!
– Okej Charles! Låt oss se vad som händer, innan vi låter oss leta efter min väns bil först.
— Gå nu! Och skynda dig, jag väntar på dig.

(Carlos avslutade med att berätta för dem när Robert och Maria Teresa var på väg mot den allmänna parkeringen på toppen, upplyst av månen, när de kom fram hittade de inte bilen på den plats där de hade lämnat den, både Mireya och Maria Teresa när de anlände)

— Titta på min vän Mireya! Han lämnade mig otacksam.
– Har du lämnat något i bilen?
—Nej, jag tog precis med mig min väska, men min versbok stannade där inne.
– Gillar du poesi? frågade Robert när de gick tillbaka till Zenteno—familjens stuga.
—Jag gillar all slags poesi; Jag har vågat skriva en del.
– Vi är två nu! För jag gör också poeten.
– Vilka enfaldiga vi är!
—Inte enkelt, inte cheesy, vi bara gillar det, tycker du inte?
—Jag är verkligen inte Sor Juana.
— Inte jag heller, Amado Nervo! ¿Ingen ugn Juan de Dios Peza, ingen Antonio Plaza... (I det ögonblicket kom han ihåg en poetisk passage) ... Har du någonsin läst Plaza?
– Jag är inte lärd! Men jag känner några. Tävlar vi? Men inte fullständiga, låt oss säga någon del av dem men det betyder eller är motiverat av något som händer oss.

(Maria Teresa friade medan hon gick, hon tog honom i höger hand och satte honom sedan bredvid henne på en koffert vid kanten av Palapa—trädgården där de redan hade passerat, innan de nådde Carlos hus)

— Jag tycker att det är extraordinärt ung dam! Låt oss se hur hans poetiska ådra är och hans förmåga att anpassa den till omständigheterna... Nästa —Robert fortsatte att berätta för honom — Det är inte värt det eftersom jag tänkte beskriva en del av Antonio Plazas vers som heter —Flower of a dag — för att visa dig att kvinnor inte förstår mig, eller de flesta människor, observera det filosofiska djupet som detta fragment har...

—Det är inte konstigt att du ville provocera mig, inte heller är det konstigt att du ville tända på mig, eftersom du kunde misstänka mig, men du har inte kunnat förstå mig... Ja, eller hur? Det betyder att en kvinna provocerar mig, hon kan tända på mig och om hon inte fortsätter med mig så förstod hon mig bara inte, hon misstänkte mig, förstår du?

—Jag förstår dig; Jag är ingen åsna! Har du haft många flickvänner Robert?

— Är den versen?

—Nej, seriöst, har du blivit kär eller har du blivit kär?

—Jag har en illusion från många år sedan och några passioner på senare tid som har varit tillfälliga, jag är ärlig.

—Så, det jag ska säga om Manuel Gutiérrez Najera är bra, och han säger, låt mig komma ihåg...— Tidigare flickvänner är tomma bägare, vi lägger lite kärlek i dem, vi drack nektar, dagarna som flydde Ta med andra koppar med ny sprit! Så, passionerna du upplevde var en typ av kärlek då, om du älskade med dem drack du deras nektar, när du avslutade de relationerna... — Dagarna flydde—, de dagarna då du var vid deras sida och vad händer med du nu? Du är villig att ha en annan flickvän, eller älska igen...

Det är därför andra brudar kommer med ny sprit... Jo, du är kokett! Tro inte att jag inte inser att ni uppvaktar mig, ni män tror ni erövrar oss Fel! Vi

erövrade dem. Vet du varför? För vi valde dem! Tänk efter att jag avslutade min presentation!
– Ganska illustrativt! Och du är före mig. Vi får se! Nu är det min tur. Varför tittar du så insisterande på mig?
– Du imponerar på mig! Om du är konstig gör du mig nervös, jag vet inte varför.
—Jag ska beskriva ett komplement till det du nyss nämnde för mig, det är från Amado Nervo och det står...— När jag lämnar begravningen för evigt, vaknar ett nytt liv av passion och blir lycklig, om du förlorade en kärlek kommer en annan tillgivenhet att knacka på din dörr, Varför förhindra att dött hopp återuppstår med stolthet för de sorgsnas bästa?
— Menar du mig med det där fragmentet?
— Frågade hon honom och tittade uppmärksamt på honom.
— Du förlorade en kärlek och du har inte glömt den!
— Jag har en pojkvän!
— Men du älskar honom inte! — Du har honom vid din sida av trots.

Maria Teresa skruvade ihop ansiktet och såg irriterad ut. Vad läser du i mina ögon, eller vad?
— Var inte arg Tere! Jag sa till dig på det hälsosammaste sättet, jag menade inte att förolämpa eller såra dig, förlåt om jag gissade.
—Man kan inte alltid glömma en man, även om han ville ha en, föll det honom in att säga till mig att vi inte kunde fortsätta så! Jag var vilsen för honom.
– Och nu, vad känner du för honom?

—Jag vet inte, jag är arg på honom, mitt mod försvinner inte och jag kan inte förstå varför vi avslutade något så vackert.
– Du misstänkte det bara!
—Ja verkligen! Inte ens att han såg ut som du. De är likadana! Skillnaden är att han är skild, men han avgudade mig.
—Då har du det här poetiska fragmentet kvar, lyssna... —Ett nytt liv av passion vaknar—... Inte det du har för det är av trots, du måste redan ha något mer entusiastisk förhållande, med sexet Tere, fastän det är respektabelt din oskuld, nu, om du vill behålla den tills du gifter dig, måste du först glömma ditt livs kärlek...
Om du inte kan göra det till den bästa medicinen, som ordspråket säger, drar en nagel ut en annan nagel, om du inte vill nå sexuellt umgänge med en och annan passion, försök då att bli kär och ge den erotiska passionen till den nya kärleken , men att du verkligen finner dig själv kär, åtminstone i det ögonblicket.
— Och vem tror du att jag blir så kär över en natt, du tror det inte ens?
– Inte vem som helst! Jag håller med, för det första att du gillar honom på ett distinkt sätt, för det andra att önskan att kyssa honom föds i dig, och för det tredje att du är villig att riskera att ens ha intima relationer med honom, även om den kärleken bara varar en natt, Jag älskar dig. Jag försäkrar er att ni inte kommer att ångra er om det är uppriktigt från er bådas sida.
—Så, om du förlorade en kärlek, skulle en annan kärlek knacka på din dörr? Eftersom han gjorde slut med mig accepterar jag det inte! Att bli skickad att flyga är inte särskilt trevligt.

—Det sårade honom som det gjorde dig, jag föreställer mig att han hade starka skäl för att besluta sig för att lämna dig, om han avgudade dig som du säger. Har han barn?
— En, mamman lämnade med en annan.
— Det finns! Han tänkte på att du skulle ta hand om honom och utbilda honom.
– Barnvakt i min ålder? Steg!
— Ser du då varför han lämnade dig? Med all sin smärta var han tvungen att välja mellan din son och dig, förstår du?
– Jag förstår! Jag hade inte sett det så, du har rätt, men jag tappar inte modet!
– Var inte elak.
– Det är inget agg! Jag har redan sagt till dig, det är ilska, förbittring för jag kan inte glömma hur mycket det fick mig att gråta. Det slet mig isär! Jag missade nästan terminen i skolan. Jag kommer att glömma det!
—Jag vet inte hur du blev kär i en gift man.
' Han är ung gift, men omogen.
—Kom ihåg sista meningen... —För att förhindra att dött hopp stolt återuppstår till det sorgligas bästa —... Nu när du är vid min sida försvann sorgen i mitt ansikte, men när jag satt bredvid dig i Palapa dina små ögon nästan grät av sorg.
—Nå, mina små ögon grät inte, de menade allvar för att en våghals ville komma fram till mig och det är så jag är blodig...Mireya och jag gillar havet, måsarna, vågorna, säger hon för att begrava henne i vatten som sjömän...
Det finns en vers, också av Gutiérrez Najera som vi båda gillar, säger utdraget, bara den första eftersom jag aldrig har lärt mig den som hon,

den är mycket välkänd... —Jag vill dö när dagen minskar, den högt hav och med ansiktet mot himlen, där ångesten verkar som en dröm och själen en fågel som flyger...

Gissa! Dö inte på dagen, dö på natten så att ingen ser dig dö, eller åtminstone att mörkret döljer dig lite, att de kastar dig i vattnet och låter dig se himlen, att ögonblicket av din vånda är bara en dröm Och om du tror på Gud och på ett annat liv vid hans sida...

För du kommer att veta att jag är en kristen, ja, katolik, Guadalupian! Till all ära...Och att det är en havsmås som om det vore vår själ, svävande mot Gud. Jag gillar det väldigt mycket! Även om jag föredrar att dö som en gammal dam och i mitt hus, om du kan få sällskap, bättre! Även om det inte stör mig.

– Jag har en herde! Kommer du att kunna förstå det?

– Jag förstår! Menar du din illusion av kärlek?

— Bra jobbat, min smarta vän! — För henne kommer jag att hänvisa dig till en annan vers, den här är från, vad heter hon? Ha ja! Rubén C. Navarro, är också välkänd —Mitt huvuds Kristus—

— Du slog mig snygg! Jag hör dig.

——När jag var ensam, ensam i min stuga som jag byggde på sidan av det djärva berget vars topp för århundraden sedan framkallade lusten att bryta molnen och röra vid himlen när jag snyftade av trösten att min herdinna, mer än någonsin surmulen, från min kärlek till ropet svarade ingenting, när mycket trött på melankoli en inre röst alltid sa till mig att jag skulle dö om hans lilla

vita själ inte gick till mig, jag bad till Kristus i min säng! För att han älskade mig! För att han älskade mig!... Är det inte vackert?
— Jag gillar det! Låt mig försöka spela dig snygg så att du kan se att jag börjar förstå dig...
—Det är dags att utvärdera dina esoteriska förmågor unga dam, varsågod Teresita!
— Låt oss se!... Du har tid att känna dig ensam utan henne sedan du träffade henne och sedan bildade du en illusion som fick dig att känna dig komplett, hur allting än har förblivit i drömmar, det är som att befinna sig i molnens moln . Vad talar versen...?
Och när du nämner himlen, menar du mina måsar för du har också velat dö när du känner henne borta från dig, surmulen, utan att ge tillbaka... Din melankoli kan leda till att du gör misstaget att älska någon du inte riktigt älskar , att bli kär ibland och försöka känna sig död när du kände att hennes lilla vita själ inte var för dig, för jag föreställer mig att hon är oskuld ändå.
— Vissa! Dotter till en familj, konservativ, från hem till skola eller mässa och hem igen.
— Och du valde mycket väl din hänvisning till min med Kristus! Jag undrar tror du på Jesus? För vem ber du då om att älska dig?
—Min moster, även om hon är ganska ung, har hon inte varit intresserad av att lära oss att Malena, mer eller mindre, men inte övertygad, jag tror att bristen på våra föräldrar skadar oss mycket och man kommer att tro på ingenting, men jag förstår att Jesus var en god varelse som måste vara väldigt viktig för att han ska bli älskad i så många århundraden, det måste finnas en stor sanning bakom honom, du kan försäkra mig om att

att be till honom är säker på att jag skulle kunna uppnå mina drömmar, i så fall skulle jag be till honom!

— Varken Gud eller Jesus Kristus är uppmärksamma på dina kärlekar! Om du vill att en kvinna ska älska dig, våga visa henne att du förtjänar en möjlighet att lägga märke till dig eftersom hon redan har erövrat dig genom att fästa sin uppmärksamhet på sin person, men hon har inte valt dig än, så du är sårbar för att bli erövrad av henne. andra kvinnor som kan leda dig till passion eller total förälskelse, allt beror på om de kommer att sammanfalla i önskningar, mål, smaker och att de älskar varandra djupt.

—Du överraskar mig verkligen Tere, jag föreställde mig inte att du var så insiktsfull och suggestiv, liksom kultiverad. Du överraskar mig! Du är en otroligt vacker tjej i ditt utseende och i ditt innehåll.

— Jag tror att om jag inte behövde gå och studera skulle du vara i fara med mig.

– Vilka faror skulle du vara kapabel till?

— Att erövra dig! Och det är därför jag ska berätta ett fragment av en annan vers som är av Ramón López Velarde... Han säger... —Och att tänka på att vi kunde knyta ihop våra händer och skynda i en kyss de bördiga somrarnas gemenskap.

– Låt mig tolka det nu! — Du låter mig?

—Men provocera mig inte längre för jag svarar inte.

—Tja, inombords är du orolig för att förlora kyssen som denna sommar skulle kunna länka våra liv, händer som vänner och i gemenskap för att förena oss för alltid att förlora din kyskhet med mig, men allt förblir vid makten, har jag fel?

—Låt det jag känner för dig stanna där, för jag är en slav under dina illusionskänslor och jag är fortfarande väldigt sårad av kärleken själv... Du har skapat en illusion för mig, jag känner mig beundrad av dig, jag känner att när du tittar på mig stjäl du min andedräkt, mina aromer, du får mig att känna din, du får mig att känna mig vacker, jag kommer inte att glömma att jag lovar dig! Det är som kärlek vid första ögonkastet, vilket inte fungerar förresten!

— Jag ska berätta det sista fragmentet av en Tere—vers av Eduardo Marquina som kommer väl till pass. De är inte äktenskapsförslag! Om inte fullt tack för din sötma... Den heter —kärlekens psalm—... —Gud välsigne dig älska för att du är vacker, Gud välsigne dig älska för att du är min, Gud välsigne dig älska när jag ser på dig, Gud välsigne dig älska när du ser på mig... Vill du tolka det?

— Du är förolämpad med min naivitet! Hur är det möjligt att du har rätt och aktuella fraser i dina ord? Du är fantastisk! Avancerad för din ålder, du ser ut som en klok gubbe, hur vill du att någon inte ska bli kär i dig? Bäst att vi går nu! För det här börjar bli svårt.

(Genom att berätta för henne, bjuder jag honom att gå mot Carlos hus, Robert stoppade henne innan han nådde det och tog henne i vänster hand, drog henne mot sig, tog hennes vänstra kind och förde hennes ansikte närmare hans, lämnade henne en mjuk kyss och öm på sina fylliga läppar, utan större press för att blanda dem, utan att ta bort hennes intimitet och bara lämna doften av hennes våta mun, suckade hon intensivt, tog ett andetag och slöt ögonen...

Robert tog tag i hennes högra arm och ledde henne till dörren till huvudentrén, knackade på den)

Hej Josephine! Hur mår du? Titta, det här är Maria Teresa.
— Din unga flickvän Bob?
— Nej, han har fortfarande inte gett mig ett ja. —
— Var inte en dålig dam! Unge Bob är särskilt bra och vi vill inte att han ska lämnas ensam. Tror du det? Vi har inte träffat honom flickvän! Det är inte den här gamle mannen, men med de där älskareögonen som han har och hur snygg han är, har ingen lyckats fånga honom för...
Där som ni ser! Många tjejer går runt honom, men han märker inte ens dem, men du är väldigt vacker, de är ett bra par. Kom in unga människor! Charly sa åt mig att gå upp till hans sovrum medan de går ner för att äta middag.

— I det ögonblicket var Lulu, Becky, Rocío och Malena på väg att gå upp på övervåningen när han ringde sin syster—. Malena!
— Var är du bror? Du älskar att försvinna!
— Vi pratar senare! Ska jag fråga Maria Teresa en stund medan jag går upp på övervåningen med Carlos? Ursäkta mig, Tere, vi ses senare. Misstänka mig inte! Robert varnade honom och utbytte ett par leenden på sitt avsked.

— Kom Maria Theresia! Låt oss gå upp på övervåningen, vi blir bara dammiga och går ner, — utbrast Malena.
– Vet du inte var May är? — frågade Rocio med hänvisning till Mireya—
– Den är redan borta! Du känner henne, jag antar att hon inte mådde bra — svarade Maria Teresa när de gick upp för trappan för att komma till Lourdes sovrum.
– Jag skulle åtminstone ha berättat för min mamma, hon frågade om henne.
— Och vad vill du att Rossy ska göra? När omogen kommer in i henne, vem tål henne? Oroa dig inte! Det måste finnas i ditt hus vid det här laget.
— Tro inte att jag oroar mig för mycket, jag vet att hon gör som hon vill, men min mamma var otroligt arg eftersom hon var tvungen att prata med henne idag.
– Har han berättat vad det handlade om? frågade Maria Teresa honom när de kom in i sovrummet där Lourdes och Rebeca gjorde sig i ordning.
— Jag vet inte! Det handlar om något hon pratade med Olmedo — sedan tog Rocío borsten för att fixa hennes hår.
– Där når de oss!

(Lourdes berättade för dem vem som lämnade rummet med Rebeca medan Robert låg kvar vid foten av trappan och väntade på Maria Teresa... Plötsligt kände han att de tittade på honom när han såg Lourdes och Rebeca gå ner, den här, och passera in framför Robert, hon borstade hans ben med sin högra hand som om hon lämnade honom en lätt smekning som kompenserade för det otillfredsställda behovet, hon stirrade in i hans ögon som om hon ville slita ut dem...

Den som inte slutade iaktta honom på avstånd var Enriqueta som var samlad med de andra vuxna... Han frös när han märkte hennes enträgna blick, förstod att de skulle leta efter Mireya, om hon visade sig skulle bomben explodera, Robert hade inte längre att hålla grav tystnad och försöka undvika blickarna från Enriqueta som hade honom väl placerad, Rocío och Maria Teresa var redan på väg ner)

—Carlos säger att han ska vänta på honom, Bob, som kommer ner nu, — berättade Rocío.

– Tack Rossi! Vi ses senare Tere, gå — Maria Teresa tog hans högra hand ett ögonblick utan att säga ett ord, visade honom sitt säregna flirtiga leende, han slöt sitt vänstra öga, Enriqueta såg honom, för hon tappade ingen rörelse och märkte att Robert gjorde det. inte röra sig från gruppen Istället lösgjorde hon sig från gruppen och gick mot gruppen, som inte kunde röra sig då hon kände att mötet med henne var oåterkalleligt. Enriqueta närmade sig och han kunde inte fly därifrån.

– Vilket mirakel Bob! — Enriqueta berättade för honom.

– Hur mår du Quetta?

— Förvånad över att se dig här, jag föreställde mig inte att jag skulle hitta dig i det här huset.

— Du ser! Ödets saker.

– Jag antar att du är en vän till familjen.

— Från Charles! Jag visste inte att du var hustru till arkitekten Olmedo.

– Mitt efternamn är Samaniego Albornoz. Varför?

—Det som händer är att din man ritade annexet på baksidan av min mosters hus och jag hade möjlighet att prata med honom när vi träffades, du sa inte till mig vad han hette, än mindre hans efternamn. Kom igen! Inte ens din, du sa precis till mig att vi en dag skulle ses på Parque España. Vad hände med er relation?

— För mig? Hon är redan död! Det som intresserar mig är att bevara balansen i min familj, jag är uppfostrad med moraliska principer, jag är katolik och jag lärde mig att förlåta, jag pratade med honom och han lovade mig att det inte skulle hända igen, och även om jag inte längre älskar honom som förut har han varit min första och ende man jag någonsin haft, jag gifte mig med Guds välsignelse och om han var en äktenskapsbrytare med mig kommer han att döma honom, inte mig, jag måste tänka på mina små barn.

—Kom ihåg att du sa till mig att du redan var andligt skild när han var en äktenskapsbrytare.

— Det vet du och jag hoppas att du är diskret!

—Jag har inte rykte om att vara en skvaller, Queta, och om du är orolig om de frågar varför vi njöt av vårt sällskap enormt tillsammans med klunkar kaffe och te, där du berättade att du var nöjd med mig, nej problem! Jag kommer att vara en grav, men jag kommer inte att glömma.

– Det måste vara vår hemlighet, Bob! Jag känner mig inte syndig på grund av vårt möte, jag har redan sagt till dig att jag är fri inför Gud och jag kan älska dig om jag vill utan att synda.

— Vilken barbari Queta! Vem skulle se oss ha en hemlig kärlek i ett så konservativt samhälle?

— Förstå Betty! Jag vill inte få upp mina förhoppningar om dig, jag bestämde mig för att ägna mig åt mina barn, om Gud i framtiden för mig närmare dig, är det bra! Jag accepterar det, för nu håller jag dig i mitt hjärta som något speciellt och privat, du är otroligt ung och jag vill inte bli mer upphetsad än jag borde, tur tjejen som finns vid din sida.

—Hur många barn har du Queta?

– Sa jag inte det till dig?

– Vi gick inte så djupt in i vårt korta samtal, tjejen.

—Jag har fem barn, Soledad, den äldsta som är arton, Julian Cito, sexton, Maribel, fjorton, Martín, tolv, och Francisco, sju, den yngsta och pilonen för de kommer inte längre...

—Om man är så troende och katolik ska man inte ta hand om sig själv.

—Det som händer är att jag inte längre kommer att ha relationer med min man, vilket är orsaken och mitt tillstånd.

—Jag tror inte att jag tål kyrkligt celibat; Jag tror inte att din man kommer att bli munk.

—Det är förutsättningen för att du ska bo hos oss i huset.

— Och du kommer att stå ut med att inte ha sex? Så ung du är!

—När jag behöver göra det, ska jag leta efter dig, — sa hon och log.

– Vilken barbar du är! Låt bröstslagen höra dig.

—Jag gifte mig vid sexton, jag är trettiofem och jag är inte ung längre som du ser.
— Du är mycket bevarad! Kan det vara så att det är naturligt och hälsosamt att ha så många barn?
— Ni smickrar mig! Men mina bästa år ligger bakom mig och jag är på väg mot klimakteriet.
—Det är den bästa tiden att kräva att man ska ha en partner vid sin sida, det är hälsosammare än man föreställer sig.
— Hur vet du så många saker, lilla geni?
– Det finns många böcker här i livet.
—Försvinn då inte och låt mig veta var du bor så att jag kan leta efter dig. —
—Jag upprepar vad jag nämnde härom gången, du är en komplett, attraktiv och mycket åtråvärd kvinna, jag hoppas att din man förstår och lyckas vinna dig tillbaka eftersom han skulle förlora ett monster av följeslagare.
—Om du har något som Bob är ett sätt att behandla kvinnor på, är det något som vi knappast kan glömma.
—En dag ses vi igen, för nu måste du återvända till din vuxenvärld som ser oss med nyfikenhet och misstänksamhet, samt förvåning, jag skickar dig en kyss på din ömma mun genom vinden som jag inte har provat.
— Jag tar emot den och delar den med dig! Hitta mig!
— Tveka inte! —Robert slutade med att säga— Glöm inte att vi ska äta middag tillsammans!
— Vad spännande min vän! Glöm inte, du är en av mina viktigaste hemligheter och jag delar

den inte med någon, nästa söndag ska jag ge Paquito frukost i Parque España. Jag inbjuder dig!
— Hon är galen! Låt arkitekten veta.
— Förstår du inte bara Bob? Mellan honom och mig finns det överenskommelser om att jag är med honom eller inte, det betyder inte att jag redan har glömt, jag har redan sagt till dig att om jag förlåter honom är det för mina barn, om jag fortsätter med honom är det inte så att han gör med mig vad han vill...
Rigoberto är förbjuden att ifrågasätta mina handlingar eller attityder och mitt sätt att vara, jag kommer att ta hand om familjen som alltid men han kommer inte att röra mig igen, även om jag inte kan vänta, du Bob är min bästa och första vän jag har, det gör jag inte känner för det, speciellt för mina barn, letar efter vänner någonstans jag känner inte en annan man eller en annan kropp än hans och jag är också livrädd för att veta hur det känns att vara med en annan att älska. Jag älskar vår hemlighet! Förneka mig inte.
— Hur tänker du? Jag är inte så grym.
—En annan sak, Bob, om din flickvän blir upprörd för att hon såg oss tillsammans, berätta för henne att vi är vänner. Om hon inte säger hej till mig vid tillfälle kommer jag att förstå.
— Vilken flickvän Queta?
—Den blåögda krigaren som gick upp med Rocío.
— Hon är inte min flickvän! Hon är Mireyas vän.
– Åh wow! Av de där lätta hjälmarna?
– Det är inte hennes fel.

—Du har rätt, min hämnd har många nyanser och det är att glömma, så vad är din flickvän då?
– Jag har varit singel sedan du träffade mig.
– Du har redan en hemlighet!
– Låt mig säga att jag inte känner honom.
— Du har den framför din lille pojke! Berätta inte för någon, det är vår hemlighet.
—Jag vet hur du känner, Queta, oavsett om vi sammanfaller eller inte i framtiden, kommer vår upplevelse att bli oförglömlig och du kommer alltid att stanna på en speciell plats i detta hjärta som inte kommer att glömma dig.

(Enriqueta log väldigt smickrat av vad Robert sa och hon gick mot mitten av mötet, Carlos gick ner för trappan med Malena och såg Robert korsade armarna vid foten av trappan)

– Vad gör du när du står här vännen?
—Jag kommer inte att vara ensam i det mötet, det vet du redan!
– Vad ska de göra med dig? Kom igen! Låt oss gå.

(Han tog honom i nacken och drog honom, höll Malena vid sin sida... I den stora matsalen stod det stora bord, ett av dem placerat i rummet som på grund av sin storlek tillät så många matgäster att delta, där fanns också Don José Manuel Zenteno Blumenkron och hans fru María Concepción Alonso Uríastegui, Hernán MalMs.do och hans fru Paloma Basterrenchea Aragón de MalMs.do med deras son Manuel...

Han hade också sällskap av Pilar Mena Menéndez de Fernández med sin dotter Rocío, arkitekten Olmedo och hans fru Enriqueta med deras dotter Soledad, Don Manuel Bojalil, Carlos, Bright Star och Lourdes Zenteno Alonso, Rebeca Díaz Acevedo, Robert och Magdalena Santillana Musset, Maria Teresa Sarda Ferrer, Don Diego Velásquez och hans fru Pilar Zambrano de Velásquez med dottern Ana Maria vid sin sida och Enrique Centeno Blumenkron, Carlos farbror, totalt tjugotvå deltagare som var uppdelade på två långbord...

I den stora matsalen, Don José Manuel Zenteno som serverades aptitretare av kamomill och portvin...

Vid det andra bordet, i spetsen av Carlos—fönstret, till vänster om honom Malena och till höger om hans Bright Star, till ena sidan av Malena och Lourdes, sedan Rocío och sedan Soledad, och sedan Maria Teresa...

I ett annat huvud, framför Carlos, tog Robert plats... Vid varje bord serverades bröd, smör, grädde, såser, pambazos med mullvad, guavavatten och citron... Vinglas hade även ställts till de vuxnas bord och flaskor med röd Rioja och vit cavernet...

Menyn skulle vara sparriskräm, vitlöksmojoräkor med spenat, morots— och smörpotatis, jordgubbsmusa, tre mjölkkaka och kaffe...

Vid matsalsbordet, där Ana Maria befann sig, var det blandade kommentarer om det spanska inbördeskriget, skiftande mode, demokrati, förändringar i utbildning...

Herrarna i den ena avdelningen och damerna i den andra, indelade efter teman och intressen, utbytte aspekter när det passade dem... Vid ungdomarnas bord rådde en märklig tystnad medan de åt middag förutom i fallet Malena, Lourdes och Rocío , som även med Rebeca, som var långt borta, utbytte kommentarer i stort kamratskap...

Carlos och Robert gjorde tecken till varandra att de kände till och ett eller annat suggestivt ord med några ingripanden av Maria Teresa...Soledad Olmedo kommenterade Maria Teresa och Bright Star och Manuel uttryckte intermittent en kommentar och lämnade ett ja i luften, eller ett nej. De åt efterrätt och kaffe redan när Malena ingrep i allas samtal)

— Tjena tjena! —Han sa till alla— Var inte tråkig och sluta göra var och en till din grupp. Låt oss alla prata! De tror inte.

Sedan ingrep Carlos och utstationerade henne med nöjet att ha den önskade kärleken vid sin sida. Hanen har rätt! Det skulle vara trevligt om vi öppnade ett ämne.
—Du som kan många saker broder, varför föreslår du inte något?

(Malena frågade Robert. Medan han slutade göra några anteckningar i en liten anteckningsbok han hade, höjde han ansiktet, observerade Bright Stars ansikte på avstånd, som undvek att se honom ansikte mot ansikte, även om hon inte slutade visa uppenbar lust att göra det.)

– Okej! Vad tror du om vi spelar på flaskan?
– Hur tycker du Beta? Det är spelet där man tar av sig kläderna, eller hur? frågade Lourdes honom.
— Nej nej nej! Vänta! —Robert log åt allas förväntan och Bright Stars rynkade panna, som visade synlig irritation över en sådan fräckhet— Hur tror du att jag tog fram ett sådant förslag? Vi kommer att spela tur så att den som rör vid honom avslöjar sig själv för alla för att berätta om sin sanna personlighet, som han verkligen är, sitt intima sätt att tänka, sin sanna kärlek, sina rädslor, sina önskningar, sina bekymmer, sin oro, hans vänner. och fiender, och sedan ska jag tala för att försöka gissa hur de alla är — det var hans förslag.
– Tänk om det är din tur? – frågade Soledad.
– Jag är också med.
—Jag ska lägga till en annan sak, — utbrast Rocío.
— Ett huvud! Detta är demokratiskt.
—Att de också berättar om en upplevelse av kärlek som de har haft och den som de nu vill ha, — sa Lourdes igen.
— Om du hade en tidigare romans, och den du vill ha just nu? frågade Robert.
– Något sådant, eller hur.
—Jag föreslår ett sätt att berätta den typen av hemligheter. Jag håller med Lulu! Men vi kan säga den hemligheten på papper så att alla vet den, men regeln skulle vara att det skulle vara förbjudet att kommentera eller hävda något — insisterade Carlos.
– Det är inget skämt! utbrast Rebecca.
—Jag håller inte med, — svarade Manuel.

(Detta gav upphov till en diskussion för att bestämma sätten i ett spel som skulle tillåta dem att ha roligt, särskilt i det här sista ämnet)

— Vänta vänta! Tystnad Vänligen! Vi kan inte komma överens om tillvägagångssättet, så jag föreslår att vi nästa lördag träffas med de andra här, vi grillar och på så sätt deltar vi alla, jag är ledsen vännen, din idé blev inte framgångsrik idag.
— Det vore bra! —Avbröt Robert— Och för att inte såra känslor kan vi ha tillgången till valurnor eller urnor där vi i smyg kan deponera vad vi vill säga till någon, mellan oss förstås, och sedan rita vilken ruta som öppnas för att läsa det inför alla, med hänsyn Tänk på att vi kommer att berätta för varandra saker som inte är stötande, som är sanna och att vi i slutet av allt inte hamnar med klagomål eller agg, att vi fortsätter att vara en grupp vänner som respekterar varandra.
—Jag tror att enligt vad min vän föreslår, vad vi kan göra nu, vad Male säger om våra sätt att vara, säger den som rör flaskan något om sig själv och Bob bekräftar eller förnekar det och det diskuteras inte.
Men bordet är överdrivet stort! Hur kommer flaskan att riktas? Rebecca kommenterade.
— Gör det till två flaskor! —Carlos friade — Vi delade fem där och fem här, då, med Bob, Maria Teresa, Soledad, Becky och Rocío i ett kvarter, och på min sida med mig Male, Lourdes, Bright Star och Manuel, okej?

(Alla bekräftade sitt godkännande när Carlos ringde Dolores, kocken, för att ta med två tomma flaskor... De städade av bordet och bara några tårtfat, kaffekoppar och askfat fanns kvar på glaset, för de som rökte som Manuel, Maria Teresa , och Carlos, även om Malenas närvaro den här gången hindrade honom från att göra det eftersom han inte gillar röken runt henne...

Flaskorna kom för att starta spelet med identiteter som skulle få dem att fördriva tiden, den första motsvarade den extrema motsatsen till Robert, Malena flyttade den, hon vände sig om för att peka på Manuel)

— Manuel rörde vid dig! Namn, efternamn, ålder, yrke, graden av dina studier.

(Carlos krävde att han redan hade förstått Roberts idé och tog kontroll över spelet som den bra ledare han var)

— Hej, inte så mycket! Vill du också att vi säger våra storlekar och när det tappar oss? Rebecca kommenterade.

— Nu Becky! Var inte så fräck! Inget av dessa intimiteter — svarade Rocío.

— Antingen! Låt oss inte gå djupare, bara det jag kommenterade så att vi kan identifiera oss, så att vi kan lära känna varandra bättre — insisterade Carlos

— Lek inte, svåger! Inte för att det var ett förhör, utbrast Manuel.

— Har du något att dölja Manuelito? frågade Carlos honom.

— Nej, inga problem! Okej — svarade Manuel och fortsatte säga — Jag heter Manuel MalMs.do Basterenchea — Robert avbröt honom plötsligt.

– Har, har! Ursprunget till efternamnen så konstigt.
– Vad hände vännen? Gör det inte!
– Det vore bra att veta. För kulturen! Nej? Fast de är nästan spanska — sa Robert.
Inga problem, här finns kultur, vi är av anor — försäkrade Manuel.
– Okej Manuel! Fortsätt, — frågade Carlos.
— Kan jag?

(Manuel höjde sin hand som om han bad Robert om hans samtycke och visade sin uppenbara irritation mot honom, han log bara med en grimas av få vänner och sa inget annat)

– Nu Manuel! — Gör inga björnar, — insisterade Carlos.
—Nu föreslår jag Är vi i demokrati enligt Robert? Så låt oss se vem som vet mer än vad han frågar, för om han frågar, så vet han, låt oss se om vår kloka vän Santillána vet något om berömda män med kända efternamn — föreslog Manuel.
— De kastade bollen på dig, vän!
– Okej! Jag tar inte ut honom, jag accepterar din utmaning.
— Jag varnar dig, pojke, att jag har läst mer än du, att jag studerar på Ibero och att du, två år yngre än jag, slutar gymnasiet.

(Manuel sa trotsigt till Robert)

— Vad handlar det om? När det är min tur ska jag förklara mina skäl — utbrast Robert.

– Då bråkar de! Låt oss börja, Manuel kommer, fortsätt — insisterade Carlos.

—Juan MalMs.do var en känd spansk teolog, Marisols har anor, — sa Manuel

—Har du någonsin hört talas om markisen av Santillana och Inigo López de Mendoza? — frågade Robert Manuel

—Några berövas de Misérables? — Jag tror! —Jag svarar.

—Jag måste säga er att jag identifierar mig med honom —försäkrade Robert — Inte för att han var en del av aristokratin utan för att han var en framstående poet av medeltida tradition, han var självlärd moral och skröt inte om det och Juan MalMs.do var mer än en teolog en berömd exeget, han betraktade sig själv som grundaren av den moderna exegesen, det vill säga — då avbröt Manuel honom.

— Berätta vad exeges är! För de som inte vet.

— Vet du?

—Jag minns inte så väl, det är bäst att förklara det för dem om du vet, — insisterade Manuel.

— Låt oss se, det är den historiska eller doktrinära förklaringen eller tolkningen av en text som Bibeln, han kommenterade de fyra evangelierna mellan 1596 och 97, och om Gamla testamentet gjorde han det 1643 när hans skrift publicerades, han var också född i Queen of Badajoz 1534, inte alla Marisols har varit lysande, det fanns en Francisco MalMs.do som var en kastiliansk aristokrat som föddes i Salamanca och som var en av ledarna för samhällets revolt, han fängslades och halsen avskuren efter en strid.

(Robert förklarade när ett ansikte förvandlat till Manuel observerades som om han ville slita isär sin motståndare i kärlek, han observerade Bright Star som var uppmärksam på vad som hände utan att kunna dölja ett lätt leende av tillfredsställelse över vad hon hörde från kulturen utställning)

Från efternamnet Basterrenchea känner jag till en Ana Maria — sa Manuel — Förlåt, svåger — för att hon namngav henne! —tilltalade Carlos som fäste hans sårande blick på hans mänsklighet — Hon är chilensk — fortsatte Manuel — Och hon studerade strukturell grammatik. Otroligt känd! Har du något mer att säga professorn?

(Manuel frågade Robert, medan alla såg honom vänta på hans svar, inklusive Bright Star som inte tappade detaljer och letade efter hans ansikte, sänkte huvudet lite, Maria Teresa sträckte ut sin hand och rörde lätt vid den som för att uppmuntra henne, sedan Robert som observerade Bright Stars intresse stängde sitt högra öga på avstånd på ett vågat sätt och svarade lugnt sin motståndare som om det här var en examen)

— För det första, Manuel, om du tillåter mig rättelser, Ana Maria Basterrenchea är argentinsk och född i Buenos Aires 1913, studierna du nämner utfördes tillsammans med Rossetti, och Julio Basterrenchea är chilensk, denna poet föddes i 1910 och han dog 1979, av hans verk beundras min stad, kall öl och daglig död.

— Hur som helst, först avslutar jag min examen i Industriteknik nästa år och jag ska gifta mig året efter om allt går bra med Bright Star.
Manuel bekräftade och undviker ytterligare kulturell diskussion. Och tror du att du gifter dig med henne för kärlek eller för att de tvingar dig? frågade Robert honom.
— Vad är det för fel på Santillana? Vi älskar varandra och vi är kära! Naturligtvis börjar vi lära känna varandra, dessutom är det inte din sak, bara att du också är kär i henne — sa Manuel trotsigt.
—Jag måste svara på detta Manuel, jag måste säga dig att Maria Elena, din vän från universitetet, kommer du ihåg henne? Han såg henne nicka rädd. Hon gjorde några kommentarer till mig om vissa skuldebrev och om vissa familjeavtal för vissa familjer och vissa unga älskare.

(Robert nämnde detta när Manuels uttryck ändrades och han lutade sig tungt på stolsryggen och glömde sin arrogans medan Bright Star tittade på honom i ögonvrån, fascinerad av hans reaktion)

— Vad kunde min studiekamrat från Ibero berätta för dig som jag inte vet? — svarade Manuel med uppenbar nervositet.
—Jag förstår att hon inte precis är din partner, hon studerar redovisning.
– Ja, hon är min rumskamrat på college, – sa Manuel till henne och försökte avleda samtalet, då Pilar närmade sig bordet med ungdomarna.
—Ursäkta, killar, men det är redan lite sent, min man är på väg att komma från en resa och jag måste gå — han sa till dem när han tilltalade Maria

Teresa — Teresa, Mireya sa inte till er var han skulle träffas ?
— Nej frun! Vi kom överens om att åka tillbaka tillsammans, det som hände är att vi inte kunde hitta hennes bil, hon måste ha åkt till staden — svarade Maria Teresa.
– Den här tjejen igen! Nej, kom igen dotter!
—Mamma, jag ska sova med Lourdes, — utbrast Rocío.
— Ja frun! Inga problem, — insisterade Lourdes.
— Sa du till mig att du kommer att förbli man? —Fröken. frågade Pilar honom.
—Ja, vi hade redan kommit överens, — utbrast Malena.
– Ska jag anta att du också stannar, Becky? – Skulle jag bli förvånad om du inte gjorde det?
— Också, frun! Becky höll med.
— Hur ska ni göra tjejer, som ska sova i Lulus enkelsäng?
– Nej mamma! Han går sedan och lägger sig med Bright Star, eller hur Bright Star?
— Oroa dig inte Ms Pilar! Jag kontrollerar dem, – bekräftade Bright Star och log åt flickornas insisterande.
– Hur ser du barnet? Jag hoppas att de lyssnar på dig och inte orsakar dig problem.
— Gå bort, lugna dam! Om de inte beter sig slänger jag dem i sjön med kallt vatten.

(Bright Star skämtade, alla skrattade och njöt av hoten från en vän som de alla älskade)

— Jag hoppas att din mamma inte blir upprörd över det här, du vet hur känslig hon är med organisationen av sitt hus.
— Min mamma vet redan om det här och hon håller med, som jag sa till henne, oroa dig inte, vi har redan sovit tillsammans många gånger.
— Men här i Valsequillo?
— Det spelar ingen roll! Vi känner redan varandra väl och vi känner till de regler som vi måste respektera.
— Ja, om så är fallet, sov gott! Och Rocío, avslöja inte för att du hostar! Du kommer att få influensa.
— Vi kommer att ta hand om det, frun. Hålla sig lugn! – Bright Star berättade för honom igen.
— Det är bara så att det är kallt på natten i Valsequillo men kom igen! Ska vi gå Tere?

(Ms Pilar frågade Maria Teresa som fortsatte att titta på Robert samtidigt som han gjorde några kommentarer med sitt öra och försökte känna honom nära kontakten med sina händer)

— Ja frun!

(Maria Teresa svarade och indikerade Robert att följa med, han reste sig upp, hjälpte henne ta på sig kappan som hon hade lagt på stolsryggen, då hade Bright Star rest sig för att gå till köket...
Ms Pilar sa adjö till de andra gästerna medan Maria Teresa och Robert redan satt i ramen av utgångsdörren och pratade)

— Jag kommer att prata med dig imorgon! En andra poetisk attack väntade. Låt oss gå bundna! —. Robert berättade för henne när hon diskret tog hans högra hand med vänster, sa Maria Teresa, utan att ta blicken från honom, henne —. Jag tror på predestination, som du säger, jag är esoterisk! Och jag tror på reinkarnation på något sätt, jag känner att du och jag borde träffas imorgon eller vilken dag som helst som vi har förutbestämt, lyssna på och se dig senare i två fragment av en dikt som heter —Absence— av Efren Rebelled.

— Och vem är det? Jag kommer inte ihåg.

— Du måste läsa mer Robert, lyssna på vad han säger... —Mitt sjuka hjärta från din frånvaro utlöper av smärta för att du har lämnat, var är ditt välsignade ansikte? Vilka platser lyser upp din närvaro? Det är meningslöst för mig att förgäves låtsas likgiltighet. Jag söker glömskans vinge för att lugna min krämpa lite, mitt sjuka hjärta av din frånvaro slocknar i smärta för att du är borta... Är det inte gulligt?

— Jag gillade det verkligen, det är väldigt suggestivt.

— När vi träffas igen ska jag ge er några ord som jag skrev på mötet.

– Hur, när vi satt? Ge det till mig!

Nonoo! —Hon sa till honom leende, rörde sitt långa lockiga hår med grace, hon gav honom en puss på kinden när hon såg att Ms Pilar närmade sig för att gå — När vi träffas igen, ska jag ge den till dig! För det är ganska kompromissande, så ung man, sug i dig! Jag tänker på dig Robert, ta hand om dig själv, jag väntar på min tur.

(María Teresa gick därifrån, sa hejdå och gav honom den sista genomträngande blicken i ansiktet som för att hypnotisera honom...Robert stannade ett ögonblick i dörrspringan och lutade sig mot henne och accepterade att kärlekens spöken är lösa , och hur han kände att i sensationskarusellen kan allt hända, han föredrog att återvända med de andra...
Han kom till bordet där hans vänner fortfarande var, som redan visade sin trötthet av så mycket liv och rörelse)
12.30 7 maj

— Låt oss avbryta bålet för det är lite sent! Så vi kommer att fortsätta det här spelet en annan dag och min väns konfrontation med Manuel kommer att förbli oavslutad — berättade Carlos för alla närvarande.

— Jag tycker inte om att lämna oavgjorda frågor som inte klarats upp — kommenterade Manuel — Jag föreslår att vi på lördag, som du nämnde Carlos, fortsätter denna lilla fråga och — riktar oss till Robert som redan hade satt sig på sin ursprungliga plats vid huvud — till dig föreslår jag att du studerar för om jag vinner vill jag inte höra ett ord om mig själv eller mitt liv.

– Och om du förlorar? svarade Robert.

— Du ställer villkoren.

— Vi berättar sanningen och du glömmer Bright Star.

– Du är väldigt vågad vet du!

– Nej, hon är för mycket av en kvinna för dig. Du förtjänar henne inte! — Framför allt från vad du och jag känner till Manuel.

— Du vet ingenting! Du bluffar, plus att jag utmanade dig! Acceptera mina villkor om du kan.

—Jag påminner om att det var jag som startade utmaningen.

– Bra, jag accepterar! — — sa Manuel när Bright Star kom tillbaka från köket och tog plats i hans ställe, då fortsatte han att tala — jag kommer inte att förlora! Men det kommer inte bara att vara allas efternamn, utan för att se vem av de två som känner dem bättre kommer de att bekräfta eller dementera — sedan vände han sig till Carlos — Jag vill att Miguel och Julio Cesar ska vara närvarande som vittnen eftersom de känner gruppen.

— Vill du inte att vi tar med barnskötarna också? Carlos berättade för honom och gjorde narr av honom.

– Bättre! Så vi har fler vittnen.

— Vad barnslig du är Manuel! Du förvandlar ett spel till en personlig rättegång. Inga fler erbjudanden! Spelen är över! Och de löser sina meningsskiljaktigheter i Ringen, men först ska jag bryta den åt dig, för min vän rör vid ditt hår och dödar dig! Glöm inte hans kampsport, så gå inte ut med Simson som sparkar.

— Vem sa att man skulle slåss i ända? Och dessutom är han förbjuden att använda knytnävarna eftersom de är vapen inför lagen. Han vet det! Det är därför han är så lugn — försäkrade Manuel.

— Sluta! Flickor! Till din säng, gå och sova — Carlos beställde Bright Star, Malena, Rocío,

Lourdes och Rebeca — Och du? —tilltalar Soledad— Vad heter du?
— Ensamhet! Jag säger hejdå för att min mamma redan har ringt mig. Vi lämnar!
– Okej, men du är bjuden till lördag.
– Vi planerade att komma, vi ses här.

(Sade Soledad och sa hejdå till alla och drog sig tillbaka för att hinna med Enriqueta och hennes pappa som redan lämnade stugan)

—Jo Manuel, dina föräldrar är pensionerade, då kommer de inte att lämna dig! — Carlos berättade för honom med all den dåliga avsikten att få honom ur spelet, och Bright Star hade redan återvänt till köket tillsammans med Malena för att få lite vatten innan han gick i pension.
— Finns det inget sätt att förbli svåger? frågade Manuel.
– Nej! Det finns inga sängar längre, och du vill väl inte sova i vardagsrummet?
—Om du vill, så ger vi dig en hiss till ditt hus, Santillán. — Manuel sa föraktfullt att han förstod hans intresse för Bright Star.
— Ta det lugnt, MalMs.do! — Min vän stannar hos mig för att sova — upprepade Carlos
— Föredrar du att Santillán stannar än din svåger? Redan!
—Jag gillar inte att ligga med någon som snarkar, och du snarkar!
– Ska vi gå min son? — Ms Paloma skrek åt Manuel.

— Och du! —Han tilltalade Robert — Var försiktig med min flickvän! —I det ögonblicket gick Manuel, även utan att säga hejdå till Bright Star.
– Sätt dig ner kompis! Vi är äntligen ensamma. Fan Manuel, skitstövel! Jag vet inte hur du står vännen; med en gudfar skickar du honom till sjukhuset.
— Lämna det ifred! Jag har förberett ett bra straff för dig.
— Det där med Bright Star var bra, men du flyttade på mattan.
— Tro inte! Ibland har jag trott att din syster gillar mig och ibland att hon hatar mig.
—Något tjejen sa till mig att du är väldigt konstig och att hon inte har hört från dig att du en dag skulle få en flickvän, att du redan är gammal.
– Tror du inte att jag är gay?
– Sug inte! Hur säger du det? Det som händer är att vi inte vet något om dig, vi har sett dig med kvinnor, Mireya räknas inte för det är min pannkaka, fast jag ska lämna henne, men alla fick reda på att du gick ut med henne från Centralen , inklusive flickan, att hon, enligt Carmen, var halvseriös som om hon inte tyckte om att se dig med henne, men det mest överraskande var att se dig med den där tjejen som gick till Manuels hus.
— Maria Elena! utbrast Robert ledsen när han kände att han förlorat henne.
— Vad är fel?
– Vilken som helst!
— Kom inte på mig med skitsnack, jag känner dig. Har något hänt dig med henne? Eller hade du problem?
— Ingenting! Glöm det!
– Åh jävel! Döljer du något för mig, Bob?

—Jag vet att jag inte har några hemligheter för dig, men det är inte dags att berätta vad som har hänt mig, du vet att jag när som helst kommer att berätta för dig, så skynda mig inte, bror.
— Jag gnuggar dig inte längre vännen! Låt oss bara lämna det där, du vet, låt oss ta ett glas mjölk och avskilda oss i sovrummet.

(Då hade alla gått utom husföreståndaren som gick mot hennes rum)

– Ska du stanna, Bob? —Fröken. frågade Concha.
— Ja frun! Ja, inga problem?
— Åh mamma, se inte på honom så! Bob är redan en del av familjen. Som om det var första gången? – kommenterade Carlos.
– Det är inte den sonen! Det som händer är att vi idag har tjejer hemma, små kvinnor, det hade varit bekvämt för Bob att stanna i lägenheten.
— Bröst! Bob är min bror. han ska bo i mitt sovrum! Och gummor kan göra vad de vill, — utbrast Carlos irriterat.
– Prata inte med dem på det sättet, sonny.
— Matte färdig mamma! Gå och sova, vila, din man måste vänta på dig.
—Du behöver inte bli arg, min son, jag såg precis, jag litar på Bob. Godnatt!
— Kom igen chef! Din man kommer att bli arg för att du inte följer med honom.

(På Carlos insisterande drog hon sig tillbaka till den nedre delen där det särskilda sovrummet för stugans dueller fanns)

— Du var väldigt hård mot din mamma Carlos! —Robert berättade för honom.
—Låt oss gå till sovrummet, jag är redan trött och oroar mig inte för mina chefer, jag vet hur jag ska hantera dem, de är halvgamla och det finns saker de inte accepterar.
—Du misshandlar för att du är bortskämd med honom.
—Om det är någon bortskämd så är det Baby, de överväger mig eftersom jag är den enda mannen. Gör ditt huvud ont? — Jag frågade Robert när de gick in i sovrummet och såg att han rörde vid hans huvud.
—Ja, lite, det var ölen jag drack.
– Inte ens om du hade blivit full, vännen. Var inte överdriven!
– Jag kommer i alla fall att ta två aspiriner. Var har du dem?
—De står i köket, på kylskåpet.

(Robert gick ner för trappan när han äntligen förstod något tydligt i Bright Stars sovrum när han gick och försökte göra så lite ljud som möjligt... Nattens atmosfär var tyst och bara ljudet av luften som gled genom persiennerna och gardiner kunde höras., även om jag också uppfattade det svaga ljudet av en melodi, den musikaliska bakgrunden till filmen —Gigi—...
Robert observerade att köket också var upplyst utan att föreställa sig vem som kunde vara inne i det, han tvekade ett ögonblick att gå in på platsen eftersom det skulle skämma ut honom att träffa Carlos föräldrar och han sa till sig själv...
Vad spelar det för roll att vara lite törstig och med huvudvärk? Men, nöden och smärtan var

starkare än sorgen, och tänkte, med lite tur, att det skulle vara kocken som lyssnade på musik, eller en av tjejerna som kom ner för en stund...

Till slut bestämde han sig för att gå in, han öppnade sakta den vita vikdörren, även om han innan han gjorde det helt försökte märka närvaron av någon, en dörr var öppen längst ner i det som ska vara ett skåp, det var ljus, Han tvekade dock inte att tro att det säkert skulle vara personen han föreställt sig, kocken som fortfarande strosade omkring vid den här tiden på natten...

Med det självförtroendet tog han ett glas, hällde upp vatten och tog två aspiriner från en hylla, intog dem omedelbart, så snart som möjligt, sedan utbrast personen som var inne i skåpet ett lätt skräckskrik när han såg honom när han lämnade utan att veta vad som fanns där...

Det var Bright Star som kom ut från den där platsen där de förvarar matvarorna och täckte hennes mun, hon slutade aldrig att bli förvånad över att se Robert som stod kvar framför henne utan att säga något, hon tog ett andetag efter den stora rädsla som orsakades av ljudet som hördes i din entré till köket...

Det var en överdrift av henne, men att se sig själv i morgonrock och pyjamas ökade med det utropet hennes sorg över att bli sedd på det sättet, i nattrocken med de tvådelade blommiga sidenpyjamaserna, röda sammetstofflorna och håret tillbakadraget med ett flirtigt rött band också utan ett spår av smink, inte ens läppstift...

Robert visste inte hur han skulle svara på en sådan överraskning, en vision framför honom förblindade honom...Å andra sidan, och inför ett sådant slag, tappade han vattenglaset som han bar i handen, när han bröt den, stämplades han för ett ögonblick, fast fast vid golvet mellan glas och vatten, och var den första att reagera på detta oväntade möte)

— Ursäkta Bright Star! Jag visste inte att du var här. Titta! —Jag höll på att plocka upp glasbitarna som låg utspridda — Vad slarvig jag är! Jag har redan krossat ett av dina glasögon.

Hon log lätt utan att flytta från där hon var och berättade för honom. Bakom den lilla dörren, — pekade han på henne, — har vi en kvast och en sopskyffel.

Robert reste sig upp och försökte dölja sin sorg och nervositet och gav honom en grimas av ett leende. Tack! Det är bättre för kvasten att skära av sina borst än att mina fingrar lider av konsekvenserna av mitt misstag, tror du inte det?
(Bright Star närmade sig kylskåpet, tog ett glas först, hällde upp mjölk, gick till en av hyllorna och tog en liten tallrik och serverade på den, kakor från lådan hon hade tagit ur skåpet, medan Robert försökte sopa var och en av dem. glaspartiklarna som var utspridda på köksgolvet...
Bright Star tog plats i matsalen, täckte hennes ben med sin mantel, förberedde sig för att äta dem med varje klunk mjölk, samtidigt som hon inte slutade noggrant observera vad Robert gjorde...
Han tog blicken mot henne när han redan hade samlat ihop de krossade glasbitarna och när han tog fram moppen visade han den för henne)

– Uppgiften klar! För i morgon gör Josefina mig till mästare.

Hon skrattade igen med mer uppmuntran utan att säga ett ord. Vad kom jag för? — Robert undrade igen — Ha ja! Jag ville ha ett glas vatten, men eftersom jag redan tagit ett par aspirin, vet du? Mitt huvud gjorde ont, ja, det gör fortfarande lite ont, men det blir bättre, det betyder att jag inte behöver mer vatten, när du har huvudvärk måste du bota den! Det är irriterande att man får ont i huvudet, tycker du inte det?
— Bright Star nickade frågande och visade nu sitt vackra leende och när Robert tog ett steg snubblade han. Fall inte igen! Sa hon och försökte starta konversationen.
– Jag är redan skyldig dig en! Om jag tappar ett glas till är det för att någon, eller något spöke, kommer att lägga sin hand bakom mig.

(Då släppte Bright Star ett naturligt skratt ur bröstet som en händelse som fyllde hans eviga hemliga älskare med glädje, Robert tog till slut vattnet, tog det till bordet och serverade sig själv i glaset när han tog plats i andra änden av det)

– Skrattar du gott åt mig eller med mig? —
— Hon blev visst allvarlig, svarade honom lite — jag skulle aldrig skratta åt dig!
– Vilken lättnad! Jag känner mig otroligt nöjd med Bright Star.
– Varför tror du att jag kan göra narr av dig?
— För att jag är en fegis, en eskapist.
— Jag tror inte det! Du är blyg.
– Visst! Du känner mig väl.

– Inte så mycket som jag skulle vilja! Du är den som känner mig bäst, du tittar alltid på mig.
– Märkbart?
— Tyst!
– Hur länge sedan fick du reda på det?
—Sedan vi träffades på Benavente.
— Fyra år sedan! De är många, eller hur?
— Analyserar du människor?
— Ja! Jag accepterar det, ständigt.
– Jag gillar inte att du analyserar mig!
—Men du gillar att analysera, eller har jag fel?
—Än sen då? Jag är en kvinna! – svarade hon leende.
— Vilken skillnad finns det mellan dig och mig, förutom pengar, position etc.?
—Att du är en man och jag är en kvinna.
—Ja, jag accepterar det, och inte för att du bara är en kvinna utan för att du är den bästa jag vet.
— Är det därför du försvarade mig mot Manuel?
– Sanningen är att Manuel inte passar dig, Bright Star.
— Därför att?
—Jag vet inte om jag ska berätta för dig för du kan dra det till min fördel.
– Din fördel? – frågade hon nyfiket.
—För att vara ärlig, detta är ingen hemlighet, Bright Star, du vet att jag gillar dig sedan jag träffade dig och jag vill inte ta parti i detta, det enda jag vet är att du måste engagera dig fritt, med någon du absolut kärlek, eftersom du tillhör någon. de som kommer att leva för evigt med mannen du väljer.

— Du ser hur du analyserar mig!
— Bright Star, jag har sett dig så länge att jag känner dig alltför väl.
— Även om det efter fyra år är det första samtalet vi har tillsammans?
—Jag är kanske lite neurotisk, men jag ska vara ärlig, det som händer är att jag har idealiserat dig.

(I det ögonblicket kände sig Bright Star fruktansvärt smickrad och väckte i henne all den kärleksfulla känslan som hon hade hållit kvar i sina drömmar och väntat på den förtrollade prinsen)

—Jag är otroligt glad att du berättar det! — Du har rätt, jag är inte kär i Manuel, mina föräldrar har insisterat så mycket på att han passar mig, att han är en fantastisk pojke, att de skulle bli oerhört glada över att se oss gifta oss. Jag förnekar det inte! Jag accepterar att han är väldigt snygg och att många skulle vilja vara i min plats, säger de till exempelparet från Puebla, i alla fall är jag inte säker på att jag gör rätt för mitt liv.
— Du älskar frihet, Bright Star! Du älskar att ha många vänner.
— Det är så du känner mig.
— Du är öm, störande, fastän du alltid tänker på framtiden, därför är du reserverad med män, du har haft många friare.
— Ja, men bara två var mina pojkvänner!
— Varför gjorde du slut med dem?
— För när de gick någonstans oroade jag mig inte mer än jag borde, det betyder att jag inte gillar att oroa mig för vad de gör eller inte gör.
—Betyder det att du inte är avundsjuk?

—Jag vet inte varför jag berättar allt detta för dig om mig, nu kommer du att veta hur jag verkligen är, men det är okej, jag vill att du ska veta om mig som du inte har föreställt dig eller hittat på för det är vad du har gjort när du tittade på mig... Jag tror att när jag blev kär skulle jag verkligen inte förlåta min pojkvän eller make för att han var otrogen mot mig.
– Känner du inte att du blir kär?
— Jag vet inte! —hon log ett ögonblick innan en fråga som slog henne djupt eftersom hon var framför mannen i sitt liv— Jag har alltid varit orolig för alla och ingen speciell, jag gillar att ha många vänner. Jag älskar barn! Jag är orolig för de äldre, om jag har en pojkvän och han går så glömmer jag relationen jag hade med honom, hur som helst kommer han alltid att förbli min bästa vän.
– Om du hade en älskare skulle du glömma honom?
—Om jag någonsin har en älskare, som vissa gör, måste det vara efter min man, särskilt om mitt förhållande med honom tar slut eller jag skiljer mig. Ingen, jag skulle fortfarande vara hennes vän och jag kan inte vara illvillig. Varför frågar du mig?
—Eftersom jag är väldigt sentimental, romantisk och en drömmare, skulle det slita ut mig mycket att umgås med någon jag älskade djupt.
— Är du kär i Maria Elena?
– Varför frågar du mig nu?
– För enligt Manuel är han ditt livs kärlek.

— Robert log högt och skakade bara ogillande på huvudet—. Sa din pojkvän det?

—Hon sa till och med att det hon sa i mitt hus var för att göra dig avundsjuk.
— Gå med den här killens fräckhet! Förstår Bright Star, jag hade precis träffat henne den kvällen hemma hos dig, hon gick fram till mig och frågade om hon kunde lämna sin bil utanför utan risk för att den skulle bli stulen, fråga Ramón, Carlos kan bekräfta det eftersom jag var utanför rummet, även du såg jag kommer ensam.
—Jag kommer inte ihåg!
—Det spelar ingen roll, det som stör mig är att Manuel använder den där tjejen som var hans partner i Iberian, som avbröt henne för att ha fortsatt sitt engagemang för dig, och lämnar henne när du äntligen accepterar honom, oavsett anledning! av henne efter att ha sänkt månen och lovat henne tusen underverk!
– Hur vet du för mycket?
—Hon bad mig prata, jag lyssnade på henne och hon berättade allt det för mig.
– Vet du om de hade relationer?
– Självklart, Bright Star! Han lovade henne allt, även att gifta sig med henne.
— Manuel sa till mig att han är kysk för att han vill ha mig oskuld, och jag trodde på honom.
—I den här ungdomens värld är det väldigt få kyska, på seminarierna.
—Det är inte så att jag är gammaldags, jag vet att många av mina vänner inte längre är unga damer, men jag skulle vilja göra det för första gången med kärlek, med mannen jag älskar och som kan leva med honom hela mitt liv.
— Det är en vacker idé, Bright Star, men du kommer inte riktigt att hitta mannen i ditt liv i Manuel, särskilt eftersom ditt förhållande är en del

av ett avtal som finns mellan dina föräldrar och hans föräldrar och förlåt mig för att jag säger det. Så grovt, jag vill inte att du med detta ska tro att jag vill slå dig illa eller tala illa om någon...

Se! Jag skulle nöja mig med att inte ta emot klagomål från dig och låta mig fortsätta att observera dig, och naturligtvis beundra dig – Bright Star förvandlade hennes ansikte till irritation och stannade för att njuta av hennes kakor och mjölk som hon åt långsamt. Ursäkta om jag sa till dig så här, i alla fall, du var tvungen att veta, du är otroligt ung och vacker, du är en gudomlig kvinna, Bright Star! Du förtjänar bättre tur.

– Bright Star kände sig smickrad igen och fick tillbaka humöret. –Tack för att du berättade för mig Bob, du är en bra vän.

—Det är vad jag ville att du skulle säga till mig, att jag är din vän, nu har jag stigmatiseringen av att inte gå över gränsen.

—Jag har alltid tyckt att allt bra börjar med en god vänskap för att nå viktigare saker.

– Har du någonsin blivit kysst?

— Vad tror du?

— Glöm det! Jag är galen. – Han var tyst ett ögonblick. Det som händer är att jag har haft fåniga drömmar om att tro att dina läppar, Bright Star, är välsignade! Och att ingen ska lura dem om de inte förtjänar dem. Vilken loosie är inte?

– För att vara ärlig nej! De har inte kysst mig på läpparna än.

Robert var tyst ett ögonblick och njöt av nyheterna. Nu förstår jag varför några av dina pojkvänner har gått vidare.

—Jag vet inte, det är lite rädsla för att inte veta hur det känns, jag är inte en tjej längre.

– Rädsla för vad?

—Möjligen för att han inte vet hur man kysser, eller för att hans saliv eller arom inte behagar mig, för att han äcklar mig.

— Jag säger inte att du är gudomlig, Bright Star! Du är något speciellt, jag gissade på dig! Det är därför du är otillgänglig.

– Jag kanske blir singel.

– Varför inte kyssas? Förresten! Berätta om ditt hus i Puebla. Vad sa du till mig när jag stod i fönstret på övervåningen?

— Varför vill du veta?

— Av nyfikenhet!

– Jag säger inte att du är blyg!

– Feg skulle jag säga! Så, vad sa du till mig?

— Ja! Jag ville att du skulle komma ner.

– Fast Manuel var vid din sida!

—I det ögonblicket brydde jag mig inte om någonting, jag kunde inte förklara för dig vad som hände, det var en speciell känsla jag hade när jag såg dig, en ny önskan, när du inte kom ner och jag såg dig gå bort glömde jag om det ögonblicket och jag tänkte inte på dig längre.

– Vilken idiot jag har rätt? Men slutade du känna?

—Jag vet till exempel inte, nu känner jag mig otroligt glad över att prata med dig, jag behövde det, som om jag hade sparat många saker att berätta för dig, men du har inte berättat vad våra föräldrars avtal om Manuel är.

– Jag vet inte om jag ska berätta för dig.

— Du tänker inte lämna mig med detta tvivel! — Eller om? Du kan inte vara så elak mot mig.

— Hur tänker du? Okej, du frågade mig! Faktum är att det finns en utestående skuld mellan din far och Don Hernán, på ett stort belopp, det är skuldebrev som åtminstone skulle täcka tvålfabriken de har och han föreslog dina föräldrar att betala av skulden om du gifte dig med sin son.
– Betyder det att de sålde mig?
—Det är ett känslomässigt ekonomiskt relationsavtal genom bådas äktenskap, det är ett infall från damen.
— Jäklar! Vad fan! utbrast Bright Star ursinnigt till Roberts förvåning, hon reste sig hastigt från bordet lutad mot det integrerade köket.
— Hjälp mig med den här lilla flickan! Han skriker, blir arg och vet hur man säger starka ord, de kommer också att tro att jag gör dig illa i köket.

(Robert försökte se om någon hade hört dem eller fått reda på Bright Stars arga och högljudda påstående inför hennes uppenbara irritation, hon täckte sitt ansikte med händerna, synligt gråtande av ilska och besvikelse...
Robert gick fram till en tröstlös kvinna som stönade bittert som hon sällan gjort, han blev djupt berörd av att se henne så här, när hon höjde ansiktet framför Robert såg han henne full av tårar, det gjorde intensivt ont)

— Kände Manuel Bob?
— Självklart!
– Varför skulle jag tro på män? – Sa Bright Star utan att sluta gråta, sedan höll hon henne försiktigt och ömt i den övre delen av axlarna.
—Det gör mig mer ont att berätta detta, inte bara för att jag ser dig lida utan för att din idyll och

hopp om att bilda familj faller till marken, jag vill inte att du ska ta det på fel sätt, som jag sa, om något som skulle skada mig i livet är att du led, att något hände dig.

(Under tiden slutade inte Bright Star att gråta, lät sig ryckas med av behovet av förståelse och sällskap, av uppriktig värme, att känna sig trygg med att överlämna sig till hans armar och krama honom när han bara lät armarna springa över hans rygg...
Bright Stars högra kind föll på Roberts högra axel, han lät henne ventilera sig i en bekvämlighet av en öm kram, de stannade så i lite mindre än två minuter när Carlos plötsligt kom in i köket, förvånad över att se en sådan scen och observera henne syster gråter, sa hon när hon nådde dem utan att de visste om hennes ankomst)

– Vad gjorde du med honom, Bob?

(Bright Star såg honom när hon blev av med Roberts armar, hon gick genast till sitt rum, lite generad och distraherad)

— Lugna dig, Carlos, och lyssna!
— Min syster gråter inte lätt, jag minns inte att hon grät på det sättet, och, i din famn, vän!
– Sätt dig ner! Vill du? utbrast Robert allvarligt och irriterat, Carlos lydde ordern från den som använde sin förmåga att styra mänskliga känslor, som han sällan gjorde med nödvändig stränghet och beslut, han tog plats på samma plats där Bright Star var.

– Hur vill du att jag ska lugna ner mig? Jag skulle kunna bryta ditt huvud om du gjorde något mot honom, Bob, även om du dödar mig efter att ha försökt för jag vet att jag inte kommer att röra dig ett dugg. Men jag dör på linjen!
—Du slutar inte vara en självisk omogen Carlos, för du tar bort privilegiet att lita på mig, och omogen, för en kvinna som gråter på en mans axel och kramar honom och ber om tröst, är bara för att skydda henne, och här är din dumhet kommer, en sårad kvinna kramar inte varelsen som skadade henne...
Var inte dum! Det är enkelt, gör mig inte arg Charly! Du vet att det är svårt för mig att bli arg och mycket mer på dig, så kom inte till mig och gör sådana scener för det tar mig! Vår vänskap är över...
Du är inte efterbliven! Och du kan inte förlora ditt förtroende för mig på grund av en scen som du inte ens har analyserat, Bright Star är offer för en känslomässig aggression som kom utifrån mina armar som tröstade henne.

(Robert blev irriterad och tog plats på samma plats där Bright Star var tidigare)

– Okej vän, bara sådär. Förlåt mig! Om du blir så, vilket är ganska konstigt för dig, är det för att du har rätt, jag är väldigt fast, väldigt dum ibland, om du inte gjorde henne illa varför grät hon då?
—Jag sårade henne verkligen indirekt för att jag berättade en smärtsam sanning för henne.
— Vilka mammor sa du till Bob?

—Du kommer ihåg vad jag sa vid bordet att det fanns väntande information som jag var tvungen att ge dig om förhållandet mellan Manuel och Bright Star.
– Vad gjorde den här jäveln med honom?
—

—Först, lugna er!— Försök att inte prata med så mycket dumheter som stör mig, ugnen för bullar finns inte där, Manuel ljög för honom, han använde den tack vare en oärlig överenskommelse mellan din far och Don Hernán, din kära bror — svärförälder utnyttjade det för att få en extraordinär kvinna som hon inte förtjänade, som hon under andra omständigheter inte skulle ha uppmärksammat henne, säkert har dina föräldrar övertygat henne med stor enträget att detta förhållande är det bästa för henne och att de hoppades att det skulle konsolideras.
— Förklara dig själv, Bob!
Robert beskrev för Carlos i detalj vad María Elena hade berättat för honom om det den kvällen, när han träffade henne. Mina chefer gnuggar det inte ens längre! Jag älskar dem väldigt mycket, men gör det så mot tjejen? Inte konstigt att hon grät.
—Jag är djupt ledsen över att ha fått henne att lida, men det var orättvist att de hanterade hennes känslor i ett ekonomiskt syfte.
—Jag ska skicka den jäveln till sjukhuset för att han lekte med min syster.
—Varför Carlos, vad vinner du på det? Det är inte värt det, det du ska göra är att prata med Bright Star, så hon kan återhämta sig från detta utan att behöva ge det större vikt än det kan ges, det största straffet för dina föräldrar är att de

betalar sin skuld, även om de förlorar tvålfabriken...

De kommer inte att svälta efter det! Don Hernán får en läxa om att vi inte är i medeltiden där de köpt fruar till sina barn, och Manuel att han kommer att förlora den enda kvinna som inte är till salu, annars är det viktigt att Bright Star återhämtar sig från detta ovärdiga förslag.

—Jag är ledsen vän för din vänlighet och din mognad, vet du? Jag tänkte fria till dig, det slog mig att imorgon kan jag ta dig och Male till Morelia, vad tror du?

– Hur tycker du Carlos? Kommer och går bara för oss? Gör honom inte till en bror, det är bra att du gillar Malena, men du behöver inte göra meriter, du vet att om hon accepterar dig, varsågod!

—Nej, seriöst, det är inte bara för henne, självklart är jag intresserad av att hon ska komma bra och bekvämt, men för dig, att just nu när du behöver mig här är jag vid din sida, glöm inte att jag är kär med din syster, men vet fortfarande inte.

—Du överraskar mig, erövrare, du tog lång tid den här gången.

—De andra var avslappning och Pachanga, för att fördriva tiden, även om Ana såklart var något annat, hane är särskilt viktig för mig, jag vill inte göra misstag för om han inte slåss mot mig kommer jag att skjuta mig själv!

—Gör honom inte till en svåger, jag vill inte vara en avliden farbror.

– Titta, där är den! — Du berättar för Male planen, vi anländer till Morelia, vi bor på min farbror Antonios hotell och vi återvänder när dina

affärer är avslutade, samma dag om det behövs, eller näst bästa.
— Det är mycket övergrepp Carlos!
– Hej jäveln, som är min fis. Bråka inte längre! — Och prata med Male, titta, få ut henne ur sovrummet för Bright Star har redan berättat för henne om Manuel, vilket är säkert, de berättar till och med för varandra vad de ska dö om, det är så jag pratar med henne och lugna henne. Stackars mig! syster! Med dessa vinnare, var inte en downer!
—Vad ska vi göra åt det, det tar inte av din hud, dock har jag inte många alternativ, din önskan! Låt oss gå.

(De två kom till dörren till Bright Stars sovrum efter att ha gjort i ordning köket som bevittnat relevanta händelser i deras liv, Carlos knackade på dörren och Malena kikade ut)

– Det är du Carlos!
— Kan du låta mig prata med den manliga flickan ett ögonblick?
– Ja visst, kom igen!
Robert ingrep i det ögonblicket. Hane, följ med mig till Carlos sovrum.
— Så att?
—Carlos behöver prata ensam med Bright Star och jag vill göra det med dig också.

(Malena kom ut i pyjamas och tofflor motsvarande Robert, på väg till Carlos sovrum, de gick in medan de andra sov)

01.20 tisdag 7 maj

(Malena tog plats på sängen och Robert gjorde det i en liten fåtölj)

—I morgon åker vi eftersom vi har ett möte på notariekontoret, sa Robert till henne.
— Därför att? frågade hon fascinerat.
—Jag vill att du ska ta det lugnt, men moster Catalina sa till mig att farbror Salvador hade dött.
— Vad? Varför? åh! Det är inte sant Betty! – sa Malena grät, tog kudden och sjönk ner i den i hjärtskärande tårar.
—Det gör mig lika ont som det gör dig, syster, men det är inte alla de tråkiga nyheterna om detta eftersom vi redan visste att farbrorn hade en hjärtsjukdom, han hade varnat oss för att det inte skulle vara länge. Ni ser hur det var! Uppriktigt och tydligt, det är svårt att acceptera honom inte bara för att vi är skyldiga honom att vi inte har drivit, utan för att vi lärt oss att älska honom som en far...
Kom ihåg? Han sa alltid att vi var de barn han aldrig fick, det värsta för oss är att vi har blivit övergivna för för moster Aurora, må hon vila i frid, vi kunde dra åt helvete, och moster Catalina, vad ska man säga och hur man ska göra tror att dessa är systrar till min farbror Salvador, har redan bestämt vårt öde.

(Fortfarande att försöka förstå vad som skulle komma och minska hennes tårar, Malena var på väg att lyssna på vad hon uppfattade om sin omedelbara framtid)

— Menar du att när min farbror är död kommer vi att förlora hans hjälp?

—Medan han levde saknade vi aldrig något och han kontrollerade faster Catalina bra, men nu när hon har dött har hon intagit en annan inställning, i alla fall ska vi inte klaga på vad vi har förlorat utan på allt han gav oss, speciellt med kärlek, låt oss undvika att vara otacksamma för det vi får från honom, låt oss hedra hans minne väl genom att bete oss som han lärde oss.

(Melena är redan lite lugn och accepterar långsamt de sorgliga nyheterna hon undrade)
– Vad kommer att hända med oss, Bob? För för tanten är vi inte helgon för hennes hängivenhet.
– Det är vad jag går för! Moster Catalina har redan bestämt vårt öde, hon har sparkat ut mig ur huset för att hon säger att det är dags för mig att klara mig själv, att jag kan söka arbete och studera samtidigt.
— Hur, han kastade ut dig på gatan som om du vore en hund, till ditt öde?
— Inga problem, syster, jag kommer inte att svälta, något kommer ut.
– Det är jävligt! utbrast hon.
– Förolämpa henne inte! Inte ens hon vet att hon har fel, det är produkten av hennes agg, av hennes misslyckande i livet, av att inte ha gift sig, av att ha föräldrarna som födde henne, min mormor övergav henne och min farfar var alkoholist. Vad kunde förväntas? Det är frukten av hämnd för hur livet behandlade henne.
– Bob är bitter!

– Förmodligen för att de inte älskade henne. Hon lärde sig det inte!
– Det tar inte bort hur dålig hon är. Gud kommer att straffa henne! men jag då? Jag lyssnar redan på henne. Hon kommer att köra mig också!
—Han har ett annat resmål förberett för dig, han kommer att skriva in dig på Central internatskolan och han kommer att få dig ett stipendium, eftersom du har ett bra medelvärde, för jag försäkrar dig att ingenting kommer att komma ur hans ficka, när vår farbror dog vi hindrade honom, som säkert är att farbrodern lämnade henne allt sitt arv, enligt henne, då skulle hon inte nöja sig med farfaderns pension, hon skulle visa sin ärelystnad och girighet, vi skulle vara en börda för henne.
– Bob, – grät hon. Jag går inte på någon internatskola! Den platsen är för de övergivna, jag föredrar att följa med dig, även om det är till en stadsdel var som helst och lida vad du lider.

—Robert gick fram till sängen och tog plats bredvid henne —. Lugna ner Male! Han kramade henne med sin högra arm. Vi får inte skynda oss. Vi har inga pengar! Jag kan gå igenom svårigheter och besvikelser, jag kan sova i en gränd, under en bro, men inte du! Jag kommer inte att tillåta det.
— Vad vill du, att jag blir galen i det där damfängelset?
—Bara ett tag, Malena, medan jag organiserar mig, medan jag lyckas hitta en lämplig plats för dig.

(Då, i Bright Stars sovrum, hade Carlos redan diskuterat detaljerna med sin syster om vad som hade hänt mellan familjerna och den obehagliga överenskommelsen att förena två varelser utan att autentisk kärlek var inblandad)

– Älskling, det viktiga är att sluta med den här farsen, för för att inte behaga vår mamma eller skydda vår pappa från hans skulder ska du offra dig själv, jag kommer inte att tillåta det! Carlos försäkrade.

—Jag tror att det påverkade min mamma mer än vår pappa eftersom hon alltid har varit rättvis och balanserat alla problem, pappa har saknat att vara mer ambitiös för att undvika att göra sådana misstag, och utanför förhandlingen tror hon att han är mannen som passar mig bäst, hon är säker på att han kommer att göra mig lycklig — sa Bright Star.

— Snälla älskling! Säg inte att du vill ha det?

—Jag älskar honom som en vän, men jag är inte kär i honom.

– Gillar du Bert?

Färgen steg till Bright Stars kinder och hennes händer svettades plötsligt av uppenbar nervositet. Jag har alltid gillat den här, den är otroligt speciell, något sällsynt, konstigt, reserverad, den finns alltid på en annan planet.

– Du också syster! Du sjunger inte rancheras dåligt, många gånger går du till oändligheten för att leta efter jag vet inte vilka galaxer.

– Inte mer än han! Jag gillar att leva tillsammans, ha vänner, le.

—Jag håller med om att han inte är särskilt sällskaplig, men han är en bra kille, han är min bästa vän, han är som min bror och han har många egenskaper, jag accepterar att det inte är lätt att förstå honom, men ja, gör gillar du honom eller inte?

— Vad menar du? Jag har redan sagt att jag gillar det! Många tjejer gillar honom ganska mycket, han har inte haft en flickvän för att han inte vill det, även om han säger att han inte hade något med den där María Elena, ett sånt par skulle inte vara stötande, hon är väldigt vacker, väldigt elegant, vem som helst skulle vilja ha en flickvän av den typen.

— Jag förnekar dig inte! När jag tittade på henne trodde jag nästan att hon var en modell, för söt och fin, men nej! Det är inte för Bob; dessutom vet jag att det inte har med honom att göra. De träffades i Manuels trädgård; han tog sig vissa friheter. Jag känner Bob, syster! Han är inte en av enstaka kärlekar, det är bra att han ska ha några utflykter då och då för jag känner ingen, och han är inte en bög, det kan jag försäkra er! Men att bli kär, falla för någon? Än idag vet jag bara att han dör för din lillasyster.

— Hur tänker du?

— Men Bright Star, det verkar som att du inte har insett att han har tittat på dig så länge, han har drömt om dig i tysthet utan att förvänta dig något av dig, kanske en blick, som han säger, jag sa nyligen till honom att han gjorde det. inte ens drömma om dig eftersom du är en Zenteno Alonso och bara en Santillana Musset.

—Du och efternamnen Carlos.

– Saker och ting har förändrats radikalt baby, jag är inte den som kommer att leda dina känslor, men jag vill inte förlora min bästa vän för att han misslyckades med min syster, han kan fortsätta drömma om dig som ett ideal, och på så sätt mata sin önskan att kärlek, och å andra sidan kan du en dag gifta dig med mannen som kan ge dig den komfort du är van vid.

—Jag tror att de har uppfostrat mig dåligt brorsan, jag vet inte längre hur viktigt det är att ha pengar eller inte, bekvämligheter eller en säker framtid, det är svårt för mig att urskilja vad det innebär att vara kär för jag har aldrig varit kär. , eller om det jag känner för Bob är början på en stor kärlek vet jag inte! Jag gillar honom, hans sätt att vara, att se mig, att observera mig oroar mig, han är värd mycket; dock vet jag inte hur jag ska hantera detta.

—Jag lovade Bob att ta honom och Male till Morelia i morgon.

— Så att? Varför tar du min vän?

—Jag ska inte ta henne för evigt, hon måste också gå till ett juridiskt ärende, vi stannar en natt där imorgon, på tisdag måste de besöka en notarie och vi kommer tillbaka samma dag, eller nästa, allt beror på .

– Och var ska de bo?

— På farbror Antonios hotell.

– Jag följer med dig! sa hon entusiastiskt.

— Du är galen? Vad ska du göra?

— Du vill följa med Bob i hans affärer, han är din bästa vän, eller hur?

— Självklart!

—Mannen är min bästa vän, och du kommer inte att ta henne utan min Carlos!

– Vad tror du att mamma tänker om det här?

— Min mamma ska ge mig tillåtelse, vi ska också komma med hennes bror. Vad är problemet? Jag förklarar.

– Om du övertygar henne, okej! – Jag vill inte ha problem med pappa.

– Dessutom ska jag följa med Male. Vad kan de tycka? —

—Titta, klockan är redan två på morgonen om vi vill gå tidigt är det bättre att gå och lägga sig, prata inte så mycket längre för du vill inte gå upp.

— Hur tidigt?

— Att vi åker vid nio!

– Varför så bråttom? Klockan elva!

— OK! Men du reser dig upp när jag pratar med dig.

—Carlos kom till sitt sovrum medan Malena lämnade sitt personliga badrum. Förlåt Carlos, men jag använde ditt badrum! De tog lång tid, sa Malena.

—Det där badrummet är som om det vore ditt, så be inte om ursäkt för de rättigheter du har, det var viktigt att jag pratade med tjejen om många saker.

— Kommer du alltid att ta oss till Morelia?

— Om du instämmer? Carlos svarade utan att sluta beundra henne.

– Saken är den att vi ska störa dig. —

—För min bästa vän och för dig, jag gör vad som helst för att hjälpa dem, så istället för att skämmas, fråga mig om det du behöver.

Leende och tröstad av sina uppmuntrande ord inför framtidens svarta moln frågade Malena honom igen. Vad frågar du?

— Vad du än ber mig om, Male! – sa han förvisso upprymd när han hade ögon framför sig

som slukade honom med den enkelhet och sanning som hade en ung flickas personlighet som inte kunde dölja sitt tycke för honom.
— Jag går och lägger mig! Gå inte upp oss så tidigt, vilken tid går vi?
—Jag träffade tjejen vid elva, men jag ska gå upp dem vid halv elva så de ska hinna ta ett bad i lugn och ro.
— Ska vi gå upp, ska Bright Star följa med? frågade hon upprymt.
—Hon vill gå, bara Bob håller inte med.
—För in mig inte i era röror, om Bright Star vill gå, är det bra! Varsågod, dessutom är det din bil och där kaptenen bestämmer — sa Robert.
— Åh bror! Var inte en partypooper — kommenterade Malena.
— Tvärtom! Det som händer är att han misshandlar mig, han vet att jag verkligen gillar den möjligheten. Gå och sova nu, Malena! insisterade Robert.
— Hallå! Låt dem vila, — sa Carlos när han sa adjö.
— Vissa! God morgon, — svarade hon.

(Plötsligt kom lugnet, vilotimmar följde på varandra mellan drömmar och vilor, Carlos väckarklocka ljöd tyst i hans sovrum till den grad att han hörde passagen av en båt som färdades över sjön)

7.30 tisdagen den 8 maj 1957

(Dagen började svårt för de som skulle möta två par som hade mycket gemensamt och fram till nu var det enda som förknippade dem en växande vänskap och överensstämmelse, samtidigt var Carlos och Robert de första som var redo och villiga att gå till köket där Ms. Concha redan förberedde frukost, Carlos gick in först)

— God morgon mor! — utbrast han.
— God morgon son! —Fröken. svarade Concha.
— God morgon, fru! – Robert talade.
—Hej Bob, sov du sent? Ms Concha berättade för dem medan hon fortsatte att förbereda ägg med ärter med Dolores. Hur mycket avkoppling fick de i köket sonen?
— Ursäkta, fru — svarade Robert — Det som hände är att jag tappade ett glas vatten, vilket var det som väckte dig.
– Det verkar som om jag hörde dem prata tills extremt sent, röster hördes i deras sovrum – insisterade damen.
— Spionerade du på oss, mamma? — frågade Carlos henne när de slog sig ner i matsalen och började äta frukost.
– Ingen son! Men att ha så många tjejer i huset gör mig nervös.
– Så, du misstror oss, mamma? —
— Hur tänker du Charly! Jag oroar mig alltid för att ha tjejer som inte är mina i mitt hus. Inget mer! Och vad pratade de om om du kan känna din son?
—Så, du ställer inga fler frågor till mig, runt elvatiden tar jag Bob och Malena till Morelia, tjejen följer med oss.
– Hur mår den sonen sedan de går?
—Bob och Male har ett möte med notarie där.

— Blir det den av Valle—advokaterna?
— han är den enda som finns, mamma.
—Sanningen är att han är vår vän och Lulus gudfar, Don Cristóbal är en nära vän till din far och en fantastisk advokat, inklusive Bob, han är chef för din farbror Salvadors företag. Mycket prestigefyllt!
—Han har en överenskommelse med morgondagen, men mötet är oerhört tidigt, vi åker idag.

Ms Concha tog plats vid ena sidan av bordet och drack en kopp kaffe. Och vad ska Bright Star Jr till?
—Det är en lång historia mamma, hon vill följa med Male för att hon är lite deprimerad, hon vill inte vara ensam, jag går med Bob och inget annat.
— Var ska de bo?
—På farbrors hotell, var annars, mamma?
— Med Tony? Jag har inte sett min bror på länge, vad tror du om jag följer med dig son?
— Men mamma! Vad går du på?
— Att säga hej till din farbror och att du förklarar för mig att flickan inte mår bra.
— Om du vill, är det okej, mor! Jag ska bara be dig att inte titta på oss.

(Robert tittade under tiden utan att blinka och visste i förväg den sanna avsikten med Bright Stars mamma)

— Hur tror du den där sonen, du vet Bob, jag föddes i Morelia, där träffade jag min man, det är ett samhälle där det finns djup respekt för moraliska normer.

— Vi håller med mamma! Eftersom du inte har bråttom, vi vill inte komma försent. utbrast Carlos.

— Innan du slutar är jag redo. Jag ska träffa tjejerna! Jag ska säga till Doroteo att ta hem Beck och Rocío.

— Bröst! Beck bor hemma i Valsequillo, hans familj och Miguel är här.

— Det är sant! Jag kom inte ihåg, så de borde ta Rocío... Lola! Han ringde kocken. Du ger flickan Rocío en tårta åt Ms Pilar i en stängd behållare och en gång gillade hon det mycket.

— Ja frun! Och glöm inte att han också bad om lite flan, sa Dolores.

— Skicka några till honom också!

— Mamma! Då pratar du, varför väcker du inte tjejen och hanen så att de kan skynda, vi ska gå till trädgården och fika?

(Carlos berättade omedelbart att Ms. Concha, med sin kopp kaffe i sina händer, gick till andra våningen för att hitta sig själv i Bright Stars sovrum; Carlos och Robert hade suttit bredvid ett bord i trädgården på baksidan som hade utsikt över sjö en ljus morgon som förebådade intensiv hetta...

Redan några bosättare på platsen började sina vattenskidåkningsövningar trots att vattnet inte var precis varmt, och inte heller hade optimal renhet)

— Hur ser du på min mammavän?
— Carlos kan ha rätt.

—Ingenting annat kommer att göra oss förbannade, vi kommer inte att göra något fel, det är möjligheten vi måste prata med Male och flickan, prata öppet med dem om vad vi känner för dem, speciellt för din syster—i— lag.
— Låt först Carlos acceptera dig! Tycker du inte?
– Kasta inte saltet på mig! Jag älskar redan din syster, det är jag säker på, hon får mig på allvar att sladda, jag vet att hon gillar mig och att hon kan älska mig som jag gör.

(Robert tappade blicken på sjöns djupa slätt och försökte tänka vad han skulle göra för att inte förlora det som hade uppnåtts och få möjligheter)

—Det som kommer att bli svårt för oss är att din mamma ger oss möjligheten att vara ensam med dem. —
— Säg inte att flickan kastade dig?
– Vilka idéer du har! Vi är fortfarande vänner, men om han tillåter mig att njuta av hans närvaro är jag nöjd.
—Att han gillar din vän, han gillar dig.
— Vad tycker du om mig?
—Hon berättade för mig. Hon avgudar inte dig! — Tro inte på dig själv så mycket, Bob sa bara till mig att du var en bra pojke, något konstigt, att han tyckte att du mådde bra.
Låt oss se, förklara det för mig, svåger.
— För mig eller för de två Bob?
—Låt mig drömma att det är för oss båda, även om jag inte vill väcka förhoppningar längre, måste jag veta hur nära jag kan komma henne om jag säger till henne att jag älskar henne.

—Jag föreslår att du går lugnt, vän, det kommer inte vara lätt för flickan att ge efter för sina känslor, hon är inte en av dem som älskar passionerat, jag säger inte en man för hon har aldrig blivit kär, hon gör det inte ens ägna sig åt mina föräldrar, inte hennes bröder eller hennes vänner, hon är till för alla, verkar diverse eftersom hon inte är för någon samtidigt, hon hittar alltid tid att ge sig själv till alla och till ingen speciell , så om du ville ha henne bara för dig själv! Du kommer att få en oerhört tuff tid!

Hon är väldigt envis och det är något av hennes defekter att du inte känner Bob för att du inte bor med henne, hennes skönhet, hennes charm, hennes vänlighet, hennes lugna personlighet gör dig sömnig...

Vi måste acceptera att hon är söt, om än inte smutsig, artig, till och med att hon inte är komplicerad i sin behandling, inte heller naiv och knappast blir uttråkad i att du har en fördel för ibland är du också tråkig, det finns många saker med henne som du vet inte vän och jag gör det.

— Varför hjälper du mig inte att lära känna henne bättre, beskriva hennes goda och onda i hennes dagliga liv?

– Okej! Innan de presenterar sig för oss, men på ett villkor, att du pratar med mig om Male, på så sätt blir vi likadana, på så sätt blir vi jämna och vi faller platt.

— Ett huvud! Det kommer att ge oss en fördel eftersom de inte känner oss, även om det är rättvist att vi berättar för dem hur vi verkligen är.

— Av mitt libertinska liv? Gör det inte, jag accepterar att vi berättar för dem, men inte allt.

— Det minsta! Jag skulle inte må bra om vi såg över deras sätt att vara utan att berätta för dem hur vi tänker och agerar, plus vad de kan förvänta sig. Reservat såklart! Det finns saker som inte går att kommentera för att inte såra känslor, dock måste vi vara så ärliga som möjligt mot dem.

– Okej vännen! Jag sa till dig då att tjejen är nyfiken, hon utreder alltid, ja, hon gillar inte att bli utredd, hon älskar barn och skyddar dem, jag ser dig redan med ett dagis med barn, jag tycker att hon är rolig och kommer knappast att behandla du dåligt Hon förstår till och med, hon är som du, lite blyg! Men eftersom han vill vara med många människor för att övervinna sin blyghet, så förvänta dig inte att han ska kasta sig över dig.

— Inte ens om Carlos var bäst i världen!

— Hon fångar allt, hon analyserar dig och alla utan att du märker det, hon tycker om att upptäcka, om hon plötsligt har en vän som blev galen och grät, jag har sett henne mycket med hennes gälla vänner, hon vet hur man tröstar dem , han gör samma sak med barnen, speciellt med de som blir rädda, han tar mina farbröders barn som sina barn.

— Jag är redan rädd för att se hur jag för första gången kunde prata med henne så trevligt och utan att tappa kontrollen.

— Du är inte ett barn och du är inte skrämmande! Så förvänta dig inte att jag ska trösta dig, min syster har tillräckligt med kriterier, en annan sak ska jag berätta för dig, hon undviker åtaganden, hon gillar inte formaliteter, jag tror att om hon skulle bli seriöst kär i någon, och jag hoppas du var din vän, det skulle vara en triumf! Jag skulle vilja ha det för alltid...

Naturligtvis måste du respektera deras frihet. Inte fridfullhet, för ordens skull! För hon är en av dem som om hon lovar dig något så gör hon det, något som är bra med tjejen är att hon inte förväntar sig att du ska tänka likadant som hon för det är väldigt irriterande att de försöker förändra dig, att sparkar henne, speciellt att du säger till henne som du borde vara, något som gynnar din vän på grund av hur fattig du är, eftersom det inte är ambitiöst.

– Det är ingen synd! Det är en olycka att vi har många.

— Vänta! Hon är inte riktigt intresserad av pengar eller lyx, Bright Star tror på jämlikhet och broderskap, på universell kärlek, flickan lever sitt liv och låter andra leva, hon störs av lögner och söker sanningen, bli inte förvånad över att hon flyr dig och går till sitt favoritställe för att meditera, hon är futuristisk, möjligen har hon tänkt på dig för framtiden om hon redan är övertygad om dina egenskaper, om du övertygar henne, kanske hon inte kommer att gifta sig med dig nu och du kommer att bli henne älskare om några år när du skiljer dig.

– Säg inte ens det Carlos! Önska honom inte sådan otur.

– För att du är din älskare?

– Nej! För man blir skild.

— S han är inte lika drömmande som du, du lever i evig sömn, vän, om tjejen har tvekat att prata med dig eller låtit dig komma, är det för att hon tar tid att acceptera, speciellt människor hon tycker om, det är något konstigt i henne, men det är så hon beter sig! Ljug aldrig för honom för han förlåter dig inte! Och mycket mindre att du handlar i ond tro, om något stör henne är det hyckleri, du vet inte hur mycket hon kritiserar Poblana—samhället, speciellt hennes vänner...

Hon är traditionell men hon accepterar inte pålägg, inte heller för att cheferna är alltför auktoritära, nu, om du ser att hon inte är orolig för någonting, är det inte så att hon inte bryr sig om vad som händer, det är att hon inte blir för upprymd, eftersom hon är självständig och individualistisk, letar hon ofta efter ensamhet...

Ibland verkar hon pervers för mig, hon är inte dålig, men hon är inbilsk, hon är en av de svåra triviala sakerna som tjejen har, jag älskar henne väldigt mycket men jag måste acceptera att hon har sina stora brister så du inte tror hon är perfekt och blir sedan besviken...

Du måste veta den där svågern, för att veta terrängen du trampar på och vara realistisk, jag har redan sagt till dig, jag vill inte förlora en bror som har en familjekonflikt, som påverkar vårt förhållande, om Bright Star en dagen kämpar mot dig, även om det är Zenteno Alonso! Vad ska du berätta för mig! Men förstå vän att även om hon inte är ambitiös, om hon förtjänar att inte förlora sina bekvämligheter, är hon van vid sin lyx, att köra bil och bära bra parfymer, du förstår mig Bob.

— Ja! Jag förstår, Chanel!

— Du ser! Det finns Bob, om han av någon anledning tröttnar på dig, till exempel om du fortsätter att drömma eller om du inte ens köper ett par örhängen till honom, då kommer han att bli uttråkad och tappa intresset för att stanna vid din sida, för Av samma anledning har han inte, till sina sjutton, nära vänner hon kan lita på, så hon ägnar sig åt att ha många vänner och inte vänta på det bästa, jag kan inte tänka mig en stabil relation med henne, de två pojkvänner hon hade innan Manuel, att varken hennes pojkvän verkligen har varit barnslig!...

    De har inte rört min systers mun för en kyss, så du kommer att veta hur krävande hon är, eller hur blyg hon kan vara, hon är som den där kvinnan som bara har haft sex med en man, har mycket svårt att sova med nästa , de fylls av rädsla förstås, efter rädslan över att ha otukt med en annan, som du säger kommer de andra i massor, kan du berätta för mig då, varför är det rädslor som är värda det för oss?

    —Eftersom män normalt sett har ovanligt lite skam, vet kvinnor hur man uppskattar deras könsorgan, för män är det bara ett instrument för njutning.

    —Min mamma uppfostrade flickan att komma som oskuld vid äktenskap och med gudsfruktan gick chefen till ytterligheter med henne, även om det inte har varit samma sak med Lourdes för det är en annan tid, dessutom låter hon sig inte ! liten flicka! Flickan är dock överkänslig. Inte så mycket att hon bränner helgonet som du, Bob, som överdriver i sentimentalitet!...

    Hon blir nervös, hon gillar inte heller att bli kritiserad för att hon sympatiserar med någon som hon identifierar sig med, en annan sak är att du inte säger något till henne när du gör det, eller nämner någon iakttagelse för henne för att hon går och låter dig prata ensam, det är så hon är...

    Nu, om hon blir riktigt upprörd en dag, låt henne lugna ner sig och inte bråka med henne, bli inte heller förvånad om hon inte håller sina åtaganden, hon älskar snabba förändringar, många gånger vet man inte hur hon kommer att reagera, Jag skickar henne att flyga, det är bara så att han inte vet hur man argumenterar eller så gillar han det inte, han tappar alltid och kastar ett raserianfall med ett skenbart lugn som om ingenting hade hänt, min lillasyster är en låda med överraskningar, vän. ..

Hon är envis och envis. Glöm inte! Han kommer aldrig att berätta för dig vad han planerar för att han inte litar på den personen han inte känner väl, framför allt för att berätta för honom om någon av hans personliga och intima saker, en annan sak mer vän, berätta inte för honom vad jag har sagt till dig om henne eftersom vår vänskap är över! Buske! Förstod du?

—Först säger du till mig och sedan hotar du mig, jag är inte så dum som du tror Charly.

– Något annat, det är väldigt kallt! Hon tar på sig pyjamas, filtar och om hon ens kan elfiltar är hon en överdrift, glöm att rummet är fuktigt för hon kommer att få en hjärtattack, det kan jag försäkra er! Det tyder på att du inte tar henne till kusten. Hon dör! Antingen skickar hon dig att flyga, hon behöver frisk luft, hon är alltid i husets trädgårdar eller så kommer hon till Valsequillo med Susana.

– Vad Susan?

—Susana Rivero Álvarez, hennes vän från Tehuacán.

—Jag mindes henne redan, var det hon du var inom portalerna när de fångade dig med tjejerna från Centralen?

— Kom inte ens ihåg mig! Det stämmer, så jag sa till dig att min lillasyster är en sömnig huvud och lat för att träna, hon gillar inte öppna fönster,

hon är nervös, jag sa till dig, halv långsam, distraherad, hon glömmer allt eller åtminstone inte vill komma ihåg, betyder detta att hon inte han koncentrerar sig på saker eller på någon, eller vän läge.
— Tack för uppmuntran!
— Titta, när hon har en idé är det svårt för henne att ändra den, hennes vänner är väldigt stygga eftersom de tar bra summor pengar från henne och eftersom hon inte gillar att låna ut så ger hon dem till dem och de missbrukar såklart det, eftersom det inte är hennes pengar! Förstå, Robert, om hon av någon anledning någonsin vill vara otrogen mot dig, kommer hon att göra det väldigt subtilt, om hon respekterar dig kommer det att vara av artighet, du kommer att ha lämnat hennes liv, om du blir hennes partner, vän, glöm om att vara otrogen mot henne också!...
Jag kan försäkra dig om att hon inte förlåter dig, även om du inte är avundsjuk på dem heller för att de kommer nära henne, hon kommer att veta hur man lägger dem åt sidan, min syster är väldigt intuitiv, du kommer att lära känna henne bättre, jag har bott med henne länge, men en man som jag gör inte det skulle vara bekvämt eftersom det skulle göra mig mer omogen än jag är.
—Visst har du beskrivit en kvinna som skulle ha problem med mig på något sätt eftersom jag också har skavanker som kan kollidera med några av hennes attityder som du påpekar för mig, jag vet inte i vilken grad hon skulle kunna vara nöjd med mig, även om hon verkar läcker för mig, finns det saker som han skulle behöva ändra sin person för att vi ska fungera som ett idealiskt par, i vilket fall det första är att han accepterar mig och

naturligtvis att han kan erbjuda honom något på hans nivå , att våra känslor korsas i ett intensivt kärleksfullt band, det beror på omständigheterna och att saker händer som de måste hända, om de händer.

— Först har du en framtida vän! Hon byter tre gånger om dagen, som att äta. Förstår du, lyssnare?

— Jag förstod kommunikatör!

– Carlos! Klockan är halv elva — Bright Star kom och sa till förvåning för dem som redan var redo att gå, när hon berättade detta för Carlos gav hon inte en enda blick på Robert som inte slutade se henne, hans mamma varnade Bright Star för hans beteende och han blev förvirrad igen...

De reste sig från bordet och följde efter Bright Star, som vad de förstod hade tagit upp sin frukost till hennes sovrum; De kom fram till platsen där bilarna stod och Doroteo lastade hennes, Malenas, fru Conchas och Carlos bagage, de kom fram till bilen som skulle köras av honom själv, Robert som co—chaufför och damerna där bak. tillbaka... I det ögonblicket lämnade herr Zenteno huset och signalerade till Carlos att vänta)

– Vad är det pappa? Carlos berättade för honom.

—Gå långsamt för du har många liv i dina händer, ta hand om tjejen speciellt, när de kommer så pratar de med mig och gör inga tokiga saker, var uppmärksam på vad din mamma säger till dig, missbruk inte hennes tålamod, jag vet din son, även om du gör det där ansiktet mot mig, så älskar du att vara ledare, men på den här resan är det din

mamma som kommer att bestämma vad de ska göra, och du unge man! Tilltalar Robert. Mycket respekt och uppför dig, jag vill ha dig borta från min dotter!
— Pappa! Jag är inte ett barn, sa Carlos till honom. Och bråka inte med Bob! Berätta för mig vad du vill, men jag bjuder in honom vart jag vill, du behöver inte varna honom någonting för han är bättre än någon av dina läskiga vänner, jag önskar att jag hade en bror som han — det slutade med att han var irriterad.
– Prata inte så till mig, Carlos! — hans far skällde ut honom.
—Så hota mig inte på det sättet, vill inte ens busa runt mig som när jag var en liten pojke och du gav mig min hud, om du inte kan komma på något annat, ta hand om din lilla dotter Lulu, min mamma vet hur man tar hand om sig själv.
— Nu Carlos, sluta bråka med min pappa! Bright Star talade. Pappa! Sedan bråkar de, nej, låt oss gå.
— Det är okej, min drottning! — Inget mer för du är den mest förnuftiga här i huset, prata med mig när Concepción kommer!

(Han berättade för damen medan Carlos startade bilen och tog omedelbart vägen till staden Puebla; natten och den tidiga morgonen de hade upplevt var utmattande, inga ord sa, Carlos hade radion på stationen 6.20 och lyssnade på romantiska ballader. ..
Redan på Mexiko—Puebla Federal Highway kunde både Bright Star och Malena inte motstå den ackumulerade utmattningen från att inte sova gott, somna under en lång tid medan

deras mamma inte slutade läsa en modetidning för kvinnor som heter —The woman of today— utan slutar påkalla hennes uppmärksamhet på Carlos när han ökade farten...

De passerade Mexico City och då och då nämnde Carlos detaljer för Robert som hade ägnat sig åt att observera miljön som fanns kvar på vägen, reflekterande över vad som kunde vänta honom, inte bara i Morelia utan när han återvände till Puebla, annars var det äventyret av att bo tillsammans en tid bredvid Bright Star var intressant. Vem skulle tro det!...?

De anlände alltså till Zitácuaro när Ms Concha bad Carlos att stanna vid en restaurang för att gå på toaletterna, ett ställe som arrangerades på ett av platsens små hotell, i mitten där den stora trädgården låg, med dess gamla träd, i bakgrunden kan du se kanterna på berg eller kullar, mycket nära det centrala torget och stadskyrkan, det var en liten allé med en fontän i mitten...

Carlos stannade bilen i kanten av trädgården parallellt med själva hotellet, sedan följde både Bright Star och Malena med Ms Concha in i den, under tiden gick de ner på samma sätt och förberedde sig för att släppa benen från den trötta resan)

— Långa resor och så dåliga vägar tråkar mig! Om det inte vore för dig och Male, skulle jag inte kasta det här på dig, vän.

—Jag tackar dig för din detalj, Charly, men beroende på hur du ser det, om du tycker det är lämpligt, kan du komma tillbaka imorgon.

— Dröm inte vän! Jag går inte utan att prata med Male, du drar nytta av detsamma med Bright Star.
– Och din mamma?
— Min mamma som anländer till Morelia ska umgås med sin familj och glömma oss, kom ihåg, jag är nästan säker på att hon utnyttjade resan för att lämna gubben i några dagar och använda sin avresa för att inte komma tillbaka i december, som varje år verkar det som att han vill åka till Europa den här gången i slutet av året, här skickas din slav i fabriken.
— Inte ens att det var så mycket uppoffring min kung!
— Aldrig! Om det är det? Du hjälper mig, inte som förra året när du blev kille.
—Så som läget är tycker jag att jag ska acceptera ditt förslag, åtminstone ett tag att bo med Malena i ditt hus eftersom hon inte vill stanna på internatet.
— Vilken internatskola eller så! De två kommer till mitt hus och kan bränna Troja!
— Låt oss först se vad dina föräldrar säger om detta, tro inte att de kommer att gilla att ha två cola i sin intima samvaro.
—Väldigt levande vän, låt saker hända, ikväll berättar jag för min mamma om problemet, eftersom hon påverkar chefen mycket, och eftersom hon sällan nekar mig något.
— Jag är realistisk Carlos! Detta kan vara en av dem.
– Jag säger det inte till dig kompis! du är pessimistisk
– Jag har fötterna på jorden! Jag tror inte att Don José Manuel skulle bli särskilt uppmuntrad

att hålla två nära varandra, oavsett om det är ett tag.

— Du ska göra som jag säger till dig, jävel! Du är min svåger, åtminstone på Mans sida, jag hoppas det! Men först, du är min bror och om de inte släpper in dig i mitt hus kommer jag att ta mig ur det och vi kommer till helvetet.

— Kom inte på mig med det, Carlos! Vill du att mitt samvete ska sticka mig? Du vet hur jag uppskattar det du gör för oss, men låt inte detta bli ett övergrepp som kritiseras av alla.

– Vad fan, Bob! ja! När du blir sugen, vem tål dig? Jag tänkte att om du fortsätter med dina avsugning kommer jag att sluta prata med dig.

— Oj! Vad jobbigt det gör mig att veta, lillebror.

– Sug inte! Och gör dig redo för Male ska sova i mitt rum och du i Bright Star's, ha.

— Du tar allt som ett skämt Carlos! Men det här är allvarligt, jag vill inte störa din familj eller ses som en nära vän.

— Vad vill du, jäveln, att jag gifter mig med Male imorgon så att jag kan adoptera dig? Nåväl, jag är gift! Ha. Han skrattade av nöje.

– Fortsätt skratta Carlos! Hur kan du knulla

(Det var ögonblicket när Bright Star och Malena korsade gatan och pratade, medan Carlos gick till en diverse butik för att köpa cigaretter, Bright Star försökte undvika att titta in i Roberts ögon, bara hon visste vad som oroade honom)

— Och Carlos? frågade Malena.
—Han gick till den affären för några cigaretter, — svarade Robert.

– Jag ska köpa tuggummi! Bor du hos min vän bror? Malena frågade Bright Star när Bright Star hade ett kombinerat uttryck av nervositet och oro, Robert kände att lyckan inte hade övergett honom.

— Vill du att vi inte ska sitta på den bänken? —Robert berättade för Bright Star och pekade på en av dem som var gjord av trämålat grönt, försämrats, solen gick ner för fullt.

—Låt oss bättre gå mot den skuggan för vi har suttit i många timmar, — utbrast hon.

— Du har rätt! Det är bara det att när jag är med dig tappar jag känslan av saker och ting lite — uttryckte han när de gick mot en stor skugga som kastades av ett av de lummiga träden i parken. Bright Star förblev tyst ett ögonblick utan att svara eller fråga Robert något.

— Hur kommer det sig att jag gör dig obalanserad, får mig att känna skuld? frågade Bright Star.

— Förlåt! Var var din mamma?

— Hon träffade en barndomsvän och de satte sig för att fika. Så varför förvirrar jag dig?

—Jag accepterar att, om du förvirrar mig ibland, tror jag dock att jag har känt dig länge och jag har inte kunnat förstå dig.

— Fem år!

– Exakt! Fem, 1825 dagar från den dagen vi träffades på den där stadsbussen, minns du? Av fred, den blå, var dag sju klockan halv tre på eftermiddagen 1952, detta var 1946, sju år efter andra världskrigets slut, och sex år efter den första tjurfäktningen på Plaza de Toros México eller skapandet av det institutionella revolutionära

partiet, är viktiga händelser, det bästa som kunde hända mig är att jag hittade dig med ditt leende.
— Nej, jag tittar på dig.

(Robert ryste när Bright Star stirrade på honom och sa mycket och var tyst så mycket, och förrådde honom hans bristande erfarenhet av att hantera en så speciell känsla, så försiktig och avlägsen att han nu när han är nära inte vet vad han ska göra med den)

—Du får förlåta mig för att jag inte reagerar snabbt på dina ord, du är för speciell för mig att jag inte vet hur jag ska hantera den här saken. – säger Robert blygt
— Jag är besviken på männens bedrägeri Robert! Vad Manuel gjorde, det är inte så att jag älskade honom, men när jag vände mig vid tanken att acceptera honom, av vilka skäl du än vill, hur som helst, han är fortfarande ett barn, jag vill inte ha fel i mina känslor , nej jag vet hur jag ska berätta för dig Ta det inte på fel sätt!
Kvinnor mognar snabbare än du, det är därför jag är rädd för att ibland känna att jag kan överlämna mig till en känsla som jag inte känner men som finns där, som är konstigt, störande, som ibland inte låter mig sova.
— Klar stjärna! Du vet inte vad det betyder för mig att höra dessa ord från dina läppar efter att ha tänkt på dig så länge.
—Nå, men, jag vill inte att du ska tro att jag kommer att släppa ut den här känslan så lätt, jag har slutat med det länge, om jag inte letat efter möjligheten att dela den med dig tidigare, är det eftersom det handlar om dig är det att jag inte är

säker på vad som passar oss båda, du är som en bror till Carlos.
– Men! Han försökte avbryta henne.
— Vänta! Försök att förstå, jag vill inte lida, jag vill inte misslyckas, det var därför jag accepterade mina föräldrars förslag, hjälpte dem och försökte glömma dig.

(Robert lade sin vänstra hand på hans midja och hans högra hand tog henne för att täcka hennes mun som om han försökte att inte säga nonsens för att uttrycka de rätta orden som inte skulle hindra ögonblicket ... Han stirrade på henne, log tacksamt mot henne som om han ville dricka klunkar tidigare tider av osäkerhet)

—Bright Star, jag måste säga dig att jag har älskat dig sedan jag träffade dig, jag har idealiserat dig genom att inte kunna röra dig, på grund av mitt behov av att respektera dig har jag varit nöjd i flera år att drömma om dig och vänta på ett mirakel, jag förväntar mig inte att du ska svara på mina önskemål omedelbart eftersom jag har vant mig vid att uppfinna dig, du ligger för nära mitt hjärta, men långt utom min räckhåll...
Jag accepterar våra sociala skillnader och att du förtjänar det bästa i världen, kanske har jag inte ambitionen som den typiska erövraren som är villig att äga till varje pris, du är för viktig för mig för att skada dig, om du i dina tvivel nå tröst Jag kommer att observera utan att du ser mig, jag kommer att prata om dig utan att de vet vem jag pratar om, jag kommer att lida i tysthet att inte känna dig min och jag kommer att tacka Gud för att han har träffat dig.

(I det ögonblicket Carlos närmade sig Malena, tog Bright Star inte blicken från Robert, försökte förstå vad han sa, eller förstod det så fullständigt att hon suspenderades mellan verklighet och hopp, mellan motståndet mot att låta sig älskas och risk att dö. i livet lidande med sann kärlek som kan fly ur hans händer)

— Vi går! Min mamma kommer, — skrek Carlos åt dem.

(Bright Star gick vid Malenas sida mot bilen för att återvända till deras motsvarande platser i bilen, Ms Concha gjorde detsamma, Malena bestämde sig för att läsa en tidning och Carlos mamma berättade för henne om deras vänliga möte...
I rullningen av däcken och vägens framfart mot Morelia, redan väldigt nära där, fäste Bright Star blicken på de gröna fälten som passerade, hennes tankar vandrade, hennes känslor upphetsade henne och hon visste inte om hon skulle gå ut eller trassla in av känslorna, medan Robert slappnade av efter att ha uttryckt vad han behållit för sig själv så länge, han vann genom att uttrycka det, men kanske förlorade han för att våga göra det...
Känslorna var redan blandade och Robert förstod att han kunde bli totalt avvisad, eller att Bright Star bestämde sig för att ta sig ur hennes inre de inneslutna oron för att tro på någon, för att ge henne förmågan att älska utan fördomar, med fullhet...

Från det ögonblicket, när hon lyssnade på Roberts ord som aldrig uttrycktes av en annan friare, vaknade hennes hormoner och hon började tappa restriktionerna för sin utbildning, hon riktade sina önskningar till en virvelvind av begär, hennes instinkt att bli besatt verkade dock ostoppbar, kämpade inom sig själv mot sina moraliska begränsningar och sin jungfruliga övertygelse...

Hon kände inte till nöjet med orgasm, men hon gissade dess innehåll efter att ha varit intensivt motiverad att leta efter den tack vare de exakta orden som Robert sa till henne som inbjöd henne, utan avsikt, att älska och kapitulera...

Han hittade den rätta vägen, öppnade hjärtat av Bright Star, så reserverad och exklusiv, han hittade vägen för ren och uppriktig romantik för en ung man förälskad som visste hur man älskar i tysthet, vilket oroade henne, hon förstod att hennes intimitet och minnet höll på att ta slut. ge efter för friheten att älska...

Han mötte sina begränsningar för att släppa de förnimmelser som förtryckte honom, som verkade glömda, förträngda, han fann äntligen en verklig anledning att offra sig själv, att förlora sig själv i galenskapen, att sluta vara vad han alltid varit, att bryta med konventioner, att njuta av livet som många av hennes vänner, utan fiktiv blygsamhet, utan hinder...

Det var inte fallet att gå vilse för att en man kom till henne under de bästa omständigheterna av respekt och beundran, pengar eller social position spelade ingen roll, han var det viktiga och han började förhäxa henne...

De anlände till staden Morelia och gick till hotellet —El Andaluz— bredvid katedralen, den traditionella platsen för turister som gillar den vilda festen; de steg ur bilen och tog emot dem vid ingången med sitt bagage, ägaren till stället var i portalen och tog en fika med några församlingsbor, när han såg sin syster reste han sig från platsen)

— Maria Concepcion! Och denna mirakeldam! sa han till honom.
– Liten av mitt liv! Hon kramade honom och kysste hans kind. Vilken fröjd att se dig! sa Ms Concha.
– Varför besöker du mig? Det är inte december! utbrast farbror Antonio.
— Angelägenheter för Charly och hans vänner! Jag utnyttjade resan för att hälsa på dem. Hur mår Velia och vännen Amanda? sa Ms Concha när de gick in på hotellet.
— Att du lät dem hänga förra gången! Farbror Antonio berättade för honom.
—Du vet hur José Manuel är, han tog mig med ett av de där genierna, glöm inte att han är oerhört stolt och det var inget konstigt. Respektlös och förlåt Han kan inte stå ut!
—Problemet var inte så allvarligt att biträdande chef slutade och nu innehar Carolina tjänsten. Kommer du ihåg henne?
– Den vackra flickan? Det är väldigt effektivt! Du hade ett utmärkt val, ingen var tvungen att betala för den incidenten.
— Hur mår svågern?
—Han skickar dig att säga hej som Velia, ursäkta honom, han kommer i oktober innan vi åker till Europa i december.
—Så, det är ett faktum att de inte kommer på semester, och jul?

—Vi ska tillbaka, men direkt till Puebla, därför är det bra att jag kom för jag har mycket att prata om med kamraten och med Velia.
— Hej farbror! Här är vi — sa Carlos på avstånd.
— Javisst, brorson! Och hur mår min morgonstjärna? Han gav henne en puss på kinden. Och dessa unga människor? frågade han förvånat.
—Det här är Robert, hans syster Malena, våra bästa vänner, de har en förlovning på notariekontoret imorgon. – säger Carlos
— Med Christopher? Han var här för tjugo minuter sedan och åt lunch, ja, ska du stanna här såklart?
— Ton! Jag föredrar att stanna hos kamraten, — sa Ms Concha. Jag har mycket väntande saker med henne, dessutom vet du redan att när jag kommer så älskar hon att vi träffas med henne, så var inte hård mot Velia för hon kommer att stanna hos oss!
— Det som händer är att när du kommer så lämnar han mig.
—Nej, det som händer är att man har henne som slav, för länge sedan bjöd jag in henne att åka till Puebla och hon kan inte lämna sin man ensam.
—Vi ska gå till receptionen så att de kan ge dig dina rum, — kommenterade farbror Antonio.
— Son! Jag tar bilen.
– Inte mamma! Hur ska vi röra oss?
— Skal! Farbror Antonio ringde henne. Låt pojkarna ha kul, Ramiro, Ramiro! Det var hotellchauffören och han kom till hennes samtal.

Ta med min syster till Ms Villagómez hus, när Ms Velia kommer med sin bil organiserar de.
— God eftermiddag, fru Zenteno! sa föraren.
– Hur mår Ramiro? —
—När du tagit henne går du hem för att berätta för min fru att min syster har kommit, hon är i församlingen, inte hemma. Jag kom redan ihåg! Och låt oss se vad han bestämmer, vill han inte köra så stannar du hos dem för att ta hand om dem.
– Självklart, herre! sa Ramiro. Judith bad mig ta henne till spaet.
— Låt henne veta att hennes kusin är här ifall hon vill träffa henne. —

(Två dubbelrum arrangerades för personer)

– Charly! Ms Concha ringde honom.
— Ja mamma!
—Jag behöver inte säga till dig att du ska bete dig bra, min farbror, din farbror är särskilt bra människor, misshandla honom inte och ta hand om flickorna. Framför allt! Var snäll.
—När min farbror inte gillar något, smetar han det i våra ansikten, tro inte att han kommer att stå ut med allt, snälla läs inte upp mig för du vet hur jag mår. Gå med dina vänner och ha kul!
– Kommer du tillbaka imorgon?
— Jag vet inte mamma! Imorgon har vi i alla fall på lördag möte i Valsequillo.
– Detta rätt! Om de lyckas åka på lördag, vilket skulle tråka din farbror mycket, kommer vi att gå tillbaka tillsammans.

—Om du säger det för Bob och Male, kommer jag att betala min farbror för logi och helig frid. Attans!

— Vad du är geni son! Berätta åtminstone för din farbror om situationen.

—Om mina vänner är fattiga är det inte deras fel, om jag bjuder in dem är det för att de är viktiga i mitt liv. Är det tydligt mamma?

—Du misshandlar för att jag älskar dig son och det är inte din sak att reagera så.

– Sade inte Bright Star något till dig? —

– Vad ska du fråga mig?

— Oh baby! Han är rädd för dig eller har för mycket respekt för dig — allt detta hände medan Bright Star och Malena redan satte sig i sina rum.

– Vad pratar du om son?

—I morgon blir du av med dina vänner och vi pratar för jag vill inte göra det med vittnen, det här är ett familjeproblem som vi borde diskutera privat.

– Du skrämmer mig Charly! Vad handlar det om?

— Prata imorgon! Och säg hej till min moster — sedan gick hon till receptionen där Robert hade läst en tidning om Michoacáns historia.

– Carolina! Ja? frågade Carlos.

– Hur mår du Carlos? Ja, jag är fortfarande här! utbrast hon.

– Hur orkar du med min farbror? — För som chef är han en perfekt krutdurk men en som går ut med anständigt arbete och utan misstag.

—Eftersom din moster tog bort honom tidigt, är han lugnad.

(Han fortsatte att berätta för honom medan han nyfiket tittade på Robert, som fortfarande läste medan han väntade på att Carlos skulle bestämma sig för att gå till sitt rum, att det slutade med att han satt i en fåtölj i närheten)

– Vilket rum har min syster?
– 202:an! Är tjejen med henne din flickvän?
– Sa han något till dig?
—Vad som händer är att sättet hon ser på dig och intensiteten med vilken hon gör det, får mig att anta att hon är kär i dig.
—Du vet inte hur mycket jag uppskattar att du berättar det för mig för jag är verkligen fast i henne.
– Vad hände med Anita?
– Saken avslutad!
— Du har varit med henne länge! —
—När äkta kärlek kommer lämnas de gamla ärren kvar.
— Hör! Du är väldigt filosofisk; Jag kände inte till de egenskaperna.
—Det är en av många fraser från min bästa vän. Han pekade på Robert. Den du ser där är tänkaren, han är halvt galen! Men han är som min bror.

Carolina fäste blicken på Robert och visade sitt intresse för honom. Vilket rum gav du oss Caro?
– 205:an! Det är den bredvid din systers, om du vill ska jag ge dig nyckeln som förbinder dem.
– Nej! Fresta mig inte Satan, det är bättre så här.

— Och din vän har ingen flickvän?
— Bert? Nej, han är otroligt speciell, han är ganska komplicerad i sitt sätt att vara.
– Så, du gillar inte...? —
— Sluta! Att min vän inte har en flickvän är inte att han avvisar kvinnor. Han är blyg! Du kommer inte att se honom jaga varje kvinna han passerar, och om han kan, spring iväg! Men bög? Glöm det! Även om vi inte har verifierat någon romans, måste han ha sina små vakter, han är överdrivet försiktig och diskret, det borde fungera för vilken kvinna som helst. Tror! Romantisk, drömsk, entusiastisk. Inget annat behöver bestämmas!
—Din vän är väldigt snygg och intressant.
– Dude, hjälp mig! —Han ringde honom på långt håll när han reste sig och lämnade magasinet på bordet som stod nära receptionen, medan han bar sina resväskor, gick Robert förbi baren och Carolina ringde honom.
— Slå vad!
– Ja? – Jag svarar dem.
—Om något erbjuds dig, något, tveka inte att fråga mig. Vi är här för att tjäna dig!

(Robert såg henne, han var förvånad över en ung kvinna, mycket vacker, samtidigt mogen, och dessutom flirtig, han hade inte märkt hennes närvaro sedan han kom, det verkar som att hans hjärta hade plats för dem alla, men nej , i synnerhet var denna kvinna en sann skönhet på platsen, svart hår, svarta ögon, vit hud och ett änglalikt ansikte... tjugofyra år gammal)

– Jag uppskattar det mycket! Vad heter du? han frågade.
— Carolina, Carolina Vallejo! Han svarade med ett busigt leende.
—Trevligt namn, trevligt att träffa dig Ms Vallejo, vi ses.

(Robert lämnade efter Carlos och såg något stört av hennes blickar som inte slutade titta på honom på hans reträtt, gå upp för trappan, han motstod inte att vända sig för att se henne för att få ett trevligt leende från henne, provocerande och sensuellt. Dessa kvinnor! Han sa! för sig själv; Carlos och Robert kom till rummet medan Bright Star och Malena lämnade sitt)

— Vart ska du? – frågade Carlos.
— Vi är hungriga bror!
– De går till restaurangen.
— Ja! Mamma sa om vi skulle åka med hennes kompis Amanda, men hon tog bilen!
– Nej! Till sist tog farbrors chaufför henne, vi behövde bilen till imorgon, det var därför jag sa åt honom att inte ta den. Vill du att vi ska åka till Pátzcuaro? Även om det inte finns någon fullmåne, är det fortfarande upp till uppgiften, kom ihåg att igår och idag firar de sin närvaro vid sjön.
– Och varför sedan igår? Är inte alltid så.
—För att igår skulle det vara en fullmånesyster och idag blir det trekvart fast det är likadant.
— Men låt det inte vara för sent, Carlos!
– Kyckling! Det är fullmåne och vi ska äta en papper pompano till middag, låt oss nu äta något här på hotellet.

—Du väcker inte min hunger längre, jag dör, — skrattade Robert i ögonvrån.
– Vi kommer snart ikapp! Varsågod, — Carlos berättade för dem att när tjejerna redan gick ner för trappan, slog de sig ner och putsade sig lite.
– Jag har redan tittat på dig kompis!
— Vad såg du?
– Din romans med Caroline.
– Vilken romans? Hitta inte på historier Charly, om Bright Star lyssnar på dig kommer jag att förlora det jag har vunnit.
—Jag säger inte till dig att gå till folkbokföringen för att gifta dig med Carolina, men det är en bra detalj att du behöver lugna ner dig.
— Och varför går du inte in i det?
– Jag är redan upptagen! Dessutom är min lilla prinsessa här, känner Male, hon skulle inte förlåta mig en, hon har visat mig att hon motsvarar mig för något mer än en uppriktig vänskap...
Bright Star har bara sagt att hon gillar dig. Det förhållandet är svårt, vän! För mig vilken pappa att vi kan vara dubbla svågrar, men först måste du övertyga henne om att ta bort de där tabun som gör henne så reserverad, det är ditt problem, inte en kyss och hon är sjutton år, de flesta hennes vänner älskar henne till och med. De tog byxorna.
— Förtal dem inte, Carlos! Vem har sagt det?
– Du vet, skvallerbollen.
—Just skvaller! — Det kan inte vara så att det finns så få män och de pratar så om en kvinna, även om de har tillåtit sig att göra det, det är den typiska reaktionen för en medelmåttig man som

inte vet hur man respekterar kvinnan som tillät honom att njuta av henne, och om inget hände, värre! än!
– Var inte arg, Betty! Om du inte gör det, ja, låt oss gå! Att tjejerna ska överge oss.

(De gick ner till receptionen för att gå till matsalen och Carolina stoppade Robert i hans spår)

— Slå vad! Ursäkta mig, sa Carolina.
– Nu kommer jag ikapp dig! Robert skrek åt Carlos som fortsatte sin väg för att möta Bright Star och Malena. Vad hände?
—Jag märkte att du hade en informativ tidning från Michoacán i dina händer, — svarade hon.
—Ja, jag är intresserad av att veta historien om denna stat där min familj kommer ifrån.
— Har du tid? frågade hon och försökte hålla honom vid sin sida.
—Jag har inte ätit och jag ska gå med dem för att göra det.
— Att gå! Nej! Gå och ät, förlåt mig, jag skulle vilja visa dig en sensationell bok om Michoacans liv och seder, vi har den på kontoret, men det kan bli senare.
— Det förefaller mig som att Carlos vill ta oss till Pátzcuaro på natten, det får bli imorgon, jag vet inte vilken tid.
— Och vilken tid kommer de tillbaka?
— Jag vet inte riktigt, med Carlos är ingenting känt och eftersom han är vår guide och stöd, vad han än bestämmer sig!

— Hur som helst, idag måste jag stanna senare, vi ses när du kommer tillbaka.
han avslutade med att berätta för henne respektfullt.

(När Robert kom hade Malena och Carlos redan gått till ett annat bord för att prata ensamma, det fanns, ja, möjligheten att stanna bredvid Bright Star och bekvämt fortsätta samtalet de hade i Zitácuaro, det var dags att förstärka hans känslomässiga band som äntligen kunde förena dem, han var väldigt exalterad över möjligheten att det skulle uppnås...
Robert tog plats på vänster sida av Bright Star, hon kände sig nervös inför en oundviklig situation där hon inte skulle veta hur hon skulle dölja sin blygsamhet, sin rädsla och konfrontationen med en ny upplevelse som störde henne och växte allt mer)

— Du kommer att säga att jag är en vågad Bright Star, speciellt på grund av vad jag sa till dig i parken, men det var något som tryckte på mitt bröst här, som jag behövde komma ut, jag vet inte hur jag jag kan prata med dig så, så uppriktig, så säker, som om jag kände dig för alltid och hade älskat dig i andra liv.
— Jag är förvirrad Betty! utbrast Bright Star.
– Förvirrad? Om det finns någon som alltid har levt förvirrad i kärlek, så har det varit jag, av allt kanske, för allt, utom i min känsla för dig, som jag inte längre vet om det är kärlek eller enkel illusion, jag vet mina risker med att berätta du allt detta, jag vet att du kan sluta göra dig besviken eller älska som ingen kommer att älska.

– Det är det som gör mig förvirrad med dig!
– Och det fyller mig med rädsla.
— Men varför? Tycker du inte att du en dag helt ska ge upp dina känslor?
— Jag är rädd för vad jag kan vara kapabel till med dig Bob, jag är rädd för att göra galna saker vid din sida, tvärtom mot vad jag har lärt mig.
– Perfekt! Låt oss vara två galna förälskade Nobody Bright Star! Ingen kan älska dig som jag älskar dig, jag har älskat dig sedan jag träffade dig, om du ger mig möjligheten kommer jag att lära mig att njuta av kärleken, få dig att känna den lyckligaste kvinnan, den mest nöjda.

(Robert skiljde redan mellan passion och utsvävningar och ömheten hos en kanske...Bright Star fördjupade sig i en labyrint för att försvara sitt behov av att förbli fri som en del av sin personlighet...Sedan reste sig Carlos och Malena, gick till trädgården av hotellet som pratar och glömmer att det fanns andra varelser runt dem)

— Vad ska jag förvänta mig av dig, Bright Star? – frågade Robert henne.
—Jag lärde mig att vara beroende mycket av alla runt omkring mig Bob, jag lärde mig att vara fri och nu när jag känner det här för dig har jag en hemsk rädsla.
– Rädsla, varför?
—För mig att förlora balansen, min kontroll, min stabilitet, om jag förbinder mig till dig är det för livet, jag kunde inte stå ut med att förlora dig, jag skulle inte kunna ha ett utomäktenskapligt förhållande om vi inte tränade, enstaka romanser ringer inte jag, jag känner att jag kan slita ut mig

känslomässigt, jag accepterar att jag analyserar alla, att jag inte gillar att du analyserar mig som du gör.

— Förlåt mig! Det har inte varit min avsikt att analysera dig, jag har varit mer angelägen om att älska dig än att upptäcka hur du verkligen är, jag sa till dig att jag har idealiserat en kvinna, en upptäckt, en uppenbarelse.

—Därför tycker jag att det är bekvämt att du tar reda på helt hur jag tänker, känner och agerar så att mitt sätt att vara inte skadar dig, du drömmer om en sagoprinsessa, jag har skavanker som du kanske inte gillar, det stör mig att de säger till mig att gör till exempel och hur man gör det, jag behöver inte gifta mig och jag slipper bli pressad...

Jag vet också att jag älskar dig, att jag känner något väldigt viktigt för dig, men jag hittar inte orden för att uttrycka min kärlek till dig då du gör det så lätt, det verkar som att du hittar på det, jag accepterar att detta kommer att förvirra dig och det vill säga jag vet inte hur passionerad du är, hur kan jag ge dig de smekningar du behöver, jag anser mig vara klumpig i romantiska situationer, många gånger tänker jag att det inte borde finnas någon kärlek till varandra eftersom det inte är bra att lida och nästan alla lider för det.

— Tillåter du mig att berätta för dig, Bright Star, hur jag ser dig?

—Okej, men accepterar du om jag säger att du har fel?

— Om dessa!

—Ja det är jag.

—Du är charmig Bright Star och jag är fascinerad av den skönheten du förmedlar när du tänker, det är något som jag aldrig har glömt sedan

jag träffade dig, det verkar konstigt för mig men ditt uttryck är speciellt för mig, jag tror att du är lite ombytlig, hur som helst, du ser alltid elegant ut med ditt hår, attraktiv, något som jag har märkt är att du vanligtvis använder några konstiga detaljer i ditt arrangemang, några konstigheter kanske, Dessa är dina ögonblick!
— Vilka frisyrer?
— Jag vet inte! Till exempel, när du gör en typ av bunds, eller söndagsflätor, är de gudomliga.
— Hör! Gillar du inte mina flätor med de färgade banden?
— Bright Star, jag gillar dig. Jag älskar dig! Även om du var skallig.
— Så ful jag skulle se skallig ut!
—Vi sätter en peruk på dig eller så rakar jag mig så att vi ser likadana ut, så att ingen skulle märka våra olikheter.
— Aj! Säg det inte ens på skämt My Hair! Hon tog tag i hennes långa glänsande hår som klädde henne i femininitet.
— Det om jag kallar dig drottning!
— Hur?
—Även om du inte är min flickvän, eller accepterar att vara min flickvän, är du inte längre berättelsens prinsessa, nu är du drottningen av mina ånger tills du, genom att acceptera mig, är mitt livs älskare.
— OK! Vi är redan pojkvänner, sa han tyst.

(Robert lämnades i total tystnad för att höra det otroliga och utan att stanna och stirra på henne kunde han inte komma ur sin förvåning)

— Bright Star, menar du allvar? Detta är en formalitet!

—Jag vill ge dig den ömhet du ber om, jag vill bara att du ska förstå mig bättre, du måste lära mig att älska dig, jag vet inte ens var jag ska börja.

—Observera hur jag förstår dig Bright Star, min drottning, ägare av mitt hjärta, jag kommer att respektera din frihet, jag kommer inte att störa dig eller kritisera dig när du vill vara fri, jag kommer att vara mindre romantisk, jag kommer att vara dig trogen , oavsett vad som händer, bara om du avvisar mig och skickar mig till andra armar, hoppas jag att det inte händer...

Jag kommer inte att vara avundsjuk på dig eller äga något annat för mig själv, jag kommer att respektera dina vänner, män och kvinnor, du kommer inte att få kritik från mig, jag kommer inte att vara sträng mot dig, jag kommer att vara trevlig och trevlig med dina vänner, Jag kommer aldrig att behandla dem illa, du är en fröjd hur du beter dig, det syns att du är lika blyg som jag är kär, om du skämmer ut mig kommer jag inte att kritisera dig... Jag förstår att du är mer praktisk än jag och mindre av en drömmare, jag kommer aldrig att underskatta dig, jag förstår att om jag misslyckas kommer du snart att glömma mig.

(Bright Star sträckte ut sin vänstra hand och bjöd in Robert att ta den, det var ett avgörande ögonblick för drömmen av en ung man som inte kunde tro att detta var verklighet, att det hände...

Bright Stars utsträckta hand som visade hennes handflata skakades av Roberts högra, och sammanflätade två känslor i en ritual av respekt och njutning, en fysisk samexistens, en hudkontakt

som fick deras kroppar att vibrera, var och en med sin tolkning, hon med den med strävan att inte förlora den, och den som känner sig som en dröms prins som strävat efter i så många år...
Bright Star suckade djupt utan att tappa blicken i mitten av bordet, sedan tog hon blicken till Robert)

— Det här är starkare än jag Robert! Det är något konstigt som jag inte kan förstå, jag tror att jag har älskat dig som dig sedan jag först såg dig på den där bussen du nämner, nu är jag säker, jag trodde alltid att det var Beck och inte jag som du hade log och spikat så entusiastisk se.
— Hur kommer det sig? Han tog hennes händer och skakade dem med vänster hand.
—Beck har fortfarande tanken att du gillar henne, hon kan inte sluta tänka på att du en dag kommer att fria till henne.
—Jag har aldrig gett henne anledning att tycka så! — Nu när jag minns, för fyra år sedan! Hon satt i bussens baksäte tillsammans med en annan vän.
– Med Suzy!
—Nå, hon var i tvärlinjen än du, så när hon såg dig, trodde hon säkert att hon såg henne, hennes ögon var förvirrade i perspektivet, när jag tittade och gav dig all min glädje och känslor i den blicken, det var delas av dig, hon insåg inte att hon motiverade en annan kvinna, min identifikation var med dig, hon blev förvirrad, en felaktig illusion skapades.

(Bright Star följde nu med sin andra hand de tre som redan var förenade som en ny och trevlig upplevelse som gav henne glädje, insisterade hon på att berätta för henne)

—Beck är väldigt kär i dig, det är därför hon inte har haft en pojkvän, alla hennes känslor finns runt dig, hon säger det alltid, ibland som en lek och andra väldigt säker på vad hon känner, kanske är det därför hon vågade inte anta att jag skulle insistera på att tro att du kunde älska mig.
— Drottning! Jag vill säga till dig drottning, jag kan inte försäkra dig om att jag är ett helgon, att jag inte har känt något för andra kvinnor, en känsla av njutning, av attraktion, av begäret i sig själv, till och med av fysiskt närmande, men kärleken jag känner för du är överlägsen!! Till allt! Till allt som har hänt mig och till det som kan hända mig.

(Bright Star anpassade sin kropp mot Roberts och fullbordade den avsmalnande bilden genom att placera hennes högra hand ovanpå hans och säga)

— Vad menar du med fysiskt förhållningssätt? Vad har hänt och vad kan hända dig?
—Det är inte värt att kommentera, det viktiga nu är vad som händer med oss när vi är tillsammans, att det här är något som vi behåller och bekämpar för att det inte ska gå vilse.
– Inte Betty! Det är bra att vi pratar om detta, så jag vet att du inte har lärt dig allt av böcker, och det är rätt, det lär oss att mogna.

(Sade Bright Star och tog bort sina händer från sina för att ta väskan ur hennes väska och rengöra hennes hud lite medan hon väntade på något svar från Robert som försökte fly innan utmaningen att berätta sanningen för honom, halvt – berätta eller avleda konversation, var att möta uppriktigheten eller lögnen)

– Hur mycket vill du veta, drottning?
– Vad du än vill säga mig, — sa han och visade ett mer allvarligt och oroligt ansikte.
– Okej! Om något stör mig i livet så är det att ljuga, jag ska försöka ge dig mina åsikter, med vissa reservationer om du vill, men så att du förstår att jag inte vill dölja något som har hänt mig syftar jag på fysiskt förhållningssätt som går från en kyss till att älska.
– Betyder det här att få till allt?
– Ja! Kopplingen, du vet!
– Jag vet inte!
– Hur kommer det sig att du inte vet, Bright Star? Har inte din mamma förklarat dessa saker för dig?
—Det gör inte min mamma, mina vänner pratar om det här, men jag får dem alltid att byta ämne, eftersom det är väldigt intimt, sanningen är att jag är ledsen att höra det.
—Carlos har inte berättat något om det här heller.
– Mindre! Varken med Lulú, eller med Ana María, eller Susy, vem vet mer, det är som ett tabu, det är förbjudet! Glöm inte att vi alla är damer.
—För det första vill jag att du ska veta att jag aldrig har haft intima relationer med kärlek, det

betyder att jag gör det i kärlek, låt oss säga, jag har aldrig, Det! Hur ska jag berätta det för dig?

— Hur har hästar och grisar relationer? Jag har sett den på Susys ranch, men den är annorlunda än hos människor, eller hur?

— Tekniskt sett är det samma sak som med en kvinna och en man i parningen, men jag vet inte hur jag ska förklara det för dig — Robert försökte avleda dialogen till andra ämnen.

— Har du kramat en annan kvinna naken? – frågade hon honom.

— Jag kan inte ljuga för dig Bright Star! Jag är inte kysk, jag är inte oskuld om du förstår det så, varför ljuga? Jag älskar dig för mycket för att starta vårt förhållande så här, du bättre vet vad som hände med mig, jag tänker inte berätta vem det var med, vad jag vill är att du ska förstå att det var omständigt, saker hände och jag blev medtagen av mina instinkter...

Jag kunde ha ljugit för dig som de alla gör, men vad skulle jag vinna? Att du skulle tro att du kommer att premiärera min kropp som kysk, jag hoppas du förstår drottning att det är en situation som ofta är okontrollerbar, men framför allt att jag gjorde det utan att känna äkta kärlek...

Det är som hästar eller grisar, det fanns begär men inte kärlek som den jag känner för dig, jag kommer att förstå om det är svårt för dig att förstå, jag hoppas att du med tiden accepterar det och förlåter den här mannen som fortfarande är normal som alla andra men vem vet att han blir galen i dig, att han inte kunde vänta med att vara ensam med dig.

(När Robert berättade för henne dessa intimiteter, insisterade hon med ett visst allvar och fortfarande inte att förstå vad det innebar att hennes älskare hade haft relationer med andra kvinnor, att få veta mer detaljer)

—Om du inte berättar vem du var med, ljuger du också för mig.
—Jag är förtjust i sanningen, men det finns absoluta sanningar som gör ont, så det måste finnas bekväma lögner, — insisterade han.
—Jag förstår inte vad du säger, men jag vill inte bli besviken på dig Robert, jag vill att du ska vara helt ärlig mot mig som jag har varit.
—Men att prata om mina upplevelser kan skada vår relation som precis har börjat.
—Det förefaller mig som att vi borde klargöra våra tvivel, jag vet lite om detta, jag har ingen erfarenhet.
— Vill du att jag ska vara helt ärlig mot dig, Bright Star?
– Jag ber dig snälla så vi kan gå vidare!
—Jag vet vad jag riskerar drottning, men jag kan inte ljuga för dig särskilt när du kräver det av mig. —
– Det är inget krav! Jag måste känna väl mannen jag håller på att bli kär i, tror du inte?
— OK! Jag kommer att berätta i stora drag om min korta älsklingsupplevelse, min första erfarenhet av sensualitet var bara visuell, jag njöt av några ben, några skinkor och jag kysste de benen, inget mer, inget annat hände, jag letade inte efter det, det hände, och det är det! ...
Andra gången jag inte letade efter det heller, de ärvde det av mig, det var en mer

påtvingad situation, jag såg mig plötsligt naken med en annan naken tjej, vi var nära, men det fanns ingen intim relation, något liknande det du såg med hästar, men utan att nå slutet förstår du mig? Hon nickade med huvudet. Så, den tredje upplevelsen, mer än omständig, tvingades fram av min accelererade stimulans som ledde till att jag fick en romans som jag inte heller letade efter, de anländer...

Jag lät en kvinna bli kär i mig med en överdriven passion, med henne på bara en natt hade jag min första fullständiga relation, såklart! Jag var väldigt oerfaren, åtminstone mer än hon, som inte längre var en dam, jag har inte sett henne sedan dess, hon försvann mystiskt efter att jag trodde att hennes attityd var en kvinnas oerhört kär i mig. Det är något konstigt! Tycker du inte? – Bright Star nickade på huvudet igen och kände sig fortfarande lite irriterad över att få veta Roberts intima hemligheter...

Den sista och fjärde upplevelsen var med en flicka som desperat ville komma överens med sitt ex—pojkvän, om du vill av trots, men det omständiga med detta är att jag korsade hennes väg och hon ledde mig, precis som de andra, till en död slutet...

Det är inte berättigande, inte heller tvingade de mig, jag kan bara tala till min fördel att jag låter mig övervinnas av mina djuriska begär, jag upprepar, jag gjorde det inte med kärlek, med den kärleken som jag känner för dig Bright Star , det var passion, det var sex, det var sensualitet Det var en hormonell handling, även om jag inte får tala illa om dem heller.

— Älskade du också med henne, den sista?

Han var tyst ett ögonblick. Det gjorde jag också!

—Och efter allt det, vill du att jag ska vara din flickvän?

—Förstå Bright Star, om jag har sagt till dig är det för att jag är ärlig mot dig, jag kan inte hålla det för mig själv och vara en lögnare som alla andra. Försök att förstå! De har bara varit upplevelser som av en eller annan anledning har inträffat, trots detta har min känsla mot dig inte förändrats, jag fortsätter att älska dig med samma illusion.

– Jag tänker inte ha sex med dig!

– Jag ber dig inte om det, Bright Star.

—Det är att när män inte längre är kyska då vill de älska med dem alla, det är därför jag utbildades till att vara en mans kvinna, behålla min oskuld och ge den till honom.

—Jag måste tro att mannen i ditt liv måste vara kysk?

— Jag vet inte längre! Jag tror att vi borde vänta längre med att tänka på att vara ett par, om det inte fanns någon kyss i min förlovning med Manuel, det mest allvarliga, du vet att jag inte känner den där känslan av njutning som du säger, jag vågar inte ens tänka på om det, och du, som alla män du kan be mig om mer än jag kan ge dig, måste jag tänka om jag verkligen är redo att krama dig, kyssa dig eller vara tillsammans utan att något händer som det hände dig med de andra.

— Jag var inte intresserad av de andra, Bright Star, jag var inte kär i dem! Snälla förstå, ingenting kommer att sluta med dig om du inte vill

att det ska hända, om du inte vill att det ska hända, dessutom är jag inte intresserad av att sådana saker händer med dig på samma sätt, du är för speciell för mig, Jag tänker inte förlora dig, Reina.
– Jag tycker att vi ska tänka på det, Robert.
— Tycka vad?
—Om vi skulle dejta nu, som jag sa till dig, kanske jag inte är redo för de här upplevelserna, jag är fortfarande en tjej, jag känner saker som oroar mig mycket när jag befinner mig vid din sida, när jag håller dina händer, när jag kommer nära dig, nej jag vet vad som skulle hända om vi kysste. Du förstår! Förstå mig.

(Robert tog ett djupt andetag och förstod att det utmärkta tillfället att behålla henne höll på att försvinna eftersom hans tvivel var starka, särskilt på grund av bekännelserna om hans tillfälliga relationer, i det ögonblicket närmade sig Carlos och Malena, tätt omfamnade varandras midja och visade sin glädje på att dela sin relation. kärlek)

– Har du ätit färdigt? För vid sextiden åker vi till Pátzcuaro, — berättade Carlos för dem.

(De förblev lite frånvarande)

– Var de inte hungriga? De åt knappt, — utbrast Malena.
— Lämna dem, min älskade! Mat är det minst viktiga för älskare — sa Carlos.
— Låt oss gå till rummet? sa Bright Star till Malena och reste sig från bordet inför en främmande svägerska som svarade henne.

— Ja självklart! Vi gick ner till fem för sex, min älskade, — utbrast Malena till Carlos, som kysste henne på kinden och sa hejdå till henne, medan han tog plats på samma ställe där Bright Star satt, med en Robert som manifesterade sig synlig. sorg..
– Vad hände vännen? Varför den minen? Du borde vara glad för min lillasyster lyssnade på dig.
— Tro inte! Inte så mycket.
— Säg inte att de redan hade sin första rättegång? – Det skulle vara rekord.
—Jag vet inte om du ska dölja en del av sanningen om ditt intima liv för alla kvinnor, utan undantag, om du inte är ärlig.
– Vad sa du, vän?
—Jag var ärlig mot henne och berättade för henne om mina få sinnliga upplevelser.
– Hur? Sa du till henne vad du sa till mig? Slå vad! Hur mår din jävla vän! Det skrämmer mig inte, tvärtom, allt som saknades var att en bög skulle bli kär i min syster, vad lite förtroende du har för mig, man!
Jag hade redan instruerat dig att mäta dig dåre, fastän du inte ville säga mig vilka gamla kvinnor du låg med, det är bra att du inte bränner dem som andra som är deras troféer, när du låtsas för en ny och naiv tjej som tjejen du inte litar på henne med dina erfarenheter tidigare kärleksaffärer, du agerar aningslös och ren...
Vilken idiot du är min bror! Jag säger inte att du behöver mer erfarenhet av dessa rörelser, och en gång, bra pojke vad händer med dig, du har redan vattnat det! Min lillasyster längtar efter den kyska blå prinsen, Manuel svor alltid för henne

att han var det. jäveln! Han hade knullat mer än tio och förnekade det alltid när skvallret kom, Inget skitstö!...

Hon, som en dåre, trodde alltid på honom, när Manuel frågade mig en dag hur Bright Star skulle reagera om han försökte kyssa henne, sa jag till honom att jag skulle skicka honom till helvetet, så han försökte aldrig det, så han hade sin lilla flickvän María Elena, hans så kallade flickvän. Universitet...

Bright Star väntar på den kyssen vid altaret när prästen säger till brudgummen – Du kan kyssa bruden – det var så min mamma uppfostrade henne. Det är nonsens! Men det är tjejen, hon är mager, du kan inte ens mala henne längre, vän! Och ja, vad har dina gamla damer varit, om du kanske vet? Du hade dem välbevakade jäveln.

—Det är inte värt att nämna, jag respekterar dem! — Inte på grund av dem, utan för att jag fick reda på att jag förlorade Bright Star snabbare än den tid det tog mig att vinna över henne.

— Vän! Jag är ledsen att berätta att du vattnade det, det kommer att vara svårt för flickan att acceptera dig, jag ska berätta för dig med min mors ord, —Med läppar fläckade av synd— —Med en smutsig kropp vid handen om Satan — Med en pervers elak och libidinösa blick —

Om inget annat händer har du redan förlorat henne, Bob! Jag kommer bara att vara din bror—svåger för min älskade man, vi är brutaliserade till kärnan av kärlek, sanningen är att du inte vet hur förbannat mycket jag älskar din syster.

— Berättade du inte för honom om dina flickor, Charly?
— Hur tänker du? Jag är inte naiv Bob, hon vet att jag inte är kysk och hon vet om mina romanser, hon är inte dum som min syster, hon vet att jag har haft många flickvänner, hon såg mig, men Male är annorlunda!
Naturligtvis sa jag inte till henne att jag har gått till nittio, och dessutom är vän din syster, hon är kvinnan jag har blivit kär i, för mig dog alla andra gamla kvinnor, om jag någonsin älskar med henne det kommer att vara för att vi är gifta, jag vill inte ha henne på ett tag, jag vill att hon ska vara mamma till mina barn.
— Lugna ner Carlos!
— Om jag inte ska gifta mig imorgon, sug inte! Bara om något extraordinärt händer, för nu kommer vi överens om att jag ska avsluta min examen, hon gör det hon gillar att göra och vi kommer att njuta av vårt uppvaktning, det som oroar mig är din Bob för jag vet hur mycket det som just hände skadar dig, även om du uttrycker det inte jag vet att du kompis...
Låt mig nu reagera! Min syster är lite grov och gammaldags, men hon är inte dum, om hon älskar dig förväntar hon sig något gott av henne, möjligen accepterar hon att du inte är så kysk som hon ville, och se, jag har aldrig sett henne så upprymd, inte heller hålla dina händer med så mycket ångest, till och med hans utseende förändrades, i detta ögonblick, jag försäkrar dig! Han tvivlar på att acceptera dig eller förkasta de moraliska ytterligheter som min mamma ingjutit i honom.

– Märkte du hennes glädje över att vara med mig?

— På avstånd! Men det var nog, hon älskar dig, Bob, men jag upprepar, om chefens utbildning råder, har du redan förlorat henne, man! Men om hans kärlek till dig är lika intensiv som din, kommer han att återvända till dig, du måste ge honom tid att acceptera dig fullt ut, precis som du är och med det du sa till honom. Du tappade tungan Bob! Hur som helst.

— Jag var uppriktig Carlos!

— Låt oss gå till rummet!

—Det vore bättre för dig att åka ensam med dem till Pátzcuaro, jag tror att det skulle vara mindre obehagligt för Bright Star om vi slutade ses lite, låt oss se hur hon reagerar, jag vill inte pressa henne.

— Gå inte ut med den där Bob! Ge det inte så stor vikt, tjejen kommer snart att glömma vad du sa till henne, om du inte ser henne kommer hon att tro att du inte bryr dig längre.

– Jag ber dig en tjänst.

— Berätta för mig!

— Försök förklara med dina ord, säg att jag älskar henne trots allt och att jag kommer att acceptera hennes slutgiltiga beslut.

– du kommer att glömma!

– Hon kommer att glömma, men jag kommer inte. Det är bättre att ta ett visst avstånd, åtminstone vid denna tidpunkt, titta, jag vill passa på att gå till notariekontoret, det är en bra ursäkt, för att ta reda på om det inte finns några förändringar i utnämningen, jag kommer att kommunicera med min faster för att berätta för henne att vi är här, redan han måste ha fått reda

på att vi måste komma till uppläsningen av min frälsares farbrors testamente.
— Åh wow! Är det viljan? Han lämnade något till dig.
— Nej! Eftersom du tror att han var lika bra som han var mot oss lämnade han lite pension till oss för att fortsätta studera, men om min moster ansvarar för att hantera det beloppet måste du vara säker på att vi inte kommer att se något, det spelar ingen roll längre .
— Vilken jävla gammal kvinna så fast du laddar som fastervän!
— Det spelar ingen roll, som jag säger! Det som gör mig mest ont är att min farbror dog, inte för att jag oroar mig för att vi är utanför dessa förmåner.
— När begraver de honom?
— Jag tror att i dag vid lunchtid, igår såg de honom.
— Du skulle ha berättat för mig och vi skulle komma tidigare.
—Jag gillar inte väckningar eller begravningar.
— Ville du inte träffa honom?
—Jag föredrar att minnas honom med det leendet och den livskraften han hade, jag ber Gud att förlåta hans fel och att ha honom med sig, som Nya testamentet säger —Låt de döda begrava sina döda—
— Gå med dig! Sedan när kom du ut så kristen?
— Alltid Carlos! Glöm inte att min farbror Salvador var en god kristen, inte mycket som du säger, eller som din mamma som är halvt

fanatiker, glöm inte heller att vi studerade i en maristskola, något smittar av sig på oss.
— Min mamma är cool men ingen fanatiker.
— Det är sanningen Carlos! Din mamma har fel i tolkningen av Guds ord, men ja, alla.
— Som du vill, vän, jag ska ta hand om Male! Vad ska jag säga till tjejen?
—Förklara honom om notariekontoret, du vet hur man ljuger mycket bra Carlos, men glöm inte att förklara min personliga situation för honom, att han accepterar mig som jag är, fattigare än de fattiga men kärleksfull, det kommer inte att vara svårt för honom du att täcka för mig vän.
— Jag har dig täckt min kära vän! Det är i alla fall bättre att du letar efter en annan romans så att du inte fryser, för jag vill inte att du gör sorgliga saker med min flickvän medan du har eller inte har Bright Star, jag vill inte att du är nervös och desperat med oss.
Även om hon är din syster, vill jag att min flickvän och min vän delar de fina stunderna. Skaffa dig en flickvän snart, fan! Medlidande! För med Bright Star hade vi gjort en bra grupp. Vi ses tillbaka ikväll! Somna inte förrän vi kommer dit och om du tar något där, fastna inte!

(Carlos berättade för honom när han gick därifrån utan att först skriva under restaurangnotan, medan Robert drack klart sitt kalla kaffe, vilket var det enda han hade kvar från ett ögonblick som fick honom att känna — kung för en dag...
Robert valde att lämna hotellet och fråga efter adressen till notariekontoret utan att först återvända till receptionen för att prata i telefon med

sin faster, i det ögonblicket den biträdande chefen som för tillfället var ansvarig för att ta emot kunderna kom ut)

(— Moster? —Jag vet att Robert kommunicerade per telefon— Jag är här i Morelia med Malena... Ja, här i Morelia! Vad som händer är att eftersom du inte berättade för mig... Jag förstår att du inte visste... Carlos! och hans syster med Ms Concha också...

ja! Hon kom också...Som jag förstår är hon med sin kamrat...Ja, med Amanda, tror jag! Vänta! är att notarie talade med ditt hus...

Jag bad honom inte komma. Hur tänker du? Han berättade för mig om behovet som fanns för oss båda att vara vid uppläsningen av testamentet....

Vad vet jag? Nej Tia! Vänta! Vi förväntar oss ingenting av det testamentet, jag försöker bara följa begäran från advokaten som talade med mig...

Jag vet... om det inte vore för Carlos hade vi inte varit här... Med vilka pengar? Jag vet inte; Jag borde ha bett mina vänner om pengar...

Fråga honom! Jag hittar inte på något för dig, notarien sa till mig att om vi inte var närvarande skulle han skjuta upp den behandlingen och eftersom han visste att det skulle störa dig...

Jag ignorerar det! Säkert när du pratade hade han redan gått... Det är okej! Hörs! I överenskommelse! Ingen förändring av den schemalagda tiden för mötet? tja...vi bor på Charles farbrorhotellet...

Vi missbrukar inte! Han bjöd in oss, glöm inte att han är min bästa vän, han gör det osjälviskt...

Hur tror du det? Hane sover i Bright Stars rum och jag med Carlos...

Det är okej! Faster, jag tänker inte missbruka mina vänners gästfrihet... klockan nio kommer vi att vara på notariekontoret...

Oroa dig inte! Hanen kommer att följa med Bright Star till Pátzcuaro... Nej! Jag tror inte att han kommer att gå, jag har redan sagt att han träffar sin kamrat...

Vilket problem? De kommer att komma tillbaka tidigt... Jag vet, jag vet! Jag säger ingenting om notarien inte frågar mig... Oroa dig inte!

Moster! Jag har redan sagt att jag inte förväntar mig något av den förmögenheten, den är helt och hållet din... ja... Har min farbror blivit begravd än? Om vi inte var med honom tror jag inte att det är vårt fel...

Visst gör det ont! Du vet att vi älskade honom väldigt mycket...nej, jag har inte glömt vad du sa till mig, faktiskt, jag tog redan ut de få sakerna jag har...Jag är inte säker på var jag ska bo...

Oroa dig inte över det! Det enda som betyder något för mig är att Malena inte blir sårad...

Redan! Men jag är inte säker på om det är det som passar dig... Självklart! jag kan inte...

Självklart inte! Jag fattar...

Hålla sig lugn! Jag kommer inte att vara ett hinder för dig längre... du behöver inte upprepa det för mig längre, moster... Du måste tro det! Jag har redan lämnat ditt hus när du kommer tillbaka, du ska kolla det... Det är okej! Vi ses hos notarie)

(Robert lade på luren och även om han inte var särskilt entusiastisk över att ha roligt, bestämde han sig för att inte oroa sig mer för vad som inte kunde vara och bestämde sig för att ta en tupplur på sitt rum efter att ha observerat att Carlos redan hade åkt till Pátzcuaro med Bright Star och Malena...
Han kom fram till detta och började läsa en bok om Richard Wagners liv och verk, tryckt av Editorial Diana den 30 november 1950, 6 000 exemplar trycktes med en översättning av L. Echeverria...
Jag läste något skrivet av Ernest Newman... Det stod —Han var en hjärna komponerad på det sällsynta och mest subtila sättet, skickligt koordinerad av naturen eftersom ingen musikers hjärna har koordinerats vare sig eller senare —... Sedan sov Robert djupt)

20.30 Staden Puebla

— Har några vittnen hittats, befälhavare? — frågade Ricardo Dominguez.
– Inte kapten! Allt fortsätter som det har varit fram till nu, ledtrådar följs och vi har redan några namn på de inblandade, — sa Adolfo Morales, som var den officiella befälhavaren.
— Har rättsläkaren redan resultatet av obduktionen? Kaptenen insisterade.
— Jag fick veta att det finns några synliga bevis, som våldtäkt efter döden, — utbrast befälhavaren.

– Våltog de henne alltid efter att ha dödat henne?
—Rester av sperma hittades, även om de inte kan analyseras i deras konstitution, kapten.
– Vad mer? frågade kaptenen medan han tände kolven på en cigarr som han hade på sitt skrivbord; befälhavaren satte sig i en av fåtöljerna.
—Det märkliga här, kapten, är hur händelserna påstås ha inträffat.
— Förklara dig, Adolfo!
—Hon blev inte slagen, de ströp henne, de våldtog henne, de skar hennes bröstvårtor med en kniv, de slaktade hennes delar.
— Av vulvan?
— Jag tror det!
– Vad skar de?
— Utsidan av entrén!
— Då var det vulvan! Visst tog de loss hans blygdläppar Var inte okunnig Adolfo!
—Och sedan hamnade han i vattnet, vilket är den process som följde mordförloppet.
—Men hur skulle hon ta sig till bilen?
—Från fotspåren, kapten, från de vi hittade på marken som leder till sjön är det en brant nedförsbacke, mördaren bara tryckte ner bilen i vattnet.
—Låt oss se Adolfo, låt oss se, först måste vi anta att hon gick med på att gå till sin bil och att hennes mördare inte tvingade henne.
– Det är vad vi antar!
—Det måste ha varit en bekant till henne, vi får anta att han attackerade henne inne i bilen.
— Förmodligen var försökspersonen som attackerade henne en kort stund bak i bilen eftersom vi annars inte ser hur han hängde henne

utan att hon försvarade sig, bara blåmärken upptäcktes på hennes vader och knän, vi förstår då att han sparkade, försökte att komma undan.
— Säg mig, Adolfo, hittades hudrester eller hår på den avlidnes naglar?
— Bra fråga! Det observerades att hon hade en utvidgning i axelbanden, vi antar att hon, för att försöka bli av med den, eller försvara sig från aggressionen, satt i förarsätet och eftersom de strypt henne bakifrån kunde hon bara repa, troligen är det att han gjorde det eftersom han också klippte sina naglar och en del av huden på fingrarna.
— Det är ytterst sällsynt att man med en enkel kniv har gjort dessa snitt så snabbt. —
—Jag vet inte kaptenen, men det här mordet var mycket välplanerat, snittet de gjorde på hennes bröstvårtor och hennes vulva var exakta, inte hackade som du säger, runda snitt för de förra och längsgående snitt för läpparna.
— Vad mer gjorde denne Adolfo mot denna stackars kvinna?
— Det värsta av allt, det som kommer att hindra oss från att hitta den sortens sadistiska mördare vi riktar oss mot är att han, efter att han dödade henne, våldtog henne och innan han klippte hennes läppar, rakade av hennes könshår.
— Gav du den olyckliga mannen tid? Det är höjden av sadism och roligt! Den här mördaren tog sig fortfarande tid att raka henne, med en av de där männens el.
— Jag tror inte att han hade någon nära kontakt, kapten.
— De här galna människorna är smarta, Adolfo.

—Det kunde han inte göra, för det var ingen kontakt i närheten, det var med sax och rakblad, med en kratta. Vi vet inte vad hans avsikt var.

– Jag vill att du ska hitta den där förbannade mannen! Samhället kan inte vara lugnt när en av dessa killar går fri.

— Efter att ha gjort allt detta körde han bilen till platsen för sluttningen och lät den nå sjön för att sänka den.

– Så han klarade det?

—Vi känner inte kaptenen, enligt blodfläckarna blev hon säkerligen våldtagen och vanställd i passagerarsätet, även om hon dök upp i ryggen när vi tog bilen upp ur sjön, av samma vattenström som säkert flyttade henne från platsen original när bilen var nedsänkt.

—Så, han gjorde allt det där buset på parkeringen och ingen fick reda på det? —

—Antagligen vid den tiden höll de flesta av ungdomarna ett möte i palapa i underavdelningen, familjerna åt middag i sina hem, enligt utredningen är det en parkeringsplats som inte har belysning eller som var frånkopplad, så Det vi alltså observerade är att det saknades en säkring i kontrollboxen, vilket gör att ingen kunde se vad som hände i det ögonblicket.

– Någon hjärna?

– Det är troligt, det beror på orsakerna.

— Bråk, hämnd, avund, svartsjuka, så mycket! Vi måste studera alla linjer och kontakter kring offrets befälhavare.

— Nåväl, kapten, Jiménez gick för att undersöka familjerna och ungdomarna, inklusive bekanta eller vänner till den nu avlidna kvinnan så att de kan ge oss en säker ledtråd. — När

befälhavaren kommenterade detta för kaptenen kom hans sekreterare in på kontoret.
—Kapten, sergeant Jiménez har anlänt.
– Säg åt honom att komma!
— Kommendör! Kapten! Sergeant Mauro Jiménez hälsade sina överordnade martialiskt.
— Har du mer information, Mauro? frågade kommendören Morales.
—Jag har redan intervjuat de flesta som var i Valsequillo den natten, de flesta är redan i staden Puebla, speciellt när de fick reda på vad som hände valde de att lämna platsen, det verkar som att alla har ett bra alibi eftersom det är många som håller med och bekräftas av två servitörer som inte flyttat från platsen, så de unga på Palapa är täckta, av samma anledning som när mordet begicks dansade de och hade roligt .
— Vilken tid pratar vi om Mauro? frågade kaptenen.
—Det är, mellan kvart i åtta och kvart över åtta, enligt rättsläkaren, antas det att han hade tillräckligt med tid att göra det han gjorde och återvända senare utan att bli sedd, både i Palapa och i ett av husen av platsen är det mesta, som jag säger, täckt, men vi plockar upp några lösa trådar.
— Hur många unga och gamla pratar vi om? frågade kaptenen igen.
— Av tjugotvå unga människor mellan kvinnor och män i Palapa, i sex hus i underavdelningen trettio—fem personer mellan äldre, vuxna, mogna människor eller personer över tjugo—fem år.
—Beskriv dem för mig, Mauro, inte i detalj, utan i allmänhet.

— Nåväl, kapten, i en av stugorna eller husen, tre gubbar och sex ganska gamla människor som inte kunde leda tillställningarna, som på grund av sitt sätt att leva tillsammans inte är kapabla att hitta på något så vidrigt.

— Tro inte sergeant, vissa gubbar blir värre.

— Dessa icke—kaptener är en del av en jesuitförsamling, vars religion hindrar dem från att nå sådan grymhet, — upprepade sergeanten.

– Andra? kaptenen krävde.

—I en stor stuga var det en samling av familj och vänner, och tillsammans med tjänarna var de ett tjugotal.

— Ingen närmar sig Mauro! I detalj — krävde befälhavare Morales.

—Jag skriver rapporten med precision, jag ger dig den om femton minuter.

—Och de andra? Jag frågade dig.

—De andra sex personerna, kapten, träffades för middag i ett angränsande hus, de är också äldre personer som inte vid något tillfälle flyttat från platsen enligt säkerhetsvakten som gör sina rundor, speciellt på den tiden, de hade sällskap av sekreteraren av statens regering.

— Det är otroligt försiktigt! Men låt oss komma ihåg att det intellektuella författarskapet kunde ha kommit från den platsen — sa kaptenen.

– Inklusive sekreteraren? — frågade sergeanten.

– Inklusive honom! Låt oss inte utesluta någon medan det inte finns någon förmodad skyldig till detta brott.

— Jag tror att vi har en utan alibi, jag tar inte med honom i utredningen men ett vittne pekar ut honom som huvudmisstänkt.
- Person? frågade kaptenen.
— Människor! Ungefär halv åtta på natten, då fullmåne väntades, på grund av den tjocka dimman, dök den inte upp förrän nio femton, enligt vittnesmål, som berättar att från kvart i åtta och fram till kvart över åtta mörkret var total, då observerade underavdelningens väktare, som gjorde sina rundor vid stranden av sjön, en scen där den nu avlidna kvinnan tydligen grälade med en ung man som han inte särskiljde så bra men som kunde identifiera honom av egenskaperna hos hans profil och hans längd.
- Den här unge mannen sa att han talade.
- Nej! Enligt vittnet höll han henne hårt i armarna, hon sa bara till honom ordagrant: —Nej, det finns inga officiella problem. — Han gick därifrån och fortsatte sina rundor mot de andra hytterna med tanke på att platsen där bilen var nedsänkt låg på motsatt sida till nämnda avdelning.
— Har du redan bestämt vilken ung man Mauro är?
- Genom att vi är kapten, även om den unge mannen som var i palapan angav det för oss som påstått, vill vi inte gissa och kvalificera honom innan vi pratar med honom, eftersom han träffade samma ungdomar från den palapan, eller träffade några vänner på ett annat ställe innan mötet började...
Vi diskonterar de som inte passar in i beskrivningen av vakten, ung, lång, stark och med

visst intresse av att skada honom, antingen personligen eller i kombination med någon annan.

— Säg mig, Mauro, betraktar de honom i ett passionsbrott?

– Det är kapten! Men antingen är han en galning, psykiskt sjuk, eller så är han den materiella författaren till en intrig där en eller flera personer kan hittas.

— Vänta! avbröt kaptenen när privattelefonen på hans kontor ringde.

– Hej Gonzalo! Vilket mirakel, eftersom du redan har ditt område tyst, pratar du inte längre.

—I andra änden av fjärrtelefonen hörde kaptenen vad han sa. Säg inte det Richard! Mellan mord och viktiga rån kan jag inte orka, du vet att jag övervakar det grymmaste hur mår du? – sa den federala biträdande justitieministern.

— Bortsett från allt, du vet, de vanliga skurkarna, överfallen och andra, det som oroar mig nu är ett grymt mord som stör mig, — sa kaptenen till honom i telefon.

—Ja jag vet! Jag är redan medveten.

– Fick du reda på det så snart, Gonzalo?

— Glöm inte att jag har en delegation från den underordnade åklagarmyndigheten i din delstat.

– Då! Vad är äran att lyssna på Mr. Covarrubias? Kapten Domínguez frågade honom från staden Puebla.

—Ricardo, vi har funnit en viss likhet i ett känsligt fall som vi har och att vi, på grund av hur hemlighetsfullt det är, inte hade velat meddela dig, jag nämner detta för dig eftersom det var så advokaten bestämde det, att det hanteras med

total diskretion, i staden Puebla begått ett brott liknande det du utreder.
— Förklara dig själv, Gonzalo! Jag hör dig.
—Du vet att när jag ingriper är det för någon överlägsen indikation, den rättsliga utredningsstyrkan kommer inte att ingripa förrän de har exakta order om det, du är den sista att veta, trots autonomin.
— Är det här så allvarligt, Gonzalo?
— Ganska allvarligt Ricardo! Det här är den mexikanske ambassadören i England, Mario Gallardo del Angel, nu före detta inrikesminister.
— Herregud! Säg inte att de dödade honom?
—Inte han, hans dotter, det hände på Hotel Lastra och de mördade henne på ett analogt sätt med det fall du arbetar med nu, enligt de rapporter som kom till mig, om den avlidne från sjön Valsequillo.
—Vad hette sekreterarens dotter?
—María Elena Gallardo Santaella, de kvävde henne också, våldtog henne, skar av hennes bröstvårtor, skar av hennes fingrar och blygdläpparna i hennes vulva. Det är hemskt! I fallet med en högt uppsatt regeringstjänsteman och nu en diplomat.
— Kan jag föreställa mig, Gonzalo, att presidenten ingrep?
— Du känner inte till skandalen! Om detta händer med publicitet kommer det inte bara att skada herr Gallardos prestige, som är otröstlig men med stor integritet, vi måste lösa detta inte bara för att han är en nära vän till presidenten, utan också på grund av trovärdigheten hos presidenten. tillämpning av rättvisa.

—Men hur fick de henne därifrån utan att vi visste det? — frågade kaptenen honom genom telefonsamtalet från staden Puebla.

—Flickan pratade med sin far innan hon fortsatte sin resa till Mexico City för att be honom att inte kräva att hon skulle vara närvarande på ett sjukhus, hennes mormor var redan äldre, eftersom flickan var överdrivet glad över att stanna i staden, detta av versioner av hans eskort...

När den här tjejen kom till hotellet med sina säkerhetsagenter, efter att ha kommit överens med sin far på telefonen till en bensinstation som ligger i utkanten av staden Puebla, frågade hon kapten Rodríguez, kommer du ihåg honom?

—Ja, om jag kommer ihåg, litade herr Gallardo mycket på honom när han var i inlandet.

—Då bad fröken Gallardo dem gå ut och äta middag, de hade sagt till henne att de ville gå till ett ställe som heter —El Parian— för att prova mullvaden, gick hon med på, av den anledningen lämnade de henne ensam i hennes rum, ett annat faktum är att de var tvungna att ge honom en annan nyckel för att komma in eftersom den han hade lånat ut den...

Här är det viktiga vad eskorten deklarerar och det är att medlemmarna i eskorten berättar att hon bad dem att inte kommentera någon upplevelse som Mr Gallardo hade, att de håller diskretion. Du måste föreställa dig! Hon blev involverad med en ung man från Poblano som följde med henne till hotellet, stannade natten innan och sedan tog farväl följande eftermiddag på en plats som heter Parque España.

—Ja, det är en Gonzalo—idrottsklubb.

—Så, de sa hejdå där på den platsen och det verkar, enligt vittnesmålet från en av eskorterna, som att hon gav honom en nyckel, vi antar att den till hotellrummet, det är något som jag ber dig att undersöka , och vi kunde inte ingripa i högre grad. , försöker ta reda på om de såg honom på hotellet vid den tiden, om de såg honom gå in, även om vi inte vet den exakta tiden, vi tror att det var före sex på eftermiddagen, vilket var tiden då hon beställde en flaska vin till rummet, en piga upptäckte henne runt sju på natten, redan livlös, hon tog med sig två rena handdukar som hon hade begärt...

Jag skulle vilja ha din hjälp, Ricardo, sa han till honom via telefonlinjen från Mexico City. Och jag tackar er på förhand, speciellt för Mr Gallardo, men mer än något annat eftersom det är en order från presidenten, all information ni har eller någon ledtråd som ger oss var den påstådda mördaren befinner sig, låt mig veta...

Du vet att vi inte kommer att ingripa direkt i processen, men vi är intresserade av att fånga den skyldige, informera mig om allt du undersöker, som vänner som vi är, hantera allt försiktigt, jag upprepar, presidenten och ambassadören vill vet vem det var, om den som dödade flickan i sjön är samma som mördade fröken Gallardo, kommer vi att ha mördaren som skulle visa sig vara en enkel seriell psykopat.

— Oroa dig inte Gonzalo! Vi är efter ett stabilt spår; vi hoppas att snart ha goda nyheter till dig — försäkrade kaptenen från Puebla.

—Om vi arresterar honom är Ricardo i din jurisdiktion, du kommer att genomföra tillfångatagandet och vi kommer att genomföra rättegången här eftersom brottet kommer från en angränsande enhet i Mexico City, cheferna vill veta när du fångar honom, men först låt mig veta så att vi går efter honom, oroa dig inte för guvernören, informeras han av presidenten.

– Perfekt! Det är så vi gör det så känsligt som jag ser det, om de vill, när vi finner det kan vi anse att det saknas eller ge det flyglag, berätta för oss — utbrast kaptenen upprört.

– Inte Richard! Inget av det! Cheferna insisterade på att det i det här fallet är bättre för samhället att få reda på att en farlig seriemördare greps och att han kommer att ruttna i det hårdaste fängelset. Inget att försvinna Ricardo! Du informerar mig Cap! Jag skickar dig en kram.

—Jag kommer att lämna tillbaka det till dig härifrån, Gonzalo, och det är så vi gör det, helt förstått! Jag ska prata med dig snart Gonzalo, tills dess — kaptenen lade sedan på luren från sin kommunikation med Mexico City.

— Finns det en annan ledtrådskapten? — frågade befälhavaren Morales.

– Nej! Ett annat liknande mord – svarade han.

— Vart i? — frågade befälhavaren igen.

—Jag kan inte säga det nu, ägna er åt att fortsätta undersöka, och er Mauro! Tappa inte bort din misstänkte. Har du honom lokaliserad?

—Han lämnade Puebla, men jag letar efter honom, — svarade sergeant Jiménez.

22.20 I Morelia Michoacan...

(Robert hade haft det trevligt i trädgården och besökt katedralen medan han njöt av en av de

traditionella glassarna på platsen och försökte få ordning på sina känslor efter katastrofen med hans uppenbara avslag från Bright Star, vilket orsakade honom besvikelse och en depressiv stat, återvände han till Carlos farbrors hotell som han hittade fråga efter honom när han gick in i receptionen utan större brådska...
 Då betjänade ställets ställföreträdare, Carolina Vallejo, redan klientelet, som när hon såg honom skisserade ett enastående leende som var mycket tydligt på grund av nöjet att känna att han närmade sig henne, som visade ett speciellt nöje för en ung man i full förvirring och lite blandade känslor, när Carlos plötsligt dök upp på scenen)

 – Var var din vän? frågade Carlos Robert, som fäste hans uppmärksamhet på Carolinas enträgna provocerande blick, blandad med utsikten över trädgården och poolen som fick honom att skingras. Jag pratar med dig utan aning! Carlos insisterade när han tog honom i armen, han vände sig om för att se honom.
 – Åh, förlåt mig! Det är att jag trodde att jag såg en person som jag kände där i bakgrunden, han såg ut som en av våra vänner från Puebla, det kan inte vara, det skulle vara för mycket av en slump — sa Robert till honom.
 – Till vem? Carlos insisterade och försökte hitta honom på den adressen som skulle vara känd.
 – Glöm det! Jag såg honom bara gå förbi, som om han följde efter mig från katedralen, någon tittade på mig, sedan i glassen och nu här, han ser ut som, vet du vem?
 – Till Miguel!

– Nej man! Vad kommer det att komma hit? Ja jag ser det! Följer oss till Morelia för att se vad vi gör Nej! Han såg ut som Manuel.
— Manuel? Min ex—svåger ser ut som alla intetsägande smala små blondiner som finns i Puebla.
– Nej! Den här är tjockare som Felipe eller Fernando.
— Lämna nu era spöken och låt oss gå till rummet! Har du ätit middag än?
— Jag åt en tamale med atole utanför, nära katedralen.
— Från Don Poncho?
— Jag vet inte vad det heter, men det verkar så, ja! Jag hörde att de kallade det så.
– Du har bäst!
— Och du har redan ätit middag i Pátzcuaro?
—Jag bjöd på en pompano till mina damer. Vad du missade, vän!
– Har Bright Star berättat något för dig?
– Nej! Varför?
— Varsågod! Du vet? Gå och lägg dig! Jag når dig
—Jag är trött på att köra så mycket att jag ramlar, kan du fånga mig där?
— God natt, Charlie!
— Var god, svåger, särskilt med, — påpekade han för Carolina.

(Robert skakade bara på huvudet och gick till poolen, la sig på en av bänkarna de brukade sola, natten var varm med en avtagande måne, spelade romantisk musik i bakgrunden, mjuk och behaglig, de var melodier av trios, av Panchos)

Carolina berättade överraskande och ställde sig bredvid honom.
— Aj! Du skrämde mig, — svarade Robert.
– Förlåt, jag ville inte överraska dig.
—Det är en trevlig överraskning som tröstar mig, det är vad som händer när man ser på mig på det sättet, speciellt i dessa tuffa tider när min känslighet är i botten.

(Carolina tar plats bredvid honom på en annan av poolbänkarna, mycket elegant klädd och avger en behaglig, fräsch, blommig parfym, med en genomträngande arom)

— Du flyr snyggt! Hon sa till honom leende.
– Men Caroline! Med din skönhet, med din mognad, med ditt uppträdande, säg inte att du inte har en pojkvän, make eller partner, du måste ha gott om friare!
— Jag är skild! Med en son som jag älskar väldigt mycket och som är min huvudvärk för att han är allt för mig, jag vill inte gifta mig igen, och jag vill inte heller bli involverad med någon kille, allt kommer till hotellet, mest vill fråga mig ut, ja, du vet vad jag menar, och du kastar mig inte ens en pilbåge!
Jag är tjugo—fem år gammal, jag är inte så gammal, jag accepterar att du är en pojke på utsidan, ung och stilig, men i dina ögon som dödar ser jag en tuff, mogen man, mycket mer mogen än Carlos som är äldre än du och många jag känner Din ålder, du är väl runt tjugo? — Han nickade på huvudet —. Men förutom allt du är intelligent så

utstrålar du passion och smak för livet, nu känner du dig lite ledsen, jag ser det, Bob visar dig!
— Märker du mig, ser du? Du har överdriven syn! —Robert berättade för henne när han slog sig ner för att möta henne och lämnade sin avslappnade position.
– Kalla mig inte en lögnare! Det är sanningen, det var länge sedan jag attraherades av en man, det spelar ingen roll om du är yngre än mig, jag är inte en gammal dam som måste stanna hemma för att sörja mina olyckor, eller hur?
— Självklart inte! Du befinner dig i ett härligt ögonblick i ditt liv, för ung för att ens känna dig mogen. Vänta tills du är tjugo—åtta, till och med fyrtio säger vissa!
– Vad syftar det på?
—Att du vid tjugo—fem är redo att skaffa barn, och vid tjugo—åtta måste du ha en man vid din sida oavsett vad, vid fyrtio tar din ungdom slut.
—Så jag borde ha ett barn till nu? —
— Aldrig! Det är den ålder då kvinnans kropp är i de bästa organiska förutsättningarna för att vara mamma och föda ett friskt och starkt barn, vid tjugo—åtta är det den andra viktiga hormonströmmen som akut ber dig om sällskap och vid fyrtio betyder det erfarenhet och stabilitet.
—Även om du inte tror mig just nu, vid tjugo—fem behöver jag en partner, inte vem som helst, jag behöver någon som inte bara gillar mig utan också som jag tycker om, och jag tycker om dig, plus att jag har bråttom , förstår du mig? —I det ögonblicket närmade sig underhållschefen och distraherade samtalet med Robert—. Har Judith Alfonso redan kommit?
— Ja frun!

— Säg åt henne att sätta dem i de bakre rummen, nära tennisbanorna, och säg till Margarita, som har ett möte i green room imorgon, att inte glömma den speciella menyn de beställde till konventet. —

— Margarita har redan gått, frun! Men han lämnade ordning på allt, han kommer tidigt imorgon för att ta hand om det där mötet han nämner, han har till och med gett instruktioner till kockarna.

Carolina tittade på sin klocka. Klockan är kvart över elva, de kommer inte att dricka något. Alfonso, i alla fall, säg till nattskiftet att de inte slutar ta hand om rummens önskemål, att det inte är något särskilt utarbetat — indikerade hon för underhållschefen av hotellet.

– Ska du stanna i natt, frun? —

—Jag ska försvinna någon timme eller så, jag ska sova lite efter två, men de ringer mig om det är en nödsituation, Alfonso. Oroa dig inte för mig! Allt är redan ordnat för resten av natten, då återkommer jag för att veta om något behövs, titta Alfonso, om jag av någon anledning inte dyker upp täcker du för mig, som du alltid gör, jag har ett åtagande det tar kanske fler timmar än jag räknar med, speciellt när Don Antonio inte kommer tillbaka, okej?

— Du vet att jag alltid håller med frun! Du kommer i alla fall inte att gå på presentationen av mässan.

— Han tittade på klockan igen —. Det är redan för sent Alfonso! De måste vara vid skålen; Jag kommer att glida iväg ett ögonblick. Glöm inte att be dem om tjurfäktningsbiljetterna för att börja sälja dem bland gästerna!

– Jag är på sin fru! Ha det så kul, vi ses senare unge man — tilltalar Robert, som han tittade mycket konstigt på.
— Vad roligt? Din anställd tittade konstigt på mig sa Robert.
– Prata inte med mig om dig själv! För då om jag ska känna mig gammal.
—Jag lovar att inte göra det Carolina.
—Robert Santillana Musset! Så är det här.
– Vet du mitt fullständiga namn?
— Carlos berättade för mig! Vågar du följa mig snygg?
—Om det inte är för att drunkna i poolen, vilket är rätt!
—Följ med mig till biblioteket, jag vill visa dig Michoacáns historiebok som jag lovade dig, vill du?
— Som du vill! Jag är din.

(Robert berättade för honom att han visade sin oförmåga att hålla sig innan insinuationerna av en så vacker kvinna, i ett sinnestillstånd som tvingade honom att ta emot alla tecken på tillgivenhet, nådde de biblioteket och han kände igen att de följde honom, att de tittade på honom)

— Har du vakter på hotellet? – frågade Robert.
—Ja, men vid den här tiden tittar de bara på trädgårdarna eller omgivningarna.
– Inte här i poolen?
— Inte ens om de vore livräddare, älskade!

(Det där med kärlek verkade inte helt vanligt för Robert eftersom han inte var van vid att bli kallad så av en ny bekantskap, särskilt en kvinna äldre än honom)

— Se! Det här är den bästa boken som har skrivits om Michoacán, här hittar du all information du behöver, och —plötsligt vände hon sig oväntat om, kramade honom mot kroppen och sa—. Och här unge man, han har en kvinna som har varit nervös sedan han såg honom, och som också vill älska med dig.

(Carolina berättade för honom med uppenbara sensuella begär till Robert som darrade av förvåning och av deras nära kontakt)

– Vet du vad du säger Carolina? Du träffade mig precis! Jag är inte rädd och jag är inte gjord av sten, men det här är något jag inte kan hantera med lätthet.
—Du ska veta att jag inte har fel när jag säger att du är en åtråvärd, manlig man, att du gillar kvinnor, att jag älskar dig! Jag har inte varit attraherad av någon som du på länge, och dessutom, var inte grym mot mig!...
Jag har inte älskat på sex månader, förra gången jag gjorde det med en gäst och upplevelsen var så fatal att jag lämnades med en av de där grova moralerna, vi tog några drinkar, han tände mig till max och gick mig halvvägs, han är gift, han stoppade rummet för så många och när han gjorde det efter att ha haft mig på gränsen till en hjärtattack, var jag framför allt på kulminerande punkt av min avslappning. Idioten kommer!...
Det fick mig att darra, han hade ont i samvetet för att han var gift, jag var tvungen att

springa till duschen och jag tog ett långt och intensivt bad med kallt vatten. Kan du förstå vad som händer inom mig? När jag träffar en man som stimulerar mig när jag ser honom som du, ung och frisk, villig...

Jag kan inte missa chansen att ta reda på om jag redan har sabbat! Må damerna i det eviga hjärtat förlåta mig. Det är mycket uthållighet i min ålder! Jag vill inte ha dig för en hingst, inte heller att vi spenderar en blixt och sedan ser jag dig inte längre, jag gillar dig mycket, jag vill ha dig, det är vad jag vet nu, du gör mig nervös och jag ser femton ut år gammal...

Sedan jag skilde mig förra året hade jag bara den där hemska upplevelsen och jag vill inte uppleva den igen det är därför jag har stått ut med det mycket, jag vet att med dig kommer det att bli annorlunda, jag gillar inte någon kille, Jag är svår att behaga, stolt, fåfäng och självisk...

Jag gillar att bli beundrad, erkänd, jag är en ledare, jag föddes för att styra och kontrollera allt omkring mig, jag måste vara aktiv, ha ansvar, skyldigheter, jag behöver känna mig viktig, visa alla att jag är klok och kunnig...

Om du vill veta mer om mig så att du inte tar min inställning på fel sätt och försöker förstå min situation, min brådska att vara lugn, så ska du veta att jag ofta känner mig ensam. Kommer du att tro det? Tänk sedan på den där känslomässiga laddningen av att vara som jag är och förutom allt entusiastisk, förstår du? Jag måste slappna av den här spänningen som jag bär på...

Inget bättre än en intim kontakt som jag inte har haft, jag upprepar det eftersom jag inte ger mig till någon man som går igenom mitt liv, nu så att du känner mig och bättre förstår min position ber jag dig att hjälpa mig Det är hemskt att använda Bob! Jag vill att du ska njuta med mig av allt det här nöjet som jag har inom mig, som är på väg att explodera...

Just nu vill jag inte vara det viktigaste för jag är alltid bäst, få märker hur list jag har, fråga mig nu inte varför jag är så här för du kommer göra mig mer nervös än vad jag är, denna attityd att jag har gett mig känslomässig trygghet...

Jag kräver allas respekt för att jag tjänar det, det jag vill göra med dig är inte från en kvinna som säljer sig själv för att jag inte vill debitera dig något för det, och jag kommer inte heller att ge dig små presenter för tjänsten...

Jag gör det här av en speciell kärlek som jag känner för dig, det är vid första ögonkastet kanske, men det är möjligen drivet av nostalgin av att inte ha sexuell tillfredsställelse, det händer oss alla någon gång, jag vet inte, men det är därför jag gillar dig så snart, jag ser dig som rädd och du vet inte vad du ska säga.

—Jag lyssnar på dig och försöker förstå dig när du berättar hur du mår, försöker övertyga mig om att du inte är vilken kvinna som helst, jag tänker inte på det så, du är väldigt vacker och jag tänker inte ljuga att jag tycker om dig och jag vill ha dig, det här ser ut som ett maraton, nu vet jag inte själv, sa Robert till honom.

—Jag måste säga att jag är extravagant, jag anser mig vara vacker, jag gillar att spela, även om jag ärligt talat också ofta känner mig underlägsen och därför framstår som överlägsen. Du förstår mig! Och jag accepterar att jag inte gillar mina brister, men när jag möter mina utmaningar med beslutsamhet och energi har jag många gånger fått kännedom om att svårigheterna är större, speciellt när min ex —man hotade mig med döden när jag bad om skilsmässa.

—Du ska inte vara så allvarlig Carolina, försök helt enkelt att förlåta, glöm saken, fortsätt hysa agg och hata människor, det enda du kommer att uppnå är att kärleken kommer att flytta ifrån dig.

– Från och med idag älskar jag alla! av! Hon suckade medan hon kramade honom och kände honom nära sin kropp, kände hennes former, hennes muskler och tog tag i hennes skinkor. Hur rik är du!

(Hon sa till honom när hon klämde honom hårdare, spikade pannan på hans axel och slog hennes kind med hans...

Robert kunde inte känna sig omedveten om dessa förnimmelser när han visste vad det innebar att vara med en kvinna och den dynamiska strömmen av testosteron som invaderade hans kropp, mer än av övertygelse, han lät sig ryckas med av sina oåterkalleliga begär inför kvinnliga trakasserier, han lät sig älskas, började älska henne. kyssas i ansiktet och munnen, armarna, benen, som hon stoppade honom från att kontrollera sin önskan att bli besatt, sa hon till honom)

— Min kärlek! Jag bjuder in dig till en hemlig plats.

(I det ögonblicket stannade Robert när han skulle ta av henne kläderna innan lustens kraft som fick honom att tappa kontrollen, hon sa åt honom att följa efter henne tills de nådde en förrådskällare på baksidan av hotellet, i en av flyglarna nära pooltoaletterna...

Det var en mörk och förvisso dyster del vid denna sena timme på natten, en enda ensam lykta, dyster och ogenomskinlig som knappt upplyste passagen för älskande som var brådskande för njutning...

Hon motiverade och motiverade Roberts ungdomliga bräcklighet när han inte visste hur han skulle hålla tillbaka sin köttsliga aptit som också flödade över eftersom det inte fanns några bromsar för att stoppa honom, inte heller gjorda åtaganden, särskilt på grund av besvikelsen i kärleken till hans älskade Bright Star, liksom den känslomässiga bördan som uthärdade den accelererade sensuella rytmen som hon hade lidit av dessa dagar, de anlände till platsen, hon tog honom i handen, så fort han kom in på platsen stannade Robert och berättade för henne)

— Vänta! Lägg märke till en skugga här nära.
— Ingen! Kom till min kärlek som jag inte längre kan motstå, var inte rädd.

(Det fanns nya reservmadrasser till hotellet i lagret bakom några lådor, det var där allt hände, med ruset som skapades av spänning i två varelser pressade av värme och det naturliga behovet av att para sig redan utom kontroll, lika snabbt som de kunde, de tog av sig kläderna...

Underkläderna ramlade av, de två kropparna var sammanflätade i en brinnande famn, fulla av passion och hängivenhet, penetrationen skedde omedelbart, de fördes bort av spasmerna och raseriet i deras överflödande sexualitet...

Inget annat än stön och utandningar av ömsesidig orgasm hördes, så deras slappa, flämtande och svettiga kroppar vilade nöjda efter en sensuell strid i en kulminerande handling av deras krav, utan att frukta påståenden eller skada samvetet eller kompromissa med känslor eller påverka åtaganden ., kärlekshandlingen hade fullbordats...

Lite generat klädde sig Robert snabbt medan Carolina, uppenbarligen utmattad efter så mycket abstinens, försvagades i högre grad, ansträngningen var ansträngande, men hon verkade glad, sedan föll hon i en djup sömn, svimmade helt...

Robert såg scenen och inte visa en felaktig handling inför sin bästa väns farbror, som han gynnades av, särskilt för att önskningarna återgick till en normal nivå, men på grund av den gästfrihet som han gynnades av...

Sedan täckte han Carolinas nakna kropp med en filt som låg bredvid honom, kysste henne på kinden och skyndade iväg som om han hade gjort ett spratt, lämnade, utan att tänka, dörren på glänt, han gick sedan hastigt till sitt rum i möte med huvudet. underhåll på väg)

02:15 onsdagen den 8 maj 1957...Staden Morelia Michoacán....

— Ursäkta mig unge man! Har du inte sett fru Vallejo? – frågade Alfonso.

– Nej! Jag har inte sett det, kom det fram — sa Robert till honom, synbart nervös.
—Tack och godnatt.
—Godnatt.

(Robert svarade när han skulle till andra våningen för att komma till rummet som motsvarade honom, han knackade på dörren flera gånger utan större kraft för att inte väcka Bright Star och Malena som var bredvid dem, efter flera gånger av att insistera på att han ringde, öppnade Carlos och sa till honom nästan sovande)

– Du väckte mig man! Du är skyldig mig.

(Carlos lade sig igen och föll omedelbart ihop på sängen i en djup sömn medan Robert tog av sig kläderna och gick för att duscha, var noga med att inte göra för mycket ljud...
Morgonen började kännas och han, även med blött hår, kunde äntligen sjunka ner i sin vila tvingad av sin egen fysiska och känslomässiga utmattning som fyllde honom med trevliga och sorgliga upplevelser på samma gång... Nästa morgon förutsatte åtaganden och Carlos vaknade vid sjutiden)

— Stå upp törnrosa! – berättade Carlos för Robert, som sov gott – insisterade den senare och skakade på axeln.
— Vad händer? – sa Robert sömnigt.
— Din dejt på notariekontoret, sömnhuvud! Skynda dig för frukost.
—Robert reste sig sömnigt och gick sakta till badrummet för att duscha och göra sig i

ordning. Vill du inte väcka Malena Carlos? Snälla du! – sa han när han stängde badrumsdörren.
— På din order, chef! Det är ett enormt nöje att väcka mitt livs kärlek.
Robert öppnade badrumsdörren igen och utbrast. Inga kyssar och klä på dig!
— Med kyssar och jag hjälper henne att klä på sig, svåger!
— Där är hon! skrek han på henne från badrumsduschen.
– Vad är det med din vän? Det är min fru! Katedral! Respekt Mycket respekt! — Sedan lämnade Carlos rummet.

(Lite senare var både Robert och Malena redo att gå till notariekontoret, Robert i sällskap av Carlos på mottagningsplatsen blev återigen uppsökt av underhållschefen)

— Ursäkta mig unge man! – Han stoppade honom.
— Ja, berätta! – utbrast Robert.
— Kunde ni inte träffa fru Carolina igen lite senare?
– Nej! När vi sa hejdå kom jag till mitt rum och somnade.
—Hon stannade till extremt sent vid invigningen av mässan, i alla fall, jag lämnade redan indikationer för dagens gudstjänster, om du ser henne, säg att Marisela, sekreteraren, har örhängena, om du är så snäll för jag redan Jag går i pension.
—Det är inget besvär; Jag kommer att göra det på det sättet.

– Såg du Carolina i går kväll? frågade Carlos och lyssnade på samtalet.

—Jag var med henne igår kväll, bara för ett ögonblick, hon visade mig en bok om Michoacáns historia, vi var i poolen, — svarade Robert.

– Och du knullade henne inte? Vid ansiktet, vilken kille du är!

—Robert var tyst ett ögonblick—. Du tänker bara på det! Alla kvinnor lämpar sig inte för ett äventyr, även om det kunde ha varit med Carolina, till exempel, du med Malena.

—Jag har redan sagt till dig att min lilla fru lagar mat separat, om jag sa till dig är det för att damen är extremt het, hon är fortfarande ung och hon kastade sig allvarligt över dig, hon åt dig med ögonen, vad mer, gör inte gör det! Jag såg när han kastade dina trosor.

Plötsligt dök Bright Star upp med Malena. Bror! Du tar mig till kamrat Amandas hus medan Male lämnar, jag vill säga hej till kusinen Judith som är där med min moster Paulina — sa Bright Star utan att titta på Robert och verkade sparsam och frånvarande.

— Mycket bra! Det är där jag kommer att lämna Bob och Male, när jag tar dem tillbaka till notariekontoret för dem — bekräftade Carlos.

— Är notariekontoret här i närheten? – frågade Robert.

— Bob, svåger! Du känner inte Morelia pappa; det är inte långt men min älskling kommer inte att slita ut sina små fötter.

(Carlos berättade för honom när han kramade Malena som återgäldade med en puss på kinden, Bright Star log när han såg kyssen och visa tillgivenhet, som om han önskade det för henne inuti, Robert märkte det, men kommenterade inte, gick in i bilen och gick till det överenskomna mötet)

8.55

—Robert steg ur bilen när han kom till notariens kontor och som en artighet sa adjö — Vi ses senare, Bright Star!
— Hejdå! Hon svarade i en avvisande ton.
– Mitt liv! Du tänker på mig varje ögonblick Hej!

(Carlos berättade för Malena när han kramade henne efter att ha öppnat dörren som motsvarade henne i passagerarsätet, hon log mot honom, grävde ner pannan i Carlos bröst och sa hejdå till honom med en lätt kyss på munnen)

— Farväl svägerska! sa Malena till Bright Star.
— Var inte sen, otur! hon svarade.

(Malena gick sedan för att träffa Robert som hade gått före och de gick in på notariens kontor medan Carlos skrek på dem från bilen)

– Flytta inte därifrån! Jag kommer för dig; Jag kommer att beställa den från din vän.

(Redan inne i bilen hade Bright Star tagit Malenas plats i främre passagerarsätet och de begav sig till kamraten Amanda Villagómez

Sánchez hus, som var en nära vän till sin familj, särskilt gudmor till Baptism of Lourdes...

Hans mor, Ms. María Concepción Alonso Uríastegui, hans bror Antonios fru, Paulina Ocampo Sarda, och hennes dotter Judith Alonso Ocampo var också i det huset. På väg till den platsen frågade Carlos Bright Star)

– Vad hände med Bob baby?
– Vilken som helst! Bright Star svarade.
– Jag ser att ingenting hände lillasyster! Antingen gillade du honom eller så gillade du honom inte riktigt, för det kanske inte skadar dig att förakta min vän, men han är överkänslig och ditt avslag kommer att skada honom. Jag känner honom väl!

—Du vet att jag inte vill ha en perfekt man, men åtminstone en kysk sådan, jag är Ms. Carlos! Och jag vill att min blivande man ska vara just det för mig också.

– Så, du vill ha en Bright Star—präst? Åh lillasyster! Manuel är varken kysk eller gentleman. Han är en hycklare! Om hon berättade att hon inte hade legat med någon så är det för att det var bekvämt för henne, jag kan berätta vilka hennes vänner är, några av dem är också dina, boll av döda myggor, hon älskade till och med dem, inte i Puebla tar de väl hand om varandra där, men om jag är i Acapulco på semester, vet jag eftersom jag följde med dem, jag är inte vissen som dem, han vet redan att jag inte är kysk eller oskuld och det är så han accepterar mig .

– Jag kan inte tro dig kaolit!
– Säg inte kaolit att du påminner mig om Mireya!

—Jag vet inte hur Anita stod ut med dig.
— Som?
—Du låtsas inte lyssna, hon såg dig på Centralen när du var i rummen på övervåningen, och Bob hjälpte dig också. Så är alla män!
– Varför berättade du inte för mig baby?
– För vilken bror? Du skulle ändå lämna henne, eller hur?
– Ursäkta älskling! Men jag hade fortfarande inte fått reda på att jag var kär i Male.
—Jag älskar Anita väldigt mycket, jag förnekar det inte, och du vet att vi är nära vänner sedan vi var barn, men det jag aldrig kommer att förlåta dig är att du gör narr av Male, jag har redan sagt till dig, hon är som min syster och jag älskar henne lika mycket eller lika mycket som Lulu. Och låtsas inte att du inte lyssnar kaolit! För jag kommer att titta på dig. Du respekterar Malaki! Och om de andra du har där ute.
– Vilka andra? Denna galna syster!
– Jag vet vilken Carlos! Du har min lilla vän som en dåre, jag hade aldrig sett henne så här — Carlos log —. Och skratta inte för det är allvarligt! Han slog Malachi hårt med dig och jag vet inte hur du gör det, men du kommer inte att överge henne som Ana María. Jag varnar dig, Charla!
– Inga problem älskling! Jag avgudar Male och jag ska gifta mig med henne en dag, vi ska ge dig många små syskonbarn som kommer att vara som dina barn, för som du gör, jag tror inte att du kommer att gifta dig, det finns inga kyska i denna värld, bara i seminarier, och de som de inte gifter sig med...
Mina små kapell dog för min bebis, hanen är för viktig för att jag ska förlora henne, du känner

henne redan och hon är inte avundsjuk om jag kikar, hon är smart, vacker, en god vän, oskyldig, naiv.

—S han är inte svartsjuk, men lura inte henne för det skulle skada henne, dessutom säger jag till henne.

– Har han berättat något om oss?

– Han berättade många saker för mig!

— Berätta bebis!

— De sakerna är mellan oss, som vänner, som systrar, svägerska, men andra, låt henne säga till dig om hon vill, och om inte, så står du ut med det!

— OKEJ! Du måste vara säker på, älskling, att den bästa mannen för Male är jag och jag kommer att bevisa det, men hur är det med min vän? Varför avvisade du det?

— Jag har redan sagt det till dig! Hon hade relationer med andra, hon är inte längre bara för mig.

—Jag är förvånad över Bob, så tyst eftersom den olyckliga mannen inte har sagt något till mig, det är bra att han inte är en bög, men älskling, jag upprepar, du ska stanna och klä heliga lillasyster och tänka så , du kommer inte att hitta kyska människor på hörnet, och tro inte att det finns många oskulder, det säger de till dig! ...

De är idéer om en mamma som är från kolonialtiden, du förlorar en utmärkt pojke, inte för att han är min vän, han är min enda bror, jag kommer inte att gilla någonting om han faller i famnen på någon som inte förtjänar , redan förlorat, du!

– Åh ja, du har redan förlorat, eller hur?

— Verkligen, baby, om du avvisar Bob kommer du inte att hitta en man som älskade dig så mycket, som har drömt om dig så mycket och är hopplöst extatisk för dig, män behöver ibland älska med en kvinna, man är inte jag ska gå att göra det tills hon är säker på att jag är mannen i hennes liv eftersom hon är kvinnan i mitt liv, men jag tänker inte dra fördel av det...

Jag vill inte ens röra henne, förstå baby! Män ska inte ta vårt livs kärlek till sängs, det håller jag med dig om, Bob hade erfarenheter och jag är säker på att de fick honom att sova, han har aldrig varit en av dem som letar efter kvinnor, sedan han träffade dig har han levt från din illusion kan han ha andra kvinnor, men den enda han kommer att älska kommer att vara du.

— Skulle du acceptera Male om hon inte var en dam?

– Jag vet att det är en miss eftersom hon sa till mig! Jag tror det, jag ljuger inte för dig, jag gillar det, att veta att ingen har rört henne, men jag älskar henne så mycket att om hon hade haft ett förhållande innan skulle jag inte ha något emot det för jag vill inte bara ha hennes kropp , eftersom det redan har hänt, det är en del av det förflutna, vad jag inte skulle acceptera är att dela det senare, ja! Du missbrukar den tryggheten du har som Bob vill att du ska gifta dig med.

—Jag måste acceptera att andra kvinnor rörde vid honom och acceptera, mer än hans kropp, hans känslor och hans sanna kärlek, vilket kommer att ta tid brorsan! Jag vet inte hur jag ska berätta för honom att jag älskar honom, det var extremt svårt för mig att säga att jag älskar dig, det var en upprepning av något jag hörde i en film.

— Säg aldrig vad du inte känner, älskling! Mycket mindre för Bob eftersom du deprimerar honom och han kan göra dumma saker, vad mer är, de kan spränga honom i luften! Någon list går över honom, tar honom till sin säng och erövrar honom.
— Har jag redan tappat det?
—Om du inte kämpar för honom och ger honom hopp, är det troligt! Carlos berättade för henne när de kom till Villagómez hus.
—De kommer tillbaka efter mig när de är klara hos notarie Carlos.
—Men gå inte härifrån för jag lämnar dig.

(Bright Star gick ur bilen och gick in i huset medan Carlos var på väg mot platsen där personerna som kallats av notarien, Mr. Cristóbal del Valle, redan träffades...
Bröderna till framlidne Salvador Santillana Obregon, Catalina och Julián, hans brorsöner Robert och Magdalena Santillana Musset, herr Ildefonso Márquez och fru Guadalupe Martínez Portillo var närvarande där, i närvaro av notarie själv, började läsningen av det sista testamentet av den avlidne själv)

—Jag, nummer ett notarie i staten Michoacán, med huvudkontor i staden Morelia, informerar de närvarande som har identifierats som de som kallats att infinna sig i denna testamentariska formella handling, enligt vad som föreskrivs, I Som notarie för Federal fastigheter i utövande av detta rättsliga distrikt, jag registrerar det öppna offentliga vittnesmålet från Salvador Santillana Obregon som uttrycker för mig i full användning av sina fakulteter, på ett tydligt och avgörande sätt, sin vilja, och jag, som en notarie , avfattad skriftligt i enlighet med följande bestämmelser:

FÖRST:
—Lorden, testator Salvador Santillana Obregon, förklarar under ed att hans namn, som har fastställts, kommer från staden Tlalpujahua Michoacán, där han föddes den 14 maj 1897, bosatt i staden Morelia i delstaten Michoacán med adress på sjunde gatan med nummer 202 i stadsdelen Santa Anita, singel, mexikansk, affärsman och befriad från att betala inkomstskatt.

ANDRA:
—Att han var son till herrarna Pedro Santillana Orta, nu avliden, och fru Juana Obregon Resendiz, också nu avliden.

TREDJE:
—Att det är min fria och spontana vilja, att som min enda och universella arvtagare till all min egendom och fast egendom, rättigheter och handlingar, och allt som jag kommer att äga i mitt namn vid tiden för min död på sättet att det sedan beskrivs för distributionen av dessa:

Till min kära Juanita, som alltid följde med mig i den svåra uppgiften att finna mig själv ensam utan att sluta äta mig själv med de rätter som var i min smak, och ta hand om mitt hus som en plats full av harmoni och ordning, jag ger henne casitan del palmar som hon alltid tyckt så mycket om och som jag hoppas att hon ska avsluta sitt liv lyckligt i, hon kommer också att få en pension som redan har fastställts av banken som hon vet får den för resten av sitt liv...

Till min bror Pedro, som ser ut att komma att begrava oss och jag är nästan säker på att han inte kommer att vara närvarande vid hans sjuttio års ålder, jag kommer att fortsätta att försörja honom på gården där han nu bor, och alltid räkna med ekonomiskt stöd även genom banken, som redan har indikationer för att ge honom resurser för hans mediciner och vård tills han dör, att bo i denna utan att bli störd...

Till mina kära och älskade syskonbarn Robert och Magdalena Santillana Musset, som alltid har visat mig sin uppriktiga tillgivenhet, kärlek och minne, lämnar jag er i gemensamma och odelade och lika delar, Rancho del Rosario, det stora huset, gårdens kaffebryggare och de tre koncessionshavarna, båda från Morelia, La Piedad och Querétaro, vars gärningar och ekonomiska förvaltning utförs av min broderliga vän Don Cristóbal del Valle, till vilken jag hoppas att du fortsätter att anförtro dina intressen...

För dig särskilt min kära Bob, som något viktigt, därför, vad du gjorde genom att få mig att känna mig som din far, att du fyllde hålet som var svårt att täcka, med din kärlek och respekt, för din fina intelligens och ditt stora hjärta, till dig lämnar jag personligen möbelfabrikerna och sågverken, såväl som de värdepapper och aktier som är deponerade och investerade i Mexikos centralbank, som du fritt kommer att kunna förfoga över när mitt testamente har formaliserats...

Jag påminner dig om att aldrig ge upp inför svårigheter, hur allvarliga de än är, och när livets orättvisa utmanar dig, glöm inte att förlåta dem som skadar dig, men låt dem inte fortsätta att göra det mot dig. Jag är säker på din hederlighet och din renhet i hjärtat, du har fått riktiga vänner som Carlos att komma till din sida och jag hoppas att du en dag kommer att göras med den där blondinen du pratar så mycket med mig om och som du älskar väldigt mycket...

När livet på ett orättvist sätt försöker bryta dig, kom ihåg tanken på den illustra poeten Toribio Nava — Jag måste fortsätta rakt fram på min väg utan rädsla för mitt öde, jag måste fortsätta utan klagomål eller rädslor, även om mitt öde är att dö i min egen ångests odyssé.— och smärtor— Jag är säker på att Bob att du kommer att fortsätta att vara en stor man även så ung som du är...

Jag lämnar huset i Puebla till min syster Catalina, vilket säkert kommer att räcka för hennes bekvämlighet, och hon kommer också att dra nytta av en pension för sitt underhåll, eftersom jag vet att hon på förhand kände sig tvungen att hjälpa mig att ta hand om pojkarna, barn till min bror Robert; Jag vet Catalina att du gjorde en stor ansträngning för att stå ut med dem, att känna din karaktär, och det som gör mig ledsen är att du inte har lyckats uppskatta hur mycket de förtjänar, speciellt Bob...

Det gör ont i mig att dö utan att känna av dig en uppvisning av verklig tillgivenhet för dem, som tyvärr Aurora gjorde, vår syster må hon vila i frid, avvisa dem eller stå ut med dem för bekvämlighets skull, nu kommer de att vara självförsörjande, jag är säker på att Bob kommer att veta hur han ska hantera den där goda känslan av en vuxen som har de resurser som jag lämnar dem, vilket kommer att få dem att växa mer och därmed kunna försörja sina framtida familjer...

Jag ber dig, Bob, son, att inte överge karmelitklostret, som du vet att jag alltid har haft stor uppskattning för, jag önskar dig all lycka och ett långt liv, jag är nu i mitt möte med Gud och hans rättvisa, be för mig, om det är din vilja.

— Vad skrivs senare, — sa herr Del Valle. Det är protokoll, så vi kommer att utelämna det, från och med idag kan ni ta era fastigheter i besittning, jag levererar era handlingar till var och en som Salvador bad mig, och Robert – tilltalar honom och tar honom till en mer privat plats –. Jag kommer endast att be dig att underteckna ett dokument där du ger mig fullmakt att fortsätta bevaka, som ditt juridiska ombud, dina intressen i förvaltningen av vad som nu är dina bolag, och investeringen som återinvestering av kapital eller aktier som du nu står för. betyder mycket, speciellt för exporten som din farbror gjort under de senaste fem åren...

Vi talar om ett kapital, mellan fastigheter och vad som investeras i aktier och som cirkulerar i i genomsnitt femtio miljoner pesos, inte räknat grisproduktionsdivisionen som ingår i ett av de viktigaste och mest produktiva företagen i landet, som har fyra tusen fots avel, hingstar, all den där infrastrukturen som har ett ungefärligt värde av tjugo —fem miljoner pesos...

Detta kapital måste förvaltas på lämpligt sätt så att anställningskällorna upprätthålls, organisationerna arbetar och min position i dem är som deras juridiska rådgivare, det finns chefer och en hel organisation i var och en av dem, med tanke på din oerfarenhet, ber jag dig att du litar på min guide som jag gjorde med din farbror, så att framgången för dina företag fortsätter, när du redan är genomblöt i dem kommer du säkert att fatta de bästa besluten — avslutade Notarien med att berätta för honom.

(Robert förstod inte helt vad som hände med honom, han försökte snabbt smälta effekten av denna enorma och plötsliga vinst i hans liv, så han valde omedelbart att anförtro sin farbrors advokat ledningen av företagen medan han förberedde sig för att göra dem Framför sig kunde Malena inte heller förstå dimensionen av den nedärvda rikedomen, medan moster Catalina kramade om hennes förståelse för att hon hade gjort ett misstag med dem och försökte få tillbaka dem...
Väl utanför notariekontoret läste och undertecknade Robert fullmakten för advokaten att fortsätta utföra sin ledningsroll i konsortiet, herr del Valle tog ett kuvert ur sin väska och ett dokument som han omedelbart måste underteckna)

—Observera Robert, i det här kuvertet har du tjugo tusen pesos i kontanter ifall du har några nödsituationer, underteckna detta kvittodokument för mig och det andra så att jag kan skriva din underskrift på de checkar som du kommer att utfärda från och med nu —Robert undertecknade och fick kontantkuvertet —. En annan sak, Robert, sa herr del Valle och sträckte ut sin hand. Jag står på ditt kommando! För att du ska kunna granska framstegen för dina företag, jag vet att du är otroligt ung och att du vet lite om den tekniska förvaltningen av företag, även om din farbror lärde dig mycket om hur det fungerar varje gång du kom för att träffa honom. .

Men jag ska förbereda dig så att du lite i taget tar hand om dem, låt mig nu veta var jag kan hitta dig, om du ska bo i Puebla eller flytta till Morelia, vad skulle vara bäst för dig i ditt nya boende, vilket är förresten väldigt bekväm och trevlig, du vet det, nu är den din och Malenas.

—Jag tackar er så mycket, herr del Valle, — sa Robert till honom. I all er uppmärksamhet kommer jag att återhämta mig från denna överraskning som jag uppriktigt inte förväntade mig, jag kommer att lämna i era händer hanteringen av pågående ärenden och att företagens goda framsteg inte kommer att sluta, jag återvänder till Puebla för att lägga några saker i ordning, Det är mest troligt att jag kommer att bo här i Morelia för att ta hand om mina nya verksamheter, den förra var skolan, kan ni föreställa er förändringen?

— Ta! Här är mina telefonnummer, min adress och postboxen för vad som erbjuds dig, förutom notariekontoret och din verksamhet ansvarar jag för en mycket kompetent advokatbyrå som betjänar regionen, flera stater, civilt och kriminellt . , om du behöver något stöd för dina vänner eller bekanta, är detta kontor också en del av konsortiet, det etablerades av din farbror för att försvara hans intressen, så det är till din personliga tjänst.

—Jag är säker på att jag åker tillbaka till Puebla idag, så jag kommer att prata med honom, sade Robert till slut.

(Vid utgången väntade hans moster Catalina redan på honom med Malena och Carlos, lutad mot hans bil utan att ingripa i deras relationer, gick mostern före Roberts promenad och berättade)

— Son! Jag vill att du förlåter mig för det jag sa till dig i Puebla, jag har insett vilken stora kärlek jag har för dem, jag skulle lida mycket om de lämnade min sida, nu när Salvador inte är här. Må han vara i ära! Det är nödvändigt att vår familj inte kopplar ur så att vår smärta blir mindre smärtsam.

— Robert lyssnade uppmärksamt på henne utan att misslyckas med att förstå hennes ståndpunkt när hon reagerade så. Se tant, jag vill inte vara orättvis mot dig, du vet att du trots allt kommer att räkna med mig för vad du behöver, men varken Malena eller jag kommer att fortsätta att bo i ditt hus, i det huset som min farbror Salvador lämnade dig .
— Men brorson! Om det också är ditt hus, har det alltid varit ditt hus, ditt hem, ditt skydd av kärlek.
— Eftersom våra hus är dina, faster, — ingrep Malena. På samma sätt bad du Bob , du nästan knäböjde, att inte lämna ditt hus, eller har jag fel?
– Men mitt liv! Min tjej! Vi måste dela med oss av det som Gud ger oss, vad passar bättre än med din moster som har brytt sig så mycket om dig, jag ska ta hand om dig, jag ska skydda dig och jag ska skämma bort min Bob. Min tjej!
— Och det var därför du drev min bror och du ville sätta mig på en internatskola? Kom inte till

mig med det nu, tant, du är en snäll grej, synd att du inte ändrar dig ens i det, jag klandrar dig inte! Det var så din nyföddas bitterhet fick dig att tycka om min moster Aurora.

(I det ögonblicket gick Robert tyst för att gå med Carlos i bilen)

— Det stämmer, faster, — fortsatte Malena att berätta. Du kan glömma oss för vi behöver dig inte längre, min bror är väldigt bra, men ge mig inte p—piller, vi vill att du ska vara lycklig, och som Robert sa, vi kommer inte att överge dig om du behöver oss, min farbror lärde oss att Salvador, som var den bästa i familjen, inklusive min riktiga far...
Förlåt mig för att jag säger det här, faster, men som du kan se gick Robert för att han inte kan tala sanning till dig, så i framtiden, leta efter mig när du behöver oss för något, förlåt mig igen, faster, att vi inte bjuder in er att bo tillsammans. vår sida, jag tror att du skulle vilja vara ensam och inte åtföljd av syskonbarn som du aldrig har velat ha, vi ser livet annorlunda än du gör, må du komma fram säkert till Puebla moster. Ses snart!

(När Catalina sa hejdå stoppade hon henne att ta henne i armen och visa henne ett ondskefullt uttryck som berättade för henne i hemlighet)

— Så det är som de här små syskonbarnen? De är orättvisa mot en ensam gammal kvinna! Du är en kvinna och en dag kommer du att förstå. Din bror kommer att betala dem för dig! Och Gud straffar alla elaka som Bob, tvivla inte på att han snart kommer att få vad han förtjänar. Du kommer att få utstå konsekvenserna av hans misstag och hans synder! Jag har bett Gud mycket att inte straffa honom så mycket, tyvärr är hans straff nära, det är bra att jag tänkte på allt Hejdå kära! Försök att inte lida för mycket.

(Så här sa tant Catalina märkligt adjö till dem; Malena gick fundersamt och något rädd mot bilen, hon förstod inte hennes hot, inne i fordonet pratade Carlos och Robert om händelserna med testamentarisk handling, slutligen de tre gick in i den och tog på vägen till huset där Bright Star var, som de skulle plocka upp)

— Varför var du så tyst, vän, bråkade du med din moster? frågade Carlos.
—Det som händer är att vi är förvånade, älskling, — sa Malena till honom medan han drog i håret, hon satt bredvid honom.
– Okej, vad är överraskningen? — Om du kan ta reda på det, — insisterade Carlos.
— Att över en natt är vi rika, livet.
– Säg det inte till mig sötnos! Excellent! Vi är redan på samma sociala nivå.

(sa Carlos skämtsamt, utan att tro på vad Malena sa till honom, som klappade honom på hans högra ben)

— Hur tänker du? Min farbror Salvador lärde oss att vara enkla och ödmjuka i våra handlingar trots all rikedom.
— Hur rik vän, lämnade du något till dem? Eftersom jag behöver min lilla fru att stödja mig, —

fortsatte Carlos att skämta, vantro över en sådan oväntad situation.

— Om du! du kommer att se älskling, att arbeta och försörja mig själv! Svarade Malena när hon lekte med honom.

—Nej Carlos, vi är inte rika! Tack vare min farbrors vänlighet är vi miljonärer! Vi trodde aldrig att vi skulle ha så mycket pengar — sa Robert till honom.

— Berätta inte för mig? Senare berättar de detaljerna för mig, jag vill inte att min syster ska ta reda på det eller smickraren vi har som vänner att ta reda på eftersom de kommer att gå efter din vän

Tänk dig, min älskade! Den mest eftertraktade miljonären ogifta personen i Puebla, även Haddad kommer att kasta dig! Ung stilig och miljonär samt gifta sig Ingen vän! Mer eftertraktat kommer du inte att vara med så många galna kvinnor som vill gifta sig så att de kan försörja henne.

— Omedelbart kom de fram till Bright Star, de tre steg ner och gick mot dörren — Låt oss gå! utbrast Carlos.

– Nej! Här väntar vi på dig — sa Robert.

— Därför att? frågade Carlos honom.

—Din moster tycker inte om oss, så det är bättre på avstånd, de avvisar oss inte från fattiga bybor.

—När de får reda på ditt arv eftersom allt är känt, ger de dig till och med Judith.

– Jag gillar inte fetter! Med mycket respekt.

– Kommer du älska? — frågade Carlos Malena.

— Här väntar jag på ditt liv, jag följer med Bob.

(Carlos gick in i kamrat Amandas hus medan Robert och Malena pratade)

— Så, är ditt förhållande till Carlos Malena formellt? – frågade Robert.
—Du vet att jag älskar honom och jag kan fortfarande inte förstå hur vi blev kära så snart, men det var länge sedan, det som händer är att vi inte hade väckt den kärleken.
— Var försiktig med smekningar, syster! För att Carlos är för skör för att ge upp sig själv.
— Vad vill du säga mig, att han har haft många flickvänner? Jag vet det redan! Vad har legat med dem? Jag är inte medveten om det och är inte heller intresserad; Jag kommer att oroa mig för att han inte blir uttråkad av mig.
— Du är sexton år gammal Malena! Men du önskar, kyssarna som de inte hade gett dig kommer få dig att känna dig annorlunda, jag vill inte att du ska bli gravid så snart, om du ska ha sex, ta hand om dig!
– Du säger till mig som om jag skulle ligga med honom imorgon. Vi har redan pratat om det! Och det ska vi göra när vi gifter oss, jag står ut med det och det säger han också.
– Förhoppningsvis blir det så! Jag är glad att de har förstått varandra och att min vän äntligen har mognat, det har jag aldrig föreställt mig, med min syster, men det är bra! Jag vet att han kommer att ta hand om dig och skydda dig, nu, ge varandra tid, skynda inte på saker, låt tiden gå lite så att ni lär känna varandra bättre och han hinner gå klart

universitetet, inte för att han saknar pengar för att försörja dig, för med arvet kunde du behålla det

— Åh ja, hur inte! Min kärlek kommer att fungera, jag kommer att sluta jobba i era företag och vi kommer att bilda en stor familj.

— För nu kommer ni två att göra det, det kommer att ta mig ett tag att hitta en kvinna som kan älska som Bright Star.

åh! Du är konstig, Bright Star, jag vet att han älskar dig, men han vet inte hur han ska visa det för dig, han är rädd, framför allt har han en spikad idé om att vilja ha den perfekta mannen. Du skulle inte ha berättat för honom om dina upplevelser, du var väldigt tydlig! Vilken idiot du är brorsan!

— Det är vad Carlos säger till mig, men skalligare, sa hon något till dig? Han nickade. åh!

—Vi berättar allt för varandra, vi har inga hemligheter så bli inte förvånade, det som gör mig ont är att de inte förstår att de är ett vackert par.

—Det är inte mitt fel Man, jag var ärlig mot henne, jag kunde, som du säger, ha ljugit för henne, men jag ville att hon skulle veta att jag är en normal man, att det jag erbjöd henne var att älska henne som ingen kan älska henne, inte någon stel som om hon vore en väloljad maskin, felfri. Aldrig! Jag ska inte pressa henne...

Hon vet att hon är den enda jag verkligen älskar, de andra har varit passioner som uppstått och som i något fall kan bli början på en stor kärlek, det mest märkliga Malena är att de har letat efter mig, i Ibland de tog mig i ett hörn, jag blev förvirrad, jag ångrar det inte, men det sliter ner dig känslomässigt, speciellt när du älskar en varelse som skiljer sig från den du är med, det är köttets svaghet och oerfarenhet, Bright Star slutar inte vara inuti mig.

—Ge henne tid Bob, jag är säker på att hon kommer att veta hur hon ska förstå, inget annat än att inte ta reda på att du bråkat med andra och mindre med hennes vänner, berätta åtminstone inte för henne om det dumt, försök få henne att glömma, lita på att tjejen älskar dig älskar och att med tiden kommer att våga acceptera dig som du är med allt och dina upplevelser.

(Då var både Carlos och Bright Star på väg att lämna sin mammas väns hus, Malena och Robert stod kvar utanför bilen)

— Syster! Bright Star ropade springande för att krama Malena. Hörs! Carlos säger att de ärvt en liten avokadoträdgård, vad hjälper inte det? Vi ska göra en massa guacamoles.
—Din bror är mer av en skojare varje dag; han borde inte prata med dig. En Huerta! sa Malena skrattande när hon slog Carlos för hans skämt.
– Det är så du tar fram det Malaki! —. Bright Star berättade för honom att när han satte sig i bilen baktill bredvid henne, befann sig Robert med ett förlorat ansikte och höll blicken förlorad i reflektion.

— Låt oss äta? frågade Carlos.
— Var är vi Carlos? frågade Robert honom.
— Titta kompis! Det är ingen idé att åka tillbaka till Puebla, Bright Star och Male vill stanna och det vill jag såklart, jag vill stanna med min kärlek, min mamma planerar att vi ska återvända

tills väldigt tidigt på lördag, så hon frågade mig om vi gick tillsammans, låt oss gå och stanna! så vi pratar om förmögenheter och planerar.

(Han sa till Carlos medan Robert funderade på vad han skulle göra och därmed pratade)
– Okej! Jag ber dig ta mig till hotellet en stund, sedan möter jag dig på restaurangen. Var ska vi äta?
— I den spanska posten! Det är en duktig unge, den passerar torget på portalen på höger sida, andra gången åt vi middag där, kom ihåg svåger!
– Okej! Lämna mig här på hotellet så kommer jag ikapp. Jag ska ge dig Malena!
— Det blir inte bättre omhändertaget! Oroa dig inte kompis.
— Vi ses senare Bright Star! Robert berättade nu för honom om att gå i pension.
—Ses snart! —Jag svarar

Slutet på första kapitlet